香港離岸人民幣業務文章

林毅 主編

2023

U0164643

目錄

1 第一輯
世說

香港小說學會
成立及宗旨

香港小說學會
二〇〇四年創會的Logo

香港小說學會二〇〇八年Logo

　　「香港小說學會」成立於二〇〇四年，由有興趣閱讀、創作、研究小說的社會各階層人士組成。成員包括學生、教師、家庭主婦、校長、藝術家、記者、設計師、高級行政人員和作家等專業人士。學會成立的目的是秉持非牟利宗旨，盡其所能與有志於推動香港文學藝術發展的知識分子、機構合作，希望透過文學雜誌的出版計劃，提供公開的寫作園地，培養本地閱讀文學作品的風氣，並藉此吸引年輕讀者和鼓勵新進作者，有助於推廣和提高香港的閱讀和寫作氣氛。

　　「香港小說學會」宗旨為「積極推廣和提高小說的創作與欣賞。會務重點在策劃、出版和宣傳會員創作小說，及舉辦各類型講座和課程，推動香港原創小說之發展。」

Founded in 2004, the Hong Kong Novelist Association (the Association), was set up by a group of dedicated novel people coming from a wide social spectrum. Members include students, schoolteachers, housewives, school principals, artists, journalists, art designers, senior administrators and professional novelists. The Association was established with the goals of: 1.) non-profit making: 2.) trying its best to enhance the atmosphere of the local work through its publishing program to create a novel writing condition so as to enhance literary arts development aiming at attracting young readers and encouraging new writers to promote writing and reading in Hong Kong, The objective of the Association is to promote and enhance novel writing and its appreciation among the general public, To achieve this aim, the activities to be organized by the Association will focus on planning, publishing and propagandizing its members' works; and conducting various kinds of courses for its members in the development of original novel writing in Hong Kong.

（K. Y. CHAN 英文翻譯）

序言：水納百川而成大海

《香港小説學會文集二〇二三》成功獲得香港藝術發展局資助出版，使得更多有潛質及優秀的文章得以發表機會，今次文集作者眾多佳作紛陳。

本文集分三個章節「世説」、「心語」及「大學生作品展」。「世説」收錄多篇具特色的短篇及中篇小説。「心語」收錄了多篇隨心而發的文章。「大學生作品展」選取學生二十一篇極優秀小説作品。

香港小説學會自二〇〇四年成立至今出版過多本刊物及書藉，學會活動雖不多，但會員作品也不少，只是缺乏出版機會，希望藉文集出版鼓勵更多愛好文學創作人士繼續寫出精彩文章為香港文學增添活力。

《香港小説學會文集二〇二三》與二〇二二文集一樣採用可以三百六十度飽覽維港景色的香港東岸公園作文集封面，寓意小説創作要有廣闊視野及多角度思考！

香港小說會會長規定擔任四年後必須換其他成員擔任的，除了令學會成員有機會從會務學習及透過新人士引進新思維新作風，使學會保持創新景象。因近年的疫情關係我差不多擔任了五年，可謂超額完成任務，完成今次二〇二三年的文集後會卸任會長一職，希望香港小說學會能保持成立的宗旨，勿忘初心。

林　馥

香港小說學會會長

癸卯年初夏

封面題書法者簡介：

黎玉琼

香港土生土長，文學碩士（社會工作）及文學碩士（藝術），任職社會工作者。愛好中國書畫，隨羅冠樵老師、熊海老師、余寄撫老師、黎明老師、黃詠賢老師學習多年，獲益良多。曾獲青年文學獎，出版著作有彩虹心聲（兒童文學）及赤子豪情（藝術）；多次展出中國書法及繪畫、現代水墨、當代藝術創作作品。

封面照片拍攝者簡介：

關桂海（Patrick Kwan）

「同心行攝影會」的創會人之一。自十年前開始至今，努力不懈地在一些服務癌症病人的機構、醫院的『癌症病人資源中心』充當義務攝影導師，藉著攝影課程幫助病人，紓緩癌症所帶來的壓力和憂慮，讓癌症病患者可以輕鬆面對治療。

第一輯 ｜ 世說

離魂

渡月喬 / 香港人，九十後，大學畢業後從事音樂，喜歡發白日夢及創作。

　　朦朧夜雨，空氣中帶點寒意，但腳步愈行愈輕，不是愈重，是愈輕就快飄浮走來，跌跌碰碰來到小巴站，頭重腳輕下感覺背後有人推我，我的前額頭就不小心撞上前面的人的膊頭就倒下來。

　　起來發現在陌生的床上啊！門口有人拍門叫：「家姐快起身！我返學啦！」

　　在心不情願之下起身，陌生但又熟悉的流程，用了五分鐘梳洗換衫出門。開門後，被人拍一下頭講：「昨晚又鎖房門，無門口入，要在廳睡！」

　　可能手快快習慣鎖門才睡覺，但我如何回來這個地方？

　　「家姐，你不是要做專題報告，快些出門口，唔好阻我，快些出去！」

　　我忘記自己要去哪裡，入房搵隨身物品。「叮叮」電話響，原來電話裡的日程表，要去主題樂園做報告。

　　原來是約了九點，但現在八點四十五分！

　　到達了主題公園，似乎遲了半個鐘有多，進入去見到哈佬喂樂

圍，我最害怕去的地方，但專題報告是觀察遊戲的滿意度調查，作出改善。

另一個害怕是，自從睇過貞子恐怖片，就無再睇過其他鬼片，這個主題叫貞子來襲。

不如叫「貞子再回歸或再來襲」。

我跟隨兩個遊客進入，沿途各站，也有人跟我點頭或上前打招呼，「Manci，你好，今次過來玩遊戲，希望可以嚇到你，平時你去全世界最好玩的鬼屋，要給多些意見我哋改善啊！」

我感到有些錯愕，但又好快點頭微笑向前進。

在前面兩個遊客似乎好大膽，會邊行邊影相邊談笑風生，好似睇緊歷史博物館，但我就不敢周圍望，直行走過去到一個廳，廳中間有一個暖爐，有榻榻米，可以坐下來休息，但下一個地方只限兩個人，會留下我一個人，我忍不住問，可否不要留低我一個，前面兩個遊客，一個男人說：「這個地方只限兩人。」

另一個女人說：「可以留在廳中，等另一組三人的話，你哋再一齊前進吧！」

我望一望左邊有個天眼，回想起，有職員說過我玩過世界各地好多鬼屋，回過神來，就拿出職員牌，說我是內部職員。

男人：「但職員牌最底下寫，不能影響樂園遊戲的運作和規矩。」

女人：「不好意思，或者我們去前面探路，之後如果三個都得，就回頭叫你！」

其後，我在大廳等了很久，直至音樂響起，紫藍色燈光效果不停

轉換，閃爍的燈光令人想作嘔和頭暈，之後我望向天眼就大叫，「暫停，我要出去！」隨即有職員過來接我。

我向天眼方向前行去，見到有一道門，但推來推去都推不開，我又走回細廳中央，坐在中間位置，感覺特別心寒，這是恐怖片改編的背景音樂，坐了十分鐘也沒有人走進來，恍似度日如年，等到幾乎要暈倒在地上。

突然間，天眼下面傳來很多笑聲，愈來愈近，我就不停向後退，一聲巨響，門下面有個打開鐵閘的聲音，有兩個穿黑色短裙，臉上化了小丑妝的女人走了進來，有一個人大叫：「Manci 總監！終於撞到你了。」她是我的大學同學，她是化妝師。

她叫我總監及說：「多謝你請我入來！我真是好多謝你！」

我跟她說：「別客氣，為甚麼你沒有出席上星期六大學畢業聚會？」

她有些錯愕，為甚麼你會知道。

之後又說：「對不起總監！」她就急急腳走了。

想叫停她，但頭突然間好痛，記憶開始亂，我努力回想起，她不應該叫我 Manci 總監，應該叫我甚麼？

腦部中慢慢減退之前的記憶，只有在外國讀書，飲酒跳舞的畫面，不對，應該在香港讀書，我不是叫 Manci，我叫甚麼名字？很頭痛。

我雙手拿出筆和 iPad，要記錄之前看過的東西，頭隱隱作痛，很想拿止痛藥，但雙手依舊不停在日程表寫，寫 Mac……又再擦走，不

停寫，在字和擦去的字中間看到隱藏的文字，記起自己名字叫阿 Jo。我大力打自己的臉一下，我終於記起來，我的額頭不小心撞上一個人的膊頭就倒下了來。感覺左邊有人站起來，到處走來走去，但我好像飄浮起來，走來走去的人轉過身來，剛好我漂到她的心口，她就是 Manci WAN，樂園高級總監。

有人拍我的膊頭一下，我發現自己原來仍坐在小巴站發呆。

生活故事三篇

阿濃 / 原名朱溥生，教育工作者，業餘寫作，著有散文、小說、童話、新詩。六度被中學生推選為當年最喜愛作家，二〇〇九年獲香港教育學院首次頒授的榮譽院士，表彰他對青少年教育工作的貢獻。

弟弟戴耳環

弟弟今年十四歲，他有個哥哥十六歲，有個妹妹十二歲。

一個星期天，他外出回家，家人全在，妹妹眼利，大聲說：「阿明你戴了耳環！」

全家的視線集中在他耳朵上，他的右耳有一顆貼耳的黑色耳環。

弟弟沒回答，走進洗手間，一則躲避眾人的目光，二則照照鏡子看好不好看。他想戴耳環好久了，今天終於提起勇氣跟一個同學一起，穿耳戴上耳環。當時不覺痛，擔心的是家人的反應。

磨蹭一番，他終於從洗手間出來。表現興奮的還是妹妹，一連串的問題：

「穿耳痛不痛？」她想穿耳多時了，因為怕痛拖延至今。

「學校准不准男生戴耳環？」她就讀的學校連女生也不許。

最後她讚了一句：「阿明你好 man！」

這倒有點出乎弟弟意料，有人認為男仔戴耳環是「乸型」。

奇怪的是爸爸甚麼也沒說，媽媽說：「小心發炎。」

哥哥趁沒人拍了拍他膊頭：「細佬，你係得嘅！」

反應比想像中好，他放下心頭大石。

星期一是假期，媽媽要弟弟送半底蘿蔔糕去給公公。

公公快九十了，眼睛和耳朵都很好，一眼看到弟弟的耳環。

「我給你看一樣東西。」公公說。

他從抽屜的一個盒子裡倒出一個金圈圈。

「這是公公小時戴的耳環，父母怕我男仔長不大，替我戴上耳環當女仔養，為此我被同學嘲笑和欺凌，直到十五歲才准除下。」

「時代變了，當年討厭的東西，成為潮物。」他搖搖頭。

「你婆婆生前留下不少耳環，要不要揀些去戴？」

「不用了。」他伸伸舌頭，當聽了一個笑話。

女婿

陳老師有二子一女，都已成家。何老師孤身一人，但並不寂寞，有一貓一狗相伴，自得其樂。他們是師範同學，退休來此，每月總有一兩次相約飲茶。

二人的話題不少，從防疫到俄烏戰事，從通脹到女皇去世，有時還細數已作古的同學，原來不在的已近半，當然有不少感慨。

今天他們談的是兒女，何老師無兒無女，但有兩個貼心的乾女

兒，每逢假日、節日都會陪何老師消磨一天。

陳老師說愈來愈覺得生女比生仔好。何老師同意，說女兒家感情豐富又細心，不像男子粗心大意。

陳老師說生女還有一樣好，就是會帶來一個好使好用的女婿。

他說女兒拍拖期間，未來女婿已經幫他不少忙，其中包括更新了整個電腦系統，又教他不少手機技巧，使他成為長者之間 IT 最叻的一個。

女兒婚後，女婿包下全年剪草的工作，草一長就自動出現。下雪了，他又來鏟雪，把車道鏟得乾乾淨淨，還幫他灑鹽。疫情期間，他幫他往超市購物，把雪櫃和冰箱塞得滿滿。如果外父要看醫生要驗血，兒女要上班，女婿是自己公司的話事人，可以陪他去。

從前每逢假期，兩個兒子還會陪他飲茶食晏，如今愈來愈少，說是讓妹妹和妹夫陪兩老去吧。也不知道他們忙甚麼？他邊說邊搖頭。

何老師幫陳老師斟滿一杯茶，笑著說：「陳志聰，你忘了一點。」

「我忘了甚麼？」

「你忘了你的兒子也是人家女婿，因此他們也很忙！」

父親的電話

他父親今年八十五歲，獨居多倫多，已婚的女兒住附近，負責照料他。他四十五歲，獨居溫哥華，疫情後在家工作。每天同樣時間，父親會打電話給他。

電話的內容天天差不多：工作忙不忙？別太夜眠，吃了飯沒有？

記得不要省,吃好點!最好自己煮,街上的食物冇益。大部分的西人不戴口罩,但你上街一定要戴。

聽得多,有點像錄音機,他已不大想回答。而且父親的聽覺愈來愈退化,要提高聲音像吵架。他開始怕聽他的電話,因為天天差不多,大聲說話很嘥氣。有時電腦上的工作正做到一半,聽電話會打斷思路。

照顧父親的女兒間中打電話來,說父親的聽覺愈來愈差,卻又不肯戴助聽器(五千加元配的)。最近洗澡時在浴間跌倒,自己爬不起來,坐在地上三小時,直到她到時才發現,卻不夠力氣拖他起來,要電告丈夫來幫手,幸虧沒有骨折,只是拗傷手腕,要做物理治療。

姐姐不說他完全不知道,因為父親在電話裡沒說。

這天他臨睡才想起父親沒有打電話來。有點不放心,但因時差如今多倫多已是深夜三時,不能打過去。

第二天他一早打去,電話長響無人聽。他打給姐姐,姐姐說:「阿爸跌後差不多全聾,聽不到電話響,也聽不到人家電話裡說甚麼,所以他不會打電話給你了。」

三角

紫砂 / 六屆「中學生我最喜愛作家」阿濃之首徒。香港大學文學院畢業，現職中文老師；在阿濃鼓勵下用文字交織出一個個故事，志向是成為作家，寫愛情、寫遺憾、寫人生；著作《一瞬煙火》(突破出版社) 一度登上香港誠品銷售榜「青少年圖書」第四名。

作為一個班主任，班級內最麻煩的事不是出現班戀，而是出現三角班戀。

浩信和思賢是從小學開始便一直同校同班的好兄弟。浩信個子不高，外貌平平，身上卻藏著一份超越他年齡的狂氣，他老是吊著眼睛看人，鼻子冷哼出聲，嘴角永遠勾勒成一道嘲諷的曲線，彷彿對天下萬物都不屑一顧似的；思賢恰巧相反，天生高大秀氣，但卻莫名的缺乏自信，臉上常常掛著內向靦腆的笑容，說話陰聲細氣的，老是被班內女生隨意使喚做事。

他們性格各走極端，偏偏成為了要好的朋友，要說這對難兄難弟有共通點的話，大概便是成績都爛到家了，誰也不比誰高尚。

這樣的一對好兄弟，卻恰恰愛上了同一班級的女生，美寶。當作為班主任的我知曉這件事的時候，美寶已經剛跟思賢分手，投進浩信

的懷抱了。聽說，還是浩信主動搶好兄弟的女友，小道消息猶如星星之火迅速燒遍了整個年級，本來就內向的思賢益見沉默，成績由一落千丈變成直墮萬丈深淵。

某天課堂突擊測驗，其他人都在揮筆疾書的時候，思賢偏早早放下了筆，抬頭看著我，語帶哀求地說：「老師，我一道題都不會做，我真的很笨，不如你罰我改正吧？要把答案抄多少次？三次？五次？我現在就開始抄……」

一語既畢，我還來不及反應的時候，思賢已經拿出課本開始罰抄。我還是第一次看到這麼喜歡罰抄的學生，要不是略諳內情，搞不好我已經跑去請神父來幫他驅魔了。我不經意地瞄了一眼課室的另一端，剛好對上浩信的眼神，他立刻別過頭專心研究窗外那毫無美感可言的操場景色。

下課了，同學們魚貫離開課室，浩信和美寶一先一後的從思賢身邊掠過，剩下思賢還在罰抄。美寶的腳步在課室門口略顯遲疑，但最終她還是沒有回眸。我悄悄嘆了口氣，回首輕輕地按住了思賢指骨已發白的右手，嘗試用最平靜的語氣跟他說：「思賢，如果你有甚麼想說，老師會一直傾聽的。」

思賢住了手，卻沒有抬頭：「……老師，你說，我是不是很笨？甚麼事也做不好，書唸不好，當男朋友也當不好，回家被媽媽唸我說我連做一個人都做不好……」

說著說著，思賢的聲音已微弱得幾近嗚咽，我沒說話，一直靜靜地看著伏在桌上的他，夕陽的殘暉斜斜地掩映在他微微抽搐的後

背上。

　　世人都愛討論他人的不幸，學生如是，教師亦如是。

　　「有高大和善的思賢不選，偏跑去選那個外貌性格都惡劣到極點的浩信，我就不懂這是一種怎樣的品味啊！」

　　教員室中，老師們紛紛議論著最近學校火熱的三角戀傳聞。

　　「就是啊！你知道嗎？上次我叫浩信上課時不要用手機，他當場就發飆了！直接把書包摔在教師桌上說身體不舒服要早退！那囂張的模樣簡直⋯⋯」

　　「誰叫人家老爸跟校董是好朋友啊！像這種不能罵不能罰又不能踢走的學生，高層是打算要我們怎麼教⋯⋯」

　　我默默拿起備課筆記，離開了嘈雜紛陳的教員室。浩信的累累前科，早在學年開始前我已有所耳聞，但我只相信眼見為實，不願意先入為主地戴著有色眼鏡去看待任何一個學生。

　　拿著筆記路過課室，赫然發現浩信正孤伶伶的坐在他的座位上，獨個兒遊玩著他最愛的手機遊戲。

　　「浩信？怎麼還不回家？」

　　浩信聞言朝著我的方向斜睨了一眼，露出一副不耐煩的表情：「我今早跟我媽吵架，被趕出來了。我爸給了我一千塊錢，叫我今晚不要太早回家，如果可以的話去祖母家過一晚更好。」語畢他又繼續打機了。

　　「那你就快點去祖母家啊！」

　　「我不想去，我不喜歡我祖母。」

「那你喜歡誰？家寶嗎？」

浩信停下了手上的動作，抬起頭盯著我：「老師，你想問甚麼便直接問吧。」

我直視著他黝黑的臉龐：「你跟思賢還有美寶之間到底發生了甚麼事？」

浩信用一種滿不在乎的語氣回答：「之前美寶老是跟我說她跟思賢一起不開心。某天她突然說跟我一起比跟思賢一起還要快樂，我就問她要不要當我女友——事情就是這樣。」

我默了半晌，道：「那思賢呢？你有考慮過他的感受嗎？」

「反正美寶跟他一起也不開心，早晚也是要分手的。我現在對美寶很好，她很快樂，這不就好了嗎？」

「你對美寶有多好？怎麼知道她現在很快樂？」

冷不防浩信突然伸直手臂，讓我看著他手腕上的皮革手環，還從脖子上拉出一個銀色的心型吊飾：「這是我上星期天跟美寶逛街時買的情侶手環及情侶項鍊，合共花了一千九百多元。如果這不算對她好，那甚麼才是對她好！」

我淡淡地反問：「你爸今早給了你一千塊錢，你覺得你爸對你好嗎？」

接下來是一陣長時間的沉默。浩信別過頭繼續研究窗外那斜陽映照操場的乏味景色，我望著他那微微扭曲的側臉。

「浩信，如果你想從別人身上得到某些東西，首先你得先把同樣的東西掏出來。種瓜是不會得到豆的，只會徒然浪費了種植的時間。」

浩信冷哼了一聲，眼睛瞄向自己的手機螢幕：「這遊戲真無聊，我快要玩膩了。」

　　我的視線不經意地投向思賢那空空如也的座位上：「因為這世上沒有一款遊戲是一個人會比兩個人好玩的。」

　　浩信驀地揚起了頭望著課室的天花，直到我離開班房前他都沒有再說半句話，任由夜色將自己那孤獨的身影逐漸吞沒。

　　我相信浩信終究會想明白的，就像思賢一樣。

　　中六，是一個多愁善感的年紀，也是一段天真單純富衝勁的年華，就像思賢，經歷此番波折之後，突然就頓悟到學習的重要性，主動向我要求留堂補課，我當仁不讓一口答應，由最基本的知識開始逐步逐步打好他的基礎。

　　「我知道自己不聰明，可是我也不想一直被人看扁說我不行啊！」思賢用拿著筆的食指擦了擦鼻子，羞澀地說道。

　　心靈上的傷害是無法痊癒的，然而，人會隨時間的流逝而變得成熟，之前刻骨銘心的傷痛，驀然回首，卻又可以一笑置之了。

　　正當思賢埋首苦讀的時候，這時班上又傳來了美寶與浩信分手的消息。

　　我看著一臉處之泰然的思賢，心中不免翻了個大大的白眼，美寶和浩信這對年輕男女在感情的處理上也未免太輕率了一點，翻臉比翻書還快，到底是我太守舊還是這時代轉變得太快？

　　某天幫思賢補完課後，當我把黑板擦乾淨準備離開課室時，冷不防一個意外的身影出現在課室門口。

黝黑筆直的頭髮長至及腰，嬌小的身軀與纖幼的四肢在素淨的校裙襯托下更顯皎白；沒有化妝的五官已然像洋娃娃般精緻，鳳眼紅唇瓜子臉，整個人都洋溢著滿滿的青春氣息。

　　「美寶，你找我有事嗎？」

　　美寶小跳步的踏進了課室，笑嘻嘻的問我：「葉老師，請問思賢現在的學習進度還好嗎？」

　　我望著美寶，淡淡地說：「這麼關心前男友，就不怕現任男友吃醋？」

　　美寶用一種滿不在乎的語氣說：「那個也已經變成我的前男友了，我們分手了。」

　　我臉上的表情沒有變化。

　　「是他甩我的。」

　　我雙眉一揚，這倒是有點意外。

　　「他說，他膩了，覺得和我一起沒當初的好玩，所以想分手，我就答應了。」

　　我打量著眼前的小女娃：「你看起來沒有多傷心哦？其實你有愛過他嗎？」

　　美寶笑了，笑得很歡：「沒想到有天會跟學校老師討論這個問題，葉老師，怎樣才算是愛一個人？」

　　我聳了聳肩：「每一個人的定義都不相同，那你的定義又是怎樣？」

　　美寶眼睛咕碌咕碌的轉了一圈，迴避了我的問題：「我喜歡會為

我改變的男生。」

我嘆了一口氣：「你根本不懂得愛。」

美寶笑了，笑容中帶著勝利者的高傲：「但我懂得如何使他人愛我。」

語畢，她向我微微鞠了一躬，便徑自離開了。

我以手扶額，輕嘆了一口氣，這堆胡攪蠻纏的感情線剪不斷理還亂，到底這一代的學生是從哪裡學會這種亂七八糟的事情啊？

此後我的班級回歸平靜，感謝上蒼，其他同學們終於可以專心唸書。至於三位當事人嘛，令我意外的是當思賢的成績有顯著進步後，眼看自己落後人前的浩信竟然有所收斂，不但一反常態收起他的狂氣，更主動向我請教課業上不懂之處，虛心學習。三人之間幾乎沒有互動交流，只能勉強算是最普通的同學，這令我放心不少。

半年後，放榜當天。

思賢、美寶、浩信三人在校門相遇，手上都拿著成績單。

三人默然相望，兩個男生臉上都略現尷尬的神色，惟獨美寶落落大方，左手挽著思賢臂彎，右手搭著浩信肩膀，頭髮一甩，歡聲地喊：「終於脫離苦海了！要不要去吃個甜品慶祝一下？」

兩個男生點頭不迭，伴著美寶的小跳步從學校門口逐漸消失。我從不遠處看著這一幕，心中苦笑，或許，這種奇異的三角關係，正正就是他們的平衡點吧！

毒誓

宣希 / 喜歡旅遊，更喜歡文學及創作。著有個人小說集《遇見》，作品發表於《香港文學》、《香港作家》、《今音文學與評論》等刊物，合著《探美求真》、《探美求真·二編》、《週末飲茶 01》、《希望的春天在路上》。

晴而進入病房時，子美剛醒過來，看起來精神不錯，她對晴而笑了笑說：「今天的天氣不錯呀，你怎麼這麼早過來？」「我放假，所以過來陪你吃早餐。」晴而一邊回答一邊把手上的文件放進手袋。「太好啦，我肚子很餓，很想吃油條和燒餅。」子美露出渴望的眼神，也難怪，自從病重後，醫生建議吃清淡些，油炸的東西已經很久沒沾邊了。「好的，你還想吃甚麼？我去買。」晴而爽快地答應，子美很開心，因為平時晴而都附和著醫生，嚴格監控她的飲食，無論子美怎麼要求，她也是哄哄騙騙就把事情擱一邊，最後不了了之。

吃完早餐，晴而沒有離開之意，一直坐在床邊和子美聊天，兩母女確實很久沒好好聊天了，平時很多時候子美都很累，不想說話，晴而工作也忙，所以每次也是匆匆相聚匆匆分別，今天難得子美格外精神，還指著脹鼓鼓的肚子跟晴而開玩笑，「感覺又懷孕了，不過醫生說過兩天會再放水。」子美是末期肝癌，所以肚子積水，需要定期把

積水排放，基本上到這種程度，除了打嗎啡舒緩痛楚外，已沒有任何治療可做。

晴而一早便接到醫院電話，叫她來簽病危通知書，所以她今天請假不上班，她希望陪媽媽聊聊天，了解一下她有甚麼還沒了結的心事，趕緊幫她完成。

病房內，子美坐著輪椅透過玻璃窗看著外面馬路來往的車輛，晴而坐在她旁邊，兩人天南海北聊了一通，最後話題轉到晴而爸爸，子美問她：「你想不想見他？」「那個壞男人，我才不想見呢！」一想起那個發酒瘋的男人，晴而恨不得刮他幾個耳光，「晴晴，我是説你的親生父親。」「甚麼？那個坐牢的壞人不是我的親生父親？」這下輪到晴而糊塗了，「不是，我當年未婚懷孕，為了不想被人非議，所以就找他做救生圈，雖然我們之間沒甚麼感情，但他真的對我很好，也把你當成親生女兒一樣照顧，只是後來事業遇到挫折，他又不懂得表達，才開始喝酒，繼而家暴，我不斷地給他機會，他卻變本加厲，幸好最後他被捉進監獄。」「媽媽你很勇敢，也很偉大，每次都保護我，不讓他傷害我。」晴而緊緊地抱著子美，子美摸著她的頭髮，愛憐地説：「都過去啦，你知道嗎？你的頭髮跟你親爸爸一樣，又濃又密，我也最喜歡摸他的頭髮⋯⋯」子美的視線隨著聲音愈來愈遠⋯⋯

時間回到一九九九年十二月三十一號，一對戀人正沿著尖東海傍散步。「你説會不會真有千年蟲？」「肯定有，我們公司已經準備好換新電腦了。」「真的嗎？那我們那些合照怎麼辦？」「可能沒有了。」「都怪你。」子美忍不住用手拍打著葉輝的腦袋，兩人一高一低的對話如

溫柔的海風，漸漸消失在人群中……

　　二十歲的子美是一家貿易公司的客戶服務員，二十五歲的葉輝是導遊，兩人認識是子美參加澳洲旅行團，而導遊就是葉輝，兩人一見鍾情，很快就熱戀起來。就在子美認定非君不嫁時，一個秘密曝光了。

　　那天子美接到一個陌生女人的電話，對方說她是葉輝的妻子，叫子美離開他。子美反應最普通不過，立即向葉輝興師問罪，他也非常積極配合釋疑程序，約上他的妻子和子美，三人坐在一起溝通商量解決辦法，原來葉輝和妻子兩人是大學同學，當時妻子正申請公屋，為了拿到大單位，所以和葉輝協議結婚，等分配好公屋她們再離婚互不相干。面對面的交流，子美釋疑了，兩人繼續相愛，但隨著時間過去，子美的第六感覺告訴她一切都有點不對勁。

　　葉輝生日那天，子美跟他開了個玩笑說自己懷孕了，她很想知道他是甚麼反應，結果是他並沒有表現開心，反而有些焦慮，一再求證是否真的，有沒有看醫生，當聽到子美斬釘截鐵的回覆後，他建議子美把孩子打掉，原因是他還有婚約，事業未成更不適合有孩子，聽完後子美的心涼了半截，之後葉輝還告訴她，他有個相熟的醫生，做這些事情非常拿手，價錢也便宜，他可以陪她去見醫生。他的態度就好像把一堆舊衣服扔進回收箱一樣，只消一個動作，一切便迎刃而解。最後是子美忍不住，說了一句「騙你的，沒有。」終止了這種試探，不過她終於認清這男人的真心了，是真心不想跟自己過一生的。

　　「媽媽，你在看甚麼呢？」晴而搖著子美的手臂關切地問，子美

的思緒一下子又被拉回現實，她看了看晴而，濃密的眉毛下一雙明亮的大眼睛，水汪汪的恍如會說話般，對了，葉輝的眼睛也是這樣，如果和他對望，肯定會連心也被吸走，就像當年，就是這雙眼睛，清澈中帶著無助，讓人不忍心責怪……

葉輝生日之後，子美想過要分手，可就是捨不得，除了因為他是她的第一個男人，最重要是她愛他，她喜歡和他在一起，喜歡他的笑容，他的味道還有他濃密的頭髮。雖然他們的關係處於若即若離之間，偶爾見見面，上酒店也只是例行公事，但她就是開不了口說分手，直到那個電話再打來……

「媽媽，媽媽」晴而的聲音再次響起，子美像坐上了穿梭機一樣，又回到了現實，「沒事，我在想一些舊事，你幫我倒杯水好嗎？」晴而離開後，子美又回到了那一天。

那天她放假，正在家裡收拾東西，突然電話響起，她拿起電話「子美？」對方一開口，子美已經猜到是誰了，疑惑地問「找我有事？」「有事，方便見面聊嗎？」「好呀。」一個小時後子美和葉輝的妻子坐在茶餐廳裡，兩人說了幾句客套話後，對方便開門見山告訴子美她懷孕了，是葉輝的孩子，公屋已在裝修中，她們的婚姻會繼續。子美的腦袋頃刻經歷了一片空白到六神無主，她用勺子攪拌著杯中的檸檬，直到檸檬遍體鱗傷，她一句話也說不出來，她記得最後對方拍了拍她的肩膀就走了，之後好長一段時間，子美的記憶都是空白的，除了他們分手的那天。

那天晚上，他們相約在初次約會的酒店，當然葉輝說了好多抱歉

的話，也解釋了很多，以至於子美反而同情他，更不忍心責備，兩人抱頭痛哭，不知內情還以為他們被棒打鴛鴦，一夜溫存後，他們便斷絕了來往。

後來怎樣？就像預設的電影橋段一樣，子美真的懷孕了，她猶豫著要不要告訴葉輝，一次在商場偶遇他們夫妻，她看見葉輝把大腹便便的妻子像女王一樣呵護著，而他的妻子則露出幸福的笑容，她就放棄了找他的衝動，很快她也做了一個決定，她選擇了保留葉輝留給她的最後禮物，之後？她一直保護著這份禮物……

突然一隻小鳥從窗前飛過，她豁然開朗，自己已走到人生盡頭，甚麼恩怨都應該放下，她離世後如果還有爸爸照顧晴而，女兒就不會孤單一人，自己也可以放心了。不禁脫口而出「是時候還給他了。」晴而把水遞給她問「還甚麼？」「晴晴，我想找你的親爸爸。」

香港地方不算大，即便變化不小，但要找一位故人總有辦法的，當晴晴把葉輝的電話號碼交給子美時，她反而不知所措了，同一個地方生活，一直不曾相遇，可真要聯絡，卻隨時可找到，也許這也是緣份吧！又或者是歲月為大家進行了喬裝，以致曾經擦身而過卻未曾辨識吧。

子美拿著電話，按下號碼，卻遲遲沒有勇氣按通話鍵，她不知道從何說起，是直接告訴他有個可愛的女兒嗎？是先聚舊再順理成章帶出話題？還有自己當年的那個毒誓會應驗嗎？她記得在結婚前曾發誓，永遠也不讓葉輝知道這個秘密，如果某天她想把這個秘密說出來，面對他們的結果就是一起死亡。她猶豫了好久，覺得應該再好好

想想……

　　晚上，子美的情況急劇變化，她發高燒並陷入半昏迷狀態，晴而趕到時，她只是指著電話說不出話來，晴而明白她的意思，趕緊打電話給葉輝，電話響了很久沒人接，晴而不停的按電話，然而直到子美閉上眼睛的那刻還是沒人接……

　　同一家醫院的急症室，一名遇上車禍的中年男子傷重不治，電話顯示有五十個未接電話……

我沒有站在光裡

尹月 / 大家好，我是尹月，是業餘作者。目前在《Penana》和《起點中文網》更文。為人很懶，按心情、動力、日常生活和身體狀況，隨緣更新！因為自己很喜歡看故事，看過的已看過，又找不到想看的類型，所以想自己寫。

天黑了，街燈點亮。

夜裡的光，為人們日常生活帶來希望，驅散黑暗與恐懼，消除不便與威脅。

而我，是守護光的人。

我的職業是夜間街燈維修工人。

入夜後，街道漸漸變得冷清，街燈一閃一閃，行人走得小心翼翼。

「喂……收到，我會讓同事來檢查和維修……」

話雖說馬上，但還要把眼前的燈修亮，急亦急不來。

接駁電源，通電後的燈炮散發橘黃明亮的光，安心地傷害我的眼睛，穩定照出路面的一切，讓人們安全駕駛。

回到工程車，迫不及待脫下工作服，冷氣撫慰炎夏的心靈，露出手臂，肌肉和汗水是勞動者努力的證明，朝口裡灌幾口涼水，擦過額頭的汗，發動工程車，趕往下一支受損的街燈。

夜復夜，年復年，披星戴月，日夜顛倒，我為這個城市的正常運作出一分力，從未有不甘。

若真遇到委屈，我早就辭職不幹了，打別的工也能維持生計，沒必要為難自己。

然而影響還是有的，別人正在休息，我卻在工作，遠離白天的日常生活，人家共聚天倫，我正在檢查哪裡的電線損壞。

每天回家，剛好目送家人出門，家人放工，我未能在家裡迎接，心中總有遺憾，更會懂得珍惜共聚時刻。

幸好我年輕時找到老婆……對，我有老婆的，呵呵！

我和她早在中學時期認識，她是個大美人，苦苦追求才覓得她的心，若現在才找女朋友，奔四還孤家寡人呢。

「喂……在駕車……好的，我回來喝……謝謝你，你也早點睡……」

今晚我又不在家，老婆大人在家裡悶壞了，給我打電話，想聽聽我的聲音，還煲了螺片海底椰瘦肉湯，清熱解毒，潤肺強腎，天天熬夜的我需要補一補，多謝她在我背後幫忙支撐家中事，感激她的體貼和體諒，我才能堅持走下去。

有得有失，放假選擇陪老婆，導致我與年輕時關係要好的朋友，

從老友鬼鬼，變成我只是出現在他們人生中一陣子的過客，每當朋友約我去玩，我總是推卻，久而久之，多次聚會失蹤後，他們不再找我了。

沒有辦法。

這支故障的街燈位於樓宇間的小巷，一滅一亮，閃爍不停，令視覺難受。

換上長袖工作服，套上黃色反光衣，頭戴安全帽扣好，貼緊下巴托，安全帽配備頭燈，腳上穿著防滑防雨防觸電的高筒靴，手套的物料同樣防水防觸電，腰間圍著工具包，一整套繁重的工作裝備，每次工作前必需穿戴。

小巷駛不進工程車，我唯有扛起人字梯徒步進入，內裡空氣悶熱侷促，一股酸腐味撲鼻，地面黏糊糊，牆邊擺放大箱小盒的雜物，耳邊有微小的吱吱聲，即使是讓行人敬而遠之的小巷，只要接到市民投訴，我都要在限定時間到達，這是我的責任。

先把街燈的電源斷開，立刻陷入一片漆黑中，僅靠頭燈照明，這一支小燈是我的全部。

爬上約五米高的長梯，對畏高的人來說可是一步一驚心，我已經習慣了。

「你好……明白……我會請同事盡快前來檢查和維修……」

又一個緊急維修，趕快把這支燈修理完，趕往下一個地方。

不一會兒，點亮街燈的一瞬，像看著孩子出生一樣恩惠，滿滿的

成功感，大眾市民做不到，只能求救，我卻成功亮燈，證明我自豪的實力。

那一隻鹹蛋黃天天伴我上班，駕著車亦能嗅到家家戶戶的廚房傳來濃郁的飯香⋯⋯口水自然流下來。

我和他們猶如活在不同時空，他們任由外邊風吹雨打，和家人窩在家中看《愛回家》，和朋友打邊爐⋯⋯

說不出口的羨慕。

酷熱、寒冷⋯⋯惡劣天氣是我的工作環境，即使黑色暴雨、十號風球，也要隨時候命。

現今世代，沒有父母想自己的孩子辛苦，職業無分貴賤？就是有分別才有這句話吧！年輕一代對工作存有偏見，要淋雨不幹，要輪班不幹，會碰到髒東西不幹，種種抗拒的理由令招聘新血更困難，我們不到十個師兄，每晚穿梭大街小巷，負責維護整個城市超過二十二萬支街燈，攀上十五米高的燈柱進行維修，工作量亦無可預計。

哪怕感到難熬，仍需堅強克服，不想被人取代，能工作便繼續工作唄，我還有精力！

接連維修數十支街燈，再從大東南趕往大西北，休息是甚麼來著？我們只求盡快亮燈，減少市民的困擾和投訴，告訴市民一切如常。

接近鄉郊，一片三層高的丁屋烏燈黑火，夜深人靜⋯⋯

「汪汪汪汪汪汪汪……」才不是。

密集的吠叫響徹雲霄，唐狗們三三兩兩夾道歡迎，圍著工程車轉圈，觀察你的一舉一動，這時候要保持冷靜，不要看著狗的眼睛，放輕腳步嘗試向前，等待牠們習慣你。

幸好壞燈接近村口，能駛入工程車，可用升降台進行維修，不用搬長梯並越過看不懂情緒的狗群，來多少次都不習慣直擊心靈的吠叫。

水點滴落在護目鏡，逐漸變多，我趕緊躲回工程車，披上防水外套。

雨點嘩啦嘩啦，如恬淡的敲擊樂拍車窗，突如其來的雨驅逐徘徊的猛犬，甚至驅散滿腔熱誠。

看著一片一片的雨灑落，我有時會想，為甚麼這麼拼命呢？待在車裡等雨停了，再繼續工作不好嗎？別說老闆，連同事也沒有，沒人監視我，休息一下不過份吧！

「喂……是……整條街嗎……我明白了，會盡快來維修的……你不用管我們，去睡覺吧……」

唉！我要搖搖頭，甩走腦子裡頹廢的想法，打開車門，雨水撲面而來，模糊了整個世界。

踏上工作台，升起大型吊臂到達五層樓高的燈箱，腳邊深不見底，握著十字螺絲批的手穩定如常，感到困難的從不是技術。

又一顆新的光誕生，照耀星河，見證我們每個不屈不撓的承諾。

接下來，繼續輾轉城市的不同角落，直至天邊露出魚肚白。

「叮噹！」

「感謝你修好後巷的街燈，幫了街坊很大忙，謝謝。」

一小句街坊發來的訊息，平凡又溫暖，屬於辛勤勞動者的榮光。

今天同樣是和平的一天。

天亮了，街燈熄滅。

清晨的小鳥吱吱喳喳，白晝的光，為人們帶來新一天的朝氣。

而我，累了。

回家喝湯！

對不起，我傳染了你

杜薇 / 自幼愛幻想，舞文弄墨，寫散文故事自娛。退休後加入香港小說學會、香港寫作學會及結廬學社，閒時寫作，以文會友，自得其樂。作品曾獲刊於《明報》副刊〈自由談〉、香港小說學會歷年文藝沙龍特刊及香港寫作學會五周年紀念小說集《楊庭綠蕊》，近期作品刊於結廬學社新書《書影文心車馬喧中讀書樂》。

此刻，我坐在一陌生房間內一張陌生的床沿，床上有陌生的鋪蓋，床旁小几上有隻陌生的水杯。

房間的另一邊坐著一位惡形惡相的老人家，她用尼龍繩繞過窗口的窗花然後拉到門邊，綁住放在那裡的座椅靠背，把房間對分成兩半。

「哼！別再踏過來半步，」她惡狠狠地喊道：「別再睡我的床，別再用我的杯！」

我怎麼會來到這兒？腦袋中殘留著兒子的話：

「老媽，你把病傳染了老爸，我照顧不了，只好把你送走。」又說：

「我不是偏心，只是照顧老爸會方便一些，我也很無奈，對不起你。」

就這樣我便來到這陌生的地方？對不起，孩子的爸，我傳染了你，送我走是應該的。

「該到你了，怎麼又跑回房間來？」一位身穿白色制服的高大男工走進來，強而有力的手臂一下子便將我塞在輪椅上，然後推入另一房間內，不由分説便扯去我的衣服，我驚叫「不！不！我不要！」

「吵甚麼？不脱衣服怎能洗澡？」他沒好氣地按住我的頭，水蓮蓬的水灑下來，接著拿起海綿棒，擦得我整身都是浴皂泡，又不屑地説：「這把年紀，又生過孩子，還顧甚麼尊嚴？甚麼樣的軀體我未曾見過？值得你呱呱亂叫礙我工作！」

這裡是浴室，門沒關上，門外一個個脱光了的老人家不分男女地坐在輪椅上，按次序排隊等候著，面對其他人赤身露體毫不訝異，大家都會獲得同樣的招待，就如工廠中某個工序一樣，我們都是生產線上的產品，還管他媽的尊嚴不尊嚴！

乘著工作人員不覺，我趁機跑到門外。送入眼簾的一幢一幢建築物甚為熟悉，不是嗎？左邊是尖沙咀火車站鐘樓，我曾每天都經過它並登上火車到馬料水上課；前面高等法院旁豎立著和平紀念碑，我和孩子的爸在這裡訂情；右邊是聖保祿醫院，我在產房誕下了孩子；遠方瑪利諾修院學校杜鵑花在整個校園燦爛地開放……但它們為何聚集

在一起？而我又身在何方？

　　忽然，不遠處出現了我任教的學校，呀！我不是要趕著上課嗎？我連忙跑進校園，迎面而來是一位不知在哪裡見過的老師，也許是主任吧，他板著臉對我說：

　　「怎麼到這個時候才回來？不用上課嗎？」

　　哎！對呀，要上課。但，上哪一班的課？實行流動班房編制的他們坐在哪間課室？我連忙跑到教員室內在牆上掛的總時間表上找尋，心裡著急得「突突突」的跳個不停，唉！沒有、沒有我的名字，找不到科目⋯⋯找不到班別⋯⋯

　　「這位老師，」身後有副聲音道：「你不是要到 5A 班上課嗎？你不去課室，他們跑光了啦！」

　　啊！是吧。我得趕快拿筆記課本才是，但，我的辦公桌在哪兒？我把教學用品放到哪裡了？教員室內似乎沒有容得下我的地方，一張張詫異的面孔瞧向我，好不尷尬，我只好兩手空空地去上課。

　　5A 班被編在哪裡上課？503 室？沒有；304 室？206 室？402 室？我發狂地在校舍遊走著，腦袋一片空白，想不起要教些甚麼課題，心急如焚，面紅耳熱，汗流浹背，不期然地淌下淚水⋯⋯

　　「老師，我們等了整個下午，你怎麼現在才出現？他們都離去啦！」

　　終於，我被幾個女生圍著，這就是 5A 班的學生？我好像未曾見過她們呀！

「你們在哪裡？」我氣沖沖地問。

「音樂室。」一位下巴尖尖的女孩回答道：「你不是很討厭在有五線譜的黑板上繪畫供求均衡的變化嗎？怎麼忽然忘記了？」

「你是班長嗎？」我強作鎮靜地問道。

「不，我叫任冰儀，」她疑惑地指著另一紮了辮子的女孩說：「方燕芬才是班長，還有副班長梁素芸。」

「還有我，譚倩桐，」另一短髮的女孩補充說：「她是羅彥卿。」

「對呀，現在只餘下我們五個，鄭君年、譚炳仁他們幾個男的都走了。」

「老師，你好像已忘記了我們，如果今天不用上課，我們便放學啦，再見！」

是的，我對忘記了自己的學生升起了濃濃的歉意，來不及應對，慚愧地呆立著，目睹她們不滿地掉頭遠去。

唉！這裡沒我的事情啦，我也該走了，我踏出了校門準備回家。

不過，眼前的景象卻變了樣子，全是高聳入雲的大廈，街上車水馬龍，行人道上人來人往，都在匆匆趕路，好不容易問了好幾個路人，答案卻截然不同。

「這裡是天水圍，要乘車便去輕鐵站，初來埗到呢。」

「你從沒來過東涌市鎮嗎？乘巴士回家吧！」

「這兒是杏花邨，地鐵站就在前方，怎麼沒有家人陪伴，怪危險的！」

「你獨個兒竟然走到西九文化中心海傍來，要不要替你報警送你

回家？」

　　不！別報警！我騎上靠在路旁的一輛電單車，不辨方向風馳電掣地駕駛著，在熙來攘往的公路中橫衝直撞，在蜿蜒的山路小徑上顛簸擺動，又在沿著山勢興建的長長的石級彈跳飛馳而下，差點碰上路旁擺賣的小販，險些撞到推著嬰兒車的年輕媽媽，險象橫生，不知所措，最後，不懂駕駛的我終於停在某遊艇接駁碼頭的石壆盡頭。

　　一邊喘氣一邊抹汗，我靠在欄杆四下張望，只見腳下拍岸的浪花，天上飄浮的雲朵，遠方起伏的山巒，眼前拍翼展翅的海鳥，都在告誡著我，早應隔離獨處，別傳染他人！

　　「孩子的爸，原諒我傳染了你，好好養病，好好生活下去！」我哭著喊著……

　　「醒醒吧，還哭呢，」孩子的爸緊緊地抱住我：「午間小睡便做了個甚麼夢？」

　　我一把抓住他的臂彎，心房仍在「撲通」地跳著，嗚咽道：

　　「我找不到課室、忘記了學生、不認得回家的路向……」

　　「不奇怪呀！這是你經常做的夢，但這次好像特別緊張呢！」

　　「這次……這次我把病傳染了你，兒子把我送到護老院去。」

　　「吓！你傳染了甚麼病給我，要把你送到護老院？」

　　「我忘記了所有的事，是認知障礙腦……腦退……」我不再說下去了，因為我知道他一定會大笑不已。

　　果然，不等我把話說完，他已捧腹大笑，好不容易才停下來。

「孩子的爸，你別再笑，如果有一天我們兩人都出現腦退化怎辦？」

「可以怎辦？每天都忘記了昨天的對方，那麼每天都是初相識，便每天重新再墮入愛河好了！」他又在笑。

「如果我們把孩子忘記了怎辦？」

「唉！又可以怎辦？只要他沒忘記我們便沒問題啦！」他收起笑容，正正經經地說：

「孩子的媽，你在退休前承受了教學上過重的壓力，退休後又害怕會遺傳上你媽媽的病，經常擔憂一些想像中未曾發生的事，這恐怕是焦慮症的徵象，放鬆下來別胡思亂想吧，不然要去探訪心理醫生啦！」

「來！」他拿出一盤玻璃彈子跳棋：「這是你的強項，我總不是你的對手，輕鬆一下，動動腦筋，腦袋哪會這麼快退化！」

無言。

感激！

校園卜卜趣

阿兆 / 原名林兆榮，香港小說學會會員。著作：《迷你青春痘》（微型小說集）、《送上一籃青果》（散文集）、《微型小說鯤與鵬》（論文集）。曾任微型小說寫作坊講者。現任華文同題閃小說編輯。

幸福

生活課氣氛從來活躍，老師樂意讓同學東拉西扯。

Miss 陳：有些人家境貧窮，仍然感到幸福；但有些人家境富裕，仍然覺得不幸。為甚麼？

Miss，你不過想說明，知足者貧亦樂之嘛！

Miss，貧賤學生百事哀呀！

Miss，有錢使得神賜福，教會裡有很多富豪。

總之一句，有錢就有幸福！

Miss 陳在七嘴八舌的圍攻中，氣定神閒。待喧嘩過後，大家留意到 Miss 古怪的笑容，順著她的目光，調整視角，只見朱少雄伏在書桌上，發出均勻的鼻鼾聲，口涎弄濕了筆記簿。轟然的笑聲使天花板也掉下幾粒灰塵來。

雄小豬！豬少雄！

少雄隱約聽見班花嬌柔的呼喚，還感到玉指輕輕地碰觸自己的胳臂，盈盈笑靨注入眼簾，甜甜地流到心窩裡……好夢總是短暫的。

朱少雄，起立醒醒神。你對幸福有何睇法？

Miss，幸福……幸福是在夢中，妙不可言！

可言的不妙吧，又打機通頂啦？

不，不！我三點起來派報紙，阿爸病了。

哦！你坐下，賜你免死金牌，繼續做你的甜夢。

Thank You！Miss！

鄰座班花的笑靨燦爛，加上 Miss 慈愛的眼神，少雄的幸福感油然而生。

拍賣校長

學校慈善賣物會的壓軸好戲是拍賣校長。

紅、黃、藍、綠四社社長磨拳擦掌，誓要奪得校長歸，嘗試當校長的滋味。

鬼主意是學生會出的，校長竟然答應賣身，條件是要按錦囊行事。一個錦囊由校長製訂，另一個由會長設計。

校長笑微微地走上拍賣台。拍賣會隨即開始。校長微笑地看著台下鬧哄哄的師生。他的笑意惹來揣測：內裡有鬼是學生的想法；過份兒戲是教師的擔心。

拍賣會主席笑著說，「很快，我校將會誕生一位新校長，即使是

一天的校長。」她望了望台下四位社長，發覺他們只是傻笑，於是說，「新校長任重道遠，要繼往開來，但只有一天的時間。」她頓了一頓，「台上是我們如假包換的校長，是嗎？」「是！」台下整整齊齊地回應。「好！請校長在授權書上簽名。」校長保持著微笑。

競投氣氛熱鬧，每一回合，各由一位社幹事用搞笑默劇來演繹當校長的風光，搏取掌聲、叫好聲與捐款。最後，由綠社奪得校長席位，四社合共籌得 36,963 元。

綠社社長打開會長的錦囊，人物不過是：卸膊教師、古惑學生、橫蠻家長和諸事街坊，並不古靈精怪，惹來了一片噓聲。接著要打開校長的錦囊，大家都不寄以特別的期望。社長先是一愕，然後把妙計朗讀出來：「治大國如烹小鮮，治校和廚藝也有共通之處。現給你四種調味料：蜜糖、沙律醬、辣椒和紹興酒，希望你能心領神會。」

綠社社長是一位聰明絕頂的女孩子，她和智囊作出了英明的決定，用四種調味料對付四類人物，不費吹灰之力，完成了校長一天的工作。

校監

學校有兩位校監，一位真人少露相，一位幾乎天天見面。後一位，稱為譚太。

譚太來學校，無事靜靜離去，有事則駕臨校長室。校長對她又愛又恨，幾個老師恨得牙癢癢。

今天，譚太駕臨校長室。

「校長，早會用普通話和英語不是不好，但多數學生聽得不明不白，不妨用廣東話翻譯。」她接著説，「食物部秩序時好時壞，今天發生兩起打架事件，當值的嚴 Sir 竟然不干預，學生稱他為嚴大少，上課秩序一團糟，請校長正視。」校長連忙記錄在案。譚太繼續説，「有些女生胸圍五顏六色，不太好，請訓導老師跟進。」校長唯唯諾諾。

　　譚太話説完後，站起來告辭。校長請她留步，滿臉堆笑地説，「謝謝您的提點！有一事想您幫忙。李不群罰停課的事，前因後果，您也清楚，但家長針對老師，還告上教署。今天教署來人，您可否見見有關官員？説句公道話。」「好！甚麼時候？」「十五分鐘後便到。」

　　教署官員聽完李太陳詞後，便要求學校撤消停課的決定。譚太義正詞嚴地説，「李不群同學多次侮辱老師，上課喧嘩，毆打同學，視老師如無物，又拒絕社工輔導，理應停課反省。你説要尊重學生的學習權利，被他欺負的學生又怎樣？同班學生的正常學習權利更要尊重。既然李太認為兒子的情緒不受控制，那麼，請教署轉介去特殊學校，又如何？」教署官員忙搖頭，冷冷地説，「相信譚太是學校的訓導主任吧，你的職責是教好有問題的學生……」校長忙打斷官員的話，「譚太是家長教師會的主席。」官員一臉尷尬，失了方寸地説，「那麼？那麼？你看怎麼辦？」譚太溫和地對李太説，「教好子女，父母有責，不應盡把責任推給老師。縱容子女，受害的不僅是子女，父母會自食苦果的……。」

　　自從成立了家長教師會，「多」了一位「校監」，學校的文化正在改變中。

快閃黨

　　我認我是小人，訪問？交流？十團有九團，是旅遊購物團。啱！啱！對優秀幹部優秀教師，作為獎勵，應該，應該。

　　校長過份緊張，慘過董特首來校。昨晚對我說，興叔，你是阿頭，要把好關呀！明天貴賓光臨，唔好失禮人呀！還是不放心，親自帶著我們幾個工友，巡了一遍，連坐廁板、樓梯扶手都用手指揩了揩，確定無問題了，才讓我們放工。

　　阿彌陀佛！今天一切順利，「秀」做得好，明天準見報。咦？似乎沒有記者來，也難怪，又不是名校，誰願來？唉，有排執手尾，做校工，騾仔命。真替師生不值。儀仗隊要彩排啫，連上課也要彩排！到頭來，人家連眼尾都沒瞧一瞧。班主任監督住班馬騮做壁報，忙了兩星期。怎知，貴賓只是在走廊經過，一番心血，無人欣賞。

　　今天更苦了學生，制服隊伍、啦啦隊守在校門，曬足兩個鐘頭，就是為了那幾分鐘。迎來了，以為可以休息一會兒，怎知汗濕了的衣服未乾，又接緊急通知送客，百多名學生趕往列隊，幸好沒亂作一團。

　　不是說要聽課和開交流會嗎？怎知滾水淥腳，話要趕去流浮山喝！來個旋風式訪問，十多部相機跟到實，一舉一動絕不遺漏。下車⋯⋯上車⋯⋯整個過程，閃光燈閃呀閃，就是這樣。我點解清楚？我作為校工頭，全程要跟出跟入，怎會不清楚！

　　校長洋洋自得，威到盡啦！威俾邊個睇？街坊囉，堂堂大省都

派人來訪問，學校增值可期囉！嘩，那些巨幅歡迎標語，起碼掛到學期尾，幾千銀喋！我話校長太天真！點知班學生仔更天真，話大陸貴賓追上潮流，成為快閃黨。我追問快閃黨係乜東東？怎知班哇鬼一聲「閃」呀！連鬼影都不見了。

葉公好蟲

葉公好蟲，譽滿天下，頌詞：

考試測驗停不了！優良知多少？修己善群耳邊風，科場足堪馳騁笑談中。

爭名逐利雄心在，只是人格改。為報葉公幾個優？捱更抵夜博取名校留。

話說當年星河中學冒出一個八優狀元，霎時成為准名校，從此葉校長堅信：五育並重是假，科場爭勝是真。故對能揚名立萬之書蟲，即使品行差劣，仍恩寵有加。

某天，葉校長等人謀劃於密室：
「校長，此計萬無一失。」訓導長說。
「憑甚麼？」校長瞪眼。
「故技重施嘛！」副校答道。
「成嗎？」校長不屑地說：「教師、家長與校友代表這三類人都不成氣候，名與利可以搞掂。」跟著壓低聲線，「想當年，我們造反派，」

他呷了一口茶，「學生會是必爭之地，難保……」他加重語氣，「後生仔不知天高地厚……」

「不如拉倒？」訓導長狐疑。

副校一臉嘲諷之色，「要操控！辦法多的是！想當年，我們……」

副校笑笑，「劉邦原來不讀書，書呆子不會造反。」校長點頭稱是。

副校獻計，「投票期加強功課壓力，搞到人仰馬翻，無心投票，有利於操控。」

校長默默點頭，說，「成立學生會是名校標記。但必須為我所用。」

「也不妨造票。」訓導長諂諛地附和。

被戲稱為「書蟲閣」在沒有對手下自動當選。

葉校長得悉結果後喜氣洋洋。

「校長，學生會長想見您。」主任有點惶恐。

「我也想接見他們，好作一番訓示。」葉校長鄭重地說。

「他們……他們準備了一份……一份會談的大綱。」訓導長囁嚅地說。

「一定是要擠身全港十大名校計劃書啦！」葉校長自鳴得意。

「這……這是一份，是一份改革校政的十大建議書。」主任鼓起勇氣說出來。

「吓！甚麼？甚麼建議書？」校長頓時異化為葉公……

「張書記，快！快叫白車！」訓導長慌張地嚎叫。

歡樂今宵

春日鳥 / 原名陳傑強，筆名春日鳥。喜歡創作故事。生活中有感動的，也會寫下來。曾在一些小形徵文比賽中獲獎。著作有武俠小說《一刀難斷》。

歡樂大廈鬧鬼。

有人說夜裡二樓會無端亮起燈光，還隱隱有樂聲，人影幢幢。去看，卻甚麼也沒有。

這夜我就在二樓門外。

我置身這裡的原因很簡單，校花剛派姐妹傳話，說擺了個熊本熊布公仔在二樓，若果我能找到，明天一早獻上，校花會考慮跟我約會。

看去黑漆漆一片，我正想入內，突然藉著窗外偷進來的月光，現出了一個人影。我嚇了一跳，急忙閃到門外。喘著氣回想，那影子像是在沉思似的，也不知是人是鬼！

我正考慮著要不要再闖時，突然好像一股電流擊進我的腦袋，緊接著便聽到裡面傳來樂聲，燈光也透了出來。

那是粵語殘片中，上海舞廳的樂曲。如棉花糖般甜，也一般的

軟綿綿，聽得人骨頭也酥軟。好像叫人懶理天塌下來，且先醉眠，嬉笑。

我扭頭向內望，卻見已是燈火通明，天花幾盞鑲滿鑽石似的大型水晶燈照耀著。幾十桌男女共坐，男的西裝畢挺，女的盡穿高雅旗袍，喝著洋酒，歡欣對談。窗邊亮著「金宵舞廳」的七彩霓虹招牌。

「好花不常開，好月不常圓，愁堆解笑眉，淚灑相思帶……」一陣悅耳的歌聲令我循聲望去。台上歌女尖尖的臉蛋，白皙臉容，修眉麗目，不是幾年前無綫的當家花旦繆騫人是誰！只是這位「繆騫人」是能唱的。穿一襲旗袍，站在台上，盡顯婀娜身段。繆騫人唱的是李香蘭的腔調，甜膩如蜜餞，把曲中及時行樂的情懷，演繹得淋漓盡致。

歌女容顏艷麗；但神情冰冷，唱到：「今宵離別後，何日君再來」時，戴著白手套而顯得更細長的手指向前一伸，真是勾魂攝魄，似是邀盡天下男兒；但我循其指尖望去，卻見到……周潤發！一位英俊神彩的青年，嘴角帶著發哥一貫玩世不羈的笑容，專注地看著繆騫人。他的目光只看著歌女，好像世界不存在了，只有眼前人。

一曲既畢，周潤發疾步上前，扶了歌女到他的一枱。調笑了幾句，繆騫人仍是冷冷冰冰的。後來他隔著玻璃杯看繆，也不知說了幾句甚麼俏皮話，後者便笑了。他執著繆的手，兩人細語喁喁，說到情濃處，發哥低頭便吻，繆把頭一側，只讓髮梢給他吻。這小小的戲

弄，卻惹得自己忍不住笑得花枝招展了。要說發哥是七分瀟灑，三分輕狂；這繆騫人便是那一刻十分冰冷，這一刻十分火熱。

悠揚、使人忘憂的音樂奏起，他便牽著繆的手，踱到舞池中。色士風的音色纏綿如風，能讓人舒適地躺臥其上；又如緞帶，拉扯帶領著人們起舞。人們在琉璃燈光下，扣著手，摟著腰，大小緩急地迴旋、起伏，如輕舟在水上盪，如一對對的天鵝滑過冰面。

這中間，發哥繆騫人最為當行出色。這一對舞出了美，散發著陶醉的感情。猶如花叢中盛開了牡丹，自然地便引人注目。發哥情深款款地凝望著繆騫人的眼睛，再由這對眼睛進入到靈魂的心湖去。繆騫人臉頰酡紅如醉，醉倒在發哥結實的胸膛上，卻又如小貓般仰臉看發哥，水晶燈映照著繆騫人的眸子，晶瑩的眼波在流動。

這時我發現校花的熊本熊，原來就瞪著呆眼躺在周潤發的椅子下，我便躡手躡腳地溜過去拾起它。卻沒有發覺音樂聲停了。

我一站起來，便跟發哥打了個照面。豈料他一見到我，便像見到鬼般，叫道：「是你！」見到我手上的布公仔，臉色變得更是難看：「吓，熊本熊！」

他的反應嚇怕了我，就在我不明所以之間，整個舞廳開始變化了。就像古老的電視機關機時，畫面逐漸消失。一切變得不真實起來，那些跳舞的群眾也是愈舞愈遠。繆騫人也開始消失，其實我也說不清，這位歌女好像是在飄走。

周潤發極力伸長他的手，要抓住繆騫人，每一刻都似是抓住了，卻每一刻都沒有抓住。繆騫人好像仍在目前，卻分明在遠離中，漸遠去漸小。周潤發在狂呼：「假的，一切都是假的！熊本熊都是假的。現在是一九四一年，是一九四一，一九四一……」

　　二人盡最後之力掙扎，發哥居然捉到愛人的手了！只是此時繆騫人被一股來自虛無的巨力一扯，立時迅速遠去，退回無限遠的太虛幻境中去了。發哥只能搶回一隻手套。

　　「原哥……」「小蘇……」兩人最後的呼喚，都叫得傷心欲絕，餘音迴盪；聞者斷腸，心旌撼動。

　　一切的真實原是虛幻。形體在褪色、溶化。軀殼變成紙張，隨後只餘線條，漸漸線條也淡了，歸於無有。燈光也是假的，原來只有窗外月色，幾點流螢。

　　我好一會才定過神來，看躺在地上的男子。這時他已白髮蒼蒼，原來竟是街尾開雜貨店那位上海佬原伯！想不到原伯年輕時竟活脫脫是個周潤發！

　　他恨恨地看了我一眼，斷斷續續地說道：「你條……死仔。我好艱難學了茅山術，集中念力，心無雜念地想著一九四一年我最快樂的一夜。我患了絕症將死，更能集中，想了三日三夜，今夜居然成功了。……後來打仗，沒了小蘇……混蛋……你搞砸了……。」

　　他長長地呼出了一口氣，攬著那隻殘舊生塵的手套，暈過去了。我立刻跑出去打電話召救護車。後來看凌晨新聞說原伯死了。

同日，二〇一一年二月十四日的早上，我把熊本熊扔在校花桌上便走了，也沒有提出約會，校花一定以為我很酷吧。其實我是沒心情。雖然，我曾經抗議原伯點口水取塑膠袋不衛生，兩人吵了幾句，我可無心害他啊。若有日我跟校花親熱時給人拆散，我也會傷心死啊。

　　夜裡我偶然經過歡樂大廈，一定會抬頭望，卻總沒看到甚麼。

　　然而，某個秋愁之夜，我抬頭看時，卻看見金宵舞廳的燈光！窗前兩個依偎著的人影，看其風流身段，分明是阿原和小蘇。阿原將額抵著小蘇的額，執起小蘇的手，翩翩地舞起來。一迴旋，便離開了窗欄，看不見了，燈光徐徐暗下。

　　自此，金宵舞廳的燈光再沒有亮起過。

樓奴？投資？

嫦娥 / 我寫了四十多年日記，為甚麼我能保持這習慣這麼多年？這除了因為我喜愛寫作外，還因為寫日記是一種最佳抒發我心中所思、所想及所感的途徑。近年我學習及嘗試寫小說，實踐我多年的夢想 —— 以小說形式與讀者分享人生種種。

「嗚⋯⋯嗚⋯⋯我未去過迪士尼公園呀，老師去過，連同學都去過，但是我未去過，連旅行都未去過！嗚⋯⋯嗚⋯⋯」兒子讀五年級上學某天（二〇〇二年尾），他放學回到家中向媽媽（小蕙）哭鬧。

「我們有去大陸旅行呀。」

「不是乘飛機去的，不算旅行！嗚⋯⋯嗚⋯⋯」

小蕙細問之下，才曉得今天老師在課堂上談論到迪士尼公園如何好玩，還說到自己去過不同國家的迪士尼公園，此外還有很多去過迪士尼公園的同學都加入談論。

其實不但兒子不曾遠遊，小蕙和丈夫（建業）也不曾一起遠遊，這是因為他們做了樓奴！

兒子的哭訴令小蕙百感交集，也勾起她很多回憶。

*　　　　　*　　　　　*

一九八八年尾某天，三十五歲的建業與同事兼老友德華一起吃午飯時，他興奮地告訴德華：

　　「我最近買了一間單棟樓樓花，建築面積接近五百平方呎，位於鰂魚涌。」

　　「在中產區，樓價很高嗎？」德華問。

　　「樓價接近六十萬，我付了三成首期，向銀行借四十萬，供二十年，利息 10.25%，月供接近四千元。」建業詳細地告訴德華。

　　「啊，每月供款額超過你的基本工資一半！」德華驚訝地說。

　　「我經常有加班收入，並且與家人同住於公屋，家庭開支不大，因此只要我節儉點便應付得來。」建業說。

　　德華忽然明白建業為何近年特別節儉，他看到建業不但開工時穿公司制服（恤衫、西褲），連工餘時間也多是穿制服，此外常常看到他在公司吃麵包作午餐，也不見他遠遊……

　　雖然建業是個低級職員，工資微薄，但是他自工作後，便有儲蓄的習慣。此外他把積蓄做定期存款及買外幣賺取投資收入，八十年代外幣兌港幣不斷升值，他也賺了點錢，以致他有能力付房子首期。

　　兩年多後，建業結婚；婚後一年多，他的太太給他生了一個兒子。兒子出生後，他向太太提出換較大房子的建議。

　　小蕙婚前與家人同住在比現時住所還細小的舊樓，婚後她有新樓住，已感到很滿意，便問建業：

　　「為甚麼要換樓？」

　　「這房子太細。」

「不算太細呀。」

「房子大點好些。」他與家人自小住在狹小的公屋，且是沒有房間那種，他深感居住環境惡劣，他的心願是要買大房子住。

「我們的房子快將供完，換樓便要長期供樓！」

建業結婚後，家中多了太太的收入，加上他們稍有餘錢便用作償還樓按，以致本來要供二十年樓，現在只需數年便供完。

她並不感到需要換樓，但他卻堅持要換樓，換樓一事便陷入膠著狀態。

兒子數月大時的某天，小蕙看到兒子坐在學行車上，在廳中走了幾步便撞到對面牆壁，深感房子太細，不夠兒子活動，便同意建業換樓的建議。

數月後（一九九三年五月），他們終於以一百六十萬元賣出房子。賣樓後，建業特意請假在同區選樓，小蕙則放工後跟建業一起睇樓。因著轉樓的預算有限，建業便要在目標屋苑（同區、近地鐵站及較大的單位。）中選最平那間買。

賣樓後第二天，建業致電小蕙：

「我在地產代理處看到一個離地鐵站只有三分鐘步程的屋苑的一個單位，標價比其他同類單位平，價錢也在我們的預算之內，待你放工後，我們一起去看樓吧。」

入到該單位，首先映入小蕙眼簾的，是佈滿小孩塗鴉的牆壁，接著她從客廳寬大的落地玻璃窗，看到一大幢骯髒、佈滿垃圾及有大量僭建物的舊樓！這些景象嚇得她不願多留，他們在單位內行了一圈

後，便匆匆離去。

離去後，小蕙打算回家，但是建業說：

「我們在附近行一圈，商量一下吧。」

「好。」

「在我們的目標屋苑中，這個單位是最平的，貴點的，我們買不起。牆壁的塗鴉是可以用油漆遮蓋，單位雖然是對著舊樓，但是也看到山及天空。我們昨晚看那幾個單位，雖然價錢與此相若，但地點卻較遠離地鐵站⋯⋯我們還是買這個單位吧。」

「好吧，但是單位那麼差，我們要壓價。」小蕙想起昨晚抱著九個月大的兒子睇樓時行得很辛苦，便想到如果不買這間較近地鐵站的單位，而買較遠地鐵站的，以後抱著兒子出入便會很辛苦，便答應他。

「同意。」

之後，他們便再到地產代理處，提出要求減價五萬元，地產經紀與業主在電話中商討後，最終大家同意減價三萬元。之後，地產經紀說：

「我們現在一起到這單位與業主簽約。」

「為何不是叫業主到你們這處簽約？」小蕙感到奇怪，便問。

「屋苑樓下有數間地產代理，如果業主下來時留意到同類單位的標價，比我們議好的價錢高得多，可能會改變主意。你身上有沒有支票？如沒有，我可代開支票，但是你要入錢到這戶口，支票才能兌現。」

踏入一九九三年，在中英兩國恢復外交接觸，共商香港一九九四／一九九五年的選舉安排的這種背景下，市場氣氛轉趨樂觀，樓價再度攀升（這讓香港人瘋狂買樓的熱潮維持至一九九七年。），因此如果談好價錢又不立即簽約及付訂金，業主隨時會加價，所以有部分地產經紀會代開支票。

「我有帶支票。」因著小蕙心急買樓，她是帶著支票去看樓的。

由看樓至簽約，都不足一小時，他們就以二百六十二萬元買入這間建築面積六百七十平方呎的房子。他們簽臨時買賣合約時，還不曉得單位是向西、屋苑有平台花園及泳池等。

他們入住不久，打了一場很大的風，把對面舊樓外面的垃圾差不多全吹走。再過數年，舊樓維修，包括拆卸了大部分僭建物，舊樓外觀得以大大改善。

他們用賣樓的錢，還清之前房子約十四萬元的樓按尾數、付了新居約五成的首期，餘數一百三十萬則向銀行借，供二十年，利息8%，月供約一萬一千元，這供款額佔他們夫婦月薪總額約一半。這對本來快將得以「贖身」的樓奴，現在又再「賣身」做長期的樓奴了！

他們不想付高昂的利息，稍有積蓄便用作還樓按，以致總樓按年期由二十年減至十一年多，可是代價就是他們要過著「貧賤夫妻」的生活！

＊　　　　　＊　　　　　＊

因著兒子的哭訴，建業向弟弟借了點錢，帶太太及兒子於聖誕節去大陸旅行，是要乘飛機那種。

一年後（二〇〇三年尾）某天，即是建業五十歲時，建業辭去做了三十多年的工，之後回家對太太說：

　　「我已辭職，且從此退休。」

　　「哦。」他的話使她感到有點詫異，因他之前從未提及提早退休的打算，不過她尊重他的決定，沒有多問甚麼。

　　因著香港電話公司不能再壟斷香港固網業務及公司易主等的因素，公司的經營環境及工作環境每況愈下！建業是在公司多次裁員中的「幸存者」之一，但也遭到減薪、減福利。此外公司對員工的工作要求變得不合理，尤其對老員工，建業近年因工作壓力大變得鬱鬱寡歡、脾氣暴躁，還經常無理責罵太太。因此建業很多同事也如他那般辭職，只是辭職時間不同而已。

　　建業拿到退休金後，用部分退休金還了餘下約二十萬的樓按。

　　不用供樓，建業又有退休金旁身，因此小蕙的養家壓力不大，他們還可經常全家去旅行。此外因著有建業在家照顧兒子及做了大部分家務，小蕙做家務的壓力也變得輕省得多。建業退休後，沒有工作壓力，過著輕鬆愉快的退休生活，心情好了，也少罵了太太，夫妻關係也因而改善了。

　　二〇〇三年，香港經濟持續低迷，加上 SARS 疫症於社區大規模爆發，樓價大幅下跌，他們的住所也跌破買入價，但是往後樓價持續上升，十多年後他們的房子升值數倍至約一千萬元！

　　一天，已大學畢業及出來工作了數年的兒子興奮地對媽媽說：

　　「我找到一份比現時月薪多一萬元的工！」

「那麼你數年後該可儲夠首期買樓。」

小蕙因沒有能力幫兒子買樓，便只要求兒子每月給她數千元家用，以便兒子能自己儲錢買樓，而兒子也一直有儲蓄的習慣。現在小蕙看到兒子的工資大幅增加，再加上他所從事的資訊科技行業是現今世代當旺的行業，她便期望他數年後能買到樓。

「我不會買樓。」

「你將來結婚是要搬出去住的。」

「我會租樓，不會買樓，現今買樓已不是一項好的投資。」

小蕙一向的想法是：如果有能力買樓自住，便該買樓，不該租樓。兒子不願買樓的想法，令她重新思考是否該買樓的問題：

「現今樓價高企，縱使兒子將來有能力付首期及供樓，都是會變樓奴的，他不但要過著『貧賤』的生活，還會在經濟不景時為供樓而擔憂。可是如果不買樓，積儲又該作何種投資呢⋯⋯」

空中驚魂

CK/ 工程師，參與項目包括中環灣仔繞道、將軍澳跨灣橋、東涌新市鎮發展、梅窩海濱長廊等。喜歡閱讀，特別喜愛的作家包括托爾斯泰、狄更斯、屠格涅夫、阿徹、巴金、白先勇、三毛、龍應台等。也喜歡打網球、乒乓波、下棋、看電影、話劇、聽古典音樂、欣賞繪畫作品等。

在香港赤鱲角機場遙望天空，一架客機在風暴中盤旋，遇到強勁氣流，客機劇烈搖晃，兩秒內急墜二十米，嘩！呀！嘩！呀！乘客的呼喊聲和哭叫聲響徹機艙！

二〇一八年九月十六日早上七時，一班乘客在法國巴黎戴高樂機場準備乘搭國泰航機 CX9413 前往香港。在等候期間，國泰航空宣佈該航班將延遲一小時才起飛，乘客已經知道香港將會懸掛風球。四十五分鐘後，國泰航空再次宣布該航班將再延遲二小時才起飛，有些乘客開始擔心可否如期回到香港的家，有些乘客開始鼓噪！

得悉香港即將受到颱風吹襲，機師取得天文氣象資料，預計到達香港赤鱲角機場時已懸掛八號風球，在此情況下，機師主動聯絡香港赤鱲角機場，詳細評估飛行風險，認為風險不算高，可以安全著陸。最後，機師獲得國泰航空管理層批准，航班 CX9413 於原定時間延遲

三小時終於起飛。

二〇一八年九月十七日早上七時，該客機飛抵香港上空，但始料不及，熱帶風暴山竹已提前吹襲香港，風力並增強至九號風球！

「我是機長奧加圖·列堤頓，客機即將遇到強勁氣流，請立即緊扣安全帶並採取防撞姿勢！」機長緊急呼籲。

不消一分鐘，轟隆！轟隆！客機活像玩具被巨人舉起搖晃，眨眼間凌空急墜三十米，乘客感覺像跳樓一樣，心臟跳動突然加速，面頰扭曲，驚呼狂喊，呀呀呀……有些乘客眼淚直流，有些乘客反胃嘔吐！

機長嘗試加速客機衝破狂風降落，飛機維修區漸入眼簾，機頭突然急速墜，機長臨危不亂，立刻將客機抽頭升空，在空中盤旋，等候適當時機才再次嘗試降落。

客機不時遭受強勁氣流襲擊，有些行李跌落地下，乘客驚惶失措，身體左搖右擺，面頰扭曲，狂呼哭叫，面臨生死邊緣！

「我都再三反對乘搭 CX9413，嗚嗚嗚……，今次真的是九死一生啦！」楊美嫦埋怨地喊叫。

「早知聽取妳的意見，乘搭下一航班回港，本來想早些探望剛剛出世的孫女，真的猜想不到我們可能沒有機會了，都是我的錯！」盧耀祖感嘆地說。

「真的不想那麼早死，天啊！救救我們。」楊美嫦哭著懇求。

盧耀祖和楊美嫦已結婚三十五年，當年他們屬於小康之家，藉著開設粥麵店，朝四晚十一辛勤工作，撫養四名子女，供書教學，現在

他們已長大成人，各有所長，他們兩老心感恩惠。去年正式退休，跟隨長子子祥移居巴黎，安享晚年。今次回港探望首名孫女，次女家寶所生，自從孫女出生後，他們的話題總是離不開孫女——她健康嗎？她有多重？她似誰？她的名字？她飲奶多少？他們喜樂的心情，溢於言表。面對今次可能遭遇空難，喜樂的心情煙消雲散，慨嘆上天為何這樣對待他們！

賀詩雅獨個兒坐在機尾，面對死亡的威脅，心裡十分恐慌，早已哭成淚人。兩年前情海翻波，已拍拖七年的初戀情人移情別戀，心碎如麥片，太陽不再從東方升起！在極度傷心的情況下，不理睬媽媽的勸告，毅然離家出走，隻身遠赴曾經留學的法國。

「詩雅，媽媽中風入了法國醫院，經醫生搶救後，在深切治療部觀察，醫生評估媽媽危殆，趕快回港！」昨天詩雅的姐姐詩欣來電告知。

「吓！我立刻買機票回港。」詩雅毫不猶疑地回應。

賀太疼愛兩名女兒，過去兩年，她牽腸掛肚，非常擔心詩雅情緒不穩，做出傻事，經常電聯詩雅。

「詩雅，近況如何？媽媽非常明白妳的心情，我也曾經失戀，當時非常痛苦，茶飯不思，但想深一層，塞翁失馬，焉知非福，難道獨自悲傷能解決問題嗎？幸好現在知道彼得的廬山真面目，否則結婚後才知，後果不堪設想。讓時間醫治妳破碎的心吧！希望妳早日能重新振作起來，媽媽愛妳，每天等候妳回家相聚。」

詩雅默言無語，回想媽媽安慰的說話、擔憂的面容，眼窩濕潤

熾熱。

客機再次劇烈搖晃，詩雅的心彷彿也被挖出來，很擔心今次遇上空難，後悔當初不理睬媽媽的勸告，離家遠赴法國，不能見媽媽可能的最後一面！想到這樣的情況，她哭成淚人。

兩天前，羅維生妻子李敏儀來電：「天文台預測後天超級颶風山竹可能吹襲香港，不如風暴過後才乘搭航機回港。」

「不要過分擔心，機長會根據天氣預測，作出專業及合宜的決定，可否後天回家不如交給航空公司決定吧。」維生理智地回答。

「我都是十分擔心！天有不測之風雲，連天文台長也不能擔保預測是否百分百準確，在此情況下，機長可能作出錯誤的決定，遲兩三天才回家比較安全，我愛你，不要令我牽腸掛肚啊！」敏儀慨嘆地說。

「我都很愛妳！非常明白妳的憂慮，我會嘗試轉換航班。」維生深情地說。

「爸爸，好掛念你呀！快些回家和我踢足球。」五歲兒子尚謙催促地說。

「爸爸，好掛念你呀！快些回家說故事給我聽。」三歲女兒皓晴撒嬌地說。

轉換航班不成，現時維生面臨死亡的威脅，感嘆自己無能為力，十分擔心妻子和一雙年幼的子女，自己離開世界，沒有丈夫，沒有爸爸，他們怎樣生活！想到這裡，禁不住流下男兒淚。

懷著胎兒的王頌恩與丈夫潘庭霖回港出席媽媽的喪禮，預產期尚有一個月，心情悲喜交集！

「哎呀！肚子很痛，穿了羊胎水！」頌恩驚呼。可能因客機劇烈搖晃，胎兒急不及待要在風暴中出世。

庭霖不理會安全警示，解除安全帶，站立高呼：「有沒有醫生呀！我太太穿了羊胎水。」

說時遲，那時快，一位見習醫生許智仁和一位空姐 Cindy 急步前往，詢問頌恩的情況，眼見有羊胎水混雜血絲滲出，智仁提議立即去頭等艙。有一位頭等艙乘客高耀祖得悉頌恩的情況，樂意讓出座位給頌恩作為臨時產房。

智仁從未試過接生，頌恩從未生過嬰兒，她從未試過那麼痛楚，深呼吸用盡全身的氣力，狂呼「呀！呀！呀……」庭霖默默祈禱，雙手握著頌恩的手，鼓勵她「Push!Push!Push……」

此時客機已在空中盤旋一小時，燃油很快耗盡，機長在毫無選擇下，冒著強勁風暴再次嘗試降落，客機劇烈搖晃，乘客哭叫聲震耳欲聾，情況非常危急，消防車和救護車已經停泊在跑道旁，隨時候命。

幾經辛苦，智仁從母胎中將嬰兒小心翼翼地拉出，全身紫藍，切斷臍帶後，把嬰兒倒轉拍打，過了十秒，嬰兒並無哭叫聲，似乎情況不妙，智仁發覺他並沒有生命的跡象！遂立即替他施行心肺復蘇，過了十秒，他也沒有反應。智仁束手無策，首次接生但失敗告終，不禁心酸流下男兒淚；庭霖和頌恩眼見他們的愛情結晶品絲毫沒有反應，情緒一度崩潰，淚如泉湧！

轟隆轟隆！客機終於成功著陸，乘客們走過死蔭的幽谷，重見天日，愉悅的淚水情不自禁地流下，歡呼拍掌聲響徹機艙！

「哇！哇！哇……」嬰兒突然叫喊，似乎是所有乘客的歡呼拍掌聲喚醒嬰兒！庭霖、頌恩和智仁喜極而泣，全體機組人員和乘客也再次歡呼拍掌！

叮噹

鄭竣禧 / 香港人。評論散見於各大網媒。經歷數場大型社運後,希望透過文藝反映社會百態。

一

家賢和媽媽相依為命。今天,有一位新成員:叮噹。

叮噹是一隻兩歲的小兔。牠全身雪白,捲曲身體時像糯米糍;一雙大眼睛和大眼圈,好像減了肥的熊貓。最特別,是牠有一對下垂的長耳朵,親友看見牠,還以為牠是小狗呢。

「怎麼有一隻兔子啊?」家賢打開房門,就看見叮噹站在飯廳。

「哥哥上大陸工作,他託我養牠呢。」媽媽回答後,跟叮噹說:「他是家賢哥哥啊。」

「我是哥哥?」

「你要像照顧弟弟般疼愛牠哦。」

家賢凝望「弟弟」,他左手抱起叮噹,右手托著牠的屁股。叮噹凝望家賢,彼此一見如故。

二

　　叮噹搬家時正值暑假，牠喜愛躺在家賢房門前，享受從門底飄出來的冷氣。每天早上，當家賢「咔」一聲開門，叮噹立時站起。媽媽常常叮囑他：「要輕聲開門啊。」

　　家賢馬耳東風，每早只顧跟叮噹玩耍。叮噹怕熱，但牠看見家賢就繞著他團團轉。他們相識不到兩周，就打成一片。

　　漸漸，叮噹愈來愈頑皮。每當媽媽放牠出籠子，牠就咬電線；媽媽責罵牠，牠就咬報紙；但媽媽沒有生氣，反而微笑道：「叮噹聽得懂我說話呢。」

　　媽媽雖慈祥，卻擔心叮噹觸電。每當媽媽看見牠嗅電線，她就拍打地磚，接著用中指輕彈牠的鼻子：「還敢咬電線？」

　　叮噹學乖了。某天，牠的鼻子碰到電線後，竟嚇得後退，令媽媽笑得合不攏嘴。可是，牠仍然隨處撒尿。

　　某日，叮噹在報紙上撒尿。媽媽本想罵牠，但她看見報紙的租屋廣告後，面色一沉，並對家賢說：「催爸爸交租。」

三

　　「每次你也說沒錢！」

　　「你想我們露宿街頭嗎？」

　　「你承諾過照顧媽媽和我啊！」

　　每逢月尾，叮噹也看見家賢在聽筒哭罵。每當家賢掛線後，坐在

床上嘆氣，叮噹就緊貼家賢的腳背。待家賢平伏心情，他會輕掃叮噹背部。這時，牠會用前腿抱著家賢的小腿。

四

十二月，家家戶戶迎接聖誕，家賢母子卻忙於執拾傢俱。每當叮噹看見放滿雜物的尼龍袋，就會站起來張望，接著走進籠子，垂頭喪氣。

平安夜，叮噹給放進袋子。漆黑一片，四周顛簸，令牠全身顫抖！

顛簸一番後，叮噹給抱進籠子；牠從籠子望向大廳。忽然，窗外「轟隆」一聲，雨水滂沱，嚇得牠亂抓亂跳。牠使勁撞向籠門，門口打開。接著，牠走向玄關，像牠平日等待媽媽回家般。

翌日，晨光照射大廳，照亮叮噹那雙淚乾了的眼睛。牠從窗邊走到玄關，忽然，門打開了，叮噹看見熟悉的臉孔。

「你怎麼站在玄關呢？」媽媽滿臉疑問。「哎呀，我忘記鎖籠門。」

「不要哭！我替你洗臉。」家賢著緊道。

「我說過我們不會遺棄你啊。」說罷，媽媽抱起叮噹：「這是新居哦！」

叮噹左望右望，大廳比舊居的寬敞一倍。兔籠放在窗邊，籠子旁還有毛公仔呢。

媽媽抱著叮噹環顧新居後，便叮囑牠：「新居鋪啡色地板，你若撒尿，我們很難發現哦。」

聽罷，叮噹鬆開媽媽的手，跳到地上，然後跑到便盆上！家賢母子看著牠如廁，一臉愕然。

今天聖誕節，叮噹有家人相伴，這是最好的聖誕禮物。

五

遷居後，叮噹不再咬電線和撒尿。因此，媽媽放牠出籠子，讓牠自由活動。當家人回家，叮噹就來回奔跑。跑累了，牠就跟毛公仔結伴。到了凌晨，媽媽就替牠按摩，令牠舒服得瞇眼呢。

家賢做完功課，也會坐在媽媽的床上，看叮噹陶醉的樣子。有時候，家賢撫摸叮噹的前腿。叮噹不喜歡受打擾，因此牠向家賢怒目而視。然而，只要家賢輕吻牠的臉兒，叮噹就怒氣全消。

共享天倫後，家人睡覺了，叮噹徹夜站在媽媽床邊。

六

即使媽媽不在家，她的房門都打開，讓叮噹自由出入，但今天房門關閉了。

叮噹不能進入房間，就不斷抓門。

媽媽回家，見叮噹怒視房門，便說：「姨姨在休息呢。」

原來，家賢的姨姨睡在房間。她剛在醫院移除完癌細胞，身體虛弱，因此媽媽勸籲姨姨搬來暫住。媽媽關門讓姨姨休息，但叮噹不斷鬧彆扭，最後姨姨妥協了。當她看見叮噹宛若少爺般的表情，她就會心微笑。

七

媽媽每天替姨姨煲藥，叮噹則在床邊看媽媽餵藥。家賢只站在門外，因為姨姨有潔癖，不准別人坐在床上。

漸漸，姨姨有氣力走進大廳。每次吃晚飯，她也夾餸菜到飯碗，接著用火酒消毒梳化，然後獨自坐在梳化上吃飯。

叮噹見狀，就會跳到梳化旁。起初，姨姨嚇一跳，怕兔子毛飛進碗內。但叮噹堅持站在姨姨身邊。

某天，媽媽說：「小時候，七兄弟姊妹陪你吃飯，長大後各有各忙。現在我們有叮噹相伴，要感恩哦。」

姨姨望著叮噹，心想叮噹沒有因為她挑剔而避開她。驀地，她放下飯碗，拿一塊紙巾摸叮噹的額頭。飯後，姨姨在大廳來回散步，叮噹跟隨在姨姨身後。後來，姨姨有氣力慢跑，叮噹也一起跑步呢。

另外，家賢跟姨姨的關係愈來愈好。小時候，姨姨常罵他不守規矩；但姨姨動手術後變得隨和，加上叮噹為家人帶來歡樂，他們就融洽相處。

八

姨姨休養半年後回家，家賢母子和叮噹都依依不捨。每當叮噹玩毛公仔，就想起姨姨送贈小熊維尼公仔給牠的笑容。家賢溫習後，就玩姨姨從前送贈的玩具。媽媽睡覺前，也會給家賢和叮噹看舊照。

「叮噹，從前媽媽和姨姨住在雞寮。以前我們在門外煮飯，上公

廁哦。」

「家賢，你剛出世時，姨姨在雞寮抱你。從前我們睡在碌架床啊。」

媽媽十歲起穿膠花、照顧弟妹。結婚後，她邊做裁縫邊養育兒子。一生奔波勞碌，但只要她回家看見家賢擁抱叮噹，她就有動力繼續工作。

他們度過平凡愉快的生活。直至某天，一位滿身煙臭的中年漢到訪。他甫看見媽媽就怒罵：「你為何給病人住宿，她把癌症傳染給家賢怎麼辦？」

「癌症不是傳染病！」媽媽生氣地回答前夫。

「這間屋是我買的，我不歡迎她！」

「怎麼你對我的家人這麼無禮？」

「你們一家都是騙子！」

說罷，中年漢看見叮噹，便問道：「這隻兔子不是家俊養的嗎？」

「家俊上內地工作，託我養牠。」

「養牠簡直浪費金錢，牠跟家俊一樣是剋星！」

「家俊給你罵走，現在你還要罵寵物！」

「當年他用棒球棍打我，害我股票虧蝕！」

「你打到我流血，他才打你啊。」

「總之家俊是剋星，他的寵物也是剋星！」說罷，中年漢手執掃把，走近叮噹，嚇得牠躲在牆角。

忽然，家賢跑到叮噹跟前，張開雙手，就像他小時候保護媽媽那

樣。中年漢見兒子擋在前面，就停止揮掃把。

九

自從中年漢到訪，不如意事接二連三。家賢每天沒精打采，服藥後，他就昏睡。媽媽則經常咳嗽；某天，她更氣喘得召喚救護車。

原來，媽媽長年累月縫紉，吸入大量灰塵，以致哮喘；醫生勸籲她棄養叮噹。

「我說過叮噹是剋星，牠招惹癌症病人，現在牠更令你媽媽患病！」從電話揚聲器傳來的責罵聲，聽得叮噹愁眉不展。

夜幕低垂，叮噹在媽媽床邊等候她。牠望向床頭櫃上的電話，想起自己是剋星，就淚眼汪汪。想著想著，牠的下巴愈來愈痛。

某夜，家賢見牠下巴腫脹，就帶牠看獸醫。接著，叮噹動了三次手術……

十

動手術後，叮噹住在暫託所。牠躲在籠子垂頭喪氣，牠的下巴紅腫痕癢，可是下巴箍著護罩，令牠不能抓癢。

「不能抓下巴哦。」店員說罷，就把盛滿兔糧的匙，放在牠的嘴巴前。

叮噹邊吃邊回想從前媽媽和家賢擁吻牠，又想起姨姨跟牠散步。

店員餵完午餐，便拉起簾子。雨粉灑在窗戶，叮噹一如三年前的聖誕節般，在窗前等候家人。

「叮噹！」一陣熟悉的聲音響起，是家賢啊。

「你消瘦了很多！」姨姨也來了。

接著，家賢取出手機，揚聲器傳來媽媽的聲音：「媽媽又入院了，所以不能探望你。我出院後再替你按摩！」

叮噹一臉純真地望著手機。

「醫生說，叮噹會再長腫瘤。」家賢跟姨姨道。

「甚麼？」姨姨驚訝。

「牠不能再動手術，媽媽和我也不想牠安樂死。」家賢邊用紙巾擦淚邊說。

「我們給叮噹留下美好回憶吧。」姨姨輕拍家賢肩膀。

「姨姨患癌，媽媽哮喘，我患抑鬱症，叮噹也守護我們，現在到我們守護牠了。」家賢輕撫叮噹說：「你是我們一家的福星哦！」

叮噹聽見家賢讚賞自己，眼泛淚光，並輕舐他的掌心。

如不曾發生穗園記事

秀實 / 著有《某個休斯敦女子》（1998，香港獲益）、《蝴蝶不做夢》（2010，江蘇文藝）、《被窩裡的蛇》（2022，香港紙藝軒）等小說集。其小說〈兩個女孩〉入選《微型小說鑒賞辭典》（汪曾培主編，上海辭書出版社，2006 年）。

1

和曲浣華進入穗園小區時，是下午五時左右。我在東站旁的快餐店坐下，看著旅客魚貫從玻璃窗前走過。春日陽光砸在佈滿小坎的柏油路上，透過沾滿灰塵的玻璃窗外看，便是一幅雜亂的舊城區景色。我很緊張，怕錯過了浣華的身影，以致對面「沙縣小吃」那幾個斗大的楷書，也忽略了。忽爾手機響起，浣華的電話來了。

「我剛經過車站旁的沙縣小吃店，現在到了公交站旁的計程車站。你在哪？」

浣華拉著一個黑色大行李袋，右肩掛著一個米黃色仿皮手袋。瘦小的身形顯得特別脆弱。我想像她身體裡的骨架，要如何作出相互支撐的動作，方能夠搬動著這一身沉重的裝備。

計程車把我們帶到穗園小區。陽光在濃密的樹影間遊走。我在路旁的便利店內喝著酸奶。外邊是一幅水泥台階。台階外是灰紅色的行人專道。浣華到隔壁的公司報到。她是來學習的。公司開設的培訓中心連同宿舍，給受訓的員工住宿。浣華謊稱回老爸家住，不佔用公司的宿舍。她要和我租住在酒店。

浣華來了，我遞給她一瓶凍酸奶。她笑著說，中午飯還沒吃。浣華端好俏麗，美得舒適。並肩乘車，對座用膳，不論哪個角度看，都是模具般的美人胚子。但我愛的執著，並不因貌美，是感到這有我前生破碎的片段。

我們租住在一間旅館的十一樓。窗外是新城舊區混雜的景物。左邊新建了一幢五十多層的摩天樓，右邊是石牌區三、五層樓的舊村。浣華和我站在窗前看景物。天色漸暗，霓虹漸亮，光暗糾纏間的塵世裡，我們相靠著，好像一切都很脆弱，隨時散落為雨中敗絮。

「餓了，去吃飯吧！」我說。

2

在城市優秀管理人員表揚晚會裡我認識了浣華。結束後我們一起走到相同的公交車站。深夜十時半，C城更為安靜，我的思緒毫無塵埃，感到生命如一片飛羽落在地板般的輕。而在電影裡，這往往暗喻了某些事物變改了詮釋，某些事物在醞釀中。

「已是第四年得獎了。」浣華說，「多虧上司每年都給我推薦。」

「妳是實至名歸的。」我說，「有獎金嗎？」

「五千。」浣華笑著，忽然停下來，「是要我請吃飯吧！」

後來浣華開車到我下榻的旅館來，帶我到毗連 C 城的小鎮上吃農家菜。她細口慢嚼，盛湯、夾菜、沾醬，都不慌不忙。浣華一直保持安靜，我未聽過她說話聲的分貝高於清晨窗外的鳥鳴聲。

「我們開車到附近的溫泉去！」她語氣不像徵詢我的意見。

浣華從車尾箱取出一襲泳衣。我則在接待處買了一條墨藍色泳褲。然後走進更衣室。再見時，已不是我視覺上習慣了的端莊嫻雅的浣華。

燈色水影，月如簾鉤。夜間的溫泉池水瀲漾，景物迷人。我油然想及「溫泉水滑洗凝脂」這麼一句唐詩來。浣華偏瘦，黏附在骨骼上的肌肉卻恰如其份，以致呈現出誘惑動人的稜線來。後來在穗園小區，我才知道，浣華的肌膚如則詩句中的「凝脂」。如撫摸著一件溫玉般，通靈，可堪玩味。

後來往來多了。C 城多個旅遊景點，我們都到過。冬日清幽的銀柏寺、過早探訪的城西油菜花田、東澳島海岸自然保育區等等。只是許多時她都攜著孩子一塊去。她結婚了，有一個男孩，叫阿志。長得齒白唇紅，絕非一般的八歲小孩。浣華很疼他，我也是。他與我甚投緣。某次玩累了，浣華躺在旅館床上睡了。阿志一直纏著我玩，整整個半小時沒停下來。有次回 C 城途中，車子停在紅綠燈前，他扯著浣華的袖子說：

「如果他當我爸，那就好了！」

我見過浣華老公一次。有一年春節，我又來到 C 城，寄宿她家。

她老公習武，無志，玩物為樂。與優雅鎮定的浣華格格不入。那個徹夜遍布篝火的晚上，浣華與兒子睡一間房，她老公獨自睡另一間，我則瑟縮在西廂內。農曆年如一頭獸，伴著浣華，就隱匿在我隔壁。

3

浣華被派去穗園小區學習五天。白天到培訓中心上課，下課後我們便在一起。兩個小時的午膳時間，她會回來陪伴我。浣華是一間大企業的總經理，處事得當，作風謹慎，為公司所器重。以致工作量重，私人時間極有限。這次赴外地進修，正好休息。每天早上出門，我都為她打點好一切。泡茶、整理手袋、準備上課用的筆記文具。浣華則忙於梳妝穿衣。有時會問我，「今天穿這個好看嗎」或者「天鵝項鍊配這套衣服如何」。最後，她背著我，說：

「趕不及了，寶寶，來替我把拉鍊拉上，扣緊鈕扣啊！」

我小心翼翼地把拉鍊闔上。那是極其神聖的事，好像重新把浣華的肉身縫合起來，讓她可以恆久不腐。時間如同靜止，我聽到那細微的金屬鉤子在滋滋作響，那是我最難忘的聲音。雖則短暫，但比起世間所有愛情囈語都要動聽。後來這些聲音在我腦海裡不斷放大。扣上鈕扣後，我會從後抱著她。把頭枕在她右脖子上，交疊的雙手壓在她的小腹。約五秒，浣華便掙脫開來，帶著笑容離開旅館。但我不放心她一個人走超過十五分鐘的路。雖則早起疲累，我也堅持陪伴。

白天百無聊賴，便在穗園小區內閒逛。這個空間給予我難以言說的感覺。從生活經歷考量，那些馬路與商鋪，乃致路中央的分隔欄

與兩旁的建築物，我都叫不出它們的名字。但整個環境卻是親和的，好像曾經見過，曾經遇上，曾經在這兒生活過。雖則熟稔，卻不曾存在於現實中。比如那間「西羅西咖啡吧」。有一個夜間我曾在這裡等候浣華從卡拉 OK 回來。已經是深宵的十一時一刻鐘。浣華說要回來和我吃飯，結果樂而忘返。我擔心她，在門前焦急張望。浣華打來電話，說計程車把她帶到龍盛路口，四周黑暗，她不會走回來。我急忙的朝龍盛路跑去。看見浣華孤單的身影時，我禁不住緊緊抱著她。

這一截馬路燈光稀薄，樹蔭濃密。在我和浣華相隔約三十米一段距離時，我彷彿置身於另一個時空裡。她一邊張皇四顧，我則向前伸出右手，企圖觸摸到她。那時四周的物體已不復存在。白漆的樹樁，欄柵旁的雜物，懸掛著的廣告橫幅……逐一在消失。我與浣華各在橋的一端。那是一條架設在護城河上的木橋。浣華離開半啟的城門，我則朝城門走去。高牆森然，河水湍急……直到我翻開西羅西咖啡吧的餐牌，點了一客炒飯後，看到浣華嘴角那笑容時，才感覺返回人間世。

4

穗園小區裡最大的一條馬路叫龍口西路。耽在這裡的五天，我沿著龍口西路來回走著，已計算不了多少回。由酒店出發，右拐便是龍口西與天河路的交匯處。從這裡開始走，不久便看到西羅西咖啡吧。再往前走，兩旁都是高大的樹木，店鋪隱沒在後。然後是天河北路。在這裡，我看到一個城市繁華的景象，豪華酒店、購物中心、高級的

店鋪羅列兩旁。再往前走，便是天潤路口。這裡距離浣華培訓的地方很近。我常站在一株古老的榕樹下等她下課。

龍口西路兩旁種植了榕樹。有的已逾百年，其樹幹粗壯如神祇的石柱。也有僅十餘年的幼株，樹幹不過一個油漆罐。而那些店鋪的名字，很是特別。譬如界乎龍口中路與天河北路，帝景苑對面的一排店鋪，我仔細端詳過它們的名字，毗鄰的六家店鋪，由南而北，依次是：皇冠瑪莉奧、二天堂、尚盞、C‧CAFE、樂淘商品和啟創。而它們分別是：西餅麵包店、中西成藥店、燕窩蟲草店、咖啡廳、服裝店和理髮店。

在眾多店鋪裡，我當然注目於那間西羅西咖啡吧。它的英文是XPERIENCE。與一個流行歌手的專輯大碟同名。專輯歌曲"Catch me when I fall"音色迷茫，我常想像生命裡那些所謂的事實來。它們常源於一句口語相傳，或一刹的孤立場景。而我們卻深信不疑。浣華才是真實的，其餘不過虛構。

晚飯後到超市購物。浣華節儉，什麼都不買。我們買了一大堆水果。韓國草莓、南非臍橙、菲律賓香蕉、美國葡萄，紅橙黃綠都齊全了。柔和夜色中灑下了微雨，但我們特別開心。

返回旅館，我叫浣華躺在沙發上看電視，休歇一下。水果盤由我來弄。浣華堅持不肯休息，她要到浴室內洗滌衣服。我把買回來的水果都清洗乾淨，然後說，妳還是休息吧，衣服待會替妳洗。浣華沒說什麼，逕自走到浴室去。我打開電視，邊看新聞邊給水果削皮剔核，然後切為塊狀，堆放在果盤上。房間牆壁上的一幅抽象畫，我看不

懂，只覺與我眼前形狀不規則的水果塊很相似。浣華坐在我身旁，邊吃著水果邊玩手機。

「我們能相處的時間不多，你卻只顧著玩手機！」半小時過去，我埋怨。

浣華把手機拋在沙發上，靠近我，說：「我們聊些什麼好呢！」

我走進浴室，看見浣華洗滌好的內衣懸掛在不同的金屬架上。款式都不一樣。仿似春日的蝴蝶歇在不同的枝丫上。浴室內的水氣仍未消散，如霧瀰漫。灰黃如土的地磚留下春雨後的水窪。我想，這些蝴蝶在白天與我默然相對，而在夜間，它有過灼熱的生命。它會自柔軟的大地褪下，靜歇在枕邊或床上。那時的我，在黑暗中擁抱著一株春日的枝丫，蜂蝶與候鳥已然無影無蹤，只懸掛著一個果實。

它在輪迴。

5

這段日子，我在讀班雅明的《發達資本主義時代的抒情詩人》。以致習慣以相類似的眼光來看這個城市。我也偶爾對「漸次熄滅的煤氣燈，把人固定在土地上的住房牌號，日漸墮落成商品生產者的作家們」發出輓歌式的哀嘆。我也雷同於「城市的閒逛者」，躲在人群裡注視著這個嘈雜的商品物質世界。

「整個城市都去看商品了」。但龍口西路有一截並沒有商店，一邊是學校，一邊是公務機構。在這裡，一切於我而言，無不帶有寓言的性質。我慣常尋找實體所見的背後的意義。

窗外傳來雨聲，沙沙潺潺的洗刷著這個城市。念想浣華，在旅館內寫起一些分行的句子來。這些文字不敢示人，寫了又投擲到垃圾筒。後來我想到吻著浣華時，那種相互無縫的感覺。往復練習，終於有了這分行的幾句話：

　　　　忘卻言語，回歸於那曾經荒涼的世紀
　　　　那是最柔軟的接觸，簡單卻動人的聲音
　　　　把病菌傳予所愛，也激起了抗病的荷爾蒙
　　　　這生死與共的烙印，相依為命

　　接吻時，浣華很專注。這種專注與她處事相同，是發自內心的。她把每一件事盡量做好。譬如臨睡前敷貼面膜，會認真的對準位置，用手掌拍打著臉頰，不留一個氣泡。然後躺下。並說：
　　「寶寶，如果睡著了，記得十五分鐘後替我把蘆薈臉膜撕下來。」
　　浣華很快入睡，寧靜得如同生命的息止。她的胸口微微地起伏，說明血脈在流動。我坐起來，欠身為她撕下黏附在容顏上的面具。浣華的額、眉、眼、睫毛、鼻子、臉頰、上唇、門齒、下唇、頷，逐一清楚地出現在我眼前。它們無不在一個和諧的位置上，顯示著善與美。這樣把面膜撕下，就好像拭去了歲月一層薄薄的秋霜，我看到浣華臉頰那透紅的光采，在黝暗而微弱的房間燈火下，如一片安靜祥和的春景。
　　面膜撕下後，房間安靜無比。把燈調暗，我摟著她的小腹，在感

覺生命微微的顫動中，也安然睡去。

6

旅館窗外的整個城區被大雨籠罩著。我站在窗前看雨，百米外的樓房只剩下一個輪廓。如斯巨大的雨水，我常認為是上天的施恩。它在為一座城市洗刷過多的陰霾和罪惡。

城南有一個省級的 P 市。浣華父母住在這裡。今晚她說要去看看父母，吃飯後才回來。

我送她過去。我們坐地鐵。下班時分人很擠。我們如兩株相靠著的，搖晃著的樹。在人潮巨流中奮力掙扎。世俗是一幅危牆，我們得瑟縮從它下面走過。車過珠江，夜幕開始降臨。

浣華回家，我在車站附近的商鋪內，邊吃著麵條邊等她回來。那是地鐵三號線最南端。那裡有一個市集。黃昏時點燈開市，燈火慢慢燃燒，終於焚成一個紛擾的夜間。攤販吆喝，人群穿插其中，好不熱鬧。飯後我漫無目的閒逛著，沒有浣華的夜，如只剩流浪貓相伴的夜間。它在莫名其妙的行動，有時捕風捉影，有時仰天長嘯，而你依舊與它各自孤寂著。

逛累了又找了一間甜品店歇息。在微信玩了好幾個手機遊戲。十時三刻，浣華來電，說已走到地鐵口了。我說你多留一會，難得陪伴父母。她說，課程快完畢了。我們早點回去吧。

晚上的地鐵乘客不多，我們找到了座位。浣華累了，話沒說幾句便睏睡起來。靠著我左肩膊。我用手扶著她的額頭，令她睡的安穩。

浣華帶孩子，工作忙，老公不爭氣，我常憂慮她的健康。

返回旅館已是凌晨時分。又一個夜晚如此過去。時光平伏如燈火闌珊處的一道流水，渺無人迹。只有那些倒影，那些螢火，乾淨無痕，來而復逝。

7

培訓的最後一天，浣華只有半天的課。

天氣轉晴。窗外風光明媚。樓群外的山脈稜脊清楚可見。浣華回來，我們便執拾行李，準備歸程。浣華穿了一套藍白色的連身裙，配上貝殼項鍊，一身行政人員的裝扮。離開時我緊緊抱著她。她安靜的在我懷裡。房間內的一切，窗外的城市，此時都與我們無關。後來我放開雙臂，浣華抬起頭來。我們不發一語，深深的吻著。

浣華堅持要買一個手機送我。午飯後走到對面的商場去，我挑了一款便宜的「榮耀」。款式愈舊，愈是耐用。舊式的愛往往較之新派作風，更易於長久。

我們打車到東站去。我替浣華買了到 C 城的票，自己也買了回程票。本來我是想送她回 C 城，但浣華堅持不肯，說太辛苦我了。離開車時間還有四十五分鐘，我們在一家快餐店內歇息。

浣華坐在我對面。

候車大堂光影斑駁，往來的乘客都有虛浮不實的影子。列車時刻電子牌上的字體筆劃模糊。幾隻麻雀在天花板上疾飛而過。浣華在我伸手可及的距離上。她狀若無事，實則也憂傷無奈。和我一樣，浣華

常把感覺埋於心中，而任憑他人作為。我了解她，也沉默著。那些傷感的、抒情的囈語，我們沒有說過。因為語言軟弱不堪，次於行為；行為源於剎那，次於思想；思想飄移無定，次於時間。時間可以證明，我對浣華的一切。

廣播聲響，要登車了，我沒有再擁抱她，看著她的身影消失在入閘口。

8

這五天記事，我混亂了時序。順序自是更輕而易舉的書寫。慣常的事物總是脈絡相承，往往尋得前因後果，以便於我們為自己的行為作出心安理得的解說。而永恆的感覺卻總是存在於時間以外，並有著熟稔的空間。它的意義是獨立的，不因排序而變改。與浣華的一切，既在我生命中，復在我生命外。如果堅持以今生來述說，則所有的都疑幻疑真。穗園小區那些景物，印象猶新卻又熟稔如舊。但似乎每次都遇上一場或多場雨水。那些雨，沾在我衣袂上，又風乾在旅館的時光中。

此後我多次下榻於穗園小區不同的旅館，以一個「城市間逛者」的身分。但我已不復關注什麼現代化帶來的自私、慾望與短視等議題，也不關注生存的虛妄。只對穗園小區這個空間產生了濃厚的興趣。有時我會在酒醉後疑惑自己是否在夢中。有時對現實的一切，又疑惑它的真確性來。躺在旅館的床上，我深深思考過這一切。但總是莫名所以。尋找不出任何蛛絲馬跡來。

我又一次推門離去，落入天河路上擁擠的人潮中。街巷縱橫錯雜，人車穿插擁擠。混於其中，如迷途般，如遊魂般，想到《發達資本主義時代的抒情詩人》裡所引用的波特萊爾的幾句話：

　　　　但有誰知道我夢中的鮮花能否在
　　　　像堤岸一樣被沖刷的泥土中
　　　　找到那給予它力量的神秘的滋養？

　　穗園記事，如不曾發生。但確實我因此而有了生命裡神秘的賦予。

打八折

蘇曼靈 / 支持我寫作的動力，是，對人類的愛與恨、失望與希望。忘了自己寫過甚麼，繼續以文字與世界交流，期待柔軟的眸光和善良的微笑。
（2017 年初稿，2022 年 10 月 12 日，第五次修改）

一

「快去籌錢吧，不盡快做手術的話，腿就保不住了。」

醫生說話時，嘴裡冒出白霧，牙齒看上去比冰塊還堅硬，病人和家屬都不禁打了個顫。

到醫院看病的人，任何時候都不會比去街市買菜的人少。清潔工每四小時為醫院裡的細菌做一次彌撒，每個角落都瀰漫著消毒水的味道，肺與鼻翼的張合，被過度淨化，僅憑嗅覺，無法感知任何生命跡象。芳芳的兒子摔斷了腿。

如果延誤醫治導致腿部傷患加重，醫院是不會負責任的。既然不是醫院的責任，那就是父母的責任。一個孩子不應該投生在貧窮的家庭；貧窮家庭的孩子不應該摔斷腿，不應該生病；貧窮夫妻的歡愛，應該有避孕套的參與。畢竟，養育孩子的成本和買避孕套的成本，遠

遠不成正比。

芳芳神情木訥地盯著老公的下半身，同時想像兒子在曠野中疾奔，雙腿健實若馬，雙臂似翼，漸漸離地，漸漸離地，兒子與風共鳴，嘹亮動聽的歌聲合著光，一層層，一波波，從雲層中撒向大地……兒子不能沒有腿！他必是被指派的天使，為父母生命的完整延續而降臨。

二

芳芳和老公為同一集團工作。平日常用的那些引發同情和可憐的詞藻與表情，僅只是謀生工具，感情豐富的眼窩裡，各自深嵌著無從追溯的自我。

集團的大多數員工都有過對完好肢體的遙遠記憶。只不過，工作環境惡劣，壓力大，諸如親人，家庭，五官，四肢……這些早已成為不屬於自己的東西，在記憶中不斷變形，再被大街小巷往來的車輪壓扁，拖走，日積月累，回憶的匣子，只有厚厚的塵封。

與其他員工一樣，芳芳和老公對「親生父母」的記憶，猶如四個曾經寫在沙灘上的字。歲月與海浪爭相洗刷海岸，彼此嬉戲做無情博弈，殘留的記憶，或被打散，或被深埋，每一粒構成字體的沙粒，最終以初始形態，與古老的海岸共存。

他們的兒子四肢健全，五官伶俐，不聾不啞，將來要上大學，有體面的工作和生活；而這對夫婦，是這個城市中早已廢棄的零件，靠攢著灰塵飄降而至的同情與憐憫、自大與狂妄、虛榮與虛偽，或是某

些人的「不知道為甚麼」的施捨，來維持僅存部分的運作。

如果生活要奪去這對夫婦生命中唯一的希望，芳芳和老公怎會輕易妥協！

芳芳和老公商議回集團找老雇主借錢。

「手術費那麼多，你們怎麼還？」老雇主建議，「乾脆把那條受傷的腿鋸掉，我介紹他去另一個集團工作，那雇主的地盤有好多善心人，收入不錯嘞。」

老雇主看上去像是剛從停屍間逃出來的屍體，心裡仍記恨當年芳芳懷孕，被婦女福利關愛機構帶走，造成他一大損失。

「不行不行，我兒子絕對不能像我一樣謀生，我的兒子將來要上大學。」芳芳老公著急了，衝著老雇主急急磕頭。

「不行不行，兒子未來會有體面的工作和生活，他或許會在銀行工作，或許是醫生，是律師，是老師……」芳芳也急了，她在心裡叫喊著。

「現在眼角膜比較值錢，其次是腎，不如我就賣這兩樣吧，兒子做手術的費用應該足夠，剩下的錢留給他將來讀大學用。」

離開集團，芳芳老公指指自己的眼睛，告訴芳芳決定採納老雇主的建議。

芳芳心裡很不願意，她沒有手，裡裡外外靠老公一雙手，一個雙腿殘疾的人失明後，手還有甚麼用？老公整天坐輪椅，倒是可以少一個腎。反倒是沒有手的她可以不要眼睛，出外把身體綁在老公的輪椅上，跟著輪椅走，肯定不會走丟。

三

我把身體綣成一團，躺在醫院外牆的階梯上。那條斷腿攤在一邊，估計這個姿勢離遠看，像個 Q 字。十三歲的我，體型仍像個小學生。父母總把最多最好的食物留給我，生在這樣的家庭，我希望盡可能不辜負父母，做個好孩子。兩天前，學校去蘋果果園郊遊，果園的果香四溢，當老師說，已經得到果園允許，可以摘採並帶走果實，我第一個爬上樹。摘果子的時候，彷彿聽到母親的笑聲。我把摘下的蘋果放進背包，不消十分鐘，原本扁塌的背包已經漲鼓鼓沉甸甸，直到老師和同學站在樹下叫停，背包連果皮都塞不進去了，我才停手。

老師在樹下仰著脖子大聲說，這位同學，每個人只准帶走最多兩個蘋果，剩下的和大家共享。

我一聽，著急了，一隻手緊緊抓住背包的袋口，另一隻手卻沒抓穩樹枝，雙腳也踏空。

我的腿摔斷了，被摔壞的蘋果卻全部得到赦免。回家的路上，我緊緊攬住遍體瘀傷的蘋果。那段路，腿劇痛著，父母的笑臉浮現在眼前。那份帶著蘋果快快回家的喜悅，使我罔顧老師叫我先去醫院的建議。

四

芳芳和老公坐在兒子躺著的台階邊。

正值下班時間，車輛和人，來去匆匆，芳芳一家三口內心焦急，

滿大街的繁華,與他們一點關係都沒有。

「不如,現在掙點錢吧。兒子,裝可憐一點。」老公説。

芳芳鼻子酸酸的,兒子已經是中學生,她不想兒子參與父母的討生方式。

可是,兒子卻點頭答應。

芳芳老公慢慢從輪椅上滑到地面,把寫了字的紙皮和錢兜放好,和芳芳一起彎下腰。夫妻自小訓練有素,只要虔誠卑微地低頭彎腰,錢兜就會發出響聲,運氣好的話,一天下來,夠一家人兩三天的開支。不過近幾年,社會比以前繁榮,有錢人比以前多,有同情心的人卻愈來愈少,賺錢不容易,靠施捨過日子更不容易。

芳芳的兒子背對著世界,又把身體綣成 Q 字,他暗暗為自己的魯莽感到愧疚,萬一自己腿瘸了,未來,又怎能做更好的工作,掙更多的錢贍養父母。

五

「斷臂女神維納斯!」一個路人在芳芳面前停住腳步。

芳芳剛好坐直了身體。斜陽描摹芳芳的臉,在前額、鼻樑、嘴、下巴,拉開長長的陰影,光影的雕塑使得芳芳的五官更顯突出。

聽到聲音,芳芳的老公用雙臂把自己撐起來,她的兒子也轉過身。

路人很斯文,看上去的確像一位老師,他走上前,拉拉芳芳綁了結的兩個袖籠,又拍拍她的雙臂,只拍到兩條肉棍,那是芳芳僅有的

半條手臂。

「嗯，是真的。長得也不錯。」路人說，他是 xx 美術學院的老師，問芳芳有沒有興趣做課堂的人體模特。

芳芳的老公轉頭，小聲問兒子甚麼是人體模特。兒子小聲解釋，應該是站著或者坐著，並擺出各種姿勢，讓學畫畫的學生畫做模特的人的身體。

「小孩挺聰明，大概就是這樣吧。不過——」

「可能會不穿衣服喔。」

「如果有興趣的話，明天來學校見工，就說是做斷臂維納斯的。」

像是在說給自己聽一樣，路人說完，從公事包裡拿出一張名片放在地上的錢兜裡，並叫芳芳放心，做模特不是免費的，每天最少三堂課，一堂課一百塊錢。

芳芳開始不停盤算：做模特真有那麼好賺？一堂課一百塊錢，一天最少三堂課，也就是說，每天最少有三百塊錢的收入，一個月就……如果順利，五天就可以賺到一千五百塊錢。每天從學校出來，再和老公一起工作，應該可以預支部分手術費。希望兒子的腿傷在五天內不要惡化。

六

第二天，天剛朦朦亮，芳芳就醒了，她到醫院的公廁去洗漱，並把我叫醒替她梳頭，整理衣裝。我和兒子都知道芳芳要去哪裡，我們父子甚麼也沒說，也沒有阻攔。

在我內心，隱藏著作為一個男人、一個丈夫的莫大沮喪。妻子正要去的那條路，是通往擊破自己內心傳統觀念的路。我無法想像這個雙臂殘缺的女人，脫衣服沐浴洗漱都要藉助我一雙手的女人，在享受動物性歡愉時都只能靠自己雙腿和我的雙手，才能取得平衡並順利進行的女人，即將要被多少雙陌生的手剝開那身廉價的遮羞布。有人會忍不住上前摸摸這摸摸那嗎？芳芳身上的「這」「那」除了我的一雙手，可從來不曾沾過半點陌生氣。當芳芳從我的一雙手獲得最大愉悅的一刻，她都無法用語言來表達，如果有人對她光滑白淨的皮膚和結實堅挺的四個半球部位不敬，她又如何以聲音或雙手來抗議……

我從來不曾想過一個人的臉孔是否再造，一個人五官傳遞的表情是否真實，是否可靠。偶爾，只在人們扔下同情後轉身離去，我才會抬起頭看看，而通常看到的都只是背影。在我心裡，背影都是可愛的，真實的。晨光初現，妻子漸漸遠去，那背影真好看，刻畫著她一生的真實。

七

老公把兒子寫好的紙條扣在芳芳的襯衣口袋。芳芳依循名片上的地址，找到了 xx 美術學院。

離早課的時間尚有三十分鐘，學生和教職員陸續進校。

這是芳芳第一次踏入大學園區。她想，自己如果有手的話，不知會不會也喜歡畫畫。

看門人看了看芳芳襯衣口袋上那張寫著「斷臂維納斯模特」幾個

字，示意芳芳去大門左邊，一排紅房子的第五個窗口登記。

第五個窗口，坐著一個胖女人，她看看芳芳襯衣口袋的字條，又看看芳芳的雙臂，繼續處理她手上的文件。

芳芳站在第五個窗口，對胖女人發出咿咿呀呀的聲音。

「走吧走吧，這次的維納斯要有手的，沒有手的不要。」胖女人有點不耐煩。

芳芳愣住了，她心想，昨天那位老師沒有說要手呀。沒有手沒關係呀，畫一雙手臂，對那些學生來說應該不成問題吧？她想告訴胖女人，她有介紹人，介紹人是他們學校的老師。這些話，從芳芳的嘴裡吐出來，變成一連串不被破解的音符。

一個人要是啞了，聾了，瞎了，他至少應該可以靠一雙手與人交流；一個沒有手的人，至少應該可以靠嘴巴與人交流。可是芳芳是沒有手的啞巴，芳芳只能與自己交流。芳芳咿呀了半天，胖女人沒聽懂一個字。

芳芳後悔走得匆忙，忘記帶上介紹人的名片。她看看坐在窗口內無動於衷的胖女人，眼睛開始起霧。殘疾近半生，芳芳從未感覺現在這般無助，她害怕失去兒子，害怕失去丈夫，害怕活著，世界帶給她莫大的恐懼感，以往卻一味麻痺自己。

八

大約四、五歲的時候，我在街上和媽媽失散，我哭著到處找媽媽，被一個穿西裝的叔叔看見，叔叔拉著我的手去買糖，説帶我去找

媽媽。我吃著糖果跟著西裝叔叔坐上一輛人貨車。和陌生人在陌生的環境，讓我感到恐懼，我意識到以後再也見不到媽媽了，開始用手使勁地掐西裝叔叔的大腿，並大聲地哭叫。西裝叔叔收起笑容，他把我的雙手反綁，又用封箱膠帶封住我的嘴，然後一邊摸著被掐過的地方一邊惡狠狠地說，好，我就把你的手剁掉，看你以後怎麼掐人。開車的司機說，順便把她弄啞，這女孩聲音太大。會說話的第三年我就成了啞巴，卻在會自己吃飯的第二年，失去雙臂。

丐幫集團的話事人說，不能只靠可憐行乞，有點技能的話，會博得更多同情。於是，我開始接受識字訓練⋯是喔，我還有一項謀生絕活！我盯著胖女人桌上那隻筆，使勁地伸長下巴點頭和打眼色。胖女人想了半天終於領會，拿起那支筆遞到我嘴邊，我馬上張開嘴，含住那隻筆。胖女人猜到我要寫字，估計她見過殘疾人用嘴含筆寫字，趕緊配合地拿了一個筆記本。可是窗口太小，我的頭伸不進去。胖女人打開門，拿著筆記本站出門口。我見她出來，突然坐在地上，胖女人被嚇到，我示意她把筆記本放在我的雙腿中間，然後，我開始用嘴含筆寫字。

「兒子腿斷，手術要錢，不想老公賣器官。」

九

芳芳的舉動，吸引了進校的師生圍觀。

「蘭姐，是我叫這個女人來應徵模特的。」人群裡有人說話。

芳芳抬起頭，正是昨天遞給她名片的那位老師。

「周老師，她沒有手臂不行呀。」第五個窗口的胖女人叫蘭姐。

「是嗎，這一期的維納斯不是斷臂？」

周老師看看坐在地上的芳芳，再看看她寫在筆記本上歪歪斜斜的幾行字，心裡有點過意不去。

圍觀的一位同學說：讓她做模特。

另一位同學跟著說：讓她做模特。

好幾位同學一起說：讓她做模特。

「好啦好啦，別吵了。」剛好進校的校務主任說，「周老師，蘭姐，讓她進去吧。」

「可是，她沒有手臂，還要付一百塊錢嗎？」人群中一位老師說。

主任看看蘭姐，看看周老師，兩個人都不敢拿主意。

「按照市場經濟，達不到要求的是次品，可以打折。」一個學生說。

說話聲很弱，但是，主任聽到了，周老師聽到了，蘭姐聽到了，芳芳也聽到了。

「那，打幾折好呢？」周老師看看主任，又看看蘭姐和學生。

每天來學校應徵做模特的人太多，但是像芳芳這麼慘的人，蘭姐沒見過。

蘭姐自己有個兒子，也有老公，她很努力地想像如果自己的兒子腿斷了沒錢做手術，要老公賣器官的情景，並發出嘆息聲。

「一隻手臂少十塊錢，兩隻少二十，這樣很公道，也符合市場經濟。」

再也沒有人提出比蘭姐更好的建議。

「正好打八折，就這麼定了。」主任拍拍周老師的肩膀。周老師這才鬆口氣。

人群漸漸散去，芳芳盤起雙腿，把腰彎得很低很低。

十

我的眼光在一條條完好無缺的大腿縫隙中穿梭。這麼多年來，除了兒子，還從來不曾好好地留意，別人的腿長得甚麼樣。我只知道，兒子的腿，結實修長，一定是遺傳他爸爸的優點。看完腿，我又抬起頭看這些人的手，從別人的手中，得到過無數的硬幣和紙幣，但是，那些錢是帶著同情可憐悲憫，被不同的手扔到地上的，我認定，來施捨的人，都只是想替自己積點福積點德。我對那些手沒有感情，從來就沒有過。我這一生，習慣了靠從別人的牙縫裡剔出的殘渣存活，自己的每一個彎腰點頭的感謝都沒有心跳，每一個意圖感謝而發出咿咿呀呀的聲音，也都不是真誠的。

可是這次，打八折的施捨，把我弄哭了。我抿了抿嘴，滲在嘴角的眼淚，微溫，微鹹，微澀。想不到，自己這副殘缺的軀體，除了在街頭乞討，還可以為藝術獻身，為正當且高尚的理由裸露，還能有回報。

我站起來，跺跺腳，抖抖身上的灰塵，邁開大步，向著教學大樓走去。

我看到自己在一幅幅畫作裡，以完好無缺的雙臂，擺出各種姿勢……

威士忌加冰

借筆 / 謝俊禮，Tse Bee，筆名借筆，借了神來之筆，在歸還前蘸上熱血，寫出人生意義。年少時辭任工程師，投身專業攝影。患有先天白內障，以異於常人的視覺考獲英國皇家攝影學會會士，及香港卅五攝影研究會會士。獨特攝影眼、天賦神來之筆，創作，成了畢生使命。

夜，三時，冰塊跌進鬱金香形酒杯，發出清脆的「叮叮噹噹」撞擊聲，威士忌流入，冰塊融化，化作潤滑麥黃，同化，杯身小水珠凝結點點，點點朦朧反映天花吊燈暗黃，杯裡杯外，如霧似畫，夢幻迷朦。呷一口，皺著眉，苦盡卻沒有甘來，又一口，酒入愁腸愁更愁。

「為何自斟自酌？今天工作不順嗎？我陪你坐坐吧。」思蜀從睡房出來，坐到餐桌的另一邊問。

「不用，你回去睡。」我的視線沒有觸碰她。第三口，咬著牙，嘴角向兩邊撐起露出門齒，吸一口氣，空氣竄入牙縫「嗞嗞」作響。

她跟我一樣皺著眉頭像要擠出腦袋似的，說：「別喝了，醫生都提過你了，你剛康復不久，注意身體。」

她話未說完，我冷冷地說：「我都死過翻生啦，五年呀，我躺著五年了，就讓我喝酒喝死算了，那你就可跟其他男人鬼混，甚至勾搭

這白痴『管家』囉！」然後我又一口，把杯中酒喝乾。

管家聽見主人呼喚「管家」二字，筆挺地穩步前來，穩得就像用輪子滾過來似的，西裝經長年穿著，腋下位置和皺摺位顯得格外磨蝕。眼神不跟誰交流，臉上沒有表情，壓低嗓子說：「主人，要添酒嗎？」

「好！來！另外多倒一杯給她吧！」我帶點揶揄地提高聲線說，或者是醉意來襲的先兆。

「是的！主人。」機械式的回覆，就像紀律部隊回覆「是的，長官」。

思蜀摸不著頭腦說：「不用倒給我了，也別倒給他，他喝醉了。」

「是的！主人。」機械式的回覆重複著。

思蜀定睛看著我，說：「你別喝了，我心很痛，很痛⋯⋯」

她語音未落，管家插嘴道：「主人，要止痛藥嗎？」

我「嗤」的一聲笑了出來，大讚管家幽默，並對管家說：「止痛藥留給我明天酒醒後吧，不用給她，她的心根本沒痛。」

思蜀低下頭，眼淚無聲無息地從眼角掉下來，喊道：「我究竟做錯甚麼？剛才睡前還好好的，我做了甚麼不夠好？」

我沒有理會那假情假義的淚珠，啜著手上杯中帶有威士忌味道的冰水，說：「你沒做錯，你沒有不好，最好就是你！當我喝醉發酒癲好了！管家，酒。」

思蜀哭道：「你醉了⋯⋯你醉了⋯⋯」

管家字正腔圓地說：「主人，你體內酒精含量已高於水平，正干

擾腦部運作。你的血管擴張，心情亢奮，胡言亂語，眼睛模糊，你醉了。醉，分為十個級別，你現在處於第五級水平，第十級是致命的。」

「垃圾管家，你根本不懂醉是甚麼回事，只會一堆理論，當初我怎麼會買你回來的？」

我未醉，我還清楚記得當初我怎麼會買這管家機械人，我想一切要由結婚說起。

「畢思蜀小姐，你願意嫁給毛重至先生嗎？」其實問這條問題都多餘，難道請了親戚朋友，搞場大龍鳳，最後說「我不願意」？當晚酒家門口寫上「毛畢聯婚」，是挺好笑的。我們搞這場婚禮，正值疫情大流行期間，社交距離收緊、放寬、再收緊，又再放寬哦！原本二人限聚時訂枱，我心想還可慳一筆，後來放寬至幾百人，長輩說不能草草了事，致使突然兼顧的事情之多有如排山倒海。由二人簡單簽紙，改至兩圍再改為二十圍，結果是五十圍，是慶祝我們結婚還是慶祝放寬社交距離來個聚會呢？一直只靠專家顧問瞎估盲撞，由一型變種再變種二型三型到 K 型，由點一點二點三再點六四點八九點七七七，比圓周率三點一四一五九還要長。正當忙到接近爆煲之際，全世界第一個管家機械人就在此時面世，配備八核處理器，無線上網，快速無線充電，續航力高達二百四十小時，無間斷監控防盜功能，另外內置語音識別，只要「他」聽見「管家」二字，便會應聲過來聽候指令。至於皮膚和骨架，仿真度極高，就連面部表情，幾乎和真人一模一樣。

就在那年那月那個星期五晚八時上網預約登記，第二個星期五排隊便可取貨。當日店鋪門口人頭湧湧，結果，在這天，或是前一天，

或是之後一天，我不知何時染上了怪狀病毒 K 型。

在我染病在家隔離期間，思蜀每天為我做飯，她的廚藝是天上賜的禮物，咕嚕肉、五香肉丁、柱侯牛腩、糖醋排骨等等，就連清炒一碟菜心，也都色、香、味配合得無比美妙，除了舌尖上的味蕾，更為各種感官昇華至更高的境界。舉例說，咕嚕肉的汁橘色帶有光澤絕不是難度，聞起來就是忍不住要立即夾一件放入口，而脆皮亦當然薄身爽脆，奇妙在內裡的豬肉爽口彈牙，而且肉汁豐饒，這是酒樓酒家的大廚也未必能達到的層次。

她每天下班做好飯就帶來我家，放在門口，我不忍她奔波勞碌，便叫她教管家機械人。

說也奇怪，管家依足材料份量、火喉，但就是不及思蜀所做的細緻美妙。我只是尋常食客，再沒有甚麼形容詞去表達那份美味。

我當然向她投訴管家做得不夠好吃，是教得不好嗎？她卻說：「當然不是我教得差，只是我每次做菜時都會試味的，再酌量調整一下。就好似糖醋骨，一酒二醋三糖四生抽五水，這是口訣，但我總會加到六水，可能又補半酒半醋，說不上來的。你要知道新開包裝的糖和放在糖樽幾天的味道都不盡一樣啦！還有你喝的自來水，隨著天氣變化，水管的熱脹冷縮，每天都不同的。」她再補一句：「你別太奄尖啦！他只是一個跟程式走的機械人而已，搞好婚禮搞好新屋後，我天天煮給你吃個夠啦！」

染了怪狀病毒，即使痊癒了，仍有後遺症，常見症狀包括腦霧、食慾不振和性慾減退。

這是多麼狠毒的病毒，如果全世界只有十個人，十個都染了怪狀病毒，即使痊癒了，十個人都因為性慾減退而導致人類絕種，多可怕啊！正因後遺症作祟，我和思蜀洞房花燭夜並沒有做好本份，我當然很自卑，甚至自責，而思蜀溫柔地說：「我愛你是因為你的存在，進入了我的生命中，而不是你的肉體。」

　　我問：「我存在，我的肉體當然存在啦！」

　　她側身右手搭在我的胸膛，撫摸我的心跳，說：「你存在不代表你要有甚麼功能，不用逗我笑，不用吃我做的菜，不用甜言蜜語，你讓我感受到存在，便夠了。」她頓了一下，續道：「我們相愛，從來不是尋尋覓覓我找你你找我，也不是你做了甚麼，而是，我感覺到，在你眼中我是重要的。」

　　我回應說：「我想，即使我沒有腦霧也被你說到腦霧了。簡直是一派胡言，一頭霧水。」

　　她不以為然地說：「那你繼續展現你的肉體功能，吃掉我做的菜吧！」

　　我用力從鼻子噴一口氣，說：「好，你的功能就是為我做一世的飯，我就吃足一生你做的菜！」

　　她瞪大眼睛說：「哼！我怕你呀？怕你食慾不振吃不消呀！」

　　我開玩笑說：「你不如怕我腦霧把你忘記吧！」

　　她臉色一沉，說：「當你忘記我時，我不再存在於你的生命中生活裡，那我再也沒有存在價值了。」

　　我大笑幾聲，希望緩和氣氛，笑說：「要是我腦霧嚴重得把你忘

記掉，我會叫管家重播你的錄像的，那我一定會記得你。」

　　她的臉色更黑，小嘴更扁，不發一言，轉身抱頭大睡。在這漆黑寂靜的房間，我不盡了解她當時的想法，存在不存在，忘記不忘記，重要不重要，一直說得我糊裡糊塗，一直想，一直想，漸漸我就睡著了。

　　我們的新居有一部鋼琴，結婚前我們不是住在一起，很少聽到她的琴聲。原來她每天都會彈琴，有時她不停彈同一首樂曲，有時彈幾句又轉彈另外幾句，然後寫寫寫，紀錄下來，像是正在作曲般。她說彈琴宛如能量的泉源，又說她自己是聽覺系，我是視覺系，永遠不會明白的。有一次，我正在清潔我的攝影器材時，竟聽得出她所彈的樂曲有點奇特，起初有嚴陣以待的感覺，有如訓導老師正準備責罰一班學生般嚴陣以待，轉而一班中學生被罵後要去上堂的腳步聲，拖著拖著，密集而響亮，然後有如西西弗斯推著石頭上山，慢而沉重，而最後一段，之前她彈的版本，一直是有如一隊坦克軍駛進平民區的感覺，卻突然這一次，就只有這一次改為旋轉木馬在首都廣場起舞，音調提高了、輕快了，不知是彈錯了，還是故意的，還是試著創造可能。這句旋轉木馬配搭整段樂曲起來，似是由悲轉喜，帶有一絲喜悅之感。我雙眼輕輕瞪起，嘴角微微上揚，是驚訝？還是喜悅？還是受到樂曲感染了？我也說不上來，我這表情的微妙變化可能被她瞥眼看見了，自此之後也再沒聽到那提高了的尾音，她整首新創樂曲由頭到尾都是悲悲的，沉甸甸的，命名為《忘記我後》。

　　有時候，思蜀會借助管家錄像和比對的能力來練琴，從網上下載

了正確的手勢，再跟自己的手勢拍攝下來作對比來糾正指法。她亦會叫管家示範完美無瑕地彈出優美的樂章，其手指之快、按鍵的力度和落位之準繩，全都計算得精準無誤，當然啦，這是當時最新款的管家機械人！

「我未醉，管家，倒酒！」我喊道。

「主人，你的酒醉程度已達至五級，再喝下去會危害身體，我被禁止傷害你，所以我不會再為你倒酒。」他的機械式回應是多麼的惹人討厭。

「醉醉醉，你根本不知甚麼是醉。」

「主人，我知道的，歷史以來有大量因酒醉而發生事故個案……」

「夠了，你別含沙射影，我的意外就純屬意外，當天我根本沒有醉！」

「主人，當時你有二級醉。」

「我不知道你的二級醉是甚麼意思，才兩三口啤酒，稱不上是醉。」

「主人，當時你喝了 137 毫升含有 5% 酒精的啤酒。」

「我呸，才 137 毫升，半罐都無。」我搖搖頭，說：「意外發生了，我又醒過來了，人要展望將來，我不想再跟你糾纏下去，來，倒酒！」

思蜀忍不住了，道：「那就當為了我，別再喝了，你已八級醉。」然後她走到鋼琴，說：「乖啦，我彈首你喜歡的樂曲給你。」

音樂響起，《忘記我後》，兩句之後，我怒不可遏說：「可惡，別

彈了！忘記我後忘記我後，你當然想忘記我啦！你幹的好事管家都拍攝下來了，我剛才已看過，你沒得抵賴！」

我手執搖控器打開電視，把正在播放世界主席習大維演講千秋萬代的新聞台轉到管家專用台，說：「管家，請你連接電視機，播放我昏迷期間的片段。」

「是的，主人！」管家立即從手臂拉出一條電線，接駁到電視背面去。

畫面中出現思蜀的日常生活，早出晚歸，閒時練琴，做飯，亦有沐浴更衣的片段。

我問：「她沖涼片段有加密嗎？」

「主人，已加密。」

畫面快速向前，在我昏迷大約一星期後的一個晚上，她牽著一個男人入屋，然而管家經常垂下頭，他所拍的畫面幾乎都只有下半身，所以一直拍不到男人的容貌，只是偶爾看到思蜀帶點憔悴的臉容。

畫面繼續快轉，往後的生活是多麼的甜蜜，一起吃飯，彈琴，沐浴，上床。

此刻我怒火中燒，瞴著思蜀，右手指著電視的男人，大喝道：「他是誰？我問他是誰呀？」

思蜀早已哭成淚人，我激動地問：「管家，他是誰？」

管家說：「主人，這是大維生物工程公司以安撫未亡人心情而研發的新產品，複製已故親人的容貌和性格存進人工智能晶體，陪伴親人度過最難行的日子。」

我眼睛睜得圓大，對我所接收到的資訊難以理解。良久，才轉過神來，問：「我才昏迷一星期，就……」我吞一下口水，續道：「就當我死了？」

　　管家答道：「主人，當時你喝了137毫升啤酒，二級醉浸熱水浴，結果跨出浴缸時絆倒，腦部受到重擊，醫生判定你難以醒轉過來。主人連續哭了幾晚，於是我告知主人可以選購這項服務。」

　　我嘆一口氣，擁抱住思蜀，很緊很緊，說：「管家，原來是你幹的好事，竟當上了推銷員。以後都不用複製人了，放心，我不會丟低你，這些年來辛苦你了！」

　　思蜀把臉龐擁到我胸膛上擦走淚痕。

　　就在這個時候，電視屏幕的影片完畢，跳回選項畫面，有「影片」、「相片」、「管家雲」，還有「刪除檔案」等資料夾，我好奇地問：「刪除檔案是甚麼？」

　　管家答：「主人，刪除檔案的資料夾存放刪除的檔案。」

　　我粗聲說：「你有答過我問題嗎？」管家正要回答「有」的同時，我說：「打開來看看。」

　　管家說：「主人，刪除的檔案不完整。」

　　他這樣說，我更想要打開來看。我說：「請依我指示，打開刪除檔案資料夾。」

　　管家重複說：「主人，刪除的檔案不完整。」

　　我安頓思蜀坐在梳化上，我嘴角微歪笑說：「管家，你說過你不會傷害我的，那麼，如果你不打開刪除檔案，我就會用水果刀割

自己。」

管家笨頭笨腦說：「主人，我立即打開。」

他終於打開了刪除檔案資料夾，內裡全都是亂碼或怪獸字作標題的檔案，我問：「有能播放的檔案嗎？」

「主人，有。」

「請依時序播放。」

「是的，主人。」

電視屏幕出現坐在梳化上垂著頭的思蜀，長髮蓬鬆遮臉，一動也不動。畫面左下角顯示的日期時間，是我昏迷後第三天。

我坐下來，拍拍思蜀肩膀，說：「當時要你獨力承受傷痛，辛苦你了！」

畫面突然跳動不穩，我問：「管家，為甚麼會這樣？」

「主人，因為刪除檔案不完整。」機械式的回應。

畫面跳動，鏡頭走近思蜀，管家的聲音，說：「主人，主人不能醒來，要試用已故親人複製服務嗎？」

畫面中的思蜀默不作聲，一臉死寂。除了肚皮略有呼吸的起伏外，她一直動也不動，由中午至黃昏，至天黑。管家問：「主人，要開燈嗎？」

「不能替代他的⋯⋯」她兩片乾唇微顫，直像腹語般說話。

「主人，一試無妨。」

「他不在了⋯⋯他生命中沒了我⋯⋯」她用腹語。

畫面突然像被剪輯般切換到下午時候，她拖著「我」回家，在這

影片可清楚看見「我」的模樣，但亦見思蜀容貌並不高興。在畫面中的男人，應該用「他」還是「我」比較合適呢？畢竟這一連串發生的事情不是我經歷過的，那不如叫他「毛重至」啦，反正長大後很少聽見自己的全名，對我來說是有點陌生。

後來有一幕，思蜀彈《忘記我後》，那份沉甸甸加入了一點淒美，比以前所有版本聽起來更能捉緊人心，扣人心弦，那種戚戚然，有如坦克轟炸平民，是失去親人的感覺。樂譜上最後一個音符掉下，她眼角不禁流下一顆淚珠，毛重至很滿意地說：「好聽呀！我好欣賞呢！如果末段改為高音而輕快，即是你之前你彈過的那個版本，或者會更動聽。」

「可惡，我彈那個版本時你還未出世，你裝他裝得很徹底呢！」她嘆一口氣，喃喃道：「一定是從管家下載了生活的片段，整合對話、語氣、性格，化作公式。當時老公的表情，我看得出，我了解他，又怎會是單純的開心愉悅呢，他是由心而發欣賞我所創作的作品，只是我覺得有點格格不入而棄用了，既然是《忘記我後》，當然由頭至尾都是沉重的，哪會輕快如旋轉木馬呢？」

我把梳化上的思蜀扭入懷，輕聲說：「難道那毛重至說那輕快版本更動聽，於是你就不停練習？你現在可以做回自己了，我非常支持你創作新的樂曲。」我頓了一下，合上雙眼，續道：「或者經歷過死去活來，我倒喜歡悲得戚戚然的這個版本呢！」

畫面又跳轉，思蜀對著鏡頭問：「他簡直是垃圾，這段日子好像是把他填滿到我生命中，我卻融入不到他的生命中，他，不是活的，

我在他眼中並不重要。管家，我要怎樣退貨？」

然後她回復「單身」，每天早上做飯放入飯壺便外出，晚上又帶回來吃兩口就倒進垃圾桶。這狀況維持了好幾個月，只見她日漸消瘦，膚色灰暗，鎖骨明顯凸出，卻堅持每天做飯。一天，她帶了一個女生回來，教她煮糖醋骨。「時間無多，你要好好記住，一酒二醋三糖四生抽五水，記得要試味，然後再酌量加減比例，要拿捏得好準確，知道嘛？」「知道！」

那女生調好味道，讓思蜀嚐了一口，頓時崩潰似的放聲怒罵：「我叫你試味你試了甚麼出來？」她一個使勁把整煲糖醋骨掃撥到地上，其動作之大亦意外地連同頭頂上的整束假髮甩掉了開去，她憂心忡忡地垂下頭，屁股倚在灶邊，雙手掩面啜泣，直像小女孩的洋娃娃被男同學扭斷頭般無助痛哭。

汁料骨頭散落一地，管家和那女生一起蹲低清理，互相打個照面，鏡頭一轉，這個不懂調味的女生，竟又是思蜀。

我嚇得一股冷氣從脊骨直上頭皮，一連串的畫面使我動魄驚心，良久，才能定下心神，轉頭看著坐在身邊的思蜀，摸摸她的秀髮，究竟你是真的還是假的？但這問題決不能開口問。

我的視線又回到電視屏幕，思蜀似乎哭乾了眼淚，冷靜下來，蹲下來跟他們一起收拾殘局，她低聲說：「我要教好你，時間無多，我一定要教好你。」

思蜀說：「唉，我知要你執生是沒可能的，做糖醋骨有時落五水，可能六水，甚至七水，在你字典裡沒有『可能』『試試』等字詞，

一就一，僵化得沒有其他可能性，那唯有從基本開始，把一切公式化，你先好好紀錄所有調味料的成份含量。」

「然後，你的手指有溫度計嗎？沒有就叫管家幫手，伸隻手指去量度自來水溫度及礦物含量，還有排骨的溫度，這一切我不知是否重要，總之你紀錄後跟著做就絕不會錯。」

一連七晚煮糖醋骨，思蜀要把每晚的味道偏差讓複製思蜀紀錄下來。但來到第七晚的這個片段，她累得雙唇灰白，呼吸無力，虛弱得站著也得須倚在灶頭支撐身體，一直堅持到調味後，直倒在梳化上，複製思蜀便處理餘下的烹調工序。

突然跳轉到日間時候，思蜀軟攤在梳化上聽複製思蜀彈鋼琴，「她」演奏《忘記我後》是多麼的完美，思蜀皺著眉，說：「你實在太完美了，但你當我的替身，我不是完美的。」她嘴唇乾澀得唇皮一瓣瓣的反起來，吞一下口水，無氣無力地站起來，扶著傢俬一拐拐來到鋼琴前，著複製思蜀紀錄她的指法和節奏，她說：「我會彈十次，你日後只要流水式順著這十次循環，應該就騙得了那視覺系的傻佬。」

她完成十次，正欲進行第十一次時，複製思蜀問：「第十一次了，我要紀錄嗎？」她沒有回答，只是專心地彈奏，由訓導老師、中學生腳步、西西弗斯的執著，正轉到坦克車時，竟再次彈奏起旋轉木馬的高音和輕快，更加插了似是雪糕車的歡欣調子，溫馨，幸福，快樂。

演奏完畢，她再撐不住了，直接伏倒在琴鍵上，輕聲說：「忘記我後，當然是幸福的。」她吐出一口氣，續道：「最後一次，不用紀

錄，希望……只屬於我和他的幸福。」

她顫抖著撐起身子，說：「管家，請拿相機來。」

「是的，主人。」

她在面前的五線譜上寫寫寫，然後使出全身力氣，舉起我的相機，拍下。

她低著頭，用力吸一口氣，用氣語說：「管家，是時候了，送我去醫院。」

「是的，主人。」

然後，畫面轉黑，再沒有影像了。

我強忍著淚水，壓著嗓子問：「這麼重要的檔案，怎麼會刪除了？」

「主人，沒用的檔案便會刪除。」

「甚麼是有用呢？」

「主人，有用的檔案會上傳到『管家雲』給所有管家機械人共享，以作宣傳管家機械人服務和未亡人安撫服務。」

「所有檔案都會給共享？」

「主人，是的，除了刪除的檔案。」

我以質問的語氣說：「你不是說更衣片段會加密嗎？」

「主人，片段會加密，當上傳到用『管家雲』會自動解密，方便共享。更衣片段的私密部位會加上馬賽克。」

「可惡！」我咬牙說：「可以取消共享嗎？」

「主人，不可以，因為使用管家服務前已簽訂同意書，把一切錄

得的片段與大維生物科技公司共享。」

我想現在就打爆這個爛管家，但我有更重要的事情要處理。

我拿來我的徠卡 M3 相機，質料十足非常重身，把菲林回捲拿出，準備沖菲林藥水。我真的急不及待要把它沖洗出來看個究竟。

菲林，如果保存得宜，就算大停電，只要還有太陽，還有光，即使五百年後也能翻看。

顯影，定影，大約半小時過程。在這半小時，我蹲在浴室裡一邊搖晃菲林沖罐，一邊想，思蜀用菲林拍下訊息，是想我有終一天會看到，她留下的不是一條線索，而是一絲希望。

我把菲林夾在晾衣架上，整卷三十六格菲林，就只有一格菲林有內容，除此之外全都是透明，沒有絲毫影像。

這僅僅一格，拍下了一張五線譜，但影像實在太細小了，我只好把表面還佈滿水珠的菲林貼在浴室鏡上，用十五倍放大鏡在上面細看。

五線譜上，沒有音符，沒有數字，只有幾行文字——

請記得蓋被

請記得飲水

請記得起床

請記得快樂

請記得懷有希望

我離開浴室，天色灰藍透亮，街外蟬在鳴，鳥在叫，狗在吠，我也加入戰團，吸一口清晨草香，向天空滲漏油黃方向大喊：「畢……

思……蜀……」「我好快樂呀……」

「你呢？」

聲音遇上大廈迴盪，往遠方進發。

思蜀一定會聽見！

我花一生等她回應！

後記：

　　夜，三時，冰塊跌進鬱金香形酒杯，我又在自斟自酌，複製思蜀在睡房，管家說：「主人，你已五級醉。」

　　「是嗎？醉，是人性吧！你不懂得醉，千秋萬代又如何？」我不自覺地指著電視機的新聞台說。

　　「主人，你九級醉了！」

　　「噢！那我要收斂一下，萬一我胡言亂語，突然聲稱我十級醉，我可立時斃命呢。近日時有發生……」

黑禮服

蔡志 / 小說可以文以載道，可以離經叛道、可以夫子自道、亦可以旁門左道、胡說八道，寫得好可以生財有道，但大多收入是微不足道，甚至慘無人道，香港小說人的辛酸實在不為外人道，望各位多多支持。我是蔡志，電業工程人員。

　　一九七一年十月的一個晚上，在尖沙咀碼頭美國水兵貝萊德和約翰從灣仔乘小輪到來，他們穿過霓虹斑駁的大街小巷，十月的香港天氣仍悶熱，但他們身上是長袖恤衫，因為家鄉明尼蘇達已步入深秋，兩人匆匆歸隊沒有好好盤算隨身衣物，沒攜帶夏天裝束，只好把衣袖捲起，胸口打開，約翰拿著酒瓶，跟隨明顯有點醉意，步履蹣跚的貝萊德之後。

　　「貝！還有多遠？你認得路嗎？你要帶我去哪裡？」約翰大聲叱喝。

　　「我認得，我手上有地址，我兩年前來過這裡。」貝萊德努力核對每一個大廈門牌，再指手劃腳問路上的途人。

　　「約翰，這裡的洋服很便宜，你也裁一套，明年你和我一起出席家鄉棒球隊的活動，很觸目的。」當他穿梭在尖沙咀橫街中，看到威

廉洋服的招牌時，洋洋大喜說：「對！找到了，我們上去一樓吧。」

洋服店是一間倘大和光亮的工場，兩張裁床和四部衣車沿牆放置，幾位工人與老闆卻圍來在中央搓麻雀，兩學徒坐在大梳化，在紙箱上斜著身子下象棋，女工悠閒地邊看廚房外的電視邊洗飯後碗筷。每當有美國軍艦靠岸，洋服店都會全體候命，接到訂單便通宵達旦趕工；兩個水兵推門而進使他們吃一驚，一般而言都是街上洋服商店致電工場，派師傅前往取客人尺寸；但若是老顧客，便會登堂入室訂購以減省街鋪的利潤。

「梁師傅你好嗎？你還記得我嗎？貝萊德呀！約翰和我都要做一套禮服。」貝似乎知道梁師傅不會記起他的名字，畢竟已是兩年前只有一面之緣的顧客，但卻要在約翰面前裝出熟稔，以炫耀自己交遊廣闊，刻意指著自己說出，減少梁師傅忘記時的尷尬。

工場老闆梁師傅在炎熱的天氣仍然穿上整齊的長袖恤衫和西褲，以展示他優良的產品，他毫不遲疑便推開手上的麻雀牌和貝打招呼，一手遞上香煙後、一手找出打火機，腦海中不斷回想貝是誰？口中卻說很久不見。當他再看到貝手上名片寫下的編號時，二話不說便拿出訂單簿放在裁床上，打開那一頁大大力的拍了一拍，假裝出的超強記憶力，嚇了微醺半醉的貝一跳；兩年前的一次交易彷彿交出一個莫逆來，馬上來一個深深擁抱，把梁師傅擁得半死，直到他咳嗽了兩聲才停止。

梁看到單紙上是兩套洋服，另一人名字是彼得，這個名字倒還有一些印象，是一位光顧多年而且自己跟隨工人上工場直接訂購的顧

客。他便隨口一問：「你是彼得的朋友，我記得起，他好嗎？」，說罷，梁師傅看到貝收起了笑容，深深呼出香煙，平平淡淡的說：「彼得在『藍山行動』中死了」。梁師傅弄不清貝所說的是甚麼行動，但看表情便知問錯了問題，他的英語只懂推薦洋服，安慰的說話從不懂，呆一呆便馬上扯開話題，拿出布料樣板給貝看。

「約翰要淺藍色的，對！就是這款了」，他指著釘在單上的布料說：「這是我們家鄉棒球隊的主色，就是這樣，棒球，你們知甚麼是棒球嗎？」貝拿過約翰手中的酒瓶，權充球棍揮舞及解釋，引得眾人大笑，但貝回看木無表情的約翰後，便說：「約翰，梁師傅手工很出色，而且價錢是最便宜的，我們家鄉中沒有人的洋服比我好。」貝看到約翰仍在盤算放心不下，「約翰，我們有五百元零用錢，一套禮服只需五十元，是足夠花到星期日的，若你不夠錢花，我便請你喝酒吧，找蘇珊談心，好嗎？」

梁拿軟尺替貝量度身材，這時的貝已把興奮的心平靜下來，醉意使身子搖晃，但梁師傅按舊記錄量度和複核很快便完成，一個三十來歲的成年人身形變不出甚麼來，除了腹部……

「貝，你的身材沒有變，量出來的尺寸和兩年前一樣，只是把腰圍放兩寸可更舒適，這是布料樣板，你喜用甚麼色！」梁師傅收尺放頸上，遞出布料樣板給貝。「我選這黑色布料，上次送彼得時沒一套得體禮服」，約翰挪動頭插過來，聚精會神看樣板書上的價目，似乎很在意價錢。

貝還看到約翰的反應，眼睛總是盯在價目表上，便索性說：「洋

服我送給你好了。」説完這話時，貝已經倦得埋在大梳化椅上，呼呼大睡。

梁師傅見約翰還是心事重重，便示意先量身吧，他想，反正布料已經選好，人亦在眼前，而且有人付鈔，實在沒有甚麼需考慮，只需的便是量度尺寸。由於沒有約翰的度身紀錄，每次量度也需記下來，他示意小徒弟亞華過來寫下尺寸。

亞華小心推開放象棋的紙箱，連跑連跳兩步便站在他們前面，拿起筆和訂單簿作準備。約翰年齡明顯比貝大十多年，似是四十多了，身材也較單薄，看起來像一位文員多於像軍人，梁師傅刻意把尺寸以英語説出，以便約翰同意尺寸，但量了一會時，約翰見到貝已經熟睡便反應過來，猛搖頭擺手説：「不不不，你們錯了，我不喜歡，我不喜歡太寬太闊的衣服。」他拿過亞華手上的簿，改了記下的尺寸，而且改得很狠，二十二吋半的肩膊改成十八吋，當他改到一些疑惑的地方時，眼瞄一瞄亞華，來了一個比比高度的動作，再深深的抱在一起，嚇得工場的人目瞪口呆。約翰説：「好孩子，好孩子！」他索性拿起尺來量亞華的身材，這時女工大笑，説約翰要送洋服給亞華，定必是愛上他。

看來約翰也有點裁剪常識，他很快便把亞華的尺寸填寫在訂單上，再交給梁師傅，梁是老江湖，甚麼也沒有理會，笑咪咪問他們的軍艦甚麼時候離開香港？約翰回答是星期日晚上十時。

「今天是星期四，星期日早上可交貨上船了，時間充裕。」他隨手開出兩套洋服的單，但約翰搶了過來「我的洋服不用趕船了，寄回

美國吧，我寫地址給你，寄給小約翰收！」他拿出錢包，替貝和自己付款時，再想了一想，拿出一百五十元說：「用這尺寸多造一套黑色的禮服給我吧！」放下鈔票後，約翰把半醉的貝弄醒，把他手臂搭上肩膊，拿起酒瓶，喊著要和他回灣仔找蘇珊，他們一起高唱起家鄉棒球隊的隊歌離去。

「梁師傅，用我身形的尺寸他不可能穿得上呀？」學徒亞華拿著訂單簿一面無奈的問。

梁師傅弄熄香煙說：「開工啦！」

註：據記錄一九五五至一九七五年越南戰爭期間，美軍死亡人數達五萬八千多人。

地鐵軼事

小琪 / 尹蔭棠，筆名小琪，喜愛閱讀、看電影及旅遊。

一個熱鬧的晚上。剛下班頹坐在地鐵車廂觀看人生百態。又到一個站了，車門如常打開，乘客魚貫進出車廂。無意中抬頭一望，看到兩女一男乘客走到我面前的柱子停下來聊天。

那兩個女的年約四十多歲，臉色有點蠟黃、嘴唇蒼白；男的約三十出頭，架著一副金絲眼鏡，文質彬彬。

甲女：「今年公司的團年飯真慷慨，菜式都不錯。」

乙女：「而且還容許攜眷參加。」

甲女：「可惜我沒伴可攜！」

乙女：「我也是。」

丙男笑而不語。

乙女忽然想起甚麼，說道：「你們有沒有注意到許主任的太太好像大他很多？」

甲女連忙回說：「你也看出來？他太太雖然已經精心打扮，卻也掩蓋不了年紀比丈夫大！」

丙男繼續笑而不語。

乙女一臉不屑説：「許主任平時看起來正正常常的，想不到他竟會喜歡老女人！」

甲女：「就是呀。男生不都是只喜歡青春少艾嗎？哪有男人會想娶老女人？」

乙女：「他一定是心理變態、戀母狂的！」

兩女互看一眼，隨即哈哈大笑。丙男依舊笑而不語。

甲女望向丙男：「對了，俊彥，你和太太相差多少歲？」

丙男終於開腔，笑著回答：「我太太大我三歲。」

二女愕然，張開嘴巴，不知如何是好？沉默數秒，然後一唱一和尷笑著説道：

「你太太保養得真好，看來比你還年輕。」

「對呀，真難得。」

丙男又再笑而不語。

牙顫

雨其 / 曾任文學報紙編輯、公共圖書館小說創作坊講者、主持。曾編寫短劇，於老人院及小學上演。曾偶獲一些寫作上的獎項。新詩、散文詩、微型小說、短篇小說散見中港澳台及海外版之文學報、文學雜誌、報刊、散文詩集、新詩集、小說集等等。

　　壯克進入洗手間，脫了衣服剛想沐浴，轉身時赫然發現，剛才仍在的窗簾，忽然不見了，洗手間窗戶外就是廚房，視線穿過廚房窗，可以看到對面後座陽台，有人正在準備晾曬衣服。

　　母親的身影在廚房經過，壯克渾身騰起一股怒氣，他就站在洗手間內牆遮擋的角落，悄悄打量著窗外。

　　母親飄來了一句：「怎麼了？沒有窗簾，怕讓外面的人看到？」（看來就是母親從廚房伸手進只隔著一扇窗戶的洗手間，把窗簾拆下來準備送洗，而且還是他轉身脫衣服之時。）

　　每次遇到這種漠視別人私隱，令人無語的情況，也許是緊張、或者不滿，壯克的牙關便不受控制地打顫，達達達……達達……達達達……無論怎樣，都無法停止。

　　他開始感到門牙有點異樣，衝到飯廳另一端那面掛在自己房門的

鏡前，從鏡中發現上排右邊門牙其中一隻牙根一半外露，帶著血肉。

如果牙關再不停打顫，這隻門牙就會被打掉出來。

壯克把自己的右手伸進嘴裡，上下排牙齒正在用力打擊在手指上，卡卡卡……卡卡……卡卡卡……

晚上六時要上進修班了，現在三時，還未吃午飯，腹如雷鳴，要停止牙顫，必須分散注意力，壯克騰出左手，撥電話給凌，想找他一起吃飯，一遍又一遍，沒有人接聽，這才想起，凌曾告訴他，這段日子下午要排舞，準備比賽。對了，還有阿沙，這個吃貨，保證一叫就出來。

這時發現，手機內的電話通訊錄倏然不見了，無論怎樣點擊畫面，所有電話通訊錄、臉書和微信等等即時通訊軟件的聯絡人都消失了，手忙腳亂中，電話滑到地上，壯克伸出雙手也接不住，手機在地上反彈了幾下，龜裂的螢幕玻璃下，畫面一片空白。

洗手間窗簾不見了，通訊錄聯絡人亦消失了，母親的身影無聲地在廚房門後閃過，只有牙齒瘋狂地打顫，達達達……達達……達達達……

打邊爐

白玉 / 喜歡中文小說創作，多年前聯同志同道合的文友共同成立了「香港寫作學會」。逢單月聚會一次，共同鑒賞評閱會員文友的作品。歡迎有興趣人士加入，為香港的中文寫作添上一點點色彩。

(1)

二○二○年除夕夜，香港。

「好香呀，是姐姐的雞湯火鍋，在門口已經嗅到了，姐姐的廚藝果然出色。」我在門外按鐘。

門打開了，是小希給我開門。

姊姊有一對可愛的小寶貝，哥哥叫「小希」，妹妹叫「小絲」。他們才是五、六歲，年齡雖小，卻很懂事乖巧。

「阿姨。」「小希，謝謝你為我開門呀。」我把從英國帶來的聖誕禮物送給小希，我每一年都會送聖誕禮物給小兄妹的，今年雖然遲，但仍要送的。

「謝謝阿姨。」小希高興地接過禮物。我把另一份給小絲，她連忙接過來，快樂地謝過我。

我步入廳中，姊姊一家人正在打邊爐，我剛才嗅到的就是飯桌上的雞湯火鍋。「我真有福，來得巧，有美食。」

　　「翠絲，你不是去了英國工作嗎？怎麼這麼快便回港？那邊的疫情很嚴重吧。」

　　「是啊，幸好我工作的地方在偏郊，感染的機會比較少。放心，我沒有感染新冠病毒，也完成了有關的隔離了。」

　　「來，一起吃飯吧。除夕夜，天寒地凍，正好一家人圍爐取暖。」姐姐興高采烈地把牛肉放在熱氣騰騰的鍋中。小兄妹圍著飯桌坐著，等待著姐姐為他們煮的食物，其實，他們互相叫叫嚷嚷，不停地說是對方輸了，他們剛才一定在玩電腦遊戲了。

　　姐夫這時從房裡出來。「翠絲來了嗎？哦，對，一起吃飯吧。」姐夫看似很疲倦，說話還有點心不在焉。

　　姐姐說他的工作愈來愈繁忙了，說他是廣告界的紅人，手上的大客戶也是很多的，其中更有不少國際知名品牌的客戶。

　　姐夫才貌雙全，性格又溫文，又是高收入人士，姐姐常說自己真的幸運，能嫁到他。我說姐夫娶到姐姐也是幸福呀，姐姐溫柔賢淑，又遺傳了媽媽的廚藝基因，她做的飯菜色香味俱全，即使簡單如火鍋，也有自己特製的湯底和調味醬汁的。

　　全家人正安坐在飯桌旁，飯桌中央有一窩熱騰騰、香氣四溢的雲腿雞湯，圍著爐旁的是各式各樣的肉、丸、菜，還有姐姐極之美味吸引的特製火鍋調味醬汁。

(2)

朋友在廣告界工作，他告訴我姐夫最近不知得罪了誰，在廣告界遭到全面封殺，所有客戶都要求廣告製作不能有他的份兒……

怎可能呢？他是那麼有天份，做事又那麼認真和精細，不可能得罪甚麼人吧。姐姐不是說他最近工作很忙嗎？怎麼可能被人封殺？

我不停地想，好不好問姐夫？

姐夫是一個驕傲的人，如果朋友所說的是真實的，他怎樣面對這些打擊？姐姐知不知道這件事？姐姐從來沒有跟我提過這件事，看來她並不知情。

在未弄清事實前，還是別問了，免得令姐夫尷尬，也令姐姐擔心。

「姨姨，媽媽說這個是給你的。」小希雙手捧著一碗沾了醬汁的牛肉給我。

很香。

(3)

第二天大清早，英國的曼城醫院深切治療房內。

「昨晚午夜時份，你的心跳突然停頓了，幸好醫生及時施救，才把你救回來。」護士姑娘告訴我。

「噢，真的？真的很感謝你們。」是嗎？原來剛剛死過翻生，但奇怪，為甚麼我一點印象也沒有？我剛才明明見到自己身在香港，還

和姐姐一家人在一起打邊爐過除夕，好不溫馨。

原來是一個夢。

我確診了新冠肺炎，初期沒有甚麼病徵，幾天前因為沒有了嗅覺，呼吸有點困難，他們才把我送入醫院治療。

剛從鬼門關走回來，又享受了姐姐的美食，也算是個美夢，是時候回到現實了。

打開手機，發覺積壓了百多個訊息，原來我已昏睡了兩天。這許多的訊息，恐怕要花上好些時間閱讀了。

(4)

「為甚麼病房有這股香味？」護士不經意的問，說完，巡視了病房一回，沒看到甚麼特別，便離開了，也沒有去尋找甚麼答案。

我也聞到了，挺熟悉的，這不就是姐姐的雲腿雞湯味嗎？

「叮叮！」手機的訊息提示鐘響起來，是我的好朋友發過來的，還附上一條連結。

「你姐姐家出事了，今早，他們一家人被發現全家倒斃在家中，桌上還有一鍋雞湯，新聞說初步懷疑是食物中毒，應該發生於除夕夜。請節哀。待有進一步的消息再告訴你。」

「嘭！」手機跌落了地。

我整個人躺在床上，頭很痛，心很痛。

樂不思蜀

林　馥 / 每個人都有自己的故事，讀一本感動人心的小說，像是一條能開啟心靈的匙，釋放出喜或悲。

警告：心血少人士免進……

開幕：

「唧唧復唧唧，木蘭當戶織。不聞機杼聲，惟聞女嘆息……」

哎呀，又念木蘭辭！悶死人呀！

大塊田反覆聽到木蘭辭。聽得他也可以從後背上來！

他粗眉大眼，粗獷外表，說話聲浪大而不準，人見人畏，敬而遠之。但也有人認為他作風硬朗，海闊的胸襟！光明磊落！不拘小節！但人總是以貌取人。

曹操都有知心友，關公也有對頭人，世界似乎沒有一個準則，沒有一面倒的好人，也沒有一面倒的壞人！人的心境會跟隨環境轉變。

當人的行為舉止在中位數時就被定為正常人，反之為異類。

大塊田天生神力，可以輕易舉起百斤，也能以一敵三，他身材高大，臉型四四方方，所以別號大塊田。但如要他執筆行書寫字，反而

覺得吃力萬分！

他的老奶奶經常說，姓大的祖先曾是大將軍。大塊田曾取笑他的老奶奶「大律師大廚師也是姓大的。」

單憑老奶奶的口述，未能提出有力證據，姓大的祖先曾是大將軍的理據，到老奶奶蓋棺仍未有定論。

進入第二關

「唧唧復唧唧，木蘭當戶織……」

經常出現在大塊田的腦海。

他像催眠一樣，神智也遠走高飛！不知去向！

被催眠的人要如何喚醒他的魂魄！似乎只有天知地知當事人就無法得知。

大塊田感覺在天空飛翔……他看到自己如坐過山車般轉大圈飛向大佛再俯衝落一個四面環海的小島上。

鏡頭轉換，大塊田看見自己身處一個古色古香的村莊，迎面而來的人衣服很古舊，是去了化妝舞會嗎？

大塊田發現這裡的人衣著及說話方式與眾不同。他看到有人見到他的裝扮像見到怪獸般彈開十丈遠。他只不過穿上一條限量版穿窿牛仔褲，衣衫前胸印有個巨大骷髏骨頭畫像吧。究竟是他的衣衫過分潮流定或是他們大驚小怪？

「呢度啲人真係古古怪怪！」

他看見坐在街上一個衣衫襤褸的可憐老乞丐，大塊田就從褲袋掏

出一個錢幣放到老乞丐身旁！

老乞丐向他報以一笑表示多謝。

再來到一座城樓，大塊田看見牆壁上貼有兩張告示，告示的內容他完全看不明白，因字體潦草，他看見一名大叔拖著小女孩駐足專心看著，大塊田向大叔大聲問：「大叔，明唔明寫啲乜！」

大叔不回答他。

「大叔，請問你明唔明寫啲乜？」

大塊田再次問。

大叔看他的眼神極其古怪，回答他：「徵兵！每家每戶徵一男丁入伍。」

「大叔，一定係騙局，騙人去柬埔寨打黑工，不要信啊！」

大塊田想提醒他別墜入騙局！世間太多騙徒！

大叔望著另一張有手繪畫的告示，他望一眼大塊田又轉頭望告示，他就拉著小女孩匆匆離開。大塊田望手繪畫像，一個方形面的男人頭，頭髮蓬鬆、粗眉大眼，左眼眉上更有粒黑色大痣。

「呢個係咩嘢人？」大塊田再問另一個大叔。

大叔又不理睬他。

「大叔，請問呢個係咩嘢人？」

「你一定不是本地人，這個是惡名昭彰的山賊！四圍打家劫舍！」大叔回答。大塊田明白每次問人家要說「請」才有人回答。

大塊田腦中像有把聲音叫他。他沒有理會，他像遊魂走到溪邊。這時，他的肚皮打起鼓來，他知道該找地方醫他的五臟廟！

大塊田聞到一陣陣麵包香從一間木屋飄出！他就走入木屋！

「客官，請問想吃甚麼？」衣著樸素的矮小男子閃出來問他。

「一籠大包一支大啤！」大塊田見這個矮小的店小二劈頭就說，他感覺自己像經常來光顧。

大塊田橫視這間古色古香的木屋，還寫有很潦草的書法字，根本不知道寫些甚麼！

他記得小時候他的老奶奶教過他寫書法字，但寫得似鬼畫符一樣，更倒瀉一枱的墨水，激得老奶奶生蝦噉跳！還被她罵得狗血淋頭！自始他就不再喜歡寫書法，移情別戀於詠春。

「抱歉客官！這裡沒有甚麼大啤！」

「唔係呀嘛！這是乜嘢茶居，啤酒都無！點做生意㗎！」

「這裡是天乙茶居，我們有黃酒，白酒，就是沒有啤酒！」店小二慢慢說出。

「咁就要支黃酒！」

店小二沒理睬他。

「要支黃酒，唔該！」大塊田明白要禮貌說話才有人回應他。

店小二拿一瓶酒及一籠熱辣辣的饅頭擺到大塊田面前。

「加一碟意大利火腿炒麵！……唔該！」大塊田突然胃口大開。只吃饅頭太齋了。

「客官，我們沒有次大麗火水炒麵！」店小二的口音不正，令大塊田啼笑皆非。

「有冇干炒牛河或星洲炒米？」

「沒有！」

「你呢度叫乜鬼嘢茶居，乜嘢都無㗎！」大塊田開始發脾氣。

突然燈光一閃，一名衣著樸素，打扮大方的女子閃出來。

她進場時的個人簡介寫「茂春花，天乙店長，出生紫田村，行走江湖多年，見過不同食客，她嚐盡天下甜酸苦辣，弄得一手高超廚藝，她隱居在天乙茶居，無非想逃避人間複雜的是是非非。」

「金水，你去廚房蒸多兩個包出來，這裡留給我處理！」女子說。

「係，茂娘！」

「客官，這間天乙茶居只供應茶、酒、饅頭！」茂春花語氣溫和對大塊田說。

「唔係呀嘛！咁少選擇！」大塊田瀏覽眼前女子像三十開外，但難說得準，現在女性只要保養得宜四十歲看起來似二三十歲也不出奇。她樣子端莊衣著樸素及眼神溫婉，不用說她一定是天乙店長。

「客官，店門前已經寫清楚，只有茶、酒、饅頭。」茂春花繼續以柔剋剛。

「你哋門口的字寫到鬼畫符，邊個識得睇呀！」大塊田說。寫得不清楚開發者會被負評。

「原來客官你看不懂文字？」

聽到她說的意思是話他不識字，他本想爆粗，他木蘭辭都識唸，怎會不識字。

但她的說話輕柔，聲線甜美可親，還有她微微的笑容，他心中突然間覺得有種溫暖竄過全身，他過往遇見不少目露凶光的人。你對我

凶時我對你惡，你對我惡時我對你凶，這是公平交易啊！

「呢度係乜嘢地方？」他忘記自己何以在此！

「這裡叫紫田村！客官，你講說話方式很特別，我從未聽過，你從那裡來？」茂春花問。

「長安邨！」大塊田説。

「你是長安人！」茂春花説。

「在長安邨住咗三十年，算是長安邨原居民。」大塊田咧嘴笑説。

「長安一定很好住！」茂春花説。

「如果我有錢會搬上半山住！哈哈！」大塊田大笑説出。

「客官，你真會講笑，只會無錢才搬上山住！」茂春花説。

「唔係呀嘛！半山無十球唔洗諗！」大塊田説。

「十球？」茂春花不明他説十球是甚麼。

「一球一百萬，十球一千萬！」

「一千萬黃金住半山！」茂春花現出疑惑的符號。

「樓價不停升！要千萬先可以買到個無敵大海景！」大塊田説。

茂春花的表情，大塊田像讀出她對他説話的疑惑。

「我想皇帝也未必有千萬！」茂春花説。

「好多打工皇帝分分鐘年薪千萬。」

大塊田再感覺她眼中佈滿著疑惑符號。

「一定很有趣，未請教客官高姓大名！」茂春花問，疑惑的表情符號消失，取而代之現出感有趣的符號。

「叫我大塊田！K公司研發員，你呢？」他問。

「茂春花，是天乙茶居的老闆娘。」茂春花說。

「看得出，老闆娘！」大塊田伸出右手想向茂春花握手。茂春花雙手合十作回應。茂春花不會隨便與陌生男人握手，男女授受不親嘛！

「客從遠方來不亦樂乎，這裡窮鄉僻壤沒有好餸菜式招待客官，還望多多見諒！」茂春花說。

「講呢啲！」大塊田揮手示意不用客氣。

「呢度環境清幽！只係食物無乜選擇！又不至於窮鄉僻壤！」這裡青山綠水，溪清河澈，像世外桃源。

大塊田自小在青衣長安邨長大，熟悉周邊環境及一眾街坊。

紫田村是在屯門，他很少來，但兩者距離不太遠的，有巴士直達。大塊田稍後也打算坐巴士回家。但回家前他想知道⋯⋯

「這兩行字究竟寫左啲乜嘢？」

大塊田指著茶居內一幅字畫。原本他想學她一樣說話斯文點，但他的大腦追不上他的嘴巴！

「客官，三選一。」

「第一：仗義每當屠狗輩，負心多是讀書人！」(作者：曹學佺)

「第二：漸行漸遠漸無書，水闊魚沉何處問？」(歐陽修的木蘭花)

「第三：唧唧復唧唧，木蘭當戶織。」(木蘭辭)

「我選擇第一。」大塊田說。

茂春花微笑地回答他說：

「答對！仗義每當屠狗輩，負心多是讀書人！」

大塊田聽後就皺眉說：

「我一向覺得呢一句好有問題！」以前他就曾與人爭論過。

「劏狗嘅人點會係仗義，狗對主人忠心，對自己忠心嘅狗都可以狠下毒手嘅人，肯定是不仁不義不忠不孝不倫不類嘅人！」大塊田滿腹不滿，因為他是愛狗之人。在西方國家視狗如命的人，殺狗等同殺自己親生仔女一樣，十惡不赦！仗義怎麼可以是屠狗輩。

「客官你的見解很特別！我要先記錄下來啊！」茂春花說。

「客官，你要繼續猜謎嗎？」茂春花問。

他發覺時候不早了也要告辭：「不猜了，老闆娘埋單啦！」

「好的，客官，一文錢！」

「抵吃，但我無現金，呢度收唔收八達通？」大塊田說，他目測店內只有簡單木枱，更看不見收銀機，怕且沒有 Wechat pay，Alipay，Tap & go 之類的電子支付吧！

「甚麼是八達通？」茂春花問。

「唔係呀嘛，連八達通都唔識？Alipay 怕且都無！」

大塊田一邊說一邊想找出他的八達通，才發現他錢包及手提電話不見了！

「甚麼是亞呢皮？」茂春花問。

「不知道 Alipay 怕且你比我落後好多喎！」大塊田自問自己不算太落伍，至少還識得使用 Alipay，有手機在身，錢包不用帶出街。

「錢包同手機不見！」大塊田說。他聽到身體發出饑餓危機警報，但他沒有理會。

「手機?」茂春花又出現疑惑的表情符號。

「放心,我一定會埋單!比時間我!」大塊田絕不會吃霸王餐咁無賴!

「客官,這餐我請你吧!」茂春花說。

「男人大丈夫能屈能伸,不能吃了喝了就算了!」大塊田看到她眼神知道她想甚麼。

「我欠你一文錢,我幫你打一日工!如何?」大塊田問。

「也好的!你就留下來幫我打水!」茂春花臉上顯露欣賞的表情符號。

大塊田覺得奇怪,她不怕他是騙徒嗎?放心留他在茶居打工,而且怎麼還要打水,為何不安裝水龍頭?

不過她叫做就做,這是他欠她的。

茶居旁有一條小溪,村民洗衫洗菜也用這裡的溪水,真是太不衛生啊!可能有人會向食物環境衛生局投訴!

大塊田本留在天乙茶居一天,整天是打水、猜謎或與茂春花對話。他根本不捨得離開,而茂春花也任由他留在茶居,大塊田不願離開!縱然在他耳邊有把聲音叫他盡快離開!他也沒有理會。

大塊田與茂春花在河邊釣魚。大塊田教曉她用魚線釣魚,也教她詠春!生活在這寧靜簡單小村莊感覺沒有壓力,他很享受這種寧靜簡單和諧的生活,只是經常感覺饑餓!

日落西山,天乙茶居客人愈來愈少了,大塊田與茂春花準備收鋪關門之際,一個衣衫襤褸的男子走入茶居來要買一個饅頭,大塊田原

本不收他錢，但他自行放下一個大錢幣就離開了！

大塊田拿起錢幣一看，看見錢幣中一朵紫荊花，另一面是香港壹圓 2017，他認得這枚錢幣，香港錢幣？「香港」及「紫荊花」在他腦海發光，眼前的景象慢慢地扭曲，茂春花的臉容慢慢模糊，所有景象瞬間消失。

大塊田睜開眼睛發現自己坐在長椅上，眼前有多部電子遊戲機。

「你終於醒來！你再不醒來就餓死啦！」一名穿著制服的女人幫他除下頭盔一邊說。

「第幾天？」

「第三天，我們要傳送香港錢幣影像去喚醒你的記憶啊！」

大塊田記得自己叫戴志偉，他的記憶漸漸回來，他是電子遊戲研發員。這是最新式電子遊戲測試，名為「樂不思蜀」虛擬世界電子遊戲。人類有太多煩惱，很多人會想找一個烏托邦逃避現實世界，但遊戲中有一項錯誤需要修復！就是避免玩家樂而忘返。

完

第二輯　　　　　　　　　|　心語

春鳥秋蟲自作聲，百無一用是書生
——記小說學會成立過程

鄭炳南 / 原名鄭楚帆，廣東潮州人。香港小說學會創會會長，出版人。作品有長篇小說《香港風雲》、《冬至無雨》和《金錢遊戲》；中篇小說《局中人》和「石勒探案」系列。

　　八、九十年代左右，我住九龍城秀竹園道，慕容羽軍先生居於衙前圍道，成為鄰居後，經常在書院道相遇，去九龍城廣場頂樓馥苑酒樓飲茶。聊天時他邀我參與他與甘豐穗先生和陳潞先生，每星期二在旺角瓊華酒樓的聚會，那年我的治事所就在酒樓對面的麗斯大廈，故九一年左右，逢星期二中午有空，我也上去湊興，忝陪時有幸聽到香港這個文壇小魚塘裡的若干風波逸事和幕後操作。那段時間，我已遠離文壇和創作從商十年，所以，對許多人物之間的脈絡恩怨茫然不知，他們也不顧忌旁邊我的這隻「塘邊鶴」聽得如何，是感觸良多還是索然無味？

　　三位前輩退休前都是幾份著名報刊的主管或副刊編輯，手掌專欄用人及文章取捨的權力，眼界自有獨特之處，開明直爽，不是遮遮掩掩的人。慕容羽軍和陳潞寡言但大度，絕不評介和月旦他人德行。甘

豐穗胸中藏有的是千萬大小的風韻歷史故事，也是自視甚高的人。他們之間所說話題人事，都是拿來回味歷史樂以忘憂而已。若甘老早到酒樓，必然翻闈遲到者的昔日歷史和妙事作序幕。我聽得出——也理解、明白所有活形活現的描述，從沒有取笑和揭朋友隱私之意，因為這是他們之間不斷戲謔的習慣，有的我已重覆聽上數十次。

當年交往，讓我感受到老男人的入骨寂寞，唉，既生為人，就走不出生老病死的格局。我到老邁之年，是不是只能在回憶裡尋找價值和生活滋味？

想到廣東歌仔有唱，這世界上，有叻仔、精仔、傻仔、蠢仔、刀仔……也有昂呌仔，但我們從沒聽到有人承認自己就是昂呌仔！

又想到偉人有曰：江山代有能人出，各領風騷數十年。

不得不過日子活著的大多數人，都承認自己屬於未見過大蛇痾尿一類，當然，總有昂呌仔不肯認命，覺得自己儘管不是「能人」，不過，應該是接近「能人」質素的人物吧？！因為，既能在某方面出人頭地，上不到最高一層，也應有常人難望項背的過人之處吧？！

後來，「四人幫」聚會搬了多次地方。陳潞辭世後，那時候的甘豐穗行走出入不方便，他是召集人，就改為在地面營業的佐頓樂宮酒樓，參加的人逐漸增多，有包括方業光（方寬烈）等十多人。一直到甘豐穗離世才結束這場聚會。

就在那段時候，甘豐穗提出由我辦一個「小說作家形式的組織」，於是你一言我一語，多次商量間，我總是猶豫難定，因為怕搞得不湯不水，變成笑話。其間，我曾經和林蔭談及慕容、甘、陳三位的構

想，原意是請他擔任會長。林蔭的意見是這種沒財力和政治作後盾的念頭千萬碰不得，不但吃力不討好，而且浪費時間，因為……

後來，因為我重新執筆搞創作和出版，結識了一批中、青年作家，又聯絡上國內的若干文學團體。沈西城在慕容先生家中參與討論時，就提議用《推理小說作家協會》名稱，由他擔當會長，我任幹事。甘豐穗和慕容羽軍覺得單純「推理小說」比較貧乏，當年搞這方面創作的香港作家確實不多，難打開局面。陳潞說未來會址既然註冊在新蒲崗，可稱《新蒲文社》（「新蒲」二字來自詩經）。三位前輩一起建議以此班底，老中青快刀斬亂麻，再拖下去只會是碗炒不熱的冷飯了。

到了荷里活商場酒樓中，與會者大家才初步確定了籌備的決定。最後，在新蒲崗出版社會址聚會中才決定了「香港小說學會」的名稱。

已故的鄧仲文兄在創辦中出力不少，許多手續全靠他義務奔跑政府部門才能一一成功。

當年林蔭提出他除了因為已擔當其他社團職務，另一個不參與的原因是，將來免不了會有不少有心人為會長、主席這種虛銜玩弄手段，反目成仇。於是，在起草小說學會會章時，我天真的想破除文藝社團會長終身制的習慣。強調會長只能連任兩屆，四年後再重新選舉。這樣，新人上任才會有新方法、新人脈的新氣象，不會暮氣沉沉。

那時候，我期望若干覺得自己能幹出一個新局面的新人，不要一下子接任，最早幾屆要給已有一定社會人脈的人去開創局面，根深蒂

固後，再讓能辦事的後輩接棒發揮，才能破除沒有政治背景，財團支持文學團體的會長一死，或熱心者另有發展機遇，就黯然消失的命定軌跡。所以開會時我維持緘默，不表態不推薦。

在荷里活商場酒樓籌備會是老、中、青都有，希望能一代代繼續下去。想不到世事變幻常出人意外，當年飯桌上的不少參與者，跟隨時間步伐和個人的際遇，若干意志消沉，很快逐步淡出。

作為創會會長，我以身作則，希望以所作所為，留下一個表率和樣板，從社團註冊、會議記錄、銀行帳戶轉名到文件移交等等，都一一留下記錄，並公開與其他理事存檔。更遵守離職後就絕不干擾接任者工作的最初設想。

幸福玻璃眼

阿 爽 / 原名林爽。1990 年自香港移居紐西蘭。曾獲紐西蘭職業華人成就一等獎／華文學會【中文寫作及翻譯】季軍。現任：明州時報【爽心悅目】版主。著有：《林爽漢俳》/《中國童詩披洋裝》/《林爽散文集》/《微型小說 - 遁世》/《萍蹤逍遙漢俳輯》等十多部中、英著作。

　　當年我與在越南出生的外子結婚後，雙雙到西貢拜見翁姑，小姑那時才四歲，胖嘟嘟十分可愛，我一直把她當洋娃娃抱著不放；還特別給她買了一雙會發聲叫的卡通人物紅拖鞋，她高興得小嘴合不攏，整天穿著到處唧唧跑……

　　後來越南變色，十歲左右的小姑就隨父母移居到奧地利去，此後她就在那接受正規教育，直到大學畢業。小姑特有表演天才，中學時代便參加了學校的話劇組。一九八四年，經營旅行社的先生趁著長子放暑假便安排一家到奧地利去探親，順便歐遊；讓兒子親近一下從未謀面的爺爺、奶奶及各位姑姑、叔叔。小姑那時大約十四歲，有天她心血來潮把小侄子化妝成一個戴紅帽的小淑女，自己則反串成手持雨傘當拐杖，戴上墨鏡的小鬍子紳士，姑侄倆粉墨登場合演了一場滑稽啞劇，引得全家忍俊不禁、嘻哈絕到！從此我對小姑印象愈深，也更

喜歡她！

　　我因婚後與先生居住香港，無法對翁姑晨昏定省，只能每周給婆婆打一通長途電話問安。十幾年後得知小姑已大學畢業，並與一位奧地利籍同學談起戀愛。那時婆婆曾向我吐苦水，説幾個越南出生的女兒到了奧地利後都成了「外嫁女」；她只能老花眼瞪「玻璃眼」，（婆婆形容老外那雙碧眼是玻璃眼），指手划腳演默劇。言下之意很不爽幾個女兒的異國情緣，我那時只能苦口「媳」心，好言相勸，説兒女移居異國他鄉，長大後找本地人伴侶實在無可厚非，也情有可原。思想保守的婆婆聽了不斷嘆氣，只能不情不願面對現實了。不久，就接到小姑與玻璃眼男友結婚的喜訊，可惜我夫婦都因事忙無法親往奧地利出席小姑的婚禮，只好寄賀卡及禮物聊表心意！

　　轉眼又過十多年，長子在香港結婚時，公公已病故；我們只能邀請婆婆前往當上賓觀禮。剛好小姑與深繫中國情結的玻璃眼姑丈也很想到中國觀光，於是便陪婆婆一起前往香港參加長子的婚禮。那年我首次與小姑丈見面，但覺帥氣的玻璃眼溫文儒雅、紳士風度十足；雖然他無法與婆婆交談，但總是以行動表達對岳母的關心；難怪婆婆後來笑嘻嘻對我説，這玻璃眼小女婿還不錯！

　　小姑夫婦婚後為工作而移居瑞士蘇黎世，初期小兩口為了打拼事業而暫時擱置生育計劃；幾年後，姑丈事業發展穩定，小姑才興起開枝散葉的念頭，毅然辭去高薪職位當起歸家娘；不久就生下一對美麗可愛的混血兒女。如今大姪女已十三歲，在家附近的學校唸初中；小姪子十歲，與姐姐同校唸高小。

二〇一九年五月，我趁著往法國里昂參加文學研討會之便，文會後自個兒乘火車到蘇黎世探望小姑一家子。那次近距離與小姑一家生活了一周，歡度了畢生難忘的假期；深深感受到這個高幸福指數的異國情緣家庭是何等美滿！夫愛妻關懷，父慈子女乖！

　　還記得我到蘇黎世當天下午，住在 Stäfa 區的小姑得倒兩次車才到市中心火車總站接我。回家後，為款待我這遠道而來的稀客，小姑特別要兒子讓出房間，當時才九歲的小侄子只好暫時與姐姐同房。我入住首晚，姐弟倆還彈琴、吹笛合奏表演歡迎舅媽；我也給他們送上若干紐西蘭特產及見面紅包，告訴他們這是中國傳統。姐弟倆好奇問我「舅媽」漢語怎麼說，當了幾十年教師的我職業病發，馬上以拼音「Jiuma Zao」教他們講「舅媽早」。往後幾天，姐弟倆早上便衝著我練習，兩人好學也聰敏，為了發音準確，不停的衝我叫「Jiuma Zao」……「Jiuma Zao」……

　　再說我那溫文爾雅的玻璃眼姑丈，黃昏回家放下公文包，立即就給嬌妻一個甜吻，接著再將子女雙雙摟進懷裡；又親又吻，一家子和和美美！小姑特別做了幾道拿手中菜為我接風。吃飯時，但見姑丈把那雙筷子駕馭得隨心所欲，手法純熟得比一般中國人還老到；我忍不住對他豎起大拇指嘉許。他一雙玻璃眼卻深情飄向小姑，然後微笑以英語回答我：「這可得感謝我的甜心咯！」

　　晚飯後，小姑忙著清理廚房，姑丈父子倆就下棋去；文靜的姪女卻親親熱熱拉著我的手到自己房間去練琴……第二天，姐弟倆因學校老師開會而休課一天。大清早便和鄰居玩伴到門外的公眾休憩處跳彈

床，我這老舅媽自然樂於奉陪，拿著 Ipad 在旁捕捉他們的歡樂律動。完了，又陪他們到附近的肉店去，原來鄰居小孩以一盒巧克力換回大包豬骨頭回家餵狼狗，我意外體驗到小鎮以物易物的純樸風情。回家後，活力充沛的侄子又吵著要小姑帶我和他姐姐乘公交車到 Mt Risi 去山林徒步（Bush-walk）；說是要讓我欣賞他們所在小區 Stäfa 山上的優美風光。

到訪翌日，小姑就陪我乘火車到布魯格（Brugg）拜訪文友，隔天又帶我到盧塞恩（Lucern）去觀光。小姑告知，魯塞恩（又名琉森）在羅馬時期只是一個小漁村，一一七八年正式建市，為了給過往的船隻導航而修建了一個燈塔，因此又叫「琉森」，是拉丁文「燈」的意思。遊完盧塞恩翌日，適逢小侄子放學後得學跆拳道，小姪女則學芭蕾舞及童軍培訓；小姑得分頭接送。她因不能整天陪我，便帶我到碼頭讓我獨坐渡輪，遊覽我心儀已久、風光旖旎的蘇黎世湖。細心的她還預先為我準備精美點心及新鮮時果，讓我邊欣賞湖景山色，邊享受美食；獨遊瑞士湖光山色完了我多年的宿願，也讓我留下許多美麗回憶！

我作客那幾天，都見小姑大清早便起來為姑丈及子女張羅午餐便當，有天她還特別早起準備食材，原來她與幾位鄰居媽媽協議好，每周每人輪流一天接各家的孩子放學，當天值班的媽媽還得管幾個孩子的晚飯；我到達蘇黎世那天，小姑就利用這協議，讓其他媽媽代接姪女、侄子。她說這安排好棒，讓各位媽媽可騰出時間處理要事或外出購物。真沒想到，原是職業女性的小姑如今竟變成一個傳統的賢妻良

母，姪女、侄子及其他鄰居洋孩子都特別喜歡吃她做的中國菜，尤其是雞肉炒秋葵加辣椒、西紅柿炒芙蓉蛋、椒絲炒通心菜……孩子們都吃得津津有味。因他們不懂用筷子，小姑就每人給個大湯匙，看他們大勺大勺的把飯菜往嘴裡送那滿足感；小姑説自己整天的疲憊也飛往九霄雲外……姪女還以英語告訴我，媽媽精於烘焙西式糕點，如馬芬（Muffin）、曲奇餅（Cookies）等也得心應手；他們每年的生日蛋糕也全出自媽媽一雙巧手，鄰居孩子都説小姑的糕點做得特別精緻美味，堪與專門店媲美。

我還發現小姪女對漢語特感興趣，那幾天一放學回家，她就喊我教她簡單拼音；還給我她的電子郵箱，請我以後網上遠程教她漢語，要發音示範就通過視頻……真拜科技之賜！她又興致勃勃讓我看她剛完成的功課，原來那是她上網搜索有關中國長城的資料，説老師要同學各選自己最感興趣的項目，寫成報告後再與全班同學分享。結果她就選了中國的「Great Wall- 長城」，並設計了個圖文並茂的小冊子；我直誇她棒！她又跑去拿了姑丈從前到中國拍攝的相片本讓我看，其中就有長城。呵呵！也許因為爸爸喜愛中國歷史，女兒也繼承父志吧！小侄子也很可愛有趣，因瑞士初小學生還沒學英語，他又不懂中文，無法與我溝通；白天他想往自己房間取玩具，便靠肢體語言表達，有時我想問他甚麼事，就得請小姑或已學英語的姪女代為翻譯；一老一小年齡相差十倍，雞同鴨講確實滑稽也有趣！

周五黃昏，姪女背上比她身高還長的大背囊參加童軍宿營去；我擁她依依惜別。姑丈一下班便開車帶著妻兒及我到一家風景優美的郊

區餐廳，說我作客多天以來他都因工作忙而未盡地主之誼；就趁周末帶我上館子，順便也讓小姑休息。他特別為我點了一客火腿加土豆絲煎餅，好讓我品嚐一下正宗瑞士餐。我偷偷瞄了一下價錢，竟然要四十法郎（相當於六十多紐幣），昂貴得驚人！難怪小姑說他們平時很少上館子，自己也因此練出一手好廚藝。大家閒聊著等菜，我順口誇姑丈幸運，娶得個精打細算的好賢妻，小姑卻說自己才是前世修來的福氣，遇見姑丈這麼個好丈夫、好爸爸；每月除了給家用外，還給她零花錢當薪水。小姑當年一雙慧眼遇見這玻璃眼俊郎君，夫妻倆惺惺相惜，外人看了也歡喜！

回想我在他們家小住期間，還真未見過小姑夫婦紅過臉。少不更事的小姪子偶因雞毛蒜皮而鬧情緒，小姑不打不罵只讓他 Time-out 靜處思過；結果就小事化無。有回他欺負了姐姐，姑丈看見也沒責罰他，只心平氣和把他拉到身邊，動之以情，並要他立即向姐姐道歉；輕描淡寫化解了一場姐弟糾紛。可見中國人常說的「家和萬事興」確實放諸四海而準！姑丈每年放長假，必定帶同妻兒外遊，要麼徒步山林，攀登雪山；要麼回奧地利探望長輩親戚。從小姑每次發來的照片中，我總感受到他們一家四口其樂融融！

那年我離開蘇黎世前一天是周六，難得休假的姑丈也不賴床，大早便起來吃過早飯便開車帶我前往美麗的城鎮拉帕斯維爾約納（Rapperswil-Jona）去觀光；我們一行四人還參觀了艾因西德倫（Kloster Einsiedeln）天主教堂，那是瑞士一個莊嚴肅穆的自治會院區。教堂金碧輝煌、壁畫美輪美奐，令人目不暇接；附近風景美不勝

收，我忙不迭把美景收入 Ipad 帶回家慢慢回味。

快樂時光最易逝，轉眼又到分別時！我周日回程那天黃昏，姑丈又帶上妻兒，開了個多小時車，慇慇把我送到蘇黎世機場後才依依揮別。

不久小姑便傳來他們一家子在二○二○元旦當天到雪山徒步的全家福。看到玻璃眼姑丈在冰天雪地中緊擁妻兒洋溢著滿足笑容，慧眼小姑在旁笑得那麼燦爛甜蜜，我也感受到他們的高幸福指數！

吳燕青散文兩篇

吳燕青 /80 後，作品刊發《香港文學》《作品》《草堂》等，著有詩集《閃閃發光的事物學會暗藏》。

桃花樹下的阿婆

一

「阿婆，您的頭髮可漂亮了，我敢說沒有哪一個八十歲的老人家，會有您這般烏黑有光澤的髮。」

阿婆呵呵地咧開她那佈滿皺紋卻仍帶秀氣的櫻桃樣小嘴笑了笑。「青兒呀，倪總曉哄阿婆開心噶，從細倪就曉。」(青兒呀，你總會討阿婆開心的，從小你就會。) 說完臉上浮起抹也抹不開去的寬慰和自豪。

南方春節前夕，總有那麼幾天像春末夏初般暖涼而陽光晴好的日子。讓人疑心真是春末夏初，一年裡最舒適的氣候，不那麼冷，不那麼熱，涼涼的，舒爽而有暖陽。

屋前的那一林桃花夭夭地盛開，嬸嬸們把家裡內外徹底地清潔，鄰家的叔婆大嫂們挑著浸泡了一晚飽滿發漲的糯米到磨坊去輾米粉，

為過年的各種傳統食物做準備，阿婆的年糕已經在柴火大土灶裡煨著了。

阿婆忙完了年糕，喚我：「青兒，阿婆噶頭髮長了，倪幫涯剪吧，洗頭老麻煩。」（青兒，阿婆的頭髮太長了，你幫我剪短吧，洗頭怪不便的。）阿婆把一把閃著黃金色銀光的剪刀遞了過來。每一年我都會在屋前的桃花林下幫奶奶修剪頭髮。

我挽著阿婆到屋前的桃林，站在桃花樹下的阿婆個子瘦小，穿著客家族老年婦人傳統的斜開襟襯衣，花布料直桶長褲。普普通通的鄰家阿婆模樣。

阿婆的髮老長了，卻出奇烏黑，清清爽爽地掛在刻滿深皺紋的臉上。幾許清風拂過桃花林，幾片桃瓣兒調皮地落在阿婆的頭上，青兒嘻嘻地笑：「阿婆，阿婆您是新娘子哩！」邊說邊喀嘻喀喳地修剪阿婆的髮。阿婆巧巧地笑呢喃輕語：「涯系六十年前噶新娘匿。」（我是六十年前的新娘啊。）

六十年？我的大眼睛閃閃地亮著好奇的光，六十年前，阿婆是怎樣的新娘子呢？

「阿婆您看，這長度適合嗎？」我把一隻繡著黃金銅色的圓鏡子遞到阿婆前面，祖孫倆笑漾漾地望著鏡子。

二

鏡子裡恍恍地漾出二十歲年輕女子的臉龐。戴著鳳冠，珠簾下隱約著水亮亮的眼，紅撲撲的唇，一張描著清眉瑩凝秀俏的瓜子臉。

嗩吶和清笛悠悠揚揚地響起，迎親的隊伍上，幾輛自行車走在前

頭，其中一輛上面坐著爺爺，胸前戴著一朵大紅花，一頂大紅花轎裡坐著穿大紅旗袍、披鳳冠霞帔的阿婆，這一天她被妝扮得喜氣彤彤。

她是一個嬌羞的新娘子，她惴惴不安，又喜又怕，額前一排的珠簾叮鈴脆響，和著起伏不定的心跳，與不可預測的命運。她還未有見過她的新郎，只聽車鈴叮噹，車上有她的郎。

迎親的隊伍老長老長。有許多赤著腳的孩子追著跑著看熱鬧，嘴裡哪哪地喊：「新娘子呀，嘩啦啦，新娘子呀，好害羞喲，新娘子呀，俏如花……」許是大人教的。

隆隆的一陣鞭炮聲響過，轎子停了下來。好命婆高高地揚聲喊：「新娘到，新娘下轎，喜時吉辰，花好月圓……」阿婆被人攙扶著，客家女子的小腳著一雙繡有鳳凰的花鞋，輕輕地走在鋪滿桃花瓣的紅地氈子上。一步一步走進六十多年的時光裡去。

三

當新娘的那天，阿婆同時做了一個五歲男孩子的母親。

那是我的父親，他的母親，我的親奶奶在他三歲時離了婚。親奶奶是童養媳，一出生就被遺棄的女嬰，太奶奶抱回當童養媳養，與爺爺一同長大，長大後自然成了親，爺爺與她有兄妹之情，卻沒夫妻之愛，奶奶黯然離去，留下年幼的父親。

阿婆來了，父親又有了娘。

還沒有知道怎麼樣去做妻子，一夜之間成了娘。父親是長子，有太奶奶拼命地疼著護著，仍是有流言，一個後母，一個沒有親娘的孩子。世俗的想像裡，父親是可以被容易欺負的，後母肯定是凶狠毒

辣的。

　　阿婆在體弱的父親身上花了不少功夫。父親虎虎地長，她用行動證實她是親娘的角色。雖然後面接著有了三個弟弟，對於父親來説，這是一個愛他的娘。

　　父親的記憶裡，十八歲的他得了一場重病，四肢無力。阿婆日日背他穿過墟市去上學，這一背背了一年，直到父親康復高考完畢。族人説再也沒有這樣的娘了，一個後娘。父親的訴説裡，我看不到親奶奶的影子，只有娘。

　　父親適婚的年紀，阿婆裡外熱心張羅給父親討了媳婦，擺了一場盛大的婚宴，用了阿婆大半的積蓄。她總算放下心頭大石，那個自小離了親娘的娃長大成人成了親。阿婆的責任已盡到了，然而當父親的下一代出生後，阿婆仍自然而然地照顧撫養他們。

四

　　婚後的第二十二年，她做了一對龍鳳胎的奶奶，那就是我和哥哥。阿婆喜呵呵樂滋滋地忙進忙出，天未破曉就端碗熱氣騰騰的黃酒煮薑雞進月子房，爾後又端出一大盆嬰孩的衣物走到門庭外的小河裡濯洗。一個約十歲的男孩拉著她的衣服跟在後面，那是我最小的叔叔。清澈的河水迷漫霧氣，薄霧中依稀一張年輕的少婦的臉。

　　爺爺在我還未出世時，已經去了香港，他在香港的一間中學教中文和歷史。奶奶是跟著去的，不知道為甚麼去了半年又回了來。想是放心不下父親和三個叔叔吧。我三歲時父親和母親帶著哥哥也去了香港，因阿婆最捨不得我，我留了下來。

三歲的印象中，我整日跟著阿婆，扯著她的後衣角，跟屁蟲兒一樣。阿婆的回憶裡，三歲的我會說許多話，甚麼長大後上山割草給阿婆燒，幫阿婆洗衣服，種菜給阿婆吃，掙錢買肉肉給阿婆……每每說起這些，阿婆佈滿深皺紋的臉洋起溫暖的甜笑。

　　三歲的我說了甚麼，我全然的沒有印象。有一幅畫面卻在成年之後的我的腦海裡揮之不去。清濛濛的晨，我醒來，睡在我身旁的阿婆早已起來在廚房忙活了。我自己爬起坐在門檻的石墩上。阿婆過來抱抱我，摸摸我的屁股，溫和慈笑地說：「青兒乖，冇泥尿，阿婆計好寶。」（青兒真乖，沒有尿褲子，阿婆的好寶。）然後從圍裙帕裡掏出一個溫熱的大鴨蛋，剝了殼讓我坐著慢慢吃，轉身她又去忙了。我吃著香噴噴的蛋，追一追庭院裡早起的咯咯叫的雞跑一會，阿婆已揚聲叫我吃早飯。

五

　　四歲多的時候我上學了，在河對岸的一所幼兒學校，每天上學放學都要過河，河裡沒有橋，只有幾塊大石頭。阿婆移著她的小腳，緊拉我的手過河，婆孫倆都小心翼翼的。水裡影著阿婆依然姣好的臉和我小小的身影。

　　在一些不用上學的清晨，跟阿婆到河裡洗衣服是我最開心的時刻，那是一條溫柔嫻靜的河，清澈的明波下游著一群群快樂的魚。阿婆在漿衣，我坐在岸邊吃完鴨蛋後，有時會靜坐聽流水的歌唱，看魚兒的舞蹈；有時會拿小石頭丟到水裡去嚇魚，看魚兒四散逃去，咭咭笑；有時追一追停在野花上的蜻蜓蝴蝶；有時搖一搖樹上歡歌的小

鳥……阿婆不時慈愛地抬頭望我，嘴裡時不時的喚兩聲「青兒，小心甭掉水裡去。」

到了晚上，我總是迫不及待等阿婆忙完家務，然後坐在柔和的燈下或鑽在暖暖的被窩裡聽阿婆講故事。阿婆可會講故事了，民間的傳説、書上的故事、家族成員的時光故事……阿婆繪聲繪色地講，我聽得如癡如醉，童年在阿婆的故事中浸泡。

童年的時光我是依偎在阿婆的身邊度過的，在阿婆的照料下成長，我的爸爸媽媽每年回來看我一次，每次都由剛開始的陌生，認生，抗拒，到慢慢的接近，熟悉，開始依戀他們的時候，他們又要離開我帶哥哥回香港去。爺爺也是每年回來一次看奶奶和我們。

十二歲的時候，爸爸媽媽把我帶到香港上中學，我離開了阿婆，告別了童年的河流。

六

香港的生活沒有阿婆，沒有阿婆的大鴨蛋，沒有阿婆講的故事，每一天的我都在想阿婆，想回到阿婆的鄉下。

香港很少看到河，更不會有人像我阿婆那樣在河邊洗衣服，我的衣服放在洗衣機裡轟隆轟隆轉幾下就洗好了，不像阿婆那樣用力搓，那樣用心洗。洗衣機洗的衣服永遠沒有阿婆洗過的味道。

我每天坐三個地鐵站去上學，陪我上學的是哥哥，不是阿婆。我常常想起與阿婆手牽手過河上學的情景。

我買了本日記本，偷偷把我的思念寫在紙上，有時候邊寫會邊哭，把日記本的紙都濕透。

我把零用錢偷偷儲起，買阿婆喜歡吃的東西，過年歸家時或者大叔帶阿婆到深圳羅湖口岸會我們時，一股腦地給阿婆。每次阿婆接過我的心意，眼睛總也紅紅的。

　　與阿婆通電話是最開心的事，我和阿婆甚麼都聊，好幾次我懇求阿婆來香港長期定居，阿婆推辭，家裡有叔叔們，她放心不下。阿婆總著我好好念書，讀上大學，我因此而暗暗的努力。

　　最期待的是，每年的春節期間，爺爺與爸爸媽媽會帶我和哥哥回鄉下去。每一年，家門前的桃花總是艷艷地開，阿婆總也站在桃花樹下迎我們歸家，一家人歡天喜地團團圓圓過年。

　　傷感的是，年後又是別離，阿婆站在桃花樹下送我們遠去。嬌小的阿婆揮著手，不時用衣帕抹眼睛。我總是哭了又哭。

七

　　阿婆患的是大腸癌，發現的時候已經是晚期。來香港做的手術，我握著阿婆的手直到手術過程結束。我是一名醫生。我忍著初孕的疲倦嘔吐不適，目睹阿婆受苦。

　　術後阿婆恢復得非常好，家裡的所有人包括阿婆自己都抱樂觀的態度。只有我清醒知道真實狀況，阿婆的癌細胞已經擴散到整個腹腔。與同事分析研究，同事說：「半年不知道挨不挨得過？」

　　術後三個月，阿婆不似害病的人，意識清醒，精神胃口不錯。我們還常常帶阿婆出去看風景，把阿婆想去的地方都去了。

　　阿婆在香港住了半年，我日日陪她，她看著我日漸圓大的肚子，欣喜高興，這使她顯得愉悅。我心裡暗暗祈求有醫學的奇跡，讓我的

阿婆長命百歲。

奇跡是沒有的，術後六個月，阿婆的情況轉差。日日住在醫院裡，吃甚麼吐甚麼，白細胞指數愈來愈高。

每次看阿婆，她都要撫撫我的肚，肚裡的新生命愈來愈成熟，我的阿婆卻愈來愈衰弱。阿婆說：「我要看青兒的寶出世啊。」我拼命點頭握緊阿婆枯瘦的手。

阿婆不願意在香港了，鬧著要回鄉，她說：「落葉歸根。」怎麼勸也不成。

回到鄉下的阿婆狀況奇跡似地轉好，她甚至可以走路去看望鄰居們與他們坐著聊大半天的家常。

八

春節，全家又回去看望阿婆，阿婆依然站在桃花樹下接我們，灼灼的桃花，瘦小的阿婆！

我依然拿剪刀坐在桃花樹下幫阿婆剪髮，可髮，已蒼蒼地白了，不過一年光景，時光就殘忍地變白了阿婆的髮，樹上的桃花紅得逼人，我忍住淚，預感到是最後一次幫阿婆剪髮了。

離別時阿婆沒有站在桃花樹下送我們，阿婆躺在床上起不來。我腹中隱隱作痛，流出絲絲紅，心下明白寶寶是要來了。

我到阿婆的床前告別，握緊了阿婆枯枝似的手。「阿婆，我要回去了，寶寶已開始作動。」阿婆衰弱地笑：「青兒轉去吧，細曼崽重要，生了帶轉俾阿婆攬。」（青兒回去吧，寶寶重要，生了帶回給阿婆抱抱。）我忍淚拼命點頭：「一定的，一定的，阿婆您要看著他長大，

就像看著小時候的我一樣。」「青兒呀，安心噶轉去吧，細曼崽緊要，唔矛掛念阿婆，涯噶青兒一路順風，母子平安。」（青兒呀，安心回去吧，寶寶緊要，不要掛念阿婆，我的青兒一路順風，母子平安。）阿婆緊緊握我的手，摸索著把一隻翡翠手鐲套在我的手上，又摸索著把我童年戴的銀項鏈塞在我手中。我的淚刷刷流下，心裡蒼涼地知道，這是最後一次了，最後一次了，最後一次了……

我誕下孩子的第三天，阿婆走了，爸爸說她走得很祥和安靜，與父親說著話，就突然睡著，安詳地睡著。父親是唯一守阿婆終老的人。

我的淚洶湧而至，媽媽說：「做月子，不能流眼淚的。」可我忍也忍不住。

九

阿婆是真的走了，我沒有參加她的葬禮，在我的潛意識裡她一直都在，從來沒有離開。可是每當我想起她，猛地一想起時阿婆已經不在了。

又是一年桃花盛開時，我回到了幼年的家，采了一大束的桃花，在阿婆的墳墓前呆呆地坐了一整個下午。告訴阿婆暖兒是個女孩子，很愛笑，頭髮烏黑烏黑的，有一雙和我一樣的大眼睛。阿婆小時候最愛讚我的眼睛了。

屋前，漫漫桃花，漫漫開了一整園。藍天晴空下粉色張揚。

桃花樹下再也沒有我的阿婆了，完整地陪伴我度過童年的阿婆，會在天之國看見我嗎？看見她從小珍愛大的孫女做了母親，看見她

努力地養育孩子（就像她全心全力地養育小時候的我），努力地生活著嗎？

阿婆，我真是好想讓您親手抱抱暖兒的，您那麼期待的孩子，卻沒能讓您抱一抱，我至今想來，心中都像咯著硬石般疼痛。

沒有送阿婆最後一程也是我心中的疼痛，我是最應該為阿婆披麻戴孝的那個孫女兒，可是我卻半分都沒有參與。阿婆下葬的那個中午，我抱著小小的暖兒，向著家鄉的方向，深深地跪下去，心中說著送別的話。母親把我扶起來時，看到淚流滿面的我，她扭過頭，也哽咽地哭起來。懷中的暖兒也在同一時間哇哇大哭。

我想那一刻，應該是阿婆入土的時刻了。從此徹底陰陽相隔，再也看不見。從此我再也沒有阿婆了。

門前的桃花盛開，成千上萬朵的桃花兒的風華絕代地在風中，我知道，我的阿婆會在桃花盛開的時候，遞我一把閃著黃金色銀光的剪刀，喚我剪她的髮。

我站在桃樹下剪阿婆的髮，我的阿婆溫柔慈祥地對我笑。

這將是永遠都在的畫面。永遠永遠活在我心裡！

我相信，我的阿婆，年老還有一頭烏黑頭髮的阿婆，疼愛我的阿婆去了桃花源，她在那裡永遠開心無憂地生活。

雨約黃昏後

我是獨自一個人走出來的，走在田野的小道上，我的心仍困著淡淡的惑。

從香港這個繁華光離的大都市，來到這個南方古鎮，一日黃昏，我告訴我的小學同窗，讓我自己一個人走走，她便沒有陪。

天空暗暗的，似想下雨，我看到前面不遠處有一個林子，蒼蒼翳翳，參天的樹，直伸雲霄，極想走過去，感受一片大自然的神秘。

山邊田野間的小道極幽靜，不時傳來悅耳的鳥鳴，前面彷彿有甚麼在吸引我的腳步，一路走去，林子間冒出一角黃色琉璃瓦房檐，像亭子的高閣，又像別墅的頂緣。好看，神秘，有歷史的蒼色感。

更想走到近處看，沿著小道前去，路畔有一大池塘，池水清碧，漾蕩微波。一個年老婦人伏在水中，細細一看，這不就是朋友的阿婆嗎？「阿婆，阿婆，您在幹嘛？」阿婆笑笑地抬起頭，說是在摸田螺，向我舉了舉裝田螺的簸箕，我輕然一笑，囑阿婆小心，繼續前行。

悄然不覺間已走到林子裡，幾隻鳥似被我的到來驚擾，撲棱撲棱地飛起，吱喳遠去。林子有兩條小徑，深掩在大樹底下，四周瘋長脆嫩野草綴點粉黃野花。我選了一條盛滿黃花的徑。

一個小村莊映在眼簾，沿石板路慢慢走過，路旁一排排瓦屋，殘舊，荒蕪得似沒有人煙。再走，一些新的樓房建築呈在眼中，二層三層獨門獨院的小洋樓，類似香港的村屋，房子的主人曾經居住在前面的老屋嗎？我想是的，老屋靜了，在青石板路上默默守望，終沉入深厚歷史的一角中。

路遇兩個吃香蕉的女孩，十一二歲光景，一個藍裙子，一個粉紅裙子。她們羞澀地從我身邊走過，忍不住的好奇目光偷偷看我，我微笑地望著她們，目光的短暫交接中，她們飛快地跑遠，紅裙子與藍裙

子飄在風裡，村的轉角傳來脆脆的少女的咯咯笑。

鄉村女孩就這樣子嗎？在這有厚重歷史味的小村莊，依依的有藍裙子紅裙子女孩從我身邊羞澀跑開，卻忍不住她們對陌生城裡人的好奇，偷偷地張望，少女靈閃的眼睛一抹嚮往的光。

徐行，發現了剛才被我猜想成鄉村別墅閣樓的房子，原來是一幢客家風格的祠堂，屋簷四角高高的黃色琉璃瓦翹起龍雕圖案，屋的牆柱繪八仙過海，十八羅漢等神仙畫，朱漆暗紅大門閉著，兩頭獅子守護。寧靜莊嚴，顯現出後人對祖先的無限尊敬。

再走，赫然的看見一所殘跡斑斑的舊祠，與先前所看的形成鮮明強烈的對比。這個村莊新的，舊的，反差總是那麼大，新舊交替，新的來，舊的慢慢地隱退在歷史的塵煙，淡淡渺渺地飄去，逐漸逐漸消逝在看不見中。世間萬物何不如此！

緊挨舊祠的是一座關帝廟，供奉著幾尊大小不一的關帝像，塑金黃身。不由得停下腳步，靜靜地凝立，合掌。沒有特別的信仰，出於習慣，尋找一種心靈的靜默。

香港的家，是三層每層限建七百尺的村樓，在圍屋裡，同樣的有族人的祠堂，有關帝廟，我們的村語是客家話。奶奶說：「大凡婚嫁喪娶，紅白喜事，過年過節，我們都要祭祖拜神的。」看來客家族人的傳統不管是在香港還是國內都是相似的。

我快要做新娘子了，相戀十年的男友在一個月前向我求婚。

在香港一個年近三十的女子還沒有嫁掉是劃在剩女一列的。不知為甚麼近些年不管是網路，還是書刊報紙電視電影，都過度的渲染著

剩女這個不知對女性是褒還是貶的名詞。而在我的意識裡，一個高學歷有穩定事業的女性，是不急於走入婚姻的城堡的。

我的男友向我求了無數次的婚，我都以工作忙碌為由推塞，方方面面暗示他，現在還不是時候。不知不覺我已站在剩女的一列。這一次求婚甚至有了條件，要麼我答應，要麼他離開，他已絕望地懷疑我是否不愛他。怎麼會呢？我們一起十年，經歷過許多，感情一直很好。

我讓他給我三天考慮，我的父母急急地著我一秒也不要考慮，男友的父母也約我單獨見面傾談。看來如果我不繼續做剩女的話，我只有結婚這一條路。

點頭後皆大歡喜，雙方長輩立刻為婚事忙得人仰馬翻，婚禮定在三個月後，在尖沙咀婚姻註冊處排的期。註冊與婚宴同一天。

奶奶説：「我會在圍村出嫁，拜祖祭神，宴請圍村所有叔伯親戚。」我沒有異議，所有的都聽他們安排。

向公司請了一個月假，閨密媛陪我四處遊玩，最後安排在她的家鄉——河源，一個同是客家族的小鎮，離香港三小時的車程。

汪汪汪汪，一隻黑狗不知何時站在離我幾步遙的地方，對一個陌生的人警戒地吠。害怕狗更害怕陌生的狗的我突然不知所措，僵站著一動不動。黑狗又汪汪汪汪，短吠幾聲，警戒的目光盯緊我，突然一股不知哪來的勇氣自腳底升起，我目光磊然定定對視它。許是有點怯，黑狗搖搖尾巴轉身走了。我鬆了一口氣，發現狗也沒有那麼可怕。婚姻也許是不可怕的罷？

暗暗的天渺渺地飄起雨，一刹那，有一種朗澈的心境。淋著雨在一個全然陌生的古老村莊探索，遇見似乎熟悉相似卻又前所未有的不可預測的遇見，猛然間心底裡騰起一抹喜悅。

　　暮色漸濃，突而醒起並沒有告訴媛，我要去甚麼地方。她會擔心的，我緊走了幾步，雨愈下愈大。見一老婆婆在收衣，她看見我招呼地說：「姑娘，雨大了，進來避避吧。」老人蒼蒼的臉真誠地笑著，我進去，慢慢地聊開天，我說我是前面一戶人家的女兒的朋友，她著我等雨停了再走。心漸漸憂急，想必媛已在四處尋我。出門前沒有帶手機，她也不知我走了那條路。我在一片樹林的村莊裡，她如何尋得到？

　　決計要走，這時裡屋走出一個十七、八歲的女孩，一張秀氣的臉，說送我到媛姑姑的家，原來她們是親戚。女孩遞我一把傘，推卻不過，告別了婆婆走在回去的路上。

　　滴泠泠的雨在黃昏小徑迴響，女孩與我輕輕地各自撐一把傘走著。她叫鳳蘭，高中剛畢業，考上廣州的一所大學，一個月後就要離家去上大學了。天真的語音間充滿了對大學生活的嚮往，我說了些鼓勵與支持她的話，告訴她十年前我也是大學生呢。她停住望我燦爛地笑開，笑得我的心靜靜的，柔柔的，把起伏的一些細微波瀾神奇撫平。

　　遠遠地見一把紅傘在田野小徑移來，仔細看，是媛。我快步地迎上去，聽見她那擔憂的聲音，一陣自責湧上心頭，我怎麼又讓身邊的人擔心了呢？

媛深深地呼了一口氣，似放下懸著的心：「把你弄丟了，陸子陽肯定不放過我的。」「怎麼會丟呢，除非我故意逃。」相視一笑，釋然了我的自責，她是暖心的朋友。

古樸的小村莊的一場雨寧化了我一份飄飄的情緒，卻又給了我一份飄飄的懷想，然而我終究是靜了。我會開開心心地做一個新娘子。

德國名著茵夢湖的雋永

楊興安 / 多年來從事古典小說及現代小說研究。著有賞析金庸小說專著，舞台劇本《最佳禮物》。曾任大學及上市機構中文課程講師，撰作《現代書信》等著述。現為香港小說學會榮譽會長。

德國作家史德姆的名著《茵夢湖》，是個讀後雋永難忘的愛情故事。全部人物的性格高尚清純，絕無奸險自私之徒，卻在當日封閉鄉園社會，編織了一個滄桑無奈令人慨歎的生命之旅。

鄉間快樂的童年

序幕的展開，是一個孤寂的老人，正在沉思。牆壁上懸掛著一幅女子畫像，老人的思潮一下子倒退到數十年前。萊恩是個十歲的孩子，年長伊利莎白五歲，是和他在鄉居時兩小無猜的遊伴。一天兩個孩子亂跑亂闖到一間草屋，合作做了一張長凳為樂，萊恩要一起坐著說故事，但伊利莎白對老故事沒有興趣。萊恩突然說長大要到遙遙的印度見識。伊利莎白卻說永遠不會離開她的母親。

日子這樣一天天過去，兩人交往玩樂如舊。快樂的童年冬天在家中小屋子裡，夏天則多在田野和樹林追逐或散步度過。七年光陰很快溜過，萊恩要到城中接受高等教育。在他要到城的前一天，家人提議一眾朋友到茵夢湖鄰近樹林野餐。當日，年長的留守營地並準備一切，年輕的要去採摘草莓添作食用。萊恩和伊利莎白聯袂而行，一路野花芳香，把他們引進歧途。結果兩人空手回，被長輩責備一番。而萊卻把沿途美景和感受，以詩句寫下來，也不告訴任何人。

　　過了幾年，一個聖誕夜，萊恩和同學聚會，聽到一個吉普賽女郎歌舞中淒楚的歌聲，自己也感到寂寥空虛。回到臥室，卻見到母親和伊利莎白寄來的聖誕信和聖誕小禮物，把聖誕夜變得甜蜜起來。

　　過了兩年的復活節假期，萊恩回到家中第二天便去找伊利莎白，卻發覺她已長成美麗苗條的少女，但似乎有一種隔膜在兩人中間。知道原來繼承茵夢湖產業的友人義立，送了一隻小鳥給她，死去了，又再送一隻黃鶯兒給她。萊恩不想多說，找一個機會，把寫滿自己深摯感情詩句的小冊子放到伊利莎白的小手中。她也是無言的、默默的接受。臨行的一天，伊利莎白送萊恩到火車站，兩人帶著期望遠景和激奮的心情而別。

　　此後兩年，萊恩更在勤奮中度過，學業成績優異。突然接到母親的信，說伊利莎白拒絕兩次之後，終於嫁給義立，因她要順從自己母親的旨意。

舊地重遊心有千千結

　　光陰飛逝，幾年後一個事業有成的青年來訪茵夢湖。原來單純而好心地的義立，誠意邀請萊恩到來盤桓幾天，主要是給伊利莎白帶來驚喜。萊恩見到的，依然是分手前溫柔苗條的身影，但當聽到她的聲音，忽然有一種錐心之痛。當年天真快樂的小姑娘，現在完全不見蹤影了。伊利莎白已是一個沉默寡言的婦人，像給生活壓得蒼白無歡。義立帶來一群朋友，帶來各地歌謠和萊恩帶來的互相高歌，氣氛十分愉快。只有一人在旁無言地偷偷窺瞥，看著當日在火車站道別的兒時遊伴。

　　義立因事要暫短出門，臨行前囑咐伊利莎白盡地主之情，一定要帶萊恩看看茵夢湖美麗的風景。兩人終於成行，但再不是採莓子的季節，兩人青春情懷已深埋在山林裡，兩人都不想表露內心感情。突然烏雲滿天，他們急急取道乘小船回程。兩人在小船中如此接近，呵氣可聞。伊利莎白用手扶著船舷，萊恩一面搖槳，一面偷窺她。只見她不敢面對，呆呆凝望遠方，木然不語。一層無形的隔膜，隔著兩個人的癡心。回到岸上，想不到萊恩突然獨自一人，跑到湖邊。把剛才和伊利莎白一同走過的路，再慢慢重行一遍。

　　到夜幕低垂，義立回來了，萊恩沒有和他打招呼，竟是徹夜未眠。終於在晨曦中留下一張字條，離開寢室。萊恩想不到突然碰到同樣早起的伊利莎白，他忍心地穿過廳堂，向門外走去。終於，萊恩忍不住轉過身來，見到兩眼無神的伊利莎白，默然怔怔望著自己。她知

道他永遠不會再回來。終於，萊恩忍不住行前一步，向她張開雙臂。但眼前仍是一個木然呆立的她……萊恩猛然抑制自己的深情，垂下雙臂，掉頭向門外走去。朝陽的光輝有點刺眼，晨光正沐浴充滿生機的田野……。老人永遠不能忘記令他一生錐心之痛的一幕。

萊恩終於事業有成，贏得崇高的聲譽，在社會上是一位成功人士。但這個落漠的老人卻認為自己一生都失敗。如果人生可以再一次，他會不會擁抱一下冷漠而又癡心愛他的童年遊伴呢？

純真的愛令人夢迴追悔

我看到茵夢湖三個字，不期想到美麗的女明星胡茵夢，聽說嫁了作家，後來分手。看完《茵夢湖》，使我想到：愛情，是否得著的，不及失去的美麗呢？

《茵夢湖》中愛情，只寫出萊恩的真情與癡心，入暮之年猶夜不能寐，數十年後對崇高的愛仍縈繞心間。但伊利莎白呢？她更可憐。她為了母親之命而犧牲了一生幸福的愛情。縱然義立不是個卑鄙不學無術的人，但不能為她帶來歡心，難補心中失去的一角沃土。今已身為人婦，在舊世紀鄉郊社會中可以做甚麼？她的默然無言，已是對社會最大的抗議。她明知萊恩永遠不再回來，對童年開始所愛的人，想擁抱一下自己也不敢回應，是最大的悲劇。萊恩最後放下曾張開的雙臂，掉頭而去，是不是太無情呢？我們會為伊利莎白望著萊恩漸漸遠去的背影而掉淚嗎？

在史德姆筆下，萊恩和伊利莎白的愛情高尚純潔，情義兩全而又

令人感到這麼傷心遺憾。他們的愛沒有激情詭詐，像小溪澗涓涓順流而下，一切都是這麼合理，卻撼動人心，為真情感到淒酸。

　　茵夢湖脈脈情癡的愛，恍惚至今仍在殘燭的空氣中閃爍著。

一二○二二年九月脫稿

零食物語

杜薇 / 自幼愛幻想，舞文弄墨，寫散文故事自娛。退休後加入香港小說學會、香港寫作學會及結廬學社，閒時寫作，以文會友，自得其樂。作品曾獲刊於明報副刊自由談、香港小說學會歷年文藝沙龍特刊及香港寫作學會五周年紀念小說集《楊庭綠蕊》，近期作品刊於結廬學社新書《書影文心車馬喧中讀書樂》。

「飛機欖、和順欖，止咳化痰、一家和順⋯⋯ 飛機欖、和順欖⋯⋯」

「爸爸、爸爸，『飛機欖』來啦，爸爸、爸爸⋯⋯」

房客周家兄弟邊喊邊跑進窗口向街的房間，搖醒正在午睡的周伯伯。

周伯伯是貨運郵輪海員，昨天郵輪靠岸，他回家休假；周嬸嬸和我們媽媽一樣，都不會向孩子派發零用錢，難得慷慨的爸爸回家，又遇上喜歡的飛機欖到來，兄弟倆怎會放過這機會。

聽見沿街販賣飛機欖的大叔在我們住的小巷出現，一屋孩子都興奮地擠在向街房間與街門之間的窗口前，周家兄弟享有房間窗口之利，拖著妹妹站在床上緊張地催促著周伯伯，生怕大叔會離去：

「爸爸，快點，把硬幣拋下去。」又向下面大叔喊道：「兩毫子要兩包！」

房外面的孩子們萬分高興，大家都有分吃呢！

戴了鴨舌帽的大叔，胸前掛了滿載飛機欖的欖形狀鐵皮箱，身手十分了得，一伸手便把拋下的兩個一毫硬幣接住了，只見他掏出兩包欖，分別揚手向三樓我們窗口擲上來，不偏不倚地穿過窗花落在屋內地上，準繩之處，贏得大家的喝采；跟著他又接應其他顧客，飛機欖擲向一家又一家，生意真不少，叫好聲充斥整條小巷。說真的，相比品嘗這用鹽和甘草、玉桂等藥材醃製的甘草橄欖，我更喜歡看大叔的表演。

周伯伯愛喝燒酒，每天都喝上兩杯，餞酒的是黑色貌似蟑螂的「和味龍」，周嬸嬸買菜時會帶回一小包，炸得香噴噴的引人接近，但看一眼後便跑到老遠。周伯伯嚼得「卜格卜格」地響，呷一口酒後笑道：

「好吃呀，滋陰補腎、降血壓、減肥止夜尿，有益呢！」

爸爸告訴我們，「和味龍」是一種龍蝨，俗稱水甴由，入水能游出水能飛，吃水裡的蝌蚪小蝦甚至小魚長大，是高蛋白低脂肪的食物。小朋友們聽得一知半解，反正媽媽不會買來佐餐，管他呢！

媽媽不會向我們派零用錢，看見別的孩子舔著冰棒含著糖果，當然恨得心頭發癢。媽媽偶然會買回一整條甘蔗，削皮後分成小截，一屋孩子難得乖乖地坐在一起，一邊啃一邊吐渣滓，甘蔗汁舔在嘴邊，滴在地上。

不過，「發牙痕」時我們也有解「瘌」的食物──冰糖。媽媽從雜貨店買來的冰糖很大塊，她會將之鑿開，敲擊時掉下很多碎塊，媽媽將之一併裝進瓶子裡。於是我們便掏出那些冰糖碎當作糖果吃，清甜可口，好吃非常。

媽媽扮作不知情，一次有意無意地說：「看誰的牙齒爛掉了。」

我洋洋得意地回應道：「我不會爛牙，我吃的是碎蝦米。」真的，蝦米的鹽鮮味，是想不到的好吃呢！

初小在一所教會辦的學校上課，校址在一幢戰後唐樓的二樓，樓下地面開設了間士多鋪，是同學們買零食的好地方。同學小蓉、小英和我是好友，她們經常以零用錢到士多鋪買發達糖。發達糖樣子像今天的瑞士糖，用橙、黃、藍及綠色的糖紙把不同味道的方形糖果包裝得漂漂亮亮，一毫錢可購得四顆；老闆不准小朋友選擇，他在瓶中掏出甚麼顏色便遞過來，只能乖乖地接受。

小蓉和小英一樣，都不愛黃色菠蘿味道的糖，抽到了不想吃時便遞給我，我也覺得不夠家裡的冰糖和蝦米好吃，姐姐知道後鄙夷地說：

「這算是好朋友嗎？待她們把橙汁味和檸檬味的糖送給你時再說吧。」

一次替媽媽掛衣裳，發現衣袋裡遺下一個「斗零」硬幣，心想：五分錢可以買兩顆發達糖，好運的便可以嚐一下橙汁味和檸檬味是怎樣的了，我悄悄地把這個「斗零」放進自己衣袋中。

次天上學途中，我邊走邊打算，小蓉和小英經常請我吃糖果，是

不是也應該請回她們一次？不過，如果兩顆糖果中有一顆是黃色的，那麼，剩下一顆請誰吃好呢？我不希望令到任何一方不開心，還是不請算了，但是，若她們發現我的口袋中有糖果卻沒請她們，也許一樣會生氣⋯⋯沒完沒了的胡思亂想，使我整天不能好好上課。

放學回到家裡，看見媽媽那件衣服仍掛在牆上，我又悄悄地把那「斗零」放回她的衣袋中，頓時覺得海闊天高，心境舒暢！

高小轉到一所私立小學就讀，爸爸以我初小的成績成功地申請了華僑日報主辦的獎助學金，每月繳交一半學費。每段考試後要呈遞成績表供查核，那天黃昏，爸爸第一次帶著我乘搭電車到上環，經威靈頓街沿鴨巴甸街向山上走，到達華僑日報獎助學金辦事處。負責人袁先生很親切，對我們稱讚了幾句，勉勵一番，爸爸覺得很有面子，十分寬慰。

回程時爸爸乘著興致，帶我造訪平民夜總會「大笪地」。「大笪地」位於今天港澳客輪碼頭旁的巴士總站，在當時已有百多年歷史，使我眼界大開。每檔攤子高掛大光燈（煤油汽化燈），照得明亮如白晝，唱戲曲的、耍功夫的、占卜星相的，各有捧場客，喝采聲此起彼落，我看得眼花繚亂，興趣盎然。

忽然一股香味飄過來，往前一看，眼光所到之處，盡是售賣食物的攤子，煨番薯、炒栗子、烘魷魚、揸果汁，還有麥芽糖、碗仔翅、豉椒炒蜆、咖喱魚蛋⋯⋯雙腳不期然地向前走去。

「看看想吃甚麼？」爸爸真了解我，難得高興，獎勵一下女兒也無妨。

這樣呀……一時間我決定不了，都未嚐過，都想嚐一下……

不過，我也很了解爸爸，往後可能還會再來，那些機會不可錯失，這次一定要讓爸爸開開心心，我指著賣生果的檔攤說：

「我想吃雪梨！」

不出所料，爸爸十分讚賞我的選擇，高興地說：「好呀！有益呢。」

捧住削了皮的雪梨，心內甜絲絲的，我把雪梨先遞給爸爸，他笑瞇瞇地接過去，咬了一口，又遞回來給我，一臉慈愛的神采，在大光燈下顯露無遺，教我的心醉了，那情景到今天也沒法忘記。

燈下

春日鳥 / 陳傑強：筆名春日鳥。喜歡創作故事。生活中有感動的，也會寫下來。曾在一些小型徵文比賽中獲獎。著作有武俠小說《一刀難斷》。

小時候家中只有火水燈，火焰細如筆尖，光虛弱地滲出來，努力地證明自己的存在，似點綴黑暗多於照明。憑著它看不到甚麼，惟有早睡。

暗夜彷彿特別寧靜，我們是那麼活躍，瞪著眼躺在地蓆上，用各種方式翻滾。於是，媽媽也躺下來，講故事。記憶中，來來去去都是那幾個故事；但暗夜包圍之中，我們走進了故事內，每次聽著，我們都有新的想像，有時故事中的小孩子逃脫了，有時又會遇到更大的危險。回想起來，那時雖然貧困，卻是我們一家人生命中，最親密、最幸福的時期。

後來城市的燈光變得明亮了，夜裡媽媽便督促我們做功課。近看，媽媽的黑髮反映著燈光，像閃爍的河，像流光的瀑布。飽滿的肌膚，如結實的果子；又似充了氣的皮球，能將燈光反彈。我幼稚地以為會一直坐在小書桌旁，永遠由健康的母親守著我唸書。

然而不知何時開始，無論燈光如何輝煌，媽媽的頭髮仍是暗啞的

銀白，皮膚的坑紋投射出深淵似的影。我看著美麗和光澤在變化，卻不能制止時間的施肆，徒然感到悲哀、無奈。

＊　　＊　　＊

人生走到另一階段，有另一把烏黑亮麗的秀髮來伴我，那是我的妻子。我又投進青春美麗的懷抱，感覺愉快，如乘清風再度飛翔。

可惜隨著時光流逝，故事再一次上演。有次見她看月結單時，將燈調到很光，我便看她的頭髮，果然強光照出了幾條囂張的白髮。

從亙古到永恆，光仍是那不變的電磁波；而頭髮總是從青蔥變成白雪，皮囊也在變改。我曾經誤以為，燈光虛幻人是真實，只因為燈光不可觸摸。如今母親早已不在，而只要一按燈制，燈光仍是會出現。我有時竟會害怕，某一次關燈後，再開燈時，會找不到妻子的蹤影。

好在此刻真實，我能觸摸到妻的肌膚，獨特的溫度傳來感情。

恨夜佔去人生一半時間，便把握光陰，與妻燃燈夜話少年時，燈下好好地看她的容顏。

港式茶餐廳三篇

徐振邦 / 中學教師，香港閃小說學會創辦人，香港歷史文化研究者。曾出版個人微型小說《就在 … 這一分鐘》、《信不信 … 由你》；另有香港歷史文化著作多種：《翻箱倒籠香港地》、《行遊香港》、《七月講鬼》、《我哋當鋪好有情》、《香港當鋪遊蹤》、《淘汰中的公物電話亭》等。

粟米肉粒飯

今日是情人節，網上瘋傳了一個茶餐廳的餐牌，寫著：「Show Me Your Love」。這是取自「粟米肉粒飯」的諧音。

我對同事說：「這個名字很有趣，你猜，樓下的茶餐廳有知道這個餐名嗎？」

「你可以試一試。」同事露出了猙獰的笑容。

好不容易等到午膳時間，我們匆匆趕到茶餐廳，吃一餐「Show Me Your Love」。

跟我們最熟絡的伙記見到我倆進入茶餐廳，馬上前來招呼：「今天吃甚麼？」

平日，我會馬上說出要哪一款午餐，但今日卻回應著：「你知道

今日是甚麼日子？」

伙記摸不著頭腦：「甚麼日子？」

「今日是大節日。」同事說。

「甚麼節日？」

「情人節！」我倆大聲回應著。

「情人節也要吃飯吧。」伙記不屑地說：「吃甚麼？」

「情人節要吃特別的菜式。」

「甚麼？」伙記顯得不明不白。

「Show Me Your Love.」

伙記望著我們，沒有回答。

同事笑著說：「他就是聽不懂。」

我也冷笑著說：「我告訴你⋯⋯」

我還未解釋，伙記就說：「粟米肉粒飯吧。」

我和同事愣住了。

伙記繼續說：「光顧茶餐廳的人，主要是來自附近的工廠和地盤，所以幾乎都是男人。」

我和同事掃視茶餐廳內的情況，方發現真的全是男性食客。

「茶餐廳沒有 Show Me Your Love，不過⋯⋯」伙記欲言又止。

「甚麼？」我問。

伙記指著茶餐廳牆上的一張推介宣傳：「沒有 Show Me Your Love，但有大叔的愛。」

「甚麼是大粟的愛？」

「粟米肉粒飯。你兩位大叔都要嗎？」

凍檸茶走甜

工作忙了半天，趁還未到午膳用餐高峰期，我和同事決定先到附近的茶餐廳用膳。

這間是傳統舊式的屋邨茶餐廳，餐牌上的菜式不多，我們只是隨意點選了快餐 A、B 和 C 餐。

不消兩分鐘，伙記端上三杯餐飲。他首先給我放下一杯凍檸茶：「這杯是走甜。」

當我正想伸手拿起凍檸檬茶時，伙記又放下兩杯凍檸檬茶：「這兩杯是正常。」

兩個同事偷偷笑著：「誰也看得出來，我倆才是正常的。」

我把同事笑我「不正常」的茅頭指向伙記：「我這杯是不正常嗎？」

伙記淡淡的回應：「這杯是走甜。」

「走甜是正常嗎？」

「正常。」

「那麼，為甚麼你不說這杯是正常。」

「你這杯是走甜。」

「你不是說走甜也是正常嗎？」

伙記有點無奈說：「我們習慣這樣說。你有不清楚的地方，可以問水吧。」

我拿著凍檸茶走向水吧：「這杯是正常的凍檸茶嗎？」

水吧伙記不知道發生甚麼事，望著杯，又望著我：「這杯凍檸茶有問題嗎？不要緊，我給你沖一杯。」說完，水吧伙記立刻回收了凍檸茶。

水吧伙記繼續說：「你想要甚麼？」

「凍檸茶走甜。」

水吧伙記用他那利落的手法，就沖好凍檸茶：「這杯是走甜。」

「這杯是正常的嗎？」

「正常。」

「為甚麼你不說正常？」

水吧伙記呆了一呆，準確地說：「正常走甜凍檸茶。」

我繼續追問下去：「如果我要兩杯凍檸茶，其中一杯是走甜，你會怎樣說？」

「一杯走甜，一杯……」水吧伙記反應快，趕快吞了「正常」二字，然後改口說：「一杯正常，一杯正常走甜。」

我點了點頭，總算得到滿意的答案，然後拿著「正常走甜凍檸茶」返回座位。

兩個同事目睹整個過程，已笑彎了腰，一句話也說不出來；而我卻為自己的堅持，得到水吧伙記的認同，感到有點自豪。

這時，伙記端著三個快餐，說：「正常 A 餐，正常 B 餐加底，正常 C 餐轉意粉」。

我們還未來得及反應，另一位伙記又端上例湯：「三碗正常

例湯」。

　　雖然茶餐廳的食客不多，但他們看到這個「正常」的場景，也忍不住大笑起來。

揚州炒飯

　　老友帶我到茶餐廳午餐，表示這裡的揚州炒飯色香味俱全，不僅是茶餐廳的「名物」，還稱得上是區內的美食。

　　我不是食家，但對食物質素很有要求。為了推廣香港美食，我開啟了一個美食網上頻道，是擁有四十萬支持者的 Youtuber。因此，我對食店食物的評價，算是有一點影響力。

　　我來到茶餐廳，想也不想，馬上點了一碟由老友所推介的「揚州炒飯」。

　　老友豎起拇指說：「我也來一碟。」

　　過了不久，伙記端上兩碟揚州炒飯。

　　我望著炒飯，然後閉上雙眼，吸了一口飯香，再拿起匙羹，再細味品嘗一啖炒飯。

　　我點點頭，表示滿意。

　　「這個炒飯不錯吧！」老友讚不絕口地說。

　　「果然是色香味俱全，」我鎖著眉說，「但不夠正宗。」

　　「不夠正宗」這四個字，竟然傳入了老闆的耳朵。老闆坐了下來說：「怎樣才算正宗呢？」

　　「二〇〇二年，揚州市政府已支持申請專利，已清楚說明揚州炒

飯是有清楚的源流,還有明確的食譜。」我充當食家的口吻,「雖然各地有不同的烹調手法,但我認為,炒飯要有蝦、叉燒和蛋。」

「這個炒飯很普遍,揚州二字跟地區沒有關係。」老闆不滿地説,「我父親在戰前,已在廣州的大飯店做這個炒飯。我認為,揚州炒飯是地道粵菜,並不是來自揚州的菜式。」

「就是你不明白菜式的源流,所做的炒飯就不正宗了。」我繼續批評説。

老闆語帶諷刺説:「按照你的説法,我説這是廣州炒飯,就可以了嗎?」

「對。這個廣州炒飯真的不錯,我會給你好評。」我解釋著説,「你還可以説是香港炒飯,很有地道風格。」

老闆沒有回應,只大聲對伙記説:「你們改一改午餐餐牌,把揚州炒飯改成魔鬼炒飯……」

車仔麵的故事

水寶 / 榮譽文學士、語文教育碩士。興趣多方面：文學、哲學、歷史、音樂、運動、旅遊等等。常以興趣、遊歷貫諸作品中，筆鋒剛柔並濟，不拘一格，散文集作品有《天行健當思自強不息》、《筆景生情》、《心隨景轉》。

記得那年約十一二歲，小學還有分為上午校、下午校的年代，每隔一兩個星期，當自己儲蓄夠零用錢，便跑到屋邨裡的某座樓的地鋪去，吃一頓「車仔麵」。其實當時還沒有「車仔麵」這個名稱，只知到那兒去吃麵條。一襲街坊裝：T恤、短褲、拖鞋，便欣然前往。

那間鋪陳設簡單，約六平方米大。天花掛著一把「樓底扇」，是那種有安全罩罩著扇葉的電風扇。牆壁上掛著一面長方形鑲了框的鏡子，鏡面塗裱了一條彩色中式木帆船，張著帆，帆上寫著「一帆風順」四個字；那似乎是當時流行的裝飾。鏡框底下放置著了一張木製長沙發，像是給店主休息之用。店的中央有一張圓餐桌子，圍著幾張櫈子。店的前方面向街道靠右的地方，有一個像現今手推車模樣的設備，但沒有輪子。下面放置著汽爐；上面是一個圓柱形大湯鍋，鍋的中間分了格，一邊盛了燙麵條的開水，另一邊用來盛放上湯；大湯鍋子的右旁放著一個不銹鋼鑄的多隔盛器，用來盛配菜用的，分別放有

已煮熟了的魚蛋（丸）、豬皮、蘿蔔、魷魚、調味汁等。

　　也不知哪裡來的胃口，每次去都會點了四個麵餅，加起來足超過半斤多的分量。也可能是臨到了發育年紀吧，頗能吃的。

　　店主是一個婆婆，潮州人，六十多歲，背微駝，左腕戴著玉鐲，經常穿著黑綢衣褲。我想她也許對我有點奇怪：這小子每次來都只點麵食，從不配菜；要是把錢的一半點麵條，一半要配菜，便較均勻，不致吃得那麼的寡口吧。其實她應該心裡有數：這小傢伙是個「大胃王」，但卻銀兩不夠。因為我點麵條的分量多，每次她會特別選用一個闊口大「公雞」碗，就是那種在碗的外圍彩繪了公雞圖案的大碗。她每次都會在湯麵上加三兩塊豬紅或豬皮，或青菜甚麼的；有時兩樣都有（不另收費），再撒上一些蔥花，端給我，然後看著我說：「阿dì：kuānkuānjià！」（阿弟，慢慢吃）。她懂的廣州話很少；我懂的潮州話更少，但這句我聽得懂。那種自發的慈祥眼神，到現在腦海中還印記著；她不似在台北淡水區的某著名麵店的老板娘「固定」的招牌笑容，商業化地「一視同仁」；婆婆的慈祥語調可親愛多了。當吃到一半，有時她會為我補加一些上湯，又會說一句：「阿弟，慢慢吃。」回想起來，這是我喜歡光顧她鋪子的最大原因。

　　婆婆主事燙麵條。她有一個「拍檔」，也許是助手吧，年紀相若，身形卻較瘦削。有時見她在掰菜，或清洗還未下鍋的配菜甚麼的。她倆一邊幹活一邊交談。側耳聽，雖大部分說話聽不懂，但那時已能分別談話語音上的「優劣」。這怎麼說呢？是覺得她倆談話的語調不躁不急，語調平和，但其中卻抑揚低回有致；用現今詞彙來形容，我會

說那是一種「貴氣言語」；也不必一定是那種「濃濃吳語」式的，但如果說話時躁、促、硬、喘，那便大大打了折扣，便歸於「失貴」之列。由於有這種自小而來的「偏見」，到現在當聽到某廣播台晚間播送的《XX 小事》，其中某一位主持人的語音聲調狀態，會感到渾然不安，便會立即「轉台」；或索性把收音機關掉；你看，自己已是偏頗到如斯地步……

有時會見到屋邨中穿著「時髦」的三兩位女青進來，從勢態看來，就像現在的所謂「雙失（失業、失學）青年」。她們間中說著一些髒話，點吃了一些麵食配菜便走。在店中遇到其他的顧客不多，可能是因為我喜歡在上午稍後的時段光顧吧。

問我喜歡這店甚麼？是喜歡它的平和寧靜；喜歡它的簡單陳設；喜歡它的湯底配菜；而最重要的，是喜歡它的一種獨特味兒，那道味兒，在別處找不著，總是很濃，很濃，濃得化不開……

寫作的體驗

白山豆 / 原名梁鎧文，筆名白山豆，平日喜好閱讀，亦喜好寫作以消磨時間。寫作常為我帶來意想不到的收穫，雖然文筆簡陋，但亦努力耕耘，希望別人讀我的作品時，也能有所享受，同時有所收穫吧。

下班後，我常一個人關在自修室裡苦苦思索，要寫小說。自修室裡幽閉而狹窄，白色的牆身像從四面八方壓迫過來。而且，疲倦的身軀令人難以集中精神，很多時候，我根本一隻字也沒寫下，與其說思索，其實也只是來回折返類似的想法，毫無寸進。

你問我為甚麼要寫小說，我說：因為興趣。

你莞爾一笑，也許看穿了我騙人的藉口，又或者，騙我自己的藉口。

我很懷疑寫作是否真的能夠作為一種興趣，還是，尋根究底，也無非我們炫耀自己以追求名位勢利的手段。

好像我每次把作品投稿，總也迫切希望某處有讀者認同自己，則這種渴求，難道不是要膨脹我們無憑的自我嗎？

我無法不這樣想。寫的期間，我總是會忽然清醒，回頭質問自己：為甚麼而寫？寫了甚麼？怎樣寫下去？當我開始這樣想時，便代

表我又停滯不前了。這些問題，答案總是在發問之際便消失得無影無蹤，就像追逐倒影在湖面上的風景。下筆之前想要表達的理念，也在下筆期間扭曲變形，變得面目模糊。

小說裡高潮迭起的情節，或是人物的理型，就像廉價的複製品，常使我感到不真實。下筆之前，我想要表達的只是我生活中的想法和感受，因為至少我能夠高聲宣稱那是真實的。一言以蔽之，我的生活如同我的寫作，就像在沙漠裡追尋一片綠洲，還得時刻警惕那不是海市蜃樓。

但不！再深想一層，那樣說也絲毫不真實。即使變化再細微，無論我察覺與否，每天將仍是全新的一天，有時我高興，有時我寂寞，有時我高興得寂寞。

六點鐘下班時我倍感寂寞，深夜兩點鐘時我也寂寞得發慌，兩種寂寞不盡相同，兩個我也是不同的，言則，誰在寂寞？寂寞又指甚麼呢？

如果感受僅是我們大腦化學作用的產物，則感受和意識不是全可以經由科學所操控嗎？我們只需要吸一口靈藥仙丹，快樂和靈感便全浮現了，個人的感受還有甚麼值得訴說的呢？

我更難以下筆了，唯有坐對著雪白的原稿紙，空等靈感。

於是時間便過得愈來愈緩慢，就像將一套電影化成一張張的圖片，我被困在這一刻中，不來不去。我的注意力漸漸渙散，看來靈感在今晚不會再光臨了。但礙於明日便要截稿，我只好把眼前的原稿紙當成鏡子，那鏡中的倒影是我看著自己，也是我看著他，所以我將看

到的都不假思索地寫下，於是就成了以下的故事：

下班後，我一個人到自修室去，孜孜不倦地寫小說。

我不知道甚麼驅使我明知沒有利益又疲憊不堪，但仍不住地要寫，看來寫作的人都有種莫名的執著。

有時這種執著會耗散我們的精神，使人深陷苦惱之中，但假如現在放棄，恐怕也始終勘不破，留下遺憾，則倒不如一再嘗試，看看會否有新的領悟，即便多受些苦，想來也不是件壞事。

我這鏡裡的人物，不過活在作者隱秘的計劃之中，「為甚麼」這個問題顯然超出我的計量，再追問下去也只能白費氣力。假如寫作必需一個理由以安頓自己的話，則我希望理由是高尚和理想的。

我想，活在今日這偽造的石屎森林裡，人與自然的脫節使人錯置了與自己的關係，將自己看成為沒有生命的物件，於是推己及人，把他人也當成是物件了。所以，作者唯有費盡氣力，不懈地嘗試去描繪這世間的真實和大自然的美，憑藉這丁點的希望來助人去愛自己。

寫作無疑是一種藝術，我們借措詞作藝術的選擇，言則，活出自己理想的人生也是一種藝術，我們被迫掙扎著去選擇，我們的一舉一動正是內心的縮影。

所以當我拿起筆時，文章便自然地流露出來。我不需要知道所有問題的答案才能寫作，或者說，當我執起筆時，便藉由寫作回答了我的自己，於是便誕生了以下的故事，這故事的靈感自於最生活的題材，即是眼前這張如鏡子般照見我面目的原稿紙。

外面細雨紛紛，他從外進來時已是濕瀝瀝的了。

夜了，自修室裡寬闊而寧靜，和著外面雨聲的點點滴滴，正好像點在白紙上的墨水，襯托了背景的空白。

　　他不徐不疾地找了位置坐下，從背包裡拿出筆袋和原稿紙時，一不小心把裡面的雜物都翻了出來，製造了不少噪音，引來眾目睽睽。他靦腆的笑，彷彿向著前面的一片空寂道歉。

　　他坐下對著原稿紙，苦苦皺著眉。他會是位作家，還是業餘的寫作愛好者，甚或至只是離家出走找尋寧靜地方吐吐苦水的青年呢？只從外面看，是無論如何都不能看清的。

　　但他想是毫無靈感，因為過了許久，他的原稿紙上仍是一片空白。他像一尊石佛般坐著，抬著頭，目無焦點地看著天花板，一動不動。這刻他的內心可曾變得混亂呢？由此內心出發去看這自修室的環境，會不會也是狹窄而侷促的呢？

　　又過了良久，他忽然地笑了。他便匆匆地收拾，拿起背包，離了自修室，看起來十分焦急的樣子，似乎快要遲到了。

　　這微笑是反抗，還是接受了人究竟孤獨的現實呢？

　　打開自修室門扉的瞬間，從封閉的自修室裡走到室外，整個世界像忽然向他湧現，直迫眼前。室外的雜音如優美的氛圍音樂，暗夜的街燈連同道上的不同色彩組成一幅朦朧的印象派畫作。他不由得緩下腳步，讓這變幻的風景從內心靜靜流過。

　　這刻的他若然有絲毫動搖的話，說不定便會回頭，繼續作夢去了。但他還是挺著，昂首繼續向前上路去。

第三輯　│　香港大學學生小說作品展

「香港大學—學生小說作品展」—引言

賴慶芳 / 香港大學中文學院碩士課程講師、香港小說學會理事

大學生小說緣起何處？

「香港大學學生小說作品展」乃源自香港大學「創意與寫作」（Creative Writing）學科而來。小說作品乃此兩年間挑選出來的學科考核。不同屆別的年輕人有不同的關注點，筆者批改之時也看到小說內容的變更，幾年前內容傾向悲憤疑惑、灰心失望，之後轉而為對人生虛空、死亡的探討，而今則關注身邊親人、校園生活。

由於每年的寫作題目皆自由，學生的小說類型亦多姿多采。除了恆常以言情為主題的作品——如愛情、親情、友情，更有科幻、穿越、驚慄、懸疑、神仙、鬼怪、偵探、歷史、武俠等故事。在學期考核之中，小說創作最能讓學生發揮創意，透過紙張馳騁心靈、盡情思考。

幾年前已想將學生作品結集出版，卻因工作異常忙碌而心願未達。剛巧香港小說學會會長林麗香女史欲出版小說集，談及徵稿事宜，筆者建議加入年輕士子的小說作品，且答應鼎力支持。筆者將兩年來約計兩百份五六千字作品篩選，因作者已畢業離開或失去聯絡方

法，作品未得授權書的只能放棄，之後在已簽發構授權書的作品之中再挑選，故此獲選的作品有其獨特之處，是優秀不俗之作——或文筆流暢情感真摯，或故事奇異而情節巧妙。若要完美無瑕，則專業作家亦未可達，何況絕大部分年青人是首次撰寫小說，惟以初寫之稿而言，表現已算十分出色。

小說與散文有何分別？

談起小說，不能不談論散文與小說之別。現代有不少讀者（甚至評論者）將小說誤為散文，或將散文誤分類成小說。如西西〈像我這樣的一個女子〉，二十多年前人皆知道它乃一篇小說，不知從何時開始竟然被誤為散文。此種誤解或源於古代很多文言小說以短小精悍的文章形式展示；剛巧此文以第一身敘述，人物對話少，篇幅簡短，易被誤以解為散文。現代散文篇幅較長，有不少人物對話與言行記錄，則被誤為虛構的小說。

散文與小說有何分別？分別不在於兩者篇幅的長短，而在於其撰寫手法。

首先，散文不會以非自身的身份撰寫，或代入非自身的人物角色。當作者代入一個非自身的角色或身份時，已存在小說虛構與想像的元素——作者需要揣摩別人的心理、推斷其想法，考查其視角、推測其關注點，再當作是自身的心理、想法、視角和關注點，此已是小說的一種角色創作手法。即使那人是作者十分熟悉的父母、師長、兄弟姐妹或朋友，始終不是作者本人，而是小說角色的代入與創造。

這種角色思想活動、心理狀態、觀點角度的猜想與估計、推斷與推敲並非散文應有的真實敘述，而是小說基於真實的虛構創作手法。任何文章若以此種手法寫作，不論是散文格式或報告類型，其實已是一篇小說。

有學子曾問：那思想觀點若是自己的，是否就是散文？非也。假如思想看法、情感觀點是自己的，但角色身份不是自己，如本身是全職學生，卻化作一名職業女性或公司經理，或一個在機場送別兒女的母親或父親，那是虛構的身份配搭真實思想感情，是半真半假的寫法，也是小說的創造模式。假如角色是真實的自己，但言行舉措、故事情節卻非自身的，亦是小說真假的虛構手法之一。

〈像我這樣的一個女子〉的作者西西是代入女主角「女子」的身份，以第一身角度敘述「女子」的心理與經歷，卻非自身從事該行業的真實經歷。故事以「女子」的角色敘述，本身就是一種虛構手法，作者西西雖是女性，一直擔任教職，並無在殯儀館工作，更非從事為逝者化妝的行業。她的心理描述十分逼真，小說疑似散文類型，若不細察會誤以為是一篇散文，其實它只是一篇以散體文章形式展現的短篇小說。

為讓年青人了解散文與小說之別，筆者於講堂已臚列兩者之別，今在此簡要陳述：散文內容必須真實，作者以自身角度抒己之情或述己觀點。散文記述之事亦乃真實之事，記錄之言行亦乃真實之言行。散文之記錄，或乃個人經歷，或乃生活回憶，或是對周邊事物時事的觀點看法等等皆可，甚至可以就認識的親友、師長、晚輩作局部描述

或記錄。散文的人物乃真實人物，人物對話相對較少，沒有虛構的角色或完整的情節。

小說大多純粹虛構，也有在事實之上的虛構，如角色人物、對話言行可以純屬虛構，亦可以是真實之上的虛構。作者會化身成小說的「我」，以主角或配角的虛構身份，敘述故事情節、人物言行。作者有時也會以第三身敘述，如神若鬼般知道每個人物的內心世界與外在環境狀況，知過去亦知未來，自身則不會於小說之中出現。小說所述的情感或事件或全屬虛構或真假混合，情節的構思卻有其完整性。

生於斯長於斯的作家幾許？

誤解往往是在不了解或無深入了解之下產生，散文被誤為小說亦然，正如不懂香港的人總云香港是文化沙漠。然而，若數影響兩岸三地的文壇豪傑，會發現著名文士或填詞人，不少是生於斯或長於斯的香港人——武俠小說大家金庸、古龍、梁羽生，推理小說作家倪匡（衛斯理）、詞人黃霑、林夕等等，女作家李碧華、西西、亦舒、梁鳳儀、張小嫻等等。當然少不了生於民國時期的著名女作家張愛玲、許地山（洛華生）、大詩人余光中等等。在兩岸三地的學術界，近年研究張愛玲的熱潮更是一時無兩，而有關金庸的研究亦早已登堂入室。

最後，不管年輕人來自那一個專業，只要時刻用心創作，不斷磨練文筆、提升語言文學水平，也可以成為另一個金庸、衛斯理，或是網紅作家。

二〇二三年六月十三日撰於香港

歲月靜好

陳穎宜 /

（一）

我時常嗅到鄰居做的飯菜的味道，我房間的窗戶也許對著別人的廚房。前天大概是鹹魚肉餅（我嗅到了鹹魚味和肉的香氣，但沒有油的熱氣，我想應該不是鹹魚雞粒炒飯），昨天大概是醬油炒蝦（醬油夾雜著蝦的鮮味，像餐館裡的味道，鑊氣在空氣中蔓延），今天大概是番茄炒蛋（番茄酸酸甜甜的味道是獨特的，我思索著鄰居做的番茄炒蛋是湯羹狀還是一塊塊完整的炒蛋）。

我喜歡做飯，但母親也喜歡做飯，她不喜歡別人進她的廚房，弄得烏煙瘴氣。聞著鄰居做的飯菜，我常常思索這些菜色的烹調方法、賣相和味道。

有些東西在腦海中，也許更圓滿。

我是做不出這樣的味道的，我想。

「你今年幾歲？還不打算結婚嗎？」母親最近催得愈發急了。

「你都三十歲了，再不結婚怎麼生小孩！你想孤獨終老嗎？我跟

你説，你再這樣下去，以後自己一個死掉都沒有人給你收屍！」她的聲音穿過客廳，直直地進入房間，穿透我的耳膜，刺耳不減。

絕不想和差點意思的人在一起。

我家族中的長輩都捱過苦日子，讓我能讀書、有地方住、有飯吃，靠的是勞力和省錢的勁兒，身上免不了有市井的氣息。他們説話大聲得很，總是夾雜著髒話——所以我也不是陰聲細氣、聲音甜美的淑女。他們的站姿、步姿、坐姿和吃相也絕不是大方得體的，咀嚼時要把口閉上、吃西餐時要用特定的餐具，是我長大以後才知道的事。他們總為一兩塊錢斤斤計較，動輒破口大罵，吃飯時邊説話邊噴口水——所以從小儘管有機會學甚麼芭蕾舞、小提琴，甚至書不離手，也洗不走我的市井氣息，橫豎看來也是個實實在在的窮人家的孩子。氣質需要浸淫，出身騙不了人。母親説要我嫁一個有錢人，説了十多年，到我三十歲了，終於覺得我沒有這樣的命。現在，只要我找到一個人嫁便好了。

其實我從小就知道，我怎樣努力也萬萬比不上十指不沾陽春水、舉手投足都散發著書卷氣息的女子。我絕沒有貶低家人的意思，不是這樣的背景，成就不了我，人們總説「出淤泥而不染」，其實沒有「淤泥」，哪有蓮花的盛開？因此我由衷地感謝他們把我拉扯大，讓我成為家族中第一批有機會接受高等教育、毋需為一日三餐發愁的人。這絕對是不容易的。這樣的家庭有一種不易察覺的特徵：不論是祖父祖母、外公外婆、父親母親，都長年爭吵，各有各的價值觀，水火不容，甚至夫妻倆一直分房睡，由我有記憶始，我的爺爺、奶奶就沒有

在一起睡過。對他們而言，一起睡覺是為了繁衍後代，大家都不過是循父母之命組織家庭──湊合著過日子。

我問過爺爺奶奶、公公婆婆、父親母親、姑母姑丈、姨媽姨丈：你們為甚麼要結婚？他們無一例外地說：「時間到了。」甚麼時間到了？是再不結婚就不能孕育孩子了嗎？是身體的最佳生育時間快要到了？還是再多過幾年就找不到伴兒要孤獨終老了？找到伴兒只是為了不孤獨終老嗎？

在他們的眼中，我不見「非你不可」的堅定，只是合適，只是時機到了，只是沒有不喜歡，就結婚了。

一輩子就這樣。

我以為我不會重蹈這樣的覆轍。

絕不想和差點意思的人在一起的。

我總在想，他們那一代人到底為甚麼要結婚？害怕寂寞？害怕餘生都孤身一人？害怕悄然無聲地死去？

我不怕寂寞，只怕，即使有人與我在一起，我還是寂寞。

教職員的薪金高，上班時間穩定，再忙也不過是考試週。平日上班、下班，拿些改不完的功課回家，吃飯，看一會兒書，睡覺。我沒有甚麼朋友，也沒有甚麼興趣。週末，我喜歡到動植物公園逛逛，緩慢而仔細地看每一棵植物的葉子，一頭鳥的彩羽，有時候靜靜地看著一朵朵雲在空中聚攏又被吹散，就覺得日子平淡而有滋味。和母親一起住，沒有甚麼開銷，有時，我覺得銀行裡的錢比我寂寞，沒有用武之地，白白浪費了我的高薪厚職。她從小讓我好好學習、出人頭地，

這是她的目標？我的目標？我賺到了錢，我成為了老師，然後呢？她有更快樂嗎？

其實想來，自己一個沒有甚麼不好，為甚麼母親如此著急？自己一個的歲月靜好，為甚麼要別人來摻和？誰能保證我的日子會過的更好還是更糟？

（二）

我要結婚了。

他沒有甚麼不好，是母親朋友的兒子，也是他們家族中第一批有機會接受高等教育、毋需為三餐發愁的人，和我差不多；雖不算投契，也不至於相對無言。

「木門對木門，竹門對竹門」，母親應該這樣想。

他是男生，叫楚，戴著小小的黑色圓框眼鏡，不擅交際，勤勤懇懇地工作，和我一樣一直和父母住在一起，除了自己的交通費和飯錢，全部錢都交給父母保管，到三十歲也未有過女朋友，第一次和女孩子交往，就要結婚了——其實我也沒有交過男朋友，第一次和男孩子交往，就要結婚了。

母親高興得很，説：和這樣的男孩子一起「多好啊！是個純情大男生，擔屎唔偷食啊！」——我不解，到底誰「擔屎會偷食」？除了純情外，你能説出他為甚麼適合我嗎？

他只是個合適的女婿吧。

「幸好平日你願意陪我和偉芬姨姨吃飯，不然你怎會認識她的兒

子？信我，我們認識了那麼久，我覺得他人品不錯，趕快把婚結了！再等下去，你就不能生孩子了，誰會娶你？來吧，不要想了，這一兩年趕快生個孫兒給我抱！」母親一邊拉著我的手一邊興高采烈地說，像明天就能抱上一個白白胖胖的孫子。

我知道她很想，很想有一個好女婿，很想有一個乖孫兒。

我對楚不甚了解，平日的交往也不過是：「你好，我母親約了你母親吃飯，我訂好位置了，你大概甚麼時候到呢？」和「好的好的，謝謝你，辛苦了。」，云云。

楚是一個好人吧，我想。他至少是個孝順的人，總是彬彬有禮，談吐大方得體，洗脫了身上的市井氣息——這是我做不到的事。母親覺得有錢人看不上我，是因為我的市井氣息；原是我不配，我該知足吧。該嫁就嫁。說不上喜歡，說不上不喜歡——湊合著過日子，他們不都是這樣嗎？

（三）

絕不想和差點意思的人在一起。

「你想氣死我嗎？你和你那該死的父親一樣，對吧？你是不是心理有甚麼問題？你這是心理變態！你喜歡女人？你知道自己在說甚麼嗎？我的面子全給你丟盡了！你以後要我怎樣在親戚朋友間抬起頭做人？這是我的報應嗎？我做錯甚麼了？」她歇斯底里地說。

「我供書教學那麼久，你就是這樣回報我嗎？你是不是想我死？」她哭喊著。

我不是一直都孤身一人。

從前，有個叫悅的女生。

我在二十出頭的時候認識她。那時候，我剛剛踏入社會，不知道自己想怎樣，讀完教育學士，也從事了相關的工作多年，但實在不想成為老師。那時，我覺得自己還有很多可能。老師這個職業其實是很可怕的——我覺得。（母親不覺得。）待在原地裹足不前，看著眼前的人不斷進步、走向前方、有無限可能，而你一直在原地，每天準時上班，面對差不多年齡的人，處理十年才換一次的教材。我覺得自己未開始活著，就已經死掉。（母親不認同。）她很喜歡老師這個職業，她一直跟我說：「那些有錢人家好喜歡找老師當老婆的，我跟你說，女生呢，最重要就是有穩定的工作，不需要有多大的本事，當個老師，小孩子放假的時候你又放假，你下班回家又可以煮飯給他們吃，多好！聽我的，媽媽怎會害你？媽媽小時候也想當老師，就是當不成嘛！」

我沒有特別想做的事，雖然教職令我害怕，但若真的要我做，其實也無不可，畢竟高薪是真的，難道我要拋棄一切去成為甚麼作家、藝術家嗎？（母親說這些工作是沒有出路的，到四五十歲一定會後悔。）

「我想過如詩如畫的生活，但如詩如畫的生活也要有良好的經濟支撐吧？總要有人犧牲的，當老師是我最好的選擇了。」我說。

那時候，悅從事著藝術相關的行業，我們說好先攢一會兒錢，然後環遊世界。

「那麼我向生活低頭吧！你既然不想，我便不要你做這些事，我去考個公務員，你便可以做想做的事了。你委屈很久了，不是嗎？我想你快樂。」悅笑著說。

她只要我笑。

我們度過了一段如詩如畫的日子。

你帶我去逛藝術館，告訴我文藝復興時期藝術家之間的趣事，也和我分享了很多藝術理論，你帶我去了好多我未曾踏足過的地方。（以前我只埋頭學業和工作，假日時多留在家陪母親，她不喜歡我到處去。）

你帶我去不同的咖啡館喝熱朱古力，原來咖啡館裡的朱古力如此濃厚細膩，甜味過後是苦澀的回甘，唇齒留香。（以前母親不讓我買，說咖啡店的飲料很貴，我只喝過罐裝的阿華田粉。）

你為我買了好多雙色彩繽紛的襪子和不同款式的內褲，看見我高興地擺著自己穿著老虎襪子的腳，你就會捉著我的腳趾輕咬一口，再撓我的腳板逗我笑。（以前我只穿純黑色的內褲和襪子，母親不喜歡我穿花俏的衣物，看見有蕾絲邊的內褲就問我是不是要接客。）

你帶我去堅尼地城海旁的西餐廳吃飯，那間餐廳對著海，你把能看見日落那邊的位置讓給我，你說你看我就夠。（以前我很少外出吃飯，母親說家裡有飯吃，不用出去吃，而且她不喜歡西餐，我很少吃西餐。）

我們幾乎沒有爭吵——能有甚麼爭吵呢？這段日子平靜而美好，美好得像在夢裡，美好得我現在無法想像自己曾經擁有過這樣的美

好。你告訴我生活除了教職以外的可能，我開始知道自己想怎樣——或許應該説，我知道自己不想怎樣。

「原來你一直都在騙我？你和這個女人在一起？」母親發現了。

她歇斯底里，幾乎以死相逼。她勤勤懇懇了那麼多年，想著要安享晚年，丈夫卻突然提出離婚；平日，她連男生留長頭髮、女生剪短頭髮也看不慣——我怎能讓她知道我喜歡女生？

我絕沒有一走了之的道理。她年紀大了，血壓頗高，心臟在近幾年也開始有些問題。而且，養育之恩，不敢忘。

悦，我覺得我已經把一輩子的勇氣和運氣都耗盡。

（四）

絕不想和差點意思的人在一起。

我寧可自己一人去圖書館，自己一人去動植物公園，自己一人上班下班，自己一人過日子。沒有你，日子總是差點意思。

我嘗過了如詩如畫的日子是何等滋味，你要我還能夠和誰湊合著過？

與你相比，誰都顯得差點意思。

但總有需要妥協的時候，在把你拉扯大的人以死相逼時，在你處於沒有甚麼可失去也沒有甚麼可爭取的年紀時。

原來逝者如斯，真的不捨晝夜，渾渾噩噩的日子一天又一天地過，我三十歲了。

所以，我要結婚了。

婚禮如火如荼地籌備著，如無意外，如期舉行。

沒有甚麼好，沒有甚麼不好——湊合著過日子。

母親安排好在哪裡大排筵席，她也選好了喜帖的樣式和婚紗的款式。

「聽我的，你就安心做個新娘子。趁還能生，趕快生個白胖孫子給我帶。我當年窮，哪能像你現在這樣大排筵席？結婚的時候我都是自己染指甲和自己化妝的，你現在多幸福啊！」母親笑得合不攏嘴，比我還要高興。

（五）

回到家裡，抱著試一試的心態，我撥了一通電話。

「悅，是我。」我說。

甫進她的家，我看見玄關的牆上有一塊木板，上面釘著不同地方的明信片和一些她獨自旅行的照片，右下角有一張我們的合照和一張泛黃的字條，上面是我的筆跡——「我心悅你。」

「你在看甚麼？」悅笑著說。

我搖了搖頭，走到沙發坐下。

我環顧四周，這裡的擺設沒有多大變化——物是，人非。

「這麼多年，我一直這樣過。」悅說。

我說不出口，說不出「我要結婚了」，說不出我這次拜訪的目的。

但婚禮如火如荼地籌備著，如無意外，如期舉行。

即使悅說「我可以帶你離開，去任何一個只有我們的地方」，我

也絕沒有一走了之的道理。

當初沒有一走了之，現在又如何一走了之？一切都太晚了。喜帖派了，母親歡歡喜喜地跟自己娘家宣佈了喜訊，禮金也收到了。

一切都太晚了。

悅，我覺得我已經把一輩子的勇氣和運氣都耗盡。

（六）

「看月光在你身體畫一條線，聽聽你輕輕呼吸悄悄入眠。」宇宙人的新歌，我發了一個限時動態。「那是怎樣？」楚回覆了。悅不會這樣，她會好好地聽一次這首歌，告訴我她也喜歡，然後我們會一起發掘更多好聽的歌，細細地鑽研那些歌詞——但楚是我的丈夫，若我每次轉發新歌、發佈貼文，他都問我一次「那是怎樣？」，我餘生要聽多少次「那是怎樣？」？

我看著天空中的明月，「今夜的月色真美」脫口而出，楚說：「對啊，快些回去吧，球賽要開始了。」我看了看他，默默別過了頭。悅不會這樣，她會笑著說：「哦～你是在表白嗎？我也喜歡你啊！」她懂我所有小心思。我以前把西西的《像我這樣的一個女子》放在她桌上，吩咐她細細地看，她瞇著眼睛笑著說：「你想我讀《像我這樣的一個女子》，還是了解像你這樣的一個女子啊？」她懂我所有小心思——但楚是我的丈夫，他只想看足球賽。

楚看見了我最近寫的文章，「是挺好的，不過還是別讓學生看見吧，又男男女女又同性戀甚麼的，不太好吧。」他說。悅不會這樣，

她會仔細地看我的文字，告訴我她很喜歡，跟我說：「我真的好想知道結局，你能不能快點寫下去？」，然後問我為甚麼這樣寫，問我的小腦袋瓜裡到底想著甚麼，是不是最近聽到朋友的八卦啟發了我；就算我寫關於前度的事，她也會說：「我不介意啊，我好開心你有寫作的靈感。」——但楚是我的丈夫，帶著道德批判看文學作品，他以後會不會浸我豬籠？

那天晚上我和楚一起看《花樣年華》，他大概只喜歡打遊戲和看足球比賽。陪我看電影，不過是禮貌，電視屏幕映著他壓抑不住的呵欠，我知道，陪我看電影，僅僅是禮貌。悅不會這樣，她會告訴我花樣年華的用色美學、框架構圖、關於梁朝偉和張曼玉的八卦消息，然後告訴我《阿飛正傳》也很好看——但楚是我的丈夫，我想哭，好想哭，似乎能感受到靈魂在逐漸乾枯、萎縮、凋零。

我和楚談起了愛情和婚姻，我說起柏拉圖田野中最大最金黃的稻穗、田野中最漂亮的花朵的比喻，楚看似認真地聽著，實際在放空——老師最懂得辨別眼前的學生有否用心聆聽。果真，他找到機會就岔開話題了。悅不會這樣，她知道我在說甚麼，她會認真聆聽，她會告訴我，我是她那棵萬中無一的稻穗——但楚是我的丈夫，我居然要與這樣的人共渡餘生。

（七）

「我要結婚了。」我還是說了出口。坐在那張我們一起選購的柔軟、舒適的沙發上，我竟坐立不安，差點喘不過氣來。

「嗯……恭喜你！其實我猜到了，不然你怎麼突然找我呢？那你甚麼時候宴請客人啊？」她先是僵了僵，然後微笑道。

我知道那是苦笑。

「你可以做我的伴娘嗎？」我問。

「我想跟你一起走那段路，我覺得在我身旁的應該是你，那麼多年都沒有變。」我想。

我們曾經想過要到台灣、冰島、澳洲或甚麼地方結婚，甚麼也好，怎樣也好，是你就好。

從前無法想像沒有她的日子。

「我想像不到，如果你不在我的身邊，會怎樣？」那天我們在灣仔等待電車回家時，悅抱著我，説。

「就好像你遇見我前的二十幾年那樣吧。」我把頭靠在她的肩膀，輕輕地説。

我也想像不到。

悅，只是遇見你，我覺得我已經把一輩子的勇氣和運氣都耗盡。

「難怪之前那二十幾年總覺得好像少了些甚麼。」悅拍了拍我的背，若有所思地説。

「喂，你在想甚麼？」悅拍了拍我。

我頓了頓，「啊？」我説。

「我説，當然可以。」悅説。

前陣子看了《喜歡妳是妳》，其中一個女主角也叫悅。電影的最後，兩個女主角，一個是新娘，一個是伴娘，她們一起走向主婚人和

新郎，在台前駐足、擁抱、在背後悄悄為對方套上戒指，在主婚人的見證下，悄悄地看著對方説「我願意」。

一起走紅地毯，一起走向主婚人，我在腦海中想像過無數次：新娘是我，新娘是你——現在我是新娘，你是伴娘。

多渴望替你套上婚戒。你説喜歡簡單的銀戒指，不需綴以寶石、花紋，簡單的一個環，簡單地圓滿。我好想、好想，但現實不是拍電影，一雙雙眼睛盯著我們看，我不能這樣明目張膽，母親會被我氣死。

既沒有結果，我何必絆住你？當初沒有勇氣一走了之，一次、兩次，現在卻為你套上戒指，算甚麼？

悦，只是邀請你做伴娘，我覺得我已經把一輩子的勇氣和運氣都耗盡。

(八)

「好啦，別緊張，你今天就是最美麗的新娘。」走進教堂前，悦替我整理頭紗和裙擺，笑著説。

「你穿白色裙子的樣子真好看，我們看起來很相襯。」我想。

「悦，為我掀起頭紗的，我覺得應該是你。」我想。

「準備要出去了，別緊張。」悦牽起我的手。

你的手指纖細修長，手掌厚實小巧，溫暖得很，握在手裡，剛剛好。

「悦，我好想一輩子握著你的手。」我想。

「我願意。」我看著楚説。

「其實不是那麼願意。」我想。

一個人的日子，實在不錯，為甚麼母親非要多找一個人來摻和？小時候，她總不讓我離開家，現在卻又因為我留在家而苦惱、覺得丟人。本來過得好好的，想去哪裡、想做甚麼，我自己一個人決定就可以了。絕不想和差點意思的人在一起，所以我不寂寞。現在呢？此後的每一天，都要為著對方不了解自己、與對方不合拍而苦惱。

但是她年紀大了，血壓頗高，心臟在近幾年也開始有些問題；而且，養育之恩，不敢忘。

總有需要妥協的時候，在把你拉扯大的人以死相逼時，在你處於沒有甚麼可失去也沒有甚麼可爭取的年紀時。

「我跟你講，你要請那個女人做伴娘我也算了，你別想著給我做甚麼出格的事。兩個人相處得久，肯定會有摩擦，你要真的喜歡，不一起也罷，看看我跟你爸，最後不還是分開了？有些東西，得不到反而更圓滿。你相信我，媽媽怎麼會害你？」

媽媽怎麼會害我？對吧？

我應該相信：有些東西在腦海中，也許更圓滿。

陰間列車

周浩婷 /

第一章

「轟隆隆……」煙囪霧出柱狀的白煙，剛上車的孩童忙著找位置坐下，免得車一動就倒了一地行李箱。窗外一格格的風景都是魚貫的人群揮著手，淚流滿面，雜亂無章的哽咽聲比開車的響號更刺耳。如果爸媽還在的話，我猜我也會是這個樣子。一個束著兩根金髮長辮子的女孩慌慌張張地衝了上車，躲在我和弟弟座位旁叫我們掩護她，說她父親今天不許她出門，是她偷走出來的，等到車開了後才鬆了一口氣。

「外面的天空真美！」她突然拍了我的肩膊，指著窗外驚嘆道。那粉嫩的臉蛋看起來有點可愛，笑容甜美得像黃昏橙紅的光，夕照我心底。我緩緩抬起頭，外面的天空卻是一片片綿花糖，陷了一大坨灰，是吃不下的殘渣，我不知道我們這群小孩要到哪裡避難、成人的戰爭何時才結束、哪裡才是安全……

眨眼一瞬，車廂裡發生巨響，幾乎整架列車也被炸得翻天覆地。

我的腿血痕纍纍，身體被壓在座位下，動彈不得，從木板的隙縫間，彷彿聽到弟弟震顫的聲音喊著：「哥救我……很痛……」我不斷向外伸手想站起來找他，傷口一步步地撕裂，我咬緊牙關不斷向前爬，直到在他的嚎哭聲中昏厥過去，我再也聽不到他的聲音……

第二章

「俊行，等一等我！」身後那熟悉的聲音又喊停了我……不知不覺四百年就過去了，意亭今天好像比平日更活潑，兩根短短的辮子又追上了我的自行車，在淡金黃色的陽光下顯得有點外國女孩的自然金髮。「我昨天不就叫你等一等我才一起出門嗎？」她怪責的語氣總是裝出來，帶點傻氣。然後，我故意踏快一點，讓她追不上。

「喂！李俊行！」她一邊罵著我，兩根搖晃的短尾一邊拼著命追趕我的車輪。偶爾轉過頭看，她的樣子總是帶點稚氣，那個甜美的笑容跟當年一樣，我竟忍不住「唧」的一聲漏了笑氣，嚇得我立刻別過頭，別讓她看見。不知道為甚麼她總愛跟著我走，陪著我坐，聽著我呼吸，即使默言的我只會故意欺負她。

在公園的大樹下，她忙著叫我坐下，從背包裡拿出了一個紙包蛋糕，還立刻點了蠟燭，一隻手護著小火光，走到我跟前，瞇著眼笑說：「生日快樂！」

我錯愕半晌，還是擺出一副冷酷的模樣說：「今天是你的生日，為甚麼跟我說生日快樂？」

她歎了口氣，「若然我不買，難道你會跟我慶祝嗎？」她這樣諷

刺一説，卻帶有一種莫名的失落。小火光被風滅了，看著她低著頭認真地把蠟燭重新點亮起來，反反覆覆，卻還是一次又一次地點起來，就像這幾百年來她燃點起我的人生一樣。想起來我真的對她有點太壞，一時被她那句話害得有點慚愧，但其實，這一年我是有準備的，畢竟這是她陽間時間的二十五歲。我們在陰間處理瀕死者需時太長，陽間時間相對上會慢很多，生日也比較珍貴一點。

「你知道嗎？只要你許願，上天一定會聽到，然後找個恰好的日子為你實現。」她笑得很甜，對著我說。「是嗎？可惜我從來也不會許願。」我冷淡地反駁她，看她有點失望的樣子，便輕輕扯一扯她的辮子哄她：「告訴你個好消息，關先生說今天是最後一位了，終於可以升職。」「李先生，我早就知道了，昨晚看過資料簿，是你經常懶惰才不看。」

我不知哪來的勇氣，忽爾牽起了意亭溫和的手，打算把禮物送給她，但她羞澀地縮了一下，我頓時也被她弄得困窘片刻，只好將禮物放回口袋，東拉西扯地急著說：「幹嘛？只…只剩下半小時了，還不走！」她紅著臉點了點頭，我潛意識竟也跟著她點了點頭，臉很燙，不敢多看她的臉。我拔了頭上一根髮，向天吹起來，我們便一縷煙似的登上了陰間列車，其他使者都早已在座位上，一切好像沒有變，又彷彿回到了幾百年前的那輛火車上。

「外面的天空真美！」我瞄到意亭的嘴巴將要張開，便模仿她的語氣搶先說了這句話，她拍打了我一下，然後我托著頭故意裝作看風景，一直從車窗的反射偷偷地窺看她可愛的模樣，鼓起鰓，喃喃我學

她說話，幸好沒有被她發現。

「你有記起嗎？」意亭輕聲地問我。

「甚麼？」

「往事。」「像是當年上火車前的人生？」

「沒有，被關先生清除後怎會記起？」「我只有在火車上的記憶，還有我們這群小孩成了使者後的經歷。」對我來說，只要記得當下跟你的回憶便足矣。

「關先生，關先生，為甚麼要那麼敬重他呢？叫他關傻瓜。」意亭真的不知身份輕重，萬一被關先生聽到，她定必下場慘烈。

我一直覺得自己的工作不是甚麼光明磊落的工種，我們不像陰曹使者去接待人類往地府，也不像地府官員負責審查，而是陰間最低級的使者——負責透過夢境引導在死亡邊緣徘徊的人類自願放棄生存的念頭，成為真正的死者。有時候會失敗，一些瀕死者在回顧一生痛苦的片段以後，還是因為重要的人事而堅決返回陽間。關先生說過：「那是給他們的考驗。這些人生前作惡太多、遺憾太重，若然不讓他們抒懷，死後終變成厲鬼。」

第三章

我把瀕死者的名牌拍了手掌三次。

「李青朗，二十八歲，現在你已經死了。」我們在他的夢境裡喊著，四百年來，我發現這句話很有用，可以試探對方對死亡的反應，幸好他沒有連珠炮似的問「我是不是死了？我不想死，我不想死，我

還沒看我女兒出生，我不能死！」這樣的棘手情況。青朗，這個金毛頭的男孩，是在後巷被斬至重傷，看來是尋仇案。

「喂，那兩個臭小子，來告訴我這裡是哪裡！」他一醒來就囂張地指使我和意亭。「不知死活。」一向溫柔的意亭搖一搖頭，瀟灑揮手一個氣拳把他擊倒在地上。

「李青朗，你一生害過五百二十個人。」這是個意味著必需通宵加班的數字。事實上，害的意思是指他曾經向對方造成肉體或心靈六級以上的傷害，當然也包括死亡。「你將會被安排向他們逐一致歉，以卸除身上的罪孽。」有時候，被讀的名字是他們不記得、不想記得、甚至不會記得。

「第一位是張蘭婆婆。」場景瞬移至他十八歲那年。「撞至其手臂骨折，不顧而去。」

他指著眼前的婆婆，側臉驚訝地用唇語問我們：「是她嗎？」我們點點頭，其實早料到這些情況。很多人根本沒有察覺他們傷害過的陌生人，即使只是一個大力的碰撞，甚至一句說話。

「阿婆，對不起！」青朗走前敷衍地對她說。

「看他十八歲那年的樣子也挺俊秀呢！」意亭好像故意說來氣我的樣子，「像你一樣，真的！」「不如你考慮一下又染一個金毛頭，跟這小子很相似啊！」意亭舉高手，掂起腳，亂摸著我的頭。「長那麼高，很難捉摸呢！」「看我也是金髮，很喜歡金髮呢！金髮多好看！」她吱吱喳喳地說個不停，吵得很可愛。

「下一個，艾雪，同學，取笑她的身型胖。」

「下一個，梁逸朗，同學，網絡欺凌。」

「下一個，藍爵一，路人，偷竊。」

「又是這些惡霸，看他害了多少人。」單是欺凌打鬥也有百多個，意亭不經意打起呵欠，頭自然地靠在我的肩膀上，一邊嚼著口香糖，像一隻純白小兔。不久以前，我才發現只有她，能讓我的心如此跳動過。

青朗說了三百遍公式化的「對不起」，還是一副死性不改的樣子。

關先生說過道歉是人類最大的恐懼。

「人類常常都看輕這三個字的重量」我有點想不通人類的無知。

「我看最後一定會出現讓他語塞的人，敢打賭嗎？」意亭擦了擦鼻子說。

「賭甚麼？」我裝作冷酷。

「我勝利的話，你要送我生日禮物。那……我輸的話，就當你一天女朋友吧！」

「那我不是怎樣也是輸嗎？」不是嗎？女朋友？我被她嚇了一跳，費盡力氣按捺自己內心激動的情緒，擺出一副不情願的模樣，這次第一次我的好勝心變得那麼強……那刻，我的尾指跟她的勾了起來，「被迫」之下，她還用力用姆指跟我互相打印，當作承諾。

很多瀕死者最後的致歉關卡，都是以家人為終點，但奇怪的是，青朗的家人欄是空白，即使是再複雜的背景，甚至雙親不在，關先生也會列在資料簿上，從不會出錯。

第四章

「下一位，呂納軒，情人，分手。」他面色一沉。

「軒⋯⋯」他低著頭。場景轉移至他們分手後三年的一個冬天，那天下著微雨，又帶點哀傷，是一種剛好的溫柔。青朗緩緩走到納軒的跟前，他的眼神卻迴避了青朗，轉身便走。

「軒！」青朗趕上前拉住納軒的手。「可能現在我有點唐突，但原本沒機會跟你說這番話⋯⋯」說罷，青朗抱住了納軒，頭靠在他的肩膊上，肩上的布料一刻蒼然被沾濕了。

當使者那麼久，我能看出青朗這次是由衷的道歉。「我每次都很怯懦，害怕世俗的眼光，不敢在街上牽你手，令你難堪，對不起⋯⋯」他震顫的聲音攔在納軒的耳邊，一手大力拭乾止不住的淚水，繼續道：「我沒機會再見你了。下輩子，我一定不會丟下你，但願我們能活在被世人認同的世界裡⋯⋯」納軒緊抱著他一起哭，兩人哭了很久，很久。

「啊！你幹嘛⋯⋯」意亭用我的衣袖來抹眼淚。「很感動⋯⋯」

「誰讓你抹在我的衣上？」我裝作嫌棄地說。基本上平均一個瀕死者，就有五場分手後重遇的小劇場，人類的感情世界就是這麼豐富，我早已不以為意。但這就對了，就是要有更多的分手戲碼，我堅挺的肩膊才能當她的避風港！

關先生說過，瀕死者重現人間的夢境是虛實交錯，所有遺憾理應是省略號，大抵上沒有圓滿的可能，這樣才比較像人生。

道歉過後，納軒像一縷煙的消失，青朗歇斯底里地跪在地上哭得沙啞，意亭主動上前拍一拍他的肩膊，安慰他道：「不是每個人也有機會去坦白面對自己的罪過，能夠向對方道歉，其實是一種恩賜。」意亭那麼討厭青朗，卻竟然主動走去跟他細語一會，連我也聽不到，想必是甚麼恐嚇的說話。

　　「等一等……」下一個場景忽然轉成那輛避難火車，我簡直嚇了一跳，發生了甚麼事？為甚麼我們會在這裡？我連忙翻開資料簿，「韓東，火車死難者；連美株，死難者……」怎麼全都是火車死難者？難道青朗就是放炸彈的人嗎？我簡直不敢相信，這個黃毛小子就是當年害死我們的人！「你這個殺人兇手！」我激動地衝向青朗，按他的身子在火車的座位上，向他的肚不斷揮拳，青朗這壞分子，竟只蜷著身子挨打。「俊行，冷靜一點！別打了！」意亭用力隔開我們。

　　「我不想的……我也受了重傷，救不了其他人……」青朗突然大力推開我，躺在地上，一臉悵惘，淚水在眼眶裡迴蕩，一邊喘著氣，一邊按著座位爬起來。

　　回想當年險惡的情況，加上不想意亭因為甚麼碰撞而受傷，我只好忍著氣相信他是迫不得已。「對死者的道歉將會安排由家屬去代表接受，下一位，安莉……」青朗淚流滿面地向每一位家屬誠心道歉，即使家屬根本不認識他，他除了「對不起」這三個字外，也羞愧得不敢承認再詳細的錯誤……

第五章

「最後一位，關⋯⋯」正當我看著最後一個家屬名字發呆時⋯⋯「俊行。」忽然，關先生沉重的聲音在這個空間迴蕩著，嚇得我連忙半膝跪，向他參見，意亭還不知死活地鞠了躬便罷。

「關先生⋯⋯對不起，我⋯⋯剛才以為資料簿上的名字出了錯，所以才讀慢了⋯⋯」一向只要我們先行認錯、自首、道歉，關先生便會平息怒氣。

「資料簿沒有錯，要道歉的人也不是你。」關先生一副嚴肅的樣子說著。

我趕忙宣讀：「最後一位，關雲史，死者家屬⋯⋯」等一等，那不就是說，關先生也有孩子嗎？這真的是天大的祕密，看來我們很快會被消除這段記憶。

「對不起。」青朗擦乾眼淚，對關先生說。

「我接受你的道歉。」關先生輕輕一抹淡笑。「但孩子，你剛才好像說了謊。」

「要我來說說你是如何見死不救嗎？但我比較喜歡人類坦白認錯。」青朗聽罷，我看到他頭上的生存意志值只剩下三成，若值數在最後一關後不逾五成，便會成為真正的死者。只見他豆大的淚珠一滴滴打在地上，但那不是委屈的眼淚⋯⋯

「你不願說嗎？」關先生把當天的情景重現出來⋯⋯

一個小男孩被救護員叔叔從瓦礫中救起。

「小朋友，你知道附近還有其他小孩生還嗎？」

他遲疑了半晌，望著被抱起後腳下殘破不堪的瓦片石塊，搖搖頭。

「那麼你有其他朋友、兄弟姊妹也在這個車廂裡嗎？」

他，再次搖頭。青朗他，再次的搖頭。青朗，是我的弟。

他明知道，埋沒在瓦礫下的，就是他的哥哥。

最後，那個車廂內的小朋友也因延遲被搶救而死亡，包括我。

「為甚麼……」我不明白，原來弟弟是想我死的人……「你是有苦衷的嗎？是不是有人威迫你？青朗，你告訴哥就可以……」我的汗淚沾濕了前額的頭髮，心瓣仿似被強行一下子翻開，那種揪痛使我承受不了……

「我以前一直很妒忌你，做甚麼都是最出色的，永遠是爸媽心中最驕傲的兒子。就連他們離世那刻，目光也是向著你而閉上，我很恨你……很妒忌你……」青朗低著頭哽咽著。「但我走了過後真的很後悔，我有回去找你……但當時的救護員說你已經……死了……我帶著罪疚活下去，一直無法原諒自己……」

糟糕，這時我注意到青朗意志值只剩下兩成，他對生前內疚的情緒一度被關先生提高，我頓時不知所措。「關先生，求求你，我弟弟當時也是年少無知，你能不能放過他？求求你……」我跪在地上，拉著關先生的手，希望他能讓青朗重返陽間。按規則我是不能在低於五

成值數自行引導瀕死者返回陽間，我實在不知道會受到甚麼懲罰⋯⋯
但為了青朗，我決定立即施法。

「我可愛的女兒當時也在那個車廂裡，這樣被延誤了拯救時間。」
關先生瞪著眼睛，呈現出熾紅的血根，當下捲起狂風，雷聲震懾整個
空間，他伸手抓著青朗的頸，將他升至半空。「就是因為你！」他用
力一握，青朗幾乎斷氣了，很用力想說話但說不出口的樣子。

「夠了！爸爸！」忽然，意亭含著淚向關先生大喊。我完全來不
及反應。爸爸？

「你原諒不了的根本就是你自己！為甚麼到這刻你還是不願承認
自己的錯？」聽罷，關先生通紅的眼睛剎那間泛起蕩漾的淚光，他掐
在青朗頸上的手也鬆懈了，我立刻走去把弟弟接著。

「爸爸真的沒有想過⋯⋯」關先生用手掩著雙眼。

「炸彈明明是你這個軍方間諜安排的，就是你炸死了所有無辜的
小孩，那麼多年來，對著這班生前被你害死的使者，你究竟有沒有一
點內疚過？」我這一刻仿如一個局外人，原來意亭一直都擁有生前的
記憶，而且，她也沒有告訴我的是，她是關先生的女兒。

關先生一直激動地落淚。

「爸，你常說喜歡聽人道歉，這一次，要道歉的人，是不是你
啊？」意亭說罷，慢慢一步一步靠近他，嘗試抱緊他，讓他冷靜下來。

「是我自己剛巧逃至火車才會遇難，那是一場註定的意外。」但
其實是上天的報應，像關先生這樣生前作惡如此的人，我不敢想像他
沒被卸下的罪孽有多重。他緩緩把意亭往後推，然後曲身冷靜地將雙

手搭在她的肩膊上，雙眼轉成晶瑩別透的黑寶石，望著她的眼，呼一口氣說：「爸爸知道了，乖女孩。」意亭真的打動了他。

「爸爸一定會為你討回公道。」關先生轉身一個無影快步衝向我懷中已暈倒的青朗，這刻突然得令我措手不及。黑瞳孔？我心知不妙，只有被仇恨沖昏頭腦的厲鬼才會變成這樣。

「小心啊！」他手中的利爪正準備瞄準青朗的喉嚨刺下去……

「我是李青朗，我要回到陽間……」青朗忽然唸起這句咒術，反反覆覆的唸著。

我驚訝萬分望著剛才裝暈的青朗，關先生見事敗便揮袖離去。

「誰教你唸這句咒術？為甚麼你懂得這樣說？」青朗來不及回答，依在我身上的重量開始變輕，身體也呈半透明的狀態。我剛剛才認回的弟弟，下一刻就要分開……

「哥，對不起……」「青朗，哥沒有怪你，你記住要好好活下去，重新做人，好嗎？」青朗一直在點頭，很快便消失在空氣中，他滴在我掌上的淚還是熱燙燙……

「俊行，快走！這個虛擬夢境快要結束！」世界仿似地震崩裂般，意亭急忙拉扯著我整個人，拔了我頭上的一根髮，向天邊吹起……

「是她……」「叫我在生命受到威脅的時候要說這句話。」臨別的最後一刻，我記得他指著意亭。

第六章

那天以後，我有一段時間沒見過意亭，一段「一千二百三十年

零七個月又五十八日又九分四秒」的時間。在踏單車上班的日子裡，沒有了她在身後氣喘如牛地追隨我的影子，我不明白這個女孩能有多傻……

我還是忘不了那一刻，她在我的懷裡漸漸消失，像青朗一樣……

「為甚麼你那麼傻……」我貼著她的頭髮一直哭得停不下來。

「李俊行，所以你有喜歡過我嗎？」她還是依舊以甜美的笑容回應我。我猛然點頭，一輩子也從未試過如此害怕失去的感覺，一直用力抱著她。「不要……不要離開我……意亭……」那刻，她像天使般在我的嚎哭聲中寧靜地化成閃閃碎片、光芒，最後消失了……

她早就看過資料簿，早就知道青朗是我的弟弟，早就知道當年火車的祕密，不用多想，家人欄的資料也一定是她刻意刪走，為的是避免我為弟弟而犧牲，提早濫用職權先教他唸咒術回陽間，她傻得替我做了這件事，破壞了使者的規矩，她讓青朗完成所有致歉儀式，讓我有了記憶，讓關先生面對自己的錯……所有東西她早已為我們想好……

我曾向其他使者打聽意亭的下落，有人說她有熟人在地府不會有甚麼懲罰，有人說她被調職了，有人說她被刪除了所有記憶……

「李師兄，為甚麼你一直也不願升職？」跟隨我工作的一位新使者大膽問我。我輕輕一笑，我只是在等待，等待那一天。即使我每年的生日願望都是落空，但相信有一天，我會等到你回到我身邊。

在一個天色剛好的日子裡，來了另一位新使者。

「外面的天空真美。」我望著倚在車窗邊的她説。

「嗯，我也很喜歡看風景。」她溫柔的笑容暖透我的心頭。

可愛的你，還是一點都沒變。

在陽光照射下，我從車窗的倒影看到了自己的一頭金髮，也真的挺好看，慶幸能讓你看到，不知你還喜歡嗎？

對不起，最後，我還是輸了，即使我是多麼想贏。

「入職見面禮。」我把當年的生日禮物終於交到她手上，她顯然有點受寵若驚。

「謝謝你！其實今天也是我的生日呢！」她開心得不得了。我真後悔以前沒對你好一點，讓你開心的多笑一點。

「對不起，」我對她說。這刻我才明白到，道歉真的不是懲罰，是種恩賜。

「忘了介紹，我是你以後的同行使者，李俊行。」

「關意亭，多多指教！」她再次展露出那仿如初春晨曦的笑容。

此刻，眼眶不知不覺沾濕了，分不清是感動，還是悲傷。

這一次，就換我來追你吧！

我望著天邊許願，

希望弟弟也像我那樣，能夠和納軒重新開始，

有個美滿的結局。

大唐長安

林建釗 /

　　山色空濛，曲徑通幽，這片寂靜清幽的竹林偏於洛陽一隅，是大唐自安史之亂後難得的清靜之地。

　　沐浴在初日之中的翠竹，連著花木深處的那所小屋。陽光微醺，爬上青黑色的瓦，慢慢溢過屋簷，照在下方幾名奔跑嬉戲的稚童身上。庭院內栽種著大片紅牡丹，幽幽的香氣浮在風中，和著散落一路的笑聲飄灑開來。

　　玩鬧漸歇，一名垂髫小女孩「咚咚咚」地便跑到屋前納涼的老人身邊，直接咯咯笑著撲進其懷裡，眼珠子亂轉，脆生生的童音如鶯啼嚮起。

　　「阿爺，我想再聽你說說以前長安的故事。」

　　風吹過屋角的鈴鐸，叮鈴叮鈴響動，我吃力地睜開了眼睛。

　　「長安啊……」一抹紅色的身影自記憶深處浮現，我神色黯然地看著孫女憶紅，喃喃著陷入了回憶。

　　……

　　熙攘繁盛，光耀萬年。長安，是最偉大的城市。老人們總這

樣説。

對於當時小小的我來説，我並不懂得偉大，是甚麼意思。

「甚麼是偉大啊？」我兇狠地瞪著身邊的昆侖奴阿牛，企求從他那裡得到答案。

「是聖人，公子。」阿牛睜大了眼睛，畏懼答道。他説，「老爺們都説聖人偉大，那聖人就是偉大。」

聖人偉大？我知道阿牛説的聖人便是當今的聖上，那是父親他們口中至高無上的存在，聽説比父親還威嚴。

原來威嚴就是偉大啊……我恍然的同時卻也有了一絲失望。

「偉大真無趣。」我低聲嘟囔，轉身便往庭院跑。

今天的陽光很好，綠樹掩映著院裡的亭台樓榭，蜂蝶群嬉戲於門旁，鳥語花香的一片，鼻子裡盡是夏天的味道。但我的注意力很快卻被庭院池水裡鼓著腮幫子的游魚們所吸引，它們吐出的泡泡在陽光下顯得五光十色。我嘻嘻笑著，不斷戳破這些泡泡，對於偉大的探尋也早已飛到九霄雲外了。

「大人，外面有人求見。」

崔管事那總是一成不變的聲音又響起，我知道父親又要接待那些永遠也接待不完的賓客了。家門前停靠著那些雕龍紋華美車蓋和掛鳳嘴流蘇的車子，它們每天從早到晚穿行於長安來到我家，從裡面走出來的笑容都是那樣的讓我不舒服，我不由厭惡地朝那些華車扔石頭。

啪！啪！啪！

看著車窗上美麗的圖案轉瞬破損，我心中湧起一種殘忍的快樂

感，但這一行為很快被崔管事發現了。他人還沒跑過來，斥責聲便已至，我急忙拽著阿牛的手就往街外跑。

「唉！少爺！少爺！阿牛，照顧好少爺……」身後傳來崔管事的聲音，我跑得更快了。

長安偉大不偉大的我沒甚麼感覺，但我覺著長安真的很熱鬧。

長安的大道是很寬闊的，連著各種大街小巷，街道上坊市林立，有各種穿唐服的行商胡人，吆喝賣水盆羊肉的酒樓小廝，描鬢花的波斯歌姬。玉輦穿行，金鞭飛揚，香車寶馬川流不息，來往於巍峨的宮殿和豪華的府宅。遠處的帝都皇城壯麗而輝煌，緊緊將所有熱鬧和繁華擁在懷裡。我喜歡聽長安的聲音，細細碎碎的，四面八方的都是，每個聲音都不同，每個聲音都是一個故事。

蟲絲飄搖著被吐出百尺長，繞在樹上一圈又一圈，一群嬌小的鳥兒在樹枝上朝著花開心啼叫。我盡情地奔跑著，吹來的風是那樣的自由。阿牛在後面追著，撞翻了許多行人。

成群的蜂蝶飛過宮門兩側，我跟著它們，掠過五顏六色的官府樓台，內裡有仕女婉轉的歌聲隨著香氣充溢；掠過雕刻有精細合歡花圖案的窗欞，禁軍的鐵衣掛在衣架上寒光閃閃；掠過飾有金鳳雙闕的寶頂，窺得裡面打獵歸來的貴胄子弟和花魁在吟唱風月……

我跑得累了，停下來便直接躺在樹底下。陽光燦花了我的眼睛，隨意望去盡是綠色的樹，銀色的台子，灰白的河堤，在眼睛裡暈成更多顏色。

我情不自禁哼唱起了阿媽教我的樂曲：「白日何短短，百年苦易

滿。蒼穹浩茫茫，萬劫太極長⋯⋯」

「少爺，俺幫你擋太陽哩！」阿牛站在旁邊甕聲甕氣憨道。

我舒服地「嗯哼」了一聲便算回答，就這樣迷迷糊糊間睡了過去。當我醒來時，映入眼簾的是兩隻撲閃的大眼睛。

我嚇了一跳，猛地彈起身，差點撞到那眼睛的主人——一個身著紅衣綠襦裙，粉雕玉琢的女孩，她髮髻上別著的流蘇簪還在輕輕晃動著。

那女孩好像被我嚇了一跳般，往後退了一步，眼睛睜得更大了。她看著我，我也看著她。她的嘴唇火紅火紅的，額頭前的梅花妝也像火一樣鮮艷。我呆住了，女孩望見我的呆樣，「噗嗤」一聲便掩嘴輕笑。

「笑甚麼？」

「笑你剛才唱歌難聽嘞！」

我漲紅了臉，一股熱氣沖上了腦袋。

「哼，你才難聽！你才難聽！」

「略略略！」女孩也不說話，只是笑。

「阿牛！阿牛！」

「啊！少爺，你醒了！」旁邊的阿牛被驚醒，他擦了擦嘴角的口水，憨憨的樣子間盡是一片茫然。

他竟然睡著了！臭阿牛，回去後定要好好罵他。

「阿牛，我們走。」

我心裡不知為何有種羞意上湧，趕忙拉著阿牛離開。但走了幾步

卻又忍不住回頭看，發現那女孩還在看著我，還對我做了個鬼臉，我跺了跺腳，趕忙加快腳步狼狽離開。

「哈哈哈……我的小名叫紅紅。」後面傳來自由而歡快的笑聲。

我跑得更快了。

……

真正感覺到長安的偉大是在天寶十年的上元節，那一年我十八歲。

自從十三年前一別，我便再也沒見過那女孩了，想來她也不記得我了。但我記得她的眼睛，假如再見到她，我一定會認出來的，我心底輕輕想。父母又開始為我張羅婚事了，是吏部尚書家的女兒。說實話我並不喜歡那個女子，她太過呆板無趣，和她討論聲樂她無法答話，和她討論詩書她也一概不知，就像個空有外殼的精美瓷娃娃。

夜未至，宮禁的城門金鎖便依次打開，夕陽裡的玉漏銀壺來不及計時，便迎滿了全城上元節的華燈。

隨著朱紅樓閣點起第一盞花燈，火樹和銀花便如春風拂地般接連盛開滿長安。千坊燈籠高懸，交織輝映著鎏金與火紅的萬家光點，亮如白晝。我帶著阿牛逃離了那個死氣沉沉的家，這是我一年中最開心的時候，我就像一條游魚，在長安這條燈火之海裡盡情游動。

大街小巷簫鼓喧騰，萬人空巷，湧出大批人潮。有遊藝穿行，有眾侶偕遊，有孩童嬉鬧，摩肩接踵間人與影參差重疊。沒有飲酒的我嘴中卻似已經有了酒味，陶醉得一時間竟分不清哪個是影，哪個是人了，只聞得滿路飄揚的麝香風、琵琶調和鳳簫曲。

抬頭望去，只見遠處過河上漸楫緩舟，一個個額頭塗著嫩黃色新月妝、青黛畫眉，唇紅齒白的仕女隨舟出遊，她們盈盈一握的細腰舞動間百媚頓生，眼神如絲地歌頌著盛世的美景。

　　夜裡的纖雲散去，皎潔的月光流瀉於黛瓦。月下屋簷邊角的節節彩燈帶著歡欣的笑意燃燒，煙火在此起彼伏的魚龍花燈中飛舞流轉，與往來的錦繡華衣互相交錯。孩童們央求著父母賞燈猜謎，在街道上盡情歡鬧著，我的心頭也跟著發熱起來。但我們很快被眼前的人潮給擋住了，因為前方有花車在鬥彩，照例是技藝較高者方可先行。

　　「上面的都是些甚麼人呀？」我問旁邊眼神狂熱的男子。

　　「是許合子！長安誰不認識許合子！」

　　「許合子？那個長安最近聲名鵲起的歌者？」

　　我耐著性子往花車上看去，燈光朦朧開視線，只見歌者一襲大紅霓裳裙，額頭貼著亮紅色的梅花狀花鈿，鬢髮如浮動的輕雲梳成蟬翼式樣。旁邊的樂師只一閉眼輕輕吹簫，剛才還吵鬧的聲音便頓時全安靜了下來。

　　在簫聲裡，花車上傳來輕輕哼唱的聲音：「白日何短短，百年苦易滿。蒼穹浩茫茫，萬劫太極長……」

　　隨著歌聲，那唱歌的女子輕啟舞步，連袖生風，若仙若靈，忽而翩翩似掩映春波裡的芬芳驚鴻，忽而輕盈似穿梭在夏日花間的清香粉蝶，忽而俯身似飄落於深秋時分的馥郁霜葉。歌喉裡聲音漸漸升起，起時如私語，漸又高亢清脆，隨後便是如大珠小珠落玉盤的清脆變化。再一看那女子，則哪似在人間，更像是從九天寒宮之上貶謫的仙

女，在冬夜裡悲傷地下凡。

路過的長安人無不眼神癡迷，漸漸地眼泛淚光便將低聲跟唱起來。跟唱者愈來愈多，聲音愈來愈大，一時間竟和著歌聲直衝雲霄傳到天邊。直至餘音裊裊結束時，仍似有無限心事灑落在人間。

我愣住了，感覺腦袋中有一道光閃過，在聲音中愈來愈亮。

她是……

恰好這時，結束一曲的女子也有所感應般朝這邊看了過來。我腦海中大大的眼睛，髮簪紅衣這時與唱台上風華絕代的身影漸漸重疊。

是她！

「是你！」

「許合子！」

「許合子！」

「許合子！」

勝負已分，花車再起，周圍無數民眾依然跟著齊聲高喊，像潮水一樣淹沒了我的聲音。我想要追上去，卻被維持秩序的金吾衛給攔住了。等我能過去的時候，花車上的許合子已經不知去了哪裡。

也許她早忘了我罷，我黯然地想道。

但忽然間，一抹火紅卻自眼前的人群裡掠過，我猶如抓住了最後一根稻草，急切地追尋向那抹隱隱約約的身影。煙火像是被吹落的萬點流星在我眼前快速倒亂晃動，帶著淡淡幽香的盈盈笑語在我眼睛中喧鬧又飄散掉，一個又一個鬧蛾兒、雪柳、黃金縷自耳旁快速劃過，但都不是她。

一次次地尋找與失望交錯，整個世界的熱鬧都顯得那般苦澀。我沮喪地停在處燈火闌珊的角落，不遠處鳳簫吹奏的樂曲又飄浮了過來，但我卻無心再觀長安，垂頭間滿心都是酸楚。我忍不住落下淚來，任由長安的花火溶解在眼中，那時的模樣應該像極了一頭落魄的喪家犬吧。

　　「嘻嘻，多大人了，還流淚，羞不羞。」

　　是她！

　　轉身的那個瞬間，時間彷彿停住了。一襲紅衣似火，那火在我眼裡不斷放大，就這樣燒了過來，一如兒時的模樣，燒滿我的整個靈魂。

　　好像過了一瞬，又好像過了萬年。我反應過來的第一件事便是慌忙擦淚，努力平緩聲音裡的情緒，惡狠狠道：「你管我！」

　　女子也不氣惱，嬉笑道：「那我以後能管你麼？」

　　我哼了一聲，驕傲出聲道：「當然能啊！」

　　說著我自己都忍不住呵呵笑了出來，順手又抹了把流下的鼻涕。我當時的樣子一定很傻吧，看那紅紅，或者說許合子笑得前仰後合，眼淚都出來了的樣子就知道了。

　　不知是哪位糊塗客將燈籠打落，沾染到旁邊店鋪，燒起半邊紅。聲音喧嘩，士兵們匆匆趕來，手忙腳亂地想在事態嚴重前滅掉這一簇小火。我們眼裡卻再也看不見其他東西，就這樣在鮮艷火光的背景中緊緊抱在了一起，身後星河漫天，無數孔明華燈升起，定格在了這個上元節的記憶裡。

長安真的很偉大。我想，我喜歡長安。

……

「為何我們不能在一起。」許合子依偎在我懷裡。

「父母之命，媒妁之言。」我有些失落道。

我們沒有再說話，氣氛沉默起來。

天色已經黯淡，遠處河堤上幾個乞兒在落日熔金的背景裡踉踉蹌蹌，夕陽像火般割過整片天空。薄薄的靛紫罩在我的眼睛深處，我望著窗對面寂靜的御史府，裡面漏著幾聲烏啼。飛過的雀鳥落在了廷尉門前，悲傷地舔舐羽毛。

當孱弱的翠柳被風吹得垂在地上時，雜沓的車馬聲也在夜間響起了，騎隊裡禁軍一聲呼朋引伴的大嗓門打斷了我們之間靜謐的平衡。

許合子先開口了。

「韋郎，我不介意做妾呢。」

「我……」我想說話，卻彷彿有甚麼堵住了喉嚨，只能看著眼前佳人失落地低眉。

她伸手擋住了我的嘴，輕輕道：「我是教坊司的歌姬，本來就不該有奢望的。我今天在花萼樓等你，你會來的，是麼？」

我望著許合子的眼眸，裡面依然是熟悉的靈氣以及深情。我不由有些哽咽，抱緊了懷中的人兒道：「相信我，紅紅！我定待你如聖人待貴妃般，永不……。」

「我相信你，你可是韋青將軍。」沒等我回答，她喃喃打斷道，「記得來呢，我會一直等你的，一直……」

......

天寶十五載，我終究沒有去赴約。

那一天長安城裡煙火沖天，不是上元節，是節度使安祿山帶著十五萬大軍打了進來。陛下在第一時間丟下了全長安百姓逃跑，我作為金吾大將軍，需要跟著隊伍護衛陛下。我望見威嚴的陛下依然牽著貴妃，但貴妃臉上卻沒有了往日的從容和美麗，只有披頭散髮的驚慌和害怕。

雜沓紛亂的馬蹄聲敲打在我的心上。

我想回頭。

「韋青！」

是阿爸在叫我。

「韋青。」

是陛下在叫我。

「韋青……」

是她在叫我麼？

一種極端的痛苦在頭痛欲裂中孵化出來，我的靈魂彷彿被撕扯成幾段，家族的責任和對紅紅的愛意在心中激烈碰撞，我的上半身想不顧一切地回頭，我的腳卻被麻木拉扯著往前走，最終我被看出端倪的阿爸所解脫，他命令阿牛打暈了我。我只記得在落地那一刻，天旋地轉，到處都是雜音，到處都是長安，到處都是她。

當我醒來時，離長安已經很遠了。

我彷彿丟了魂，呆呆回望著長安城，努力回望這個我生活了二十

多年的繁華之地，卻只看到了沸騰湧動的火光，火焰裡是坊市，是花車，是許合子，是如山如海痛苦掙扎的人，他們齊齊無聲地伸出手，死死掐著我的脖子。我看見頭頂飛掠過一隻哀鳥，奇怪的鳴叫聲響徹了整個馬嵬坡的天空。

亡，亡，亡……

我的眼淚就這樣無聲地流了下來，所有人都在低頭，所有人都在逃命，沒有人注意到，也不會有人想去注意。

玄宗賜死了貴妃，用一條白綾，就縊死在了佛堂的梨樹下。貴妃死前穿著最漂亮的紅裝，眼睛裡還有眼淚，死後整張臉卻扭曲得可怕。我無法忘記那張臉，她成了我內心最深處的夢魘，勾動著我所有的慌亂和不安。當我又一次在夜間醒來時，已經有些分不清眼前是現實還是夢境。父親大罵我要往前看，不必為了個賤妾傷神。

但還能往前看麼？所有人靈魂裡的脊梁都已經隨著那夜的長安被打斷了，他們卻都還不知道。只有我是清醒的，也只有我還在痛哭。

至德元載七月，玄宗退位，肅宗於靈武即帝位。

至德二載九月，廣平王率領二十萬人收復長安。

十月丁卯，肅宗回長安，入大明宮。

我再見了許合子，是在一座墓園。

聽沒有逃出去的人說，那天她一直在樓裡等，等到大火蔓延上來了也不逃，只是笑著在火光沖天的樓裡唱歌，直至大火燒身仍在放聲大笑，笑著流淚，最後隨著長安一起淹沒在了火光裡。

……

「笑甚麼？」

「笑你剛才唱歌難聽嘞！」

「哼，你才難聽！」

「略略略！」

「我的小名叫紅紅。」

……

「嘻嘻，多大人了，還流淚，羞不羞。」

「你管我！」

「那我以後能管你麼？」

「當然能啊！」

……

「你會來的，是麼？」

「記得來呢，我會一直等你的，一直……」

……

秋風生渭水，落葉滿長安。

今天的長安城滿目瘡痍，但諷刺的是，高高在上的皇城卻完好無損。

新的陛下又開始感懷盛世，他旁邊的中書捨人賈至是個揣摩聖意的好手，很快便召集了杜甫、王維和岑參幾位詩人以早朝為主題，寫就歌功頌德的讚詩。他們看到「九天閶闔開宮殿，萬國衣冠拜冕旒」的皇室威嚴；他們看到在聖旨下紫服玉佩的中書文官的忙碌和朝氣；他們看到登階趨步隨玉聲，身沾御爐檀香侍奉君王的自豪。

但我看到的，和那幾位大詩人描述的根本不是一個樣子。

我冷冷看著一切。我看到百姓奄奄一息地在焦黑的房子中呻吟喊餓，我看到長安人臉上那灰敗失望的神情，我看到行人身上那已經黯淡得沒有光彩的衣衫。我還看到青樓又開始了營業，貴族又開始了狩獵，城北的刺客殺了個官員，宦官們坐在雕鞍肥馬上飛揚跋扈，趕著去軍中赴宴。

是他們比我更清楚麼？只是不知岑參唱和「花迎劍佩星初落，柳拂旌旗露未乾」時，是否有一絲聖朝無闕事的無奈？

晚上是熱鬧的宴會，台上的梨園歌女身姿卓越而曼妙，咿咿呀呀地吟唱著舞曲《玉樹後庭花》，聲音綺艷悠揚。台下官員和宦官勾肩搭背，打著拍子高聲唱和。我有些迷茫地看著這一幅幅醉生夢死的眾生相，有那麼一瞬間以為又回到了那個安逸的長安，但我清楚地知道，已經回不去了。

我還記得早朝後曾經拉著杜甫啞聲問他：「長安真的還有救麼？」

其他人聽到這話，都會罵我瘋了，但剛剛只做了首詩就顯得很疲憊的杜甫卻正視著我，眼含熱淚。

「一定有！」

一定有麼？

恍惚中，我看到一個頭部是火焰的怪人混入宴會中載歌載舞，臉上還帶著詭異的笑容，好像在嘲諷著甚麼，又好像要說些甚麼，卻完全沒有人察覺。所有人都在飲酒，所有人都在歡笑，沒有人注意到，也不會有人想去注意。

廣德元年正月，安史之亂終平定。然而相同的命運還是再次籠罩在了這座都城身上。同年十月，吐蕃人打進長安，新的皇帝代宗又逃了，但這次我沒有逃。我發瘋般逆著洶湧的逃跑人潮往回跑，我看見了同樣折返的杜甫，我大聲地笑了，笑得流出了淚水。

　　如竟長安不再有燈火了，那就由我做唯一的燭光吧。

　　我揮動著手中的橫刀，使出平生所學的全部武藝，從來沒有這麼熟練的感覺，我不知殺了多少吐蕃人，直到血流滿身累得倒在地上，我想起了小時候躺在草地裡的感覺，周圍是蔓延上來的士兵。

　　火光映在眼中的淚水裡是那麼燦爛，我閉上了眼睛，眼前依稀又看見了紅紅在對著我笑。

　　我唱起了歌。

　　「白日何短短，百年苦易滿。蒼穹浩茫茫，萬劫太極長……」

　　早就該這樣做了啊，對不起，長安，我來遲了。

　　對不起，紅紅。

　　……

　　「説！長安不是個偉大的城市！」

　　我眼角破裂，渾身都是猙獰的傷口，卻只是輕蔑地看著那個士兵。士兵又狠狠給了我一鞭子，我卻笑了。在鞭了我幾百下後，也許他也感到了無趣，便罵罵咧咧地離開了。

　　牢房裡，又只剩下了寂靜的黑暗。

　　外面夜色闌珊，一縷月光帶著寒風透進了牢房，皎潔得一如她的笑容。

我閉上眼，笑中帶淚。

……

代宗又回到了長安。

我沒有被匆匆離開的吐蕃人殺掉，杜甫和李白救了我。皇上雖然不滿我離開他回頭的行為，但也不得不給我封賞以安其他志士之心。我感覺累了，謝絕了所有賞賜，和重逢的妻兒歸隱山林。

宣宗死前三年，一個小詩人李商隱在詩中云：「夕陽無限好，只是近黃昏。」

夕陽餘暉從窗外透進來，已經年過八十的我瞳孔裡蓄滿了光，也蓄滿了淚，我看著懷中已經睡著的孫女，輕聲說道：「熙攘繁盛，光耀萬年。長安啊，長安是最偉大的城市……」

天祐元年，權臣朱溫挾唐昭宗東遷，走前把整個長安的宮室都拆了。

之後，換了一個又一個皇帝，可是，卻不再有長安了。

在城堡前的他

司徒泳怡 /

在迪士尼公園裡，七歲的男孩和女孩手牽手地走在人群中。

「我們到城堡了嗎？」女孩走累了，嘟起小嘴問道。

「快了，我們離開這個飛越太空山，再往前就到了。」男孩安慰道。

這對小朋友沒有父母的跟隨，就這樣穿梭在偌大的樂園裡。每當人海快要把他們淹沒時，男孩就會把女孩護在身後，讓她分毫無損。頃刻，閃閃生輝的城堡出現在他們的面前。女孩興奮地跑去城堡，男孩緊追其後。

「哇！這裡很漂亮啊！我希望像睡公主、白雪公主和貝兒一樣住在這裡。」女孩回頭望向男孩說道。但她看不見男孩的身影，在四處張望之中，只見男孩在人潮中被別人帶走。女孩拼命地追上他，也流下源源不絕的眼淚。

「小翔，你別拋下我啊……」

又是這個該死的夢。

我努力睜開雙眼，震耳欲聾的音樂聲轟炸我的耳朵，隨之而來的

頭痛讓我整個人都無法站立，只能依附旁邊的桌子。

「小姐，你還好嗎？」一個陌生男子問我。我瞟了他一眼，是不認識的人，但外貌端正，應該可以向他求助。

「可以幫我打車嗎？我想回家。」

就這樣，那男子扶著我離開酒吧，到街上等車。最後，他把我送到宿舍樓下，是我的室友把我接上去的。我猜應該是吧。反正後來我只記得醒來時已睡在自己的床上。這些片段是我每個週末都會遇到的。晚上到酒吧、夜店徘徊，與各式各樣的男人打交道，直至不省人事。黃昏了，才慢條斯理起床洗澡、吃飯、傳短訊。

這就是我的大學二年級生活。

是的。我沉淪於宿堂間的玩樂和派對，逢週末就到蘭桂坊流連至達旦。這樣糜爛的生活使我麻醉，使我暫時忘卻一些不願記起的夢和事。無庸置疑在感情生活更是一塌糊塗，不停在不同男人之間曖昧與挑逗，只為尋找快感。從未試過認真地談一場正經的戀愛，因為我根本不相信愛情。

「鈴——」手提電話響了。原來是母親，她定是來責備我為何週末沒有出席她公司的晚宴。所以我決定把手提電話反轉，忽視這通煩人的來電。

母親一直是擔任著嚴母的角色，對我的成績和生活都極其高要求。可能母親深知單親家庭難以提供一個無憂無慮的環境給女兒，所以只好將她訓練成一個獨立能幹的人，這才能在社會上獨當一面。但這些嚴厲的背後，往往少了我渴望的家庭溫暖，更別說是消失已久的

父愛。所以即便是順利考上香港大學，我和母親的關係依然像過山車般時好時壞，因此我決定離家出走搬到了大學宿舍。

每當我和母親爭吵時，我對父親的思念便會倍增。流著淚地埋怨他為何早早就離開我，讓我獨自面對他這個蠻不講理的老婆。

「喂，嘉櫻小姐，快起床。我們一起去棒球練習吧，聽說新教練非常英俊可口呢！」室友遙樂把我的被子掀開說。鮮有見她這麼興奮，不就是個棒球小子嗎？用不著犯花痴吧⋯⋯最後，我還是屈服於遙樂的淫威之下，親臨球場一睹這位「教練」的風采。

「喂，看球啊！」突然，有人在球場上大叫。原來是有個棒球正快速地向我的方向飛來。我未能反應過來，只好下意識地雙手抱頭。

「呼！」棒球入手套的聲音。我感到身前有陣風吹過。害怕地睜開眼，發現原來是子謙幫我擋了那球。接過球後，他就站在我的面前，很近很近⋯⋯周圍也一片寧靜。我彷彿能聽到自己的心跳聲，噗通噗通的。我害羞地退後一步，場上的燈光照射在我燒紅的臉。我只好馬上低頭，目光停留在他的手臂，原來他的左手手臂有個小小的胎記，淡淡的像心形，很可愛。

「你還好嗎？沒有受傷吧？」子謙溫柔地問我。

「沒有沒有！我⋯⋯我有點口渴。」說完便一支箭地跑走了。

偷跑回歸後，子謙便教導我們投球的動作。望著他英氣的劍眉，高挺的鼻子，自信的眼神，又專注地向我們講解投球動作。不知不覺間我竟看得出神，怕是心神早已被他勾走。

「不錯嘛，連球都擲向你，順利地上演了一齣英雄救美。」遙樂

在我身邊調侃道。

「哪有！小心下個球就擲向你的頭。」我反擊道。

在那往後，子謙稱呼我為嘉嘉，我與他頻密地傳短信。雖然內容也像以往的調情對象般曖昧，但字裡行間卻充滿溫暖，沒有半點虛假和玩味。一個月後，我們就確認了彼此的心意，發展成為情侶。在剛開始時，我也擔心這段戀情是否適合，像我這樣的人真的可以順利戀愛嗎？不過，他在告白時沒有像其他男子許下陪伴我一生一世的承諾，而是説……

「或許以前你認為愛情不可信，那麼現在我就是你最浪漫的報應。」

在我二十一歲生日，他帶我到迪士尼樂園。不是我要求的，而是有次吃飯，看遙樂在暑假去了迪士尼樂園遊玩，讓我有點羨慕和懷緬。畢竟迪士尼也有我和父親美好的回憶。沒想到我隨口說的一句話，他竟放在心上，還在生日時給了我這個驚喜。

我開心地拉著子謙在迪士尼裡到處遊逛。和卡通人物拍了照，玩了不少機動遊戲，在肚餓的時候又吃了肉桂卷，十分幸福。然後又拉著子謙陪我玩瘋狂刺激的過山車。其實他非常討厭離心力，所以不斷拒絕我，但在我的百般纏繞下，還是被我拖上刑場。

「哇！非常刺激，非常興奮！」我從過山車下來後大聲歡呼，然後望向男朋友。子謙一副快要不行的樣子，忽然讓我想起當年父親陪我坐過山車的畫面。

「爸爸，我們去坐『飛越太空山』吧！」稚嫩的小女孩用力搖晃父親的手說道。

那父親有點猶疑，沒有說話，但看著女兒期待的小臉兒⋯⋯

「好！爸爸要帶嘉櫻飛上太空啦！」話語未完，便一手把小女孩抱起，前往入口。

在過山車下來的嘉櫻非常興奮，不斷拉著父親述說剛才的飛越過程是多麼的震撼與刺激。但那父親面色青白，腳步浮浮，眉頭緊鎖。走了兩步，更飛奔抱住垃圾桶，彷彿是要把它填滿。看著父親痛苦的面容，嘉櫻這才知道原來父親是承受不住剛才的離心力，為父親心痛不已。

現在回想起來，原來怕老婆的父親也怕過山車，下來後的樣子三魂不見七魄，讓我哭笑不得。而我的男朋友也不例外，像父親您一樣。剛才他還在我旁邊把我的手握得緊緊的，現在回想也是甜滋滋的。

「喂，夏嘉嘉，你有沒有良心啊？我都這個樣子了，你還笑得出來？」子謙不滿意地道。待我好好安撫完他，向他解釋我已經找到一個和父親一樣疼愛我的人，他才滿意地點點頭，繼續陪我前往其他園區。最後我們在城堡前深情一吻，留下倩影，才依依不捨地離開樂園。

在那個幸福的瞬間，我認為自己已經遇上最深愛的人，這輩子只想與他長相廝守。但命運又怎會眷顧於我⋯⋯

那天是我的畢業典禮。我邀請了母親出席我的畢業典禮，她應該會抽空來吧？

　　十一月，秋意漸濃，落葉紛飛。我披著意義非凡的畢業袍，等候母親的來臨。在等候期間，子謙的父母到了。我向他們作自我介紹，他的父親和繼母非常友善，不斷讚賞我和子謙在大學四年間的付出，然後愉快地在校園裡合照留念。在遠處，我看到了母親的身影，我興奮地揮手。但她看到我們就往反方向走了。

　　「媽！你等等啊！」我大聲叫她。

　　「嘉櫻，你怎會和他們站在一起？你知道他們是誰嗎？」母親把我拉到一處角落。

　　「他們是我的男朋友和他的父母，怎麼了？」母親的臉沉了下來。

　　「你要和他分手。」她嚴肅地說。

　　「甚麼？今天是我的畢業禮，為何一開口就要叫我分手？你都不恭喜我嗎？」我既錯愕又生氣道。

　　「我是為了你好，你之後就會懂的。我不方便留在這裡，但恭喜你畢業了。」母親拋下這句話就離開了。

　　我落寞地看著她離去的背影。今天是我的畢業典禮，但我們連一張合照也沒有……媽……究竟是甚麼原因讓你這麼決絕地拆散我和最愛的人？

　　畢業後，我和子謙一起租了一間小房子，小巧溫馨。我們也會經常到子謙家吃飯。他的父母十分熱情地款待我，繼母更煮了不少美味佳餚。每次去到他們家都會感受到濃濃的家庭溫暖。經過一天辛勞的

工作後，父母能為了你準備一桌家常便飯，慰問你工作如何，且共享天倫之樂。這大概是我夢想中的「家」吧……

「我可以問你一件私事嗎？」我認真問子謙。

「當然可以，我的嘉嘉想問甚麼？」子謙從背後環抱我。

「你的親生母親是怎樣離開的？」

「她在我八歲那年因心臟病去世，聽父親說是因為受了一些打擊。我對母親的印象已經非常模糊，但依稀記得她待我很好，非常溫柔。」

「哦，原來是這樣。你一定非常掛念她吧？就像我掛念父親一樣……」

「我可沒有像你時常因思念父親而變愛哭鬼，醜死了，哈哈。」

「甚麼嘛！我才沒有！」

過了三個月，母親約我在家裡相見，說是有些話要向我坦白。而我也終於有機會要把心中的不滿和問號解開。

「媽，為何那天說走就走？為何未認識我的男朋友就叫我分手？難道我做的所有事都讓你礙眼嗎？」我把心中疑問一瀉而傾。

「他們知道你的父親是誰嗎？」

「他們只知道父親過身了，怎麼了？媽，到底發生甚麼事？」

「唉，孽緣啊。」

「當初我們兩家是隔離鄰舍，你和小翔是青梅竹馬。就在你五歲那年，你父親向他們推薦了一份高額的投資計畫，信誓旦旦地說穩賺不賠。最後卻遇上經濟蕭條，全部財產都賠上了。小翔的母親承受不

了打擊，心臟病發去世了。而你父親也非因肝癌離開，是畏罪自殺的。自此以後，我們兩家就斷了聯絡。」

母親打開泛黃的相簿，裡面每一幀都是兩個小孩手牽手在公園裡蹦跳的照片，笑得特別天真燦爛，無憂無慮。我看著那些早被遺忘的童年回憶，回想那個纏繞了我無數個晚上的惡夢，小翔和子謙的臉慢慢重疊。原來小翔就是子謙……為何偏偏是你呢？為何是我最深愛的你？……為何要讓我得到幸福後，又再把我推向地獄。這個事實使我痛不欲生，每每憶起我能再次重遇子謙的美好，但這一切一切都即將化為虛無。我的父親是害死他親生母親的兇手，我怎能夠瞞著他一輩子？我又該如何面對他？像我這樣的人根本不配擁有他……就算我們是如此深愛著彼此，現在也走到盡頭了。

離開母親的家後，我麻木地走在街上。每個路人都能讀出我眼眸裡的空洞，像是心被人狠狠剜走了，只剩下軀殼。我進了一間酒吧瘋狂飲酒。腦海裡思考著如何面對子謙。我不想對他坦白，因為我不希望他知道真相，這樣只會令他更加痛苦。而且他的父親也不會同意我們在一起。痛苦和悲傷留給我一個人就好，這些都是我本該承受的。雖然我想留在子謙身邊贖罪，但是我深知我連這個資格也沒有。最後我決定要讓他恨我，把我恨之入骨，然後忘記我……

到了深夜才回到我和子謙的家中。他坐在沙發上耐心的等候我回來。

「怎麼現在才回來？你和母親聊得還好嗎？」

「我去找了別人。」我醉醺醺地說。

「甚麼意思？你和朋友飲酒了嗎？」他嗅到我身上濃烈的酒味。

「我剛去了夜店，然後和陌生男人上了酒店。」我竟如此輕鬆地撒了一個謊。

「甚麼？你別酒後亂語。」子謙用力地捉緊我的肩膊。

「我們分手吧，我早就厭倦了你。」

「你知道自己在說甚麼嗎？」子謙低聲怒吼。

「對不起，我不愛你了。」我背對著他，閉起雙眼努力不讓淚水湧出。

「你是真心的嗎？」子謙把我轉過身面向他，認真嚴肅地問我。我沒有回應。

「嘉嘉，你到底怎麼了？別說這種話好嗎？」他繼續追問我緣由，彷彿是不願相信。

「我要走了。」

「不要離開我，我愛你。我可以當甚麼也沒發生過，你別拋下我可以嗎，嘉嘉？」子謙忍不住淚水，拉著我的手臂。聽到他的苦苦哀求，我的心痛得不能言語，眼淚在下一秒就會奪眶而出。

「再見！」我狠心地甩開他的手，拋下再見二字就走了，留他獨自在家。

再次走到大街上，我終於忍不住蹲下身來委屈地大哭。我竟然對自己如此深愛的人提分手，是我拋棄了他。我還是傷害了對我最重要的人，我的心彷彿要裂開，身體不停抽搐，快要透不過氣來，潸然淚下。但願我在這刻就死去，不要讓我醒來發現身邊深愛的人已不在我

身旁。子謙，你會原諒我嗎？不會吧……假若我被拋棄，也只會對對方恨之入骨，但願從來都沒有認識過對方。但你又怎會明白深愛你的我是有著迫不得已的原因。

又過了三個月，我已搬回舊居，與母親同住。自那夜決裂起，我便狠下心來拒絕與子謙見面。到了今天，他已經沒有再寫信給我，大概是要放棄我了。「這樣也好……這樣也是我想要的結果，不是嗎？」我苦笑地問自己。眼睛不自覺地濕潤了。突然間，我的肚子劇烈地疼痛起來，母親把我送到醫院。

「你好點了嗎？」當我睜開雙眼時，母親問我。

「嗯，好多了，應該是腸胃炎吧？」

「你知道你已經懷孕三個月了嗎？」母親告訴我。

懷孕……？聽到這個消息，我的大腦幾乎不能運行。耳朵嗡嗡聲的，接收不了外界任何聲音。我不敢相信這個事實。上天怎會開這樣的玩笑？

出院後，醫生叮囑我要小心照顧身體，肚子劇痛是陀胎不好的徵兆。此時，我依然是懵懵懂懂的，我怎會突然變成媽媽了？而且我和他已經分開了……又要怎樣將這件事和全部事向子謙解釋呢？我的腦袋一片混亂，害怕自己一個面對，也害怕將來沒有他的生活。自從我們分手後，我就把子謙封鎖了。我現在只有從朋友的口中打探他的消息。他的朋友晉饒說子謙在一個星期前已經離開香港。

「他等了你兩個多月，你依然沒有回覆他，所以心死了，並決定離開香港這個傷心地到美國發展。」晉饒告訴我後便掛了電話。

我顫動地握著電話，眼淚再次湧現，不停地落下，像失控的水龍頭，水花四射。子謙，我真的很想你……我是不是要永遠地失去你？我還未來的切告訴你我已懷了你的孩子……你不是說你想有個女兒嗎？我們還可以忘掉舊事和仇恨，一起組織一個幸福的家嗎？子謙……對不起，是我傷害了你，但我真的很愛你，求求你回來我的身邊……

在我們離別這六年間，我當起了單親媽媽，有個可愛的女兒，我喚她嘉嘉，就像你喚我一樣。雖然生活艱難，但有嘉嘉陪伴我，也像你在我身旁一樣。她愈越大愈有你的影子。她和你一樣有粗粗的眉毛，雙眼皮很深，眼睛很大，一樣愛放臭屁，一樣愛吃我煮的溏心蛋，一樣愛和我說一些無厘頭的笑話。如果沒有嘉嘉，我想我早已撐不下去吧……

在嘉嘉的六歲生日，我終於決定要帶她到迪士尼樂園，去我們曾經擁有最快樂回憶的地方。

「嘉嘉，別亂跑，會跌倒的！」我在後面快步追上女兒快要消失的身影。轉眼，嘉嘉便不見了。我慌張地四處尋找她。

「啊！」嘉嘉撞到一個陌生男人，跌倒在地。

「小朋友，你還好嗎？沒有撞痛吧？」陌生男子關心問道。

「叔叔，我找不到我的媽媽了，你能幫我找她嗎？」嘉嘉東張西望地尋找我的身影，只好讓眼前的叔叔幫助自己。

「好的，讓叔叔把你抱起。」

走了兩步，嘉嘉便大聲叫道：「媽媽！」

嘉嘉從男子身上跳下，衝向我。我擁著嘉嘉，忐忑不安的心這才放下心來。

　　「媽媽，剛才是我撞到那位叔叔，他帶我來找你呢。」嘉嘉指著不遠處的男子。

　　我順著方向望去，他站在城堡下，燈光在他的頭頂上綻放。周圍行人已變得模糊，嘈鬧聲不見了。霎時間，我的世界只剩下我和他之間的距離。我怔住了，那是子謙啊……他與我對視，眼神也是同樣的詫異，又漸漸變得憂傷，這樣的對視彷彿已是上輩子的事。沒想到我竟還會碰見他……良久，他慢慢地向我和嘉嘉走來，張張嘴問道：

　　「這是你的女兒嗎？」

　　「嗯……」

　　「這些年來你過得好嗎……？」

　　「挺好的……」

　　「沒想到會在這裡碰見你……剛才我去幫女兒買冰淇淋，就撞到你的女兒了。」原來他已經結婚生子了……也對呀，六年了，他已成家立室是再正常不過。

　　「嗯……恭喜你也結婚生子了」我故作輕鬆地説。

　　嘉嘉按耐不住，在我懷中吵著要除下外套。我只好放下她。然後，迎面就有一對母女向我們走來。應該是子謙的妻子和女兒吧……我慌忙地與他們告別，便拉著嘉嘉走了，臨走前只向他和身後的城堡莞爾一笑，再見了……我此生最深愛的人……

　　「媽媽！那位叔叔和我一樣在手臂上有相似的胎記呢！」嘉嘉指

著自己的手臂說。

「對呀 …… 也是很可愛的心形呢 …… 」我溢出眼淚，對女兒微笑道。

淹沒

藍美欣 /

　　銀靈島，一座距離香城不遠的小島嶼，上面有一座小型的古堡，古堡只有幾層樓高，外表看起來古舊，十足的歷史氣息。讓人意想不到的是裡面的設施十分齊全先進，作為度假勝地，不少人都慕名而來。

　　雪泠、小珺、阿晟、阿栩和小央，五個曾經大學推理社的成員相約到銀靈島敍舊。他們相約在香城的碼頭集合，剛到埗就看見了所有人都到達了。幾年過去，每個人在自己擅長的領域裡都小有成就，擅長做甜點的小珺成了糕點師，博覽群書的小央正在攻讀博士學位，妙筆生花的阿晟是雜誌編輯，健碩的阿栩則是健身教練。

　　雪泠跟他們打了招呼，小珺依舊是這麼溫婉斯文；阿栩比以前更加開朗了，聽說他最近升了職；而小央這個書蟲則是捧著一本書。當然也有雪泠思念已久的身影。阿晟對雪泠微笑：「大醫生，很久不見。」她有些拘謹，只點頭回應他。

　　舊友相聚本該是開心的事，雪泠卻不知道為何感到有些不安。

　　上了快艇，雪泠找了個舒服的位置戴上耳機，希望震耳欲聾的音

樂聲把內心隱隱約約的不安遮蓋。快艇隨著海浪浮浮沉沉，她也不知不覺跟著這種高低起伏進入夢鄉⋯⋯

一個雷電交加的晚上，海面上波濤洶湧。

「救我⋯⋯救我！」一個女孩從水面冒出頭來。

雪泠伸手抓住她，不過幾秒鐘的時間，女孩又滑到水裡。在狂風暴雨之下，皮膚完全被雨打濕，太滑了。她就這樣眼睜睜看著驚恐的女孩被海浪無情帶走。任憑豆大的雨點打濕髮絲、臉龐、衣服，身下的小船被浪潮捲至高峰又落下，她差點失了平衡掉出船體。看向天空，黑漆漆的一片，她在海的中心找不到方向⋯⋯

「雪泠醒醒，我們到了。」小珺的聲音在耳邊響起。

雪泠慢慢睜開眼，發現快艇已經在碼頭停了下來，大家都整理好行李準備下船。

銀靈島不大，島上就聳立著一座古堡。城堡由米黃色的磚牆與暗藍色的圓頂組成，最底層有三個大拱門，這樣哥德復興式的設計既簡約又氣派。

推開大門，內裡是與外觀不符的現代設計，一進門是大廳，推開門的時候自動感應系統把全廳的燈都點亮了，燈火通明的樣子讓人感覺好不溫馨。最吸引人目光的大概就是掛在大廳後方牆壁上的畫像，一個膚白貌美的女子。她臉若銀盤，眼似水杏，五官輪廓立體分明。褐色捲髮上頂著一個冠冕，她穿著白袍，拿著權杖站立，一副莊嚴的模樣。看她衣服的樣式，大概是哪位希臘神話裡的女神吧？

「噢！我知道她！她是希臘神話中的天后赫拉。赫拉因為善妒而

聞名，她把幾個情敵折磨得很慘呢！」小央不愧是大家的百科全書。

阿栩開玩笑道：「怪不得都說女人心海底針！哇，我們這裡有三個女人呢！」他用手肘撞了撞阿晟，又對女生們擠眉弄眼。

「喂！我們三個不知多好！最大方了，是吧？」小珺抱打不平。

小央附和道：「對呀。而且我覺得赫拉也很可憐的，她大概也過得不好吧，善妒的人最終會被嫉妒淹沒的……」

「你們沒有漏掉甚麼行李在快艇上吧？我們可是要住在島上三天啊。」阿晟突然想起，他又說：「畢竟客人只有我們，負責人特地交代要最後一天才有快艇來接我們。」

那股不安的感覺又來了，阿晟的話讓雪泠想起一本推理社所有人都看過的小說——《阿嘉莎克里斯蒂的無人生還》。不過，這裡只有五個人，怎會發生甚麼呢？雪泠笑著搖了搖頭。

五個人就在歡聲笑語中渡過了一個晚上。晚飯後一群人圍繞在客廳聊天。阿晟為自己倒了一杯威士忌，冰塊與玻璃撞擊，發出清脆的聲音。大學畢業之後大家五年沒見了，當初的少年已經褪去稚氣，儼然是一副成熟的模樣，舉手投足間都散發著和以前不同的氣質。只見他眉頭緊鎖，心事重重。

阿栩看著阿晟突然想起甚麼，有些憂傷道：「如果小茉也在這就好了……說起上來原來那件事已經過了五年，時間過得真快……」

聽到他的話讓雪泠的心一陣刺痛。想起了五年前的那次意外，推理社的成員一道到香城海邊度假村畢業旅行，出海的時候遇到暴風雨，當時阿晟的女朋友小茉被海浪沖走意外喪生……雪泠本想陪著他

走出陰霾，可他自此之後拒人於千里之外，大家就這樣漸行漸遠。

「算了，不要說了，都不早了，早些休息吧，明天還有一堆活動等著我們呢！」雪泠不忍看到阿晟難過的樣子，轉身離去。

「遵命副社長！」阿栩貧嘴道，又說：「那我們今晚就睡在這一層的臥室吧，以免找不到大家。」

大家都同意，這層的臥室是單人房，小珺、阿晟、阿栩睡在右側的三個房間，而雪泠跟小央則睡在他們對面的兩個房間。

在快艇上的一覺睡得不安穩，雪泠很快便睡著了。

———

「啊！！！！！」慘叫聲貫徹整個走廊。

雪泠猛然醒過來，開了燈，拉開門一探究竟。阿晟、阿栩、小央同樣也打開門探出頭。小珺呢？幾個人面面相覷，帶著害怕和擔心來到小珺的房間面前敲了敲房門，可是無人回應。

「小珺？小珺？」雪泠加大敲門的力度，門「咿呀」一聲打開了。往裡面一看，燈亮著，小珺倒在血泊中，一把刀被插進她的胸腔中，她眼睛睜大，好像是看到了甚麼難以置信的事。

「小珺！醒醒！」雪泠輕輕晃了晃她的身體，可她沒有反應。顫抖著把手放到她的脖子，幾秒過去了卻感受不到脈搏。雪泠向其他人搖搖頭，表示已經沒救了。

「怎會這樣！」小央大喊。阿晟和阿栩說不出話來，這是夢嗎？不久前還和大家暢快吃飯喝酒的好朋友，那麼溫柔細心的小珺，沒了……

「這裡沒有專用的器具和儀器，但我想幫小珺做個簡單的檢驗。」雪泠提議。雖然比不上專業的法醫，但數年的專業訓練足以讓她從屍體上找到一些線索。到底是誰這麼殘忍！

雪泠把小珺的眼睛闔上，然後開始觀察屍體。刀身沒入胸口，只留下刀柄在外。沒有掙扎痕跡，小珺很有可能當時在沉睡或是昏迷的狀態。血跡把半件衣服染紅，身上只有一個傷口，傷口很深，兇手很可能把心房刺穿了。

看著眼前的情景，幾人不禁陷入沉思。剛才聽到小珺尖叫的時候，應該就是兇案發生的時候。回想聽到叫聲後打開門的場景，幾人幾乎都是同時打開門，那在她房間行兇的是誰？想到這裡，在七月炎夏竟然感到一絲涼意。還未從失去好友的心情抽離，大家又陷入害怕的情緒。

「是外人闖入行兇嗎？我們先報警吧。」阿晟問。看來他也注意到這件事，四個人可以說是有不在場證明，那幾乎可以確定兇案是外人所為。

「我的手機沒有信號，你們的有嗎？」阿栩說。

雪泠把手機拿出來一看，沒有信號。其他人都搖頭。

「糟了，那怎麼辦？快艇要後天早上才到。」小央提醒我們。

「更重要的是，我們不知道殺人兇手在哪裡！我們可能有危險，所以從現在開始我們幾個不要分開。」雪泠提出。

「不對，島上只有一座小城堡，沒有其他可以躲藏的地方。阿晟說過這星期只有我們一批客人，今天是星期五，說明起碼五天沒有快

艇到銀靈島了。城堡裡的門窗都是鎖好的，我們來的時候都看到。」小央分析道。

「所以……兇手就在我們之中。」阿栩說。話音剛落，所有人都以戒備的眼神看著大家。

得不到結論，大家又互相忌憚，於是每個人佔據了大廳裡的角落休息，不知在想些甚麼，每個人都看似心事重重。

「是阿晟和阿栩其中一個人嗎？」小央把雪泠拉到一旁小聲問。

「還不知道。」還沒有任何證據，為免打草驚蛇，雪泠只好這樣說。

雪泠暗忖，把刀直插入心臟，可見兇手對小珺的恨意。想了想以前的事，印象中，大家以前一直一起參與推理社的活動，五個人感情很好，從來都沒有爭吵過。阿晟或是阿栩之前和小珺也沒有過節。莫非在畢業之後發生了甚麼？

「我問你們，最近有見過小珺嗎？」雪泠希望能問出甚麼線索。

「沒有，畢業之後我們都沒有見過了。」阿晟說。

「我也是。」阿栩說。

「我倒是在兩年前在街上遇到她，可我們也只是寒暄幾句，之後也沒有聯絡。」小央說。

依然得不到結論。畢業之後各人分散在香城的各個地方，平時也不容易遇到。而且大家生活忙碌，甚少聯絡，他們說的話也不奇怪。可所有人都說了實話嗎？

想起小央不久前說的話，雪泠感到有些訝異，原來小央也覺得出

兇手是他們其中一個。

而事實上，經過檢驗，在傷口附近發現了護手型傷痕，護手是刀柄和刀身之間防止使用者誤傷自己的部分，只有男性才夠力氣把刀插進身體，甚至使護手撞上皮膚，造成損傷。犯罪學也有提到，這樣的犯案方式男性作案比女性作案的機率大，女性犯案很多時也會選擇投毒這種方法。這是因為由於自身的力量不足，有可能在行兇的途中就被制伏了。

從體型來看，作為健身教練的阿栩似乎比較符合兇手的形象。

氣氛有些壓抑，大家都不願意相信兇手就在我們之中。

腦海裡有萬千思緒，加上昨晚睡了兩小時就被尖叫聲驚醒，雪泠有些昏昏欲睡。

不知道過了多久，醒過來時就看到大廳只有兩個人，雪泠後悔極了，現在這種時候怎麼可以睡著呢？可能有危險不說，現在不清楚情形，但起碼可以監視兩個男生的舉動！怎麼可以睡著呢！

「小央呢？」雪泠有些著急。

「她好像說回房間拿外套。」

她生氣地朝他們大吼：「她那麼久沒回來，你們不會去看看嗎？」小央千萬不能有事！

「你這麼生氣幹嘛？不是你說大家都不分開嗎？掩飾你是真正的兇手嗎？」阿栩聽到她的話也有些生氣。

雪泠懶得理他。來到小央的門前，把門撞開，房內一切正常，沒有打鬥痕跡。小央在床上躺著，走近一看，不禁倒抽一口涼氣。她早

已沒了氣息，大半張床單都染上了血跡，和小珺一樣，一把刀插在背上。她在死前正在看手機，倒下的時候手機仍然握在手中。

是因為剛才小央說的話被聽到了嗎？兇手害怕被揭發所以狠下殺手？

一時之間，氣氛十分凝重。

「怎……會這樣？」阿栩聲音顫抖，實在難以置信，十二小時不到，兩個人死去，而這兩個人是大家曾經的好朋友。

「剛才你們誰離開過？」雪泠心想，如果剛才沒有睡著的話，小央可能就不會遇害了。

「我和阿栩都各自離開過一次。我去拿水，阿栩去廁所。」阿晟回答。

「你怎麼懷疑我們！你才是兇手吧？每次都是你檢驗屍體，說不定做了甚麼手腳呢！」阿栩嗆聲。

「好了好了，你們冷靜一點。」阿晟像是受不了我們爭吵開聲道。

三個人互相不信任。

「那好，現在我們不要待在一起了。」雪泠生氣道。兇手就是那個人！跟他在同一個房間才不安全呢，回房間把門反鎖，直到快艇來的時候，這樣一定安全。

「我看跟你待在一個房間裡才危險呢！你是醫生，你最清楚怎麼下手最致命！」阿栩大吼，之後進了他的房間，「呼」的一聲把門關上。接著阿晟看了雪泠一眼也回了房間。

她也默默回到房間鎖上門。

雪泠看了看手機，一樣是沒有訊號。距離快艇來的時間還剩下一天，把自己反鎖在房間就真的安全嗎？兇手果然是他，剛才他說的那句話太奇怪了。

雪泠感到很難過，以前在推理社的時候，每天看不同的小說和電影，討論有趣的案件，那時候多快樂！若不是小茉那次意外，大家還不至於這麼疏離，再也回不去了⋯⋯

時間又過去半天。雪泠一個人在房間，心裡一直在盤算發生了的事。突然房外傳來一陣打鬥聲音。莫非是兇手又行兇了？她想出去看看，可萬一是陷阱怎麼辦？萬一外面的人需要幫助呢？或許兇手看到兩個人會忌憚不敢輕舉妄動。

戰戰兢兢地走出房間，打鬥聲已經停止。大廳裡站著一個人，阿栩倒在地上，胸口上插著一把刀。

「果然是你，阿晟。」

「甚麼時候發現是我的？」他從口袋裡又拿出一把刀。

「從一開始的時候就知道了，在小央死的時候就確定了。」雪泠冷眼看他，眼前的人她似乎不認識了，她解釋道：「小珺和小央的傷口上有護手型傷痕，只有男性才夠力量把刀插進身體，甚至令護手在傷口附近撞出傷痕。而且你還不斷引導我們說是外人做的。」

「那尖叫聲呢？你們可是看著我和你們同時出房門的。」

「這是你最大的破綻，人在即將死的時候是發不出聲嘶力竭的聲音的，何況你還先把小珺迷暈。在客廳喝酒的時候，你應該在小珺的飲料裡投了安眠藥。先把小珺殺害，再回到房間把自己整理乾淨，之

後只需要下載尖叫錄音播放，再裝作自己甚麼都不知道的樣子打開門，讓大家都看到你在自己的房間。」

「不愧是我們的副社長！」他冷笑，又說：「你們都該死！當年你們為甚麼不救小茉！」

「警方已經解釋了，那是意外。」雪泠無法相信阿晟眼裡的恨意。

「你！騙！我！」他咬牙切齒，「半年前和阿栩喝酒，他甚麼都說了！她是你殺的！是你們見死不救！你們都該死！該死！」阿晟拿著刀愈說愈激動，突然身體一陣怪異的抖動，「呼」的一聲倒在地上。

「你怎麼了！」雪泠撲到他身上，只見他慢慢停止抖動，口中吐出黑色的血，虛弱的他臉上卻帶著淡淡的笑容，不一會兒他就不動了。

她才意識到，從一開始阿晟就沒想過殺她，留下一堆屍體，只剩一個生還者，發生了甚麼昭然若揭。留下她一個人，讓她背上殺人的罪名、讓她百口莫辯，這才是他對她的懲罰。沒想過他可以為小茉做到這個地步，不惜殺害好友，陷害她，連性命也不要了。

看著他逐漸微弱的呼吸，此刻雪泠只覺得十分悲涼。喜歡阿晟數年，到頭來她只獲得了一片狼藉。怎會這樣呢？這和她想像的完全不一樣，此刻雪泠有整理不完的思緒，腦袋昏昏沉沉，敵不過暈眩，眼前一黑，便昏了過去。

———

雪泠醒來的時候，已經是在醫院。後來警探告訴她原來是小央報的警，那時候她說要回房間拿外套其實是去想辦法報警，當時雖然沒

有訊號，可她還是把訊息發給警局了。巧妙的是過了兩個小時之後，手機突然接收到微弱的訊號，報警訊息就這樣發出去了。

至於阿晟，他永遠都不會知道，在大廳天花板上的角落安裝了監視器，把他的罪行都拍下來了，連同他出入小珺和小央的房間的時間也紀錄下來了。

天網恢恢。

「鈴⋯⋯」電話鈴聲響起。

「喂。」

「你好，我是之前跟你聯繫過的警探。關於銀靈島一案，還有一些問題。我們在夏晟的手機裡找到你們的對話。是你提議到銀靈島度假的嗎？」

「是的。有甚麼問題嗎？」

「我們只是覺得奇怪，夏晟和其他死者還有你已經幾年沒有聯絡，卻見到你三個月前突然和他聯絡，說要到銀靈島敘舊⋯⋯」

「警官你是暗示整件事是我引導的嗎？我怎會知道阿晟會做這些事！你有甚麼證據嗎？」雪泠激動地打斷警官的話。

「呃⋯⋯我們沒有這樣的意思，只是詢問一下⋯⋯那好的，我們沒其他的問題了，謝謝你的時間。」

其實很簡單，她只用了一個訊息，其他的就是等待阿晟的怨恨發酵⋯⋯這些人的存在就像一個定時炸彈，不能有人知道她害死小茉的事⋯⋯現在她終於可以安心了。

阿晟被冠以變態殺人魔的稱號，而雪泠是唯一的倖存者。事情已

經過去一個星期，媒體還在不斷報導這件事。她只想生活快點回歸平靜，想把一切都忘記。但似乎媒體都對這個倖存者很感興趣，雪泠每次出門的時候都被大量的閃光燈圍繞。

對雪泠來說一切就如夢境一樣，轉眼之間昔日的好友一個不剩，唯一可以證明那場惡夢般的屠殺，大概就只有每次出門的慌亂和那張擱置在抽屜裡，購買監視器的收據。

———

夢裡。

「救我！」小茉在海中浮沉，從海面露出頭，向小船伸手。

雪泠抓住她的手，想要拉她上來，可看著小茉驚慌的臉，她卻有些快感。這些年看著她和阿晟相知相愛，在人前一副坦然的樣子，其實她嫉妒極了！明明是她先喜歡上阿晟的！如果這個人消失了，阿晟就會喜歡她嗎？知道小茉不諳水性，雪泠裝作手滑把她的手鬆開，看著她被海浪淹沒……

「啊！怎麼辦？」她故作無辜的樣子。

「現在浪太大了，我們上岸求救！」

「你們可以不告訴阿晟嗎？我不是故意的……手太濕太滑了……」

雪泠猛地醒過來，渾身都是汗。自從回來那天起她一直做著同樣的夢，有時她是遇溺的人，有時是旁觀者，有時是放手的那個人。

她以為事情過後她會感到安心，畢竟所有知情人士已經不在世上了。可她沒有。

她反覆想起阿晟自盡後那個淡淡的笑容，她的計畫裡只是想利用阿晟把其他人殺掉，再裝模作樣的扮作幫忙，裝作與自己無關，可她沒有想到阿晟為了陷害她而吞了毒藥。就是為了小茉嗎？為甚麼她已經死了，他卻為了她這樣做！小茉死了，可她依然是勝利者，贏得了阿晟所有的愛。這就是他對她的復仇嗎……

　　到廁所洗漱，鏡子裡雪泠臉色發青，眼睛底下一片烏青，眼神空洞，臉型比以前瘦削了許多。她嘲笑地扯了扯嘴角，臉上盡是瘋狂的笑意。

　　「嘻嘻……太好了……嗚嗚……阿晟啊……是我的錯嗎？怎會是呢？我從來也沒有叫阿晟去殺人啊？」異樣的感受在心頭蕩漾，看著鏡子裡滿佈淚痕的自己，雪泠把鏡子打碎。

　　鏡子碎了一地，碎片把手劃傷，她卻像是甚麼都感受不到，任由鮮紅的血沿著指尖淌下。

　　一滴，一滴。

尼斯湖水怪

黃誠杰 /

　　尼斯湖是位於蘇格蘭的狹長淡水湖，其長達三十七公里且深達二百多米，為蘇格蘭面積第二大的湖泊。數其奇特之處有二，一是湖底的地形極複雜，底下所藏的大小洞穴多不勝數；二是湖中蘊藏大量浮藻和泥炭，使水質的能見度非常低，誰也不曉湖底藏著甚麼。

　　自二十世紀的初期，不少人均聲稱自己曾目擊湖中出現「水怪」，雖然描述的細節和大小有若干差異，但共通之處是牠擁有長長的脖子，其外型類似遠古時期的蛇頸龍。

　　尼斯湖水怪之謎自二十世紀初便是一個吸引焦點的話題，人們樂意去了解箇中故事，內容創作者也樂此不疲去廣泛報道相關「真相」，可惜眾家說法紛紛，使尼斯湖水怪更顯撲朔迷離，至今仍是一個未解之謎。

　　爺爺是世界上屈指可數的潛水員，他年輕時曾協助很多國際機構去各大洲、各大洋研究水底下的世界。

　　猶記得年幼時，那時爺爺仍然在世，每當我輾轉反側難以入睡時，便會嚷叫著爺爺讓其分享他在水底下的故事，當他娓娓道來時，

我的思緒便如同他的身子一樣冉冉沉澱進無人之境，似乎可以尋找到內心真正的想法，誠實地面對最真實的自己。

潛到深水帶並非所有人能做到的事，只有極少數的潛水員能夠承受水壓潛到一百五十米以下，因此頂尖的潛水員往往是第一個洞悉那些水底下謎團真相的人，我永遠無法忘記他跟我分享他在尼斯湖湖底洞穴的經歷，這是我這一輩子最難以置信之事。

這個故事存在於我腦海中頗長一段時間，我認為現在是分享的好時機，我終於決定下筆，嘗試代入年輕時的他的視覺，以第一身經歷去分享他的經歷。

蘇格蘭的魅力在於天氣不可預測，如果幸運的話，遊客可以在一天體驗到四個季節。雖說如此，五月總算是蘇格蘭名義上的夏天，十多度的氣溫和較低的濕度是遊歷此地的好時機。

傍晚時分清風徐來，萊絲莉幽幽緩緩地划動著船漿，夕陽的餘暉灑在她白皙的臉頰上，使其平添幾分嬌艷魷腆，而她的那襲金髮總散發著異域女子特有的香氣，隨著划船時身體的擺動而散發，叫人著迷，常言道「夕陽無限好，只是近黃昏」，此刻的我卻認為「夕陽無限好，那怕近黃昏」。

夕陽慢慢沉落，我們即將返回岸上，她蔚藍的眼睛凝望著波光粼粼的尼斯湖湖面，眼神帶有幾成深邃。「你始終相信牠存在嗎？」我問道。「當然，我小時候曾經親眼見過牠，哪怕旁人如何說，我相信！牠仍然存在於湖底的某處。」她一字一頓的說道，深不可見底的

眼神中折射出光芒。

　　萊絲莉的故鄉是尼斯湖湖畔的小鎮，尼斯湖陪伴著她一大半的童年，她對尼斯湖的好奇心像一顆種子在心中發芽，長大後立志要揭開湖的神秘面紗，現在成了蘇格蘭的一位年輕地質學者，主力研究湖底的地質結構。

　　「可惜我的研究一直是偏向理論層面，湖的深度使我們難以親身考察湖底的真實狀況，而湖水的混濁亦使一般的攝影器材無用武之地。幸好你肯應邀來協助調查。」萊絲莉對著我泛起淺淺的微笑，有一種學者獨有的知性美。

　　明天我們會和其他科學家一同出發去尋找水怪可能的藏身之處，我的任務是潛到湖泊的最深處，進入沒有人到過的湖底洞中搜索，而趁著今天的空檔她便先帶我到此遊歷。

　　抵達岸上，天色已經開始昏暗，路燈一閃一閃著，為小路添上一抹中世紀的色彩。路的兩旁是居民的屋子，有著三角形的屋頂、兩個正方形的窗子，整齊的外形如童話書中的屋子一樣。

　　萊絲莉平淡地說：「這裡跟以前不同了。」昏暗中我看不清她的神情，分辨不到她說此話時流露的情感，我只能追問：「為甚麼呢？」她說：「鎮上多了觀光客，我們為了營造一個更迷離的氛圍，建造了不少與尼斯湖水怪有關的建築物，近年來連居民的屋子也進行了裝修。」我點點頭，這本來也是無可厚非的。

　　穿過民居，我們終於回到吵鬧的小鎮大街，大街兩邊是各式各樣的旅館、酒吧、餐廳、商店⋯⋯居民們普遍喜歡外出用膳，遊客們亦

愛到此體驗充滿著傳說色彩的氛圍，一時之間此處熱鬧得很；無論尼斯湖水怪的傳說真偽，在這種氣氛下度過一晚也是一件令人印象深刻之事。

在大街當眼處樹立著一座銅造的尼斯湖水怪的藝術雕像，這算是小鎮的地標式建築物。到尼斯湖尋找水怪是風靡社會的旅遊項目，但只有達官貴人或其親屬才擁有一台相機，能夠到此與雕像合照留念。

雖說出於工作性質，我曾踏足過不同的國度，體驗過許多地區的文化，但尼斯湖小鎮所洋溢的獵奇色彩令我感到格外難忘，我或許能理解為何富人願意到此旅遊——豪華的旅程只能膚淺地證明他們是有錢人，但獵奇之旅則彰顯他們的品味與眾不同。

萊絲莉讓我挑選一間餐廳，她說即使我來此目的是公幹，但也算是半個遊客。

我挑了一間外形最典雅的餐廳，內裡的蘇格蘭風裝潢卻比我想像中更奢華，餐廳主廳氣勢恢宏，設有一座巨大石砌壁爐，鍛鐵枝形吊燈散發著淡黃色的燈光，牆上掛著多幅尼斯湖水怪的畫像。餐桌上擺著一座燭台，而座椅則是由山羊皮包裹。餐廳內的客人上身以穿著獵裝為主，下身有的配搭牛仔褲，有的配搭卡其長褲，看似簡樸但帶著貴氣，來者應該也是非富則貴。

我拿起餐單，點了一塊人生所點過最貴的牛排。萊絲莉看到餐單後眉頭一皺，說：「想不到家鄉的餐廳晚餐價格竟然在故事包裝和豪華的裝修下能夠如此貴……」我知道她深信著尼斯湖水怪是真的，也願意窮一生去尋找真相，而她此刻只是扁著嘴點了一份肉醬意粉。

等待上菜時，服務員遞給我們一本介紹尼斯湖水怪的書，書中記錄了目擊證人的證詞，更甚的是，這裡還收集了一張目擊證人拍到有關尼斯湖水怪的照片。

　　「這張照片在半年前已經被證實是偽造的，那時鎮上居民還掀起一陣討論熱潮，這餐廳的老闆不可能不知道吧。」萊絲莉皺著眉說。

　　我是一名專業潛水員，曾潛到許多一般人一輩子也無法到達的深海去工作，我相信這個世界無奇不有；但坦白說，水怪此事實在過於荒謬，我更傾向是旅遊業的營銷噱頭。

　　牛排看上去脆嫩酥香，而吃下去質地韌嫩，味道不俗，卻稱不上十分驚艷，不過再好的配菜也比不上耐人尋味的傳說，因此總有絡繹不絕的遊客為此埋單。

　　飯後萊絲莉帶我到了街尾燈火欄柵處的一家地道的酒吧，她要到這裡和朋友們打一聲招呼。酒吧的建造材料為原木，原木的色澤較深，而且上面有些不規則的痕，看似已經經營一段頗長的時間。

　　一進酒吧，只聽到一把洪亮的中年女性聲音在吵鬧的環境中仍具有穿透力——「萊子，你可終於回來了！」一時間，酒吧內所有的客人都向我們投以目光。

　　「我們的漂亮的小驕傲回來了——」酒吧內突然充滿了快活的空氣，客人都是這裡的居民，他們熱烈地歡迎著萊絲莉。那個聲線洪亮的女人是酒吧的老闆娘，她三步併作兩步走過來牽著萊絲莉的手，「萊子，研究歸研究，可別累壞了，來，阿姨給你和你這位朋友倒杯威士忌！」老闆娘也微笑著向我點了點頭。

「可不用太多了，我們有重大的新發現，明天還要實地研究，這位朋友可是遠道而來的資深潛水員，明天要下潛到湖底的洞穴呢！」萊絲莉把聲調提高地說，話音剛落，酒客們都向我投以熱烈的目光。

一位軀幹魁梧的大漢站了起來，大喊：「我們要敬這位朋友一杯，我們生於斯長於斯，在座甚至有人曾親眼目睹過水怪，卻從來沒有人敢潛入湖中。敬明天、敬勇氣、敬真相、敬朋友、敬尼斯湖……」這位大漢已現醉態，卻不妨礙眾人起哄，我從老闆娘手中接過威士忌，跟著大家一飲已盡。

萊絲莉喝了幾口酒，興奮地跟老闆娘和一些舊朋友分享了最新的研究成果，尼斯湖湖底都是一堆錯綜複雜的洞穴，而她的團隊在尼斯湖中段的湖底一百八十米左右發現了一個超級洞穴，她認為這個不尋常的洞穴可能藏著某種秘密。

「萊子，尼斯湖水怪的確是一個很迷人的故事，故事也一直陪伴著我們成長，只是別只關心研究累壞了；我們聽了這傳說幾十年了，外來的遊客聽了這傳說幾十年了，傳媒也報道了這傳說幾十年了，只是誰也沒有真正搜獲過水怪存在的證據……」老闆娘輕嘆。

然後接著說：「你知道嗎，上星期那單水怪目擊案是彼德叔捏造的，他就是想在他的酒館造一些噱頭……」萊絲莉聽罷嘴角微微下垂，老闆娘見狀連忙安慰：「沒事，總有一些這樣的人，明天實地考察要萬事順利哦。」她轉頭也對著我微笑，眼神中寄予著祝福。

明天還要潛水，今晚實在只適合小酌怡情，萊絲莉和朋友們聚舊片刻後，我們便離開了。回去住處的路上，暗黃的燈光映在萊絲莉

微紅的臉上，她的雙眸有些失神，彷似搖搖欲墜，我不自禁牽住了她的手。

她一愕，卻沒有鬆手，問道：「你相信牠的存在嗎？」我不敢直視她那雙美麗卻紅了的眼睛，我思索了一會兒：「你聽過尼采嗎，客觀的事實真相根本就不存在，我們有的只是視覺。」她問道：「那我一直在尋找的是甚麼？」我沉默良久，徐徐地道：「牠存在與否真的重要嗎？在追尋牠的過程中你得到過甚麼呢？」她低頭不語，輕聲長嘆。

晚風瑟瑟，樹影搖曳，街燈把我們的影子拉得很長；影子很長並非因為我們長得高，那只是一個角度問題。

於我而然，明天就是一次如平常一樣的任務，我只須跟足指令，潛到湖底一百八十米的深處，穿過一些小洞穴，然後抵達超級洞穴，再用潛水相機到洞穴不同位置拍照。雖然水怪的傳說使旅遊業賺進了大把鈔票，但萊絲莉的尼斯湖研究組織經費卻很有限，因此明天只有我一個潛水員，不過我擁有不少這種湖下洞穴探索的經驗，也未曾擔心。

蘇格蘭的天氣真的變幻無常，昨天還是晴空萬里，今天則下著淅瀝細雨，坦白說，我有種不祥預感。不過我們還是如常出發了，天氣並不太影響水底的情況，而且我配備了加強版的深水電筒和特製的湖底洞穴夜視鏡，也不需要依賴陽光所帶來的光線。

科研人員靠著聲納探測儀把船駛到了下潛位置，我已經準備就

緒。萊絲莉的眼睛有點泛紅，看來昨晚流過淚，也許於她而言，每一次的新發現都是一個新的希望，而她已經體會過太多希望泡沫的爆破。「萬事小心。」她把雙手搭在我的肩膀上，我輕撫她的額頭以示安慰，轉身便投入了湖泊的懷抱。

人在水中每下潛十米，就相當於承受多一個大氣壓的壓力，因此在深海的高壓環境中，身上任何一點不穩定都可能釀成災難性的後果。我如每一次執行任務一樣，徐徐地下潛，讓身體適應水壓。

自然光漸漸離我而去，所有的聲音都開始消逝，我不禁想：是不是真相永遠都是遠離群眾，藏在連光線和聲音也無法觸及的地方呢？

終於潛到了一百八十米左右的位置，這已經是一般專業潛水員的極限了，我才發現小洞穴的入口了，沿著這裡游，就能到達那個超級洞穴了。作為一名頂級的潛水員，我帶來了我的法寶——水下滑板車，它可以加快我在水底下前行的速度，減少我所消耗的氧氣和體力。

我使用水下滑板車小心翼翼地游進洞內，只見怪石嶙峋，洞的兩側被怪石堆砌著，石頭呈不規則狀，而洞上方的岩石呈尖齒狀，看似十分鋒利，遠看像魔鬼的獠牙，令寒冷的湖底更顯陰森可怕。洞中時寬時窄，寬時可以容納數人，而窄的時候則要彎腰側身才能經過。

突然間——我聽到前方突然傳來像「汽車鳴笛」的聲音，聲音的振動頻率極快，這是我在水下從未聽過的聲音。我的心跳突然加速，腎上腺素飆升，既是恐懼，同時亦是亢奮，血液此刻彷如沸騰。我冷靜下來，把電筒關掉，不動聲色地摸黑前進，只要拐過前方的彎道，

便能抵達超級洞穴了。

　　此刻的我躲藏在黑暗中面朝著超級洞穴，我能清晰地感受到水流，這大概是牠游過時帶起的動能。「不對勁——」怎麼水流來自多個方向，我一緊張本來握著電筒的手便鬆開了……突然一束強力的燈照進了超級洞穴，電筒從我手上滑走時碰到岩石意外開啟了，這一幕，我畢生難忘——

　　最靠近我的牠如傳說中描述的一樣，外形像一條蛇穿過一個烏龜殼，頭偏小，口卻很大，裡面長著密密麻麻尖尖細細的牙齒；更誇張的是牠身後還有近十隻怪物，有的像下了海的巨蜥，背上具有棘刺且張牙舞爪，口裡吐出分叉舌頭；有的也像魚，但其吻卻極長，且牙齒尖銳……這些活生生的遠古生物都一股腦兒地映入眼簾——這裡起碼有三種不同種類的恐龍，真相——遠比想像中更荒誕離奇，亦衍生出其他疑惑——牠們不是早就絕種了嗎？牠們為甚麼會在這裡？這一切是真還是夢？

　　尼斯湖水下確實存在水怪！而數量多得不可置信……平時目擊者所看到的竟然只是冰山一角！

　　牠們因為亮光發現我了，一窩蜂地奔向我，齜牙裂嘴般似要把我五馬分屍再大快朵頤。我手忙腳亂地用潛水相機拍下照片，然後撿起手電筒，把水下滑板車調至最高速朝小洞穴前進。

　　幸好洞穴太窄，牠們未能穿過。剛才我的心差點要從口裡跳出來，這是我所經歷過最驚險的事。豈料這邊才剛剛脫險，我一不留神水下滑板車便卡在了窄窄的洞穴，我必須把它取下來才能繼續前進。

我剛才的急促呼吸不經意消耗了過多的氧氣，於是我把心一橫，用蠻力拉扯水下滑板車，我使盡畢生的氣力終於扯下了它。可是在扯下它的過程相機重重地撞到岩石上，而最不幸的是我的潛水衣被鋒利怪石划破了⋯⋯

一瞬間我只感到奇寒無比，血液彷彿要凝固，失去潛水衣的保暖後潛水員的體溫流失得極快，不趕快上水的話必然會凍死在湖底。一陣對死亡的恐懼湧上我心頭，要活下去只有賭一把了⋯⋯正常情況下我應該用數小時慢慢回到水面，讓身體漸漸適應壓力，此刻我只能不理水壓上游。我能清晰地感受到關節的劇烈疼痛，所幸我開始感受到自然光，而這時視野開始模糊⋯⋯

當我再次睜開眼睛時，萊絲莉把我緊緊抱著，她猝不及防地吻了我臉頰一下，「謝謝你。」這是我醒來聽到的第一句話，我的膊頭已被淚水所濕透了，「原來你是對的。」我嘆了一口，而她卻好像面有難色。原來我在醫院足足昏迷七天了。或許是上天覺得真相應該公之於世，我終究撿回一條命。

剛醒來不久後，英國政府某機構的人來看了我，那人帶著黑色墨鏡，外形酷似特務，他說：「由於相機損毀嚴重，裡面的拍攝記錄已經還原不了，我們後來有再派潛水界翹楚下去超級洞穴探索，但是裡面甚麼都沒有，不用再操心此事了。」我好像一個啞巴吃了黃蓮，想說些甚麼，卻又好像不該說。萊絲莉握著我的手，她也沉默不語。

後來我和萊絲莉在蘇格蘭遊歷了一段時光，待我的傷養得七七八

八後，我也接獲新的任務了。道別那天，我們在機場上相擁告別，她贈予我一首她自己寫的詩，我嘗試翻譯過來是這樣的：

揚帆後不久墮入人海中飄浮
擦肩而過的陌路人匆匆
你清澈的眼眸折射出我自己
哪怕暗湧將我分崩離析仍能拼回我自己

聽說彼岸的花很美
我曾在漫長的旅程心癢難揉
鏡子反射出異樣又陌生的我
海市蜃樓如安徒生虛偽又美好的童話
溫暖的只有你掌心的溫度

這便是爺爺跟我說的故事了，家中現在還保留著萊絲莉親手寫給他的詩，泛黃色的紙上透著穿越時空的墨跡，情意在、故事在。可惜她也在幾年前去世了，聽聞自從爺爺從超級洞穴上來後，她便終身再也沒有研究尼斯湖了，亦再也不執著於傳說的真偽。

小時候，我認為水底下的事是爺爺杜撰，他只是想讓萊絲莉放下求真的執著。長大後，我有時懷疑相機並沒有因損毀失去照片記錄，萊絲莉早從相片中得悉了所有，而背後蘊藏著比水下一百八十米更深不見底的真相。

而尼斯湖水怪的真相至今依舊被世人樂此不疲地討論著，尼斯湖小鎮仍是遊客區。今日的科技更發達，科學家透過採樣研究收集了湖底的細胞和組織，發現沒有任何東西和恐龍的基因對得上；而且透過食物鏈反推，湖中的魚類數量亦不足以養活如此多的大型肉食性動物。不過湖底的洞穴結構複雜，亦有科學家推斷洞穴能連結到北海和大西洋，那可真是無奇不有。

　　到底這一切一切，有沒有一個真相呢？

我的爸媽

李梓嘉 /

第一節：相見相識

　　廿載以前，在香港的一間小酒家，他倆決意結為夫婦。台上他們蜜意正濃，合交杯，共同許下「白首偕老，永不分離」的諾言。走到今天的這一步殊不容易，望著熒幕上他們一起的片段，這對新人不禁想起前塵往事。

　　那年，他踏入不惑之年，她則正值花信年華。

　　本來，他在這頭，你在那頭。兩條平行線順勢發展，照理不會相交。偏偏，他因受老闆肥明交託，要北上神州拜訪梁總，商談回內地設廠的事，而梁總愛吃正宗川菜，命運驅使他們成為一組垂直線。

　　「想問問夫妻肺片是用公豬、母豬的肺做的嗎？」梓華的普通話其實和一般香港人一樣弱，總把「普通話」説成「煲冬瓜」，把「公豬」説成「公主」。曉霞是四川宜賓人，來廣東只有幾個月，所以聽得一頭霧水。梁總見狀，急忙解圍，才化解了一場「中港矛盾」。他倆對望了一下，彼此都有點靦腆。

這是他們第一次的相見，平凡不過。到翌日清晨，她已經不記得客人的樣子，他也只記得要盡快和梁總達成協議。

如是者，過了大半年。他的工廠終於也搬上省城了。他本來不想北上的，始終雙親都年過七十，需要他照料。但是，幾經共事十多載的老闆肥明苦苦哀求，他還是答應了。

北上以後，他偶爾也會和朋友、客人到川菜館吃飯，總是由曉霞為他下單。每一次來到，他例牌都要點一碟夫妻肺片。日子久了，曉霞心生好奇：華哥為甚麼總是獨沽一味？日復一日，她終於按耐不住問起華哥。「說出來你可別笑我！」「好！但是你的普通話真的很好笑！」「夫妻肺片，成雙成對，羨慕死人。」她可嚇壞了，眼前的這位客人是不是腦袋有病？不羨慕活人，偏要羨慕死人？看她一臉惶惑，他發覺他應該說錯了話，皆因廣府話與普通話的語言習慣並不一致。「不是啦！我是說很羨慕那些夫婦，不是死人啦！」他主動澄清。說罷，他們都相視而笑。

由此，他們漸漸由服務員和顧客的關係，變成熟絡的朋友，他的普通話和她的「煲冬瓜」也都與日俱進。

第二節：相知相愛

事過境遷，到了一九九七年。

那夜天氣寒冷，是相約朋友吃火鍋的好時辰。偏偏梓華隻身來到餐廳，但這次他只點茅台。曉霞看他一臉沮喪，知他定是借酒澆愁，想前去安慰，卻又遲疑。

「你不要再喝了！要喝的話，我陪你喝！」酒過三巡，自古酒落愁腸愁更愁，眼見梓華愈喝愈愁，她按捺不住。「你有甚麼事呀？你可以說出來！說出來心裡會好過一點！」「可是又有誰願意聆聽我的心聲？」「我願意，你肯講，我肯聽。」他醉醺醺的冷笑了一下：「真的嗎？」「真的。」她一邊倒酒，一邊用肯定的語氣回道。「我老闆挾帶私逃……」此時他已是半醉，拿著酒杯，將故事娓娓道來。

原來工廠北移後，梓華的老闆肥明也學投資，起初一切順利，忽然遇上亞洲金融風暴，一夜之間損失慘重。本來工廠有梁總注資，理應不受影響，但肥明資不抵債，選擇虧空公款，挾帶私逃。不過，對梓華最大打擊的並不在此，反正他都只是打一份工。反而是當他想起肥明和他主僕多年，又是肥明請托自己做「開荒牛」打江山，但肥明最終卻選擇不顧而去，令他有一種被背叛的感覺。

「他怎麼可以這樣對待你！」曉霞一臉紅彤彤，似是為他抱打不平。「就是了！」梓華醉意更濃，眼前漸覺矇矓。為了重拾清醒，他嘗試擦拭眼睛，驟覺曉霞秋水盈盈，皓齒清蛾，不失為一個美人胚子，然後就陶醉地倒下了。「你這麼容易就醉，真差勁！」她其實都撐不住了，昏昏沉沉，頓覺梓華雖談不上英俊倜儻，但醉酒後一臉紅乎乎，都算可愛。

窗外寒夜凍人心，房內韞色暖情人。二人就在餐桌上渡過長夜。這一夜，他認定了她，她也認定了他。

梁總聽聞肥明挾帶私逃，當然怒不可遏，但亦無可奈何，唯有再注資工廠。梓華的實幹得到了梁總的賞識，把他擢升為工廠的行政

總裁，負責處理工廠的大小事務。另一邊廂，梓華和曉霞的關係漸趨穩定，一見到就難離難捨，然後很快便同居了。此際的梓華，如沐春風，愛情事業兩得意。

第三章：母親的阻撓

「老媽子，我找到我的另一半了，她叫曉霞。」那天晚上，梓華給他身在香港的母親撥了一通電話。「是嗎？」母親聞言後，反應顯得格外冷淡。「我早幾天在街上碰上了綺麗，憑我作為女人的直覺，我看得出她仍然很喜歡你。」綺麗是他十年前的前度女友，雖然樣貌不算端好，但勝在個性溫婉賢淑，秀外慧中，又事業有成，是廣華醫院的護士長。更重要的是，她對梓華忠貞不渝。其實十年以前，母親就已經認定了綺麗做她的媳婦。

他說：「老媽子，你又不是不知道，我和綺麗早已沒有感情了。要不是這樣，我就不會跟她分手。」「感情這回事，大可再次培養，你現在那個大陸婆有甚麼好呢？我猜，你那個大陸婆都只是貪我們的香港身份證罷了！你猜人家真的喜歡你嗎？綺麗對你一往情深，你又是否知道？」「算了算了，很晚了，遲些再談。」他知道再談下去，只會和母親生爭執，所以連忙掛斷電話。站在一旁的曉霞聽見他們的對話，默不作聲地走回房間。他抬頭才瞥見她的身影，明明想叫停她，但還是欲言又止。不過，此時此刻，他仍天真地相信，母親見過曉霞後定必滿意。

辦好曉霞的證件後，梓華便向工廠告假，要帶曉霞回港謁見父

母。他記起綺麗的行為舉止如何秀外慧中，於是便囑曉霞按清單加以效仿，希望可以搏得母親歡心：

一、保持微笑，不可忘形；

二、裝束落落大方，切忌花枝招展；

三、甫見面要向兩老敬禮，顯示自己有家教；

四、主動幫兩老斟茶倒水，盡量表現得無微不至……

當梓華一廂情願地以為母親會善罷甘休，為二人婚事「開綠燈」。仍念掛著那撥電話的曉霞雖然依樣葫蘆，卻有感這只是暴風雨的前夕。她唯有提醒自己，既然認定了這個男人，任憑冷風暴雨披臉，雨傘吹得左搖右擺，她都一定要捱過去。她覺得，只要平安無事，順利回到二人的家，洗過一盆熱水浴，就可以享受幸福時光。

到了會見家長的那一天。「奶奶喝茶，老爺喝茶。」「閂住！誰是你的奶奶？我可沒有答應這門婚事。我的媳婦叫黃綺麗。」曉霞由一開始已經表現得小心翼翼，怎料婆婆突然發難，嚇得不敢作聲，馬上坐下。她甚是尷尬，只得提自己萬事堅忍，然後佯裝若無其事：「我去幫你們拿蝦餃。」而梓華則發覺母親似乎比想像中難以對付，一時三刻都想不出解決方法，唯有希望明天會更好……

「抱歉，曉霞，今天我母親讓你難受了。」「不相干，對老人家而言可能一時難以接受，我絕對理解。我也相信，終有一天她會明白我的真心，願意接受我。」她微微一笑。

翌日他們到母親家去打麻雀。

「二叔？三伯娘？六姨？今天是甚麼日子？人都來齊了？」最為

厚道的二叔回應：「聽你媽媽說你有新對象，我們當然要來看看。」他和她相視對望，一起苦笑。

「曉霞是四川人，不太懂打廣東牌。有勞各位長輩關照關照。」「你們還沒結婚，你有必要這樣祖護她嗎？」母親詰問。「放心，我會努力學習的。」她連忙解圍。開桌後，東是二叔，南是母親，西是曉霞，北是六姨。初初東、南、北得勢不饒人，合作令曉霞連番出銃。後來曉霞知道怎樣胡牌，開始不斷碰上家的牌，二叔和六姨見勢色不對，連忙向母親「鬆章」。二叔一聲「紅中」，母親本想一「碰」，豈料曉霞一截，打出一局十三么，直教母親氣急敗壞。「都不知有些人是否扮豬吃老虎！大陸人真是懂得裝瘋賣傻。今日扮不懂打牌，明日都不知扮甚麼⋯⋯」母親說。曉霞一臉冤屈，解釋道：「伯母，我最初真的不懂啊！」六姨怕是唯恐不亂，又補了一句：「你太有機心了，未來奶奶都算計。」「閉住！誰是她的奶奶？我可沒有答應這門婚事。」曉霞倍感無地自容，但她一再提醒自己：為了和梓華一起，無論如何你都要忍⋯⋯

之後幾天，母親都是不斷無理取鬧，梓華對曉霞也只愛莫能助。不過，在婚姻大事上，他還像一個男人，堅持非卿不娶，母親疼愛兒子，最後還是妥協了，讓二人成婚。梓華雖然在工廠位高權重，但當時內地的消費物價指數遠較香港低，又正值金融風暴，需要和員工上下共渡時艱，所以他其實賺得不多，只能在一間小酒家擺個三十席，戒指都要「偷工減料」——但他向她承諾：以後他一定會讓她幸福。二人就此結為夫婦。

第四節：婆媳開戰

本來他倆在內地工作，和老母親無甚交流，所以衝突不多。三年後，梁總極欲拓展香港的銷售業務，又想起梓華本是港人，決定派他長駐香港。梓華知道可以回港工作，且可照顧雙親，固然欣喜；但又想起曉霞和母親惡劣的關係，不禁擔憂。

「老公，我已經三個月沒來月經了。」「不會吧，你月事失調？」她看見他失色的表情，從心底笑了出來。「不是啦，我近來有點作嘔作悶……」「老婆，你有孕了？我快要當父親了！」他興奮得衝出家門，向每一個途徑的路人報喜。雖然母親對這個「大陸婆」仍心懷偏見，聞訊後也滿心歡喜——自己終於可以抱孫了！孫兒叫甚麼名好呢……

自曉霞懷胎起，母親再也沒有挑起風波，全家上下都只是希望母子平安。翌年十月，曉霞終於誕下他和她的愛情結晶品——梓嘉。

正當梓華以為天下太平，大功告成，母親提出要和父親搬進夫婦家中同居，曉霞一臉難色，梓華勢成磨心。

曉霞是四川人，產後復廚，自然一桌川菜——蒜泥白肉、回鍋肉、麻婆豆腐，當然少不了梓華最愛的夫妻肺片。為了照顧兩老的口味，她放的辣椒不多，而且放多了糖。母親是廣東人，不嗜辣，一見滿江紅便眉頭大皺，然後走進廚房，看看還有沒有煮些甚麼，豈料遍尋不獲。母親一聲不吭地走回自己的房間，臨關門時冷冷地拋下一句：「連飯都不想讓我吃，真是毒婦！」曉霞一臉無奈，急忙解釋：

「奶奶，那些菜不辣的。」房間裡的人沒有回應。慣於沉默父親此刻開聲了：「讓我安撫她吧。」說罷，父親便走進房間，不消一會就請了母親出來吃飯。梓華則若無其事，開始吃飯。

過了幾星期，母親的脾氣又發作了。「你是不想我在，就直接一點說！我都是為了梓嘉才搬進來，別以為我很想在這裡住！」說罷，母親拾好輕便的行李就揚長而去，父親和梓華立刻挽留，但攔都攔不住。「你又做了甚麼事惹母親生氣了？」梓華破口而出。「我都想知道呢！你現在是怪我嗎？」曉霞先是受了母親莫名的氣，如今丈夫都責難自己，令她倍感冤屈。「砰——」

房間裡，曉霞想起前事種種。她想起了母親明明未曾見她就先入為主，覺得她是騙身分證的「大陸婆」。她又想起母親在茶樓故意刁難、在親戚面前數落自己的每一幕，不禁流下了多年未曾流過的淚——對上一次已是認識梓華以前，她二哥因毒癮發作跳樓自殺的時候。其實最讓她感到難過並非母親的針鋒相對，因為未入門之前，她已經做好心理準備，她知道這場婆媳大戰將會是一場難熬的仗。但她始終堅忍，為的是繼續和梓華一起，不想她的男人難堪。可是，他的表現令她大失所望，他不但甚少出聲維護她，如今更怪責她，覺得她引發戰火。她開始懷疑，這個男人到底是否真的愛她？

她本打算收拾行李，回內地娘家住一陣子。直至深夜不斷傳來梓嘉嚷要喝奶、換尿布的嚎哭聲，她才意識到自己除了是別人的媳婦、別人的妻子，也是孩子的母親，所以還是打消了念頭。但她這口氣勢難嚥下，因此她寫了一張紙條貼在房間的門：「請勿打擾」。

梓華看見紙條後也陷入沉思，心裡不禁問句：何以至此？其實他心裡早就有答案。但他手心是肉，手背是肉。他不是不想聲援妻子，他也覺得母親常常無理取鬧，但他又可以怎樣？他如果責難母親，母親會否覺得被孩子叛逆？屆時婆媳之間的關係會否更為惡化？

「孩子，我懂你。」父親輕輕拍拍他的肩膀，兩父子互相對望，不禁失笑。

「鈴——」翌日清晨，不絕的電話聲吵醒了睡得正酣的梓華。「三姐來了我這邊，不用擔心。」六姨說。「你太太真的很過分，不讓三姐吃飯。三姐都遷就了她吃川菜，其實三姐腸胃不太好，有時吃了微辣也會不舒服，但她都一一忍了。為甚麼你那個『大陸婆』可以這麼過分，只放三套餐具，不讓三姐吃飯？」梓華恍然大悟。「其實事情不是這樣的，母親對曉霞的誤會太深了。曉霞自覺生完孩子，身型看起來仍有點水腫，於是晚上索性不吃，才放三套餐具。」他連忙解釋道，希望化解誤會。

曉霞起床了，梓華連忙向妻子道歉——「對不起，我知我不好，讓你受了這麼多氣。昨天是我的錯，未有搞清楚就責怪你。其實母親因為不知道你減肥，以為你故意不讓她吃飯，所以誤會了你。你大人有大量，當遷就老人家吧，不要怪她！」曉霞瞥了梓華一眼，一聲不吭地再次走進了房間，梓華無計可施，亦唯有先去上班。

第五章：夫婦的愛

那天下午五時，家中的電話又再次鈴鈴作響。「請問是王梓華的

家人嗎？」「我是他的妻子，有甚麼事嗎？」「曉霞，我們是廣華醫院打來的，梓華剛剛心臟病發送進了醫院，你快點來醫院看他。」她六神無主，嚇得電話掉在地上。父親見狀，馬上抱著孫兒，和媳婦一起趕去醫院。

幸好梓華急救之後並無大礙，只是一時尚未甦醒。曉霞望著病塌上的梓華，含著淚說：「梓華，你不要有事，我原諒你了。最多我不再和奶奶吵架，她說甚麼我都忍……」母親也趕到了病房，見梓華仍未甦醒，就拉曉霞出病房，破口大罵：「我們家梓華究竟前輩子害了你甚麼？」曉霞無言以對，可是愈是無言，母親就愈鬧愈起勁。

「伯母，你不要再罵曉霞了。梓華本身都有點肥胖，所以有心臟病是不足為怪的。」她是傳說中賢良淑德的護士長綺麗。「綺麗，如果我的媳婦是你便好了。」曉霞這才明白電話中的人為何知道她的名字。「伯母，其實我和華哥早就沒有愛情了，現在只剩友情。雖然我無緣做你的媳婦，但我們仍然可以繼續聯絡，你有空也可以找我聊天。」母親有點失落，勉力擠出笑容。「曉霞，梓華入院時，一度清醒，囑託我要幫他和你說聲抱歉，並將它交到你手上。」曉霞接過，原來是一隻鑽戒。「我看得出，他真的很愛你，就算心臟病發，他仍然緊握它。」她眼泛淚光，一時哽咽。其實，她從來不介意戒指大小，沒想到他那麼耿耿於懷。

在這一刻，她知道他是真心愛她的。曉霞哭了，母親也彷彿若有所思。

在梓華住院的幾個月，母親望見曉霞總是在家中和醫院兩邊奔奔

走走，不辭勞苦地照顧丈夫和兒子，又想起從前自己如何針對媳婦，但媳婦始終包容。她終於明白是自己太過先入為主，其實綺麗很好，但這不代表曉霞不好。其實有些大陸人假結婚，不代表曉霞並非真心。她決定接受這個人生的新角色。

第六節：事過境遷

「麻煩來一份法蘭西多士！」茶餐廳裡，梓華正點餐。母親和曉霞卻齊聲喊道：「不准！」「你不要忘記，你現在有心臟病，雖然你做了『通波仔』手術，但還是要注意飲食。」「阿霞就說得對了。」「你們倆何時變得這麼合拍了呢？」大家都笑了。

當年梓華選擇了「通波仔」而非開胸手術，後來因為手術後遺症的緣故，不幸地罹患腎衰竭，需要做俗稱「洗腎」的腹膜透析，病情反反覆覆。但為了母親和曉霞，他一直咬緊牙關。他心心念念，他承諾過要給她幸福，他一定不可以走得比她早。

愛的力量讓他和病魔搏鬥了十數年。二〇一六年十二月二十八日，他——我的爸爸在醫院「洗腎」時，不幸心臟停頓，搶救無效，回天乏術。記得當時爸爸走了不久，手心仍帶餘溫。媽媽拼命呼喊：「你說過要我永遠幸福。沒有了你的日子，你要我怎樣過？」此時他的眼角，黯然滴下了一滴淚。

「他還活著！」她似乎覺得事情會有轉機。醫生說，那是正常的生理反應，他已經沒有知覺了。她不肯信，更不願信。

如果命運能選擇，他多麼想等她等到夕陽西下，日薄西山。只

是，任憑他在船上如何拼命叫停船家，但掌舵的終究不是他自己，他唯有安坐一隅，頂多是驀然回首。他萬不得已，用他殘存的力量擠出了他人生最後的一滴淚，既是不捨，亦表歉疚。

　　往事如煙，小船慢慢消散於煙霧之中。看著一望無際的大海，我對爸爸說：「以後就讓我代替你守護媽媽吧。」似水流年，你安好嗎？你和爺爺、嫲嫲重聚了嗎？你的小船到了哪兒？

那不是一場意外

羅羨風 /

目錄：

一、服務性行業

　　若果你此刻正在收看新聞，而又剛巧正在報導一宗命案的話，不
妨把電視關上，聽我說一個關於我，一個殺手的故事。

　　很多人也不知道，其實殺手也是一種職業。每個人都有一個價
錢，有些人的命較便宜，有些人的命較昂貴。我在這行業待了七千二
百多天，殺過上千人，我們每天也會與不計其數的人擦身而過，卻不
知道他們還可以在這世上存活多久。殺手其實就只是服務性行業，受
人錢財，替人消災。

　　有些任務比較直接了當，只需要時間與時機配合；我在過往曾遇
過一些棘手的任務，而那次就只不過是一次平凡的任務，我以為。

　　目標住在一棟高級服務式住宅，樓高二十七層，進門及上樓也需

要拍卡,而保安能辨認每位住客。我站在住宅對面街的一間便利店門外,小心翼翼的躲在閉路電視的盲點位置。要在這年頭當個殺手真的不容易。

殺手也有過輝煌的時代。當科技還未發達時,我們當殺手的真的可謂逍遙法外;殺了人,離開現場,消失於人海之中,乾淨利落。我曾經認識一位同行,他姓葉。在科技爆破之前,他還是一個殺手,副業是一名武術教練,常常跟我說,開槍的時候下身要站得穩,方能卸走槍械的後座力。當全城都進入了監控年代後,任務變得愈來愈多限制,失敗率也愈來愈高,生活更把葉先生壓得喘不過氣來;適逢香港經濟起飛,金鋪錶行林立,他便轉營當一個劫匪。當日我偶爾扭開電視機,看到新聞正報導一名劫匪持槍進行連環搶劫,看他手持機關槍的姿態,上身輕盈泰然,下身穩如泰山,便知道定當是葉先生。因生活而奮起,最後因科技而沒落,後來他在牢獄中因病逝世。

我看一看錶,十一月三十日十點正,本來正搖搖欲睡的保安準備巡樓,第一個檢查點出現漏洞。他起來伸了個懶腰便走向升降機,我從便利店的紅綠招牌下以不徐不疾的步速走向大廈,以萬能卡打開了大門。

「一、二。」

我在心中數算著大堂的閉路電視數量,確認著數天前從我的拍檔裡得到的大廈資料。後樓梯剛好在閉路的盲點位置,我以輕於鴻毛的力度走上三樓,不留下任何聲音。「三〇五室。」我把門鈴按上,走廊很靜,只要用心聽,便能從門外聽到門內的聲音,隔壁的人正在看

電視，後方的住戶正高聲吵架，尾房的人正彈奏鋼琴，這樣的走廊清靜而不孤寂，充斥著不同人生活的痕跡。隨著三〇五室內的腳步聲加大，「喥、喥、喥喥、喥喥喥。」我便把手槍從大衣內取出，正當他準備瞥看防盜眼的小孔之前，我便板下機關，門後的人便應聲倒地。

「噗通。」

清脆的倒地聲從門底的狹縫竄出，原本清幽的走廊多了這聲音，混雜著這裡其他住客的生活。「是他了。」檢查過目標對象後，我把門關上，隔壁的人繼續看電視、後方的住戶繼續吵架、尾房的人繼續彈鋼琴，他們還沒有知道，這裡已少了一個住戶。

「清晨時分，警方接報一名男子倒斃在其住宅內，身上有槍傷，暫時列作黑幫仇殺案、警方呼籲……」新聞這樣報導著。

二、五〇四及一七八

我的代號是五〇四，若果你也希望某人從此消失，請嘗試打聽如何能找到「五〇四」。我有一位拍檔，她是我的中介人，初次見面的日子是八月十七日，因此我稱她為一七八，而這只屬我與她之間的代號。

我的拍檔名字是甚麼並不重要，反正我們的關係就只是拍擋。人生若只如初見，我曾經聽過，最好的拍擋，最好就是沒有關係。儘管如此，我們還是合作了十多年，我與上一位拍檔合作了九年，後來他離開了香港，便找了她頂替；當初我仍抱著懷疑的心態面對她。

當這行的，還是小心要緊。但日子久了，她沒有帶給過我麻煩，

便一直維持這種狀態，反正就只是拍擋，不需要感情。

我們平日會在寶石戲院「會面」，以換取任務資訊，及交代其進展。約在寶石戲院的好處在於，它很舊，即使是假期也甚少有人到來。那當然，這還出於私人理由，就是我喜歡看戲。

「朱昇業，中環交易廣場，三十一樓，十二月六日下午三時，附上照片及大廈資料。」

就這樣的一段說話，不拖泥帶水，沒有多餘的資訊。我與她之間的交流就只有一句說話、一張紙及一些文件。還記得第一次「會面」中，她附上了一個電話號碼，還說道平日不要撥打，只有最緊急的情況才使用，當我撥給她，那就代表事情已到最後的最後，屆時就會出現解救。我和她的距離，只相隔了一排前後座位，她永遠坐在我後方，我永遠不知她長相。今天是十二月三日，寶石戲院播著《這個殺手不太冷》，好像是順應著甚麼法國新浪潮而重新上畫的。這是一齣一九九四年的法國英語電影，這年剛好是我當了殺手的第十個年頭，也是我剛好與這位新拍擋合作的第一年。於我來說，她就像經理人，一個替我接受委託的人。之所以每位殺手都有一位經理人，是因為即使任何一方出了意外，也不會牽涉到我們的顧客。

我和她彼此的認識程度有著不對等的關係，她知道我的一定比知道她的事情多。從一個人的鞋和步速可以得知他的為人，就好像當走在鬧市中，沒有一個人不是施施然又不帶一點焦急的，每個人都在橫衝直撞，好像都在走向同一個方向。不知她有否曾經留意過我，猜想我的為人？

最好的拍檔，還是沒有感情比較好。

「二百萬。」

二百萬對於一條人命來說，已經是頗高的價錢。在這價位的人大多數都是非富則貴，或是重要人物；相反地，付得起這價錢買起一條人命的，都一定是家財萬貫的人。

「十二月五日上午時分，油麻地發生黑幫廝殺衝突，多人受傷送院，在場巡邏警察一度鳴槍示警。同日下午，深水埗楓葉街發生嚴重交通事故，一名女司機被兩架大型貨車相撞，女司機送院後一度處於彌留狀態，一小時後逝世。兩名貨車司機涉嫌『危險駕駛』被捕。」我把收音機關上，預備明天的任務。

三、玻璃上的玫瑰花

我常常覺得中環這一帶就像是整個香港的縮影，若果有遊客想感受香港，來一趟中環便足夠。香港這個小島住了七百五十萬人，雖然常常被世人喻為國際金融都市，卻是全亞洲貧富懸殊差距最嚴重的城市。走到大街能看到日理萬機而西裝骨骨的人，走在窄巷能看到營營役役而捉襟見肘的人。手推車在名貴跑車旁蹣跚地一趷一趷地爬著，穿破舊爛衣服的小販替穿金戴銀的上流人士蹲下身子擦鞋。

街上所有七凌八亂的噪音不止是這個地方的噪音，更混雜著低下階層對這座城市的吶喊控訴。

走到中環交易廣場已是下午二時。烈日當空照，即使是冬天，穿上大衣的我難免也感到悶熱。穿大衣對我來說已經成了一種習慣，

這厚實的大衣下裝滿各式各樣的武器，手槍、手榴彈、煙霧彈、刀、錘子等等，視乎情況用到所需要的工具。走到中環交易廣場對面的大廈，我攜著裝了事先在家中把狙擊槍拆件再放到的公事包，不費吹灰之力便融入了這個地方，很順利便能來到天台。當天的太陽很猛，除了熱力之外，折射也是影響任務的一個重要因素。熱力會令子彈內的火藥升溫，影響開槍時的後座力，繼而影響準繩度；折射會令瞄準鏡反光，曝露自身的位置，令對方有所警戒。

不過，他怎能預料自己今天將會被人獵殺。

一如我所料，天台是被上了鎖的。我從大衣取出萬能匙，輕輕撬一撬便打開了它。找到有利位置後，我便取出一塊布鋪在地上，純熟地把槍件裝嵌好。

「上機匣、照門、護手、槍管……」我不厭其煩地檢查一次。

「三十三……三十二……三十一。」我從交易廣場頂樓向下數到目標所在的樓層。我打開瞄準鏡，那裡的三十二樓只有一間約莫二百呎的房間，房間外面屬全層打通的設計，內部的人事活動一覽無遺。有的人在電話筒前七情上面地說著甚麼、有的人苦惱地研究著影印機、有的人在對著走廊的另一端盡頭叫嚷著，他們就像正在演奏一場屬於金錢的交響曲；雖然每個人都好像在各自地忙著甚麼，但其實所有人都在做一樣的事。目標就正正坐在那房間中，可是他卻泰然自若，只見他倚著啡皮椅子，把雙腳放上桌子，躺後抽著雪茄，一個個煙圈從他口中飄出。這樣靜止的目標最容易處理，我很快便瞄準了他，鮮紅領帶上頓時多了一顆紅點。正當我準備扣上板機時，他桌上

的電話突然響起。他施施然放下桌上的雙腳便接上電話，只見他的眉毛由像月亮一樣彎曲變得深深鎖著，好像聽到了自己的哀號從聽筒傳出般。

他突然猛然躍起，雖然他肥胖十足，卻飛快地疾出房間。就在這短短一刹的時候，我已經錯失了解決他的最佳時機。他在人群中東奔西跑的穿插著，時而向著人們叫嚷，時而俯視其他人指手劃腳的責罵。忽然，一陣寒風來襲把天台上的沙石捲起，擾亂了眼前的視覺。整頓一番後，我再次把目光放到瞄準器前。當我再次看見辦公室時，那裡的人全部都在慌張地四處奔走，比起剛剛更為忙亂，而目標已回到自己的房間，此刻我已沒有閒暇停下觀賞他們，找到目標後便果斷地扣下板機，「噗嘭」，一聲巨響劃破天際，只見子彈打在窗邊，先穿了一個細孔，然後裂紋由細孔延伸，向著四周放射式的蔓延，好像把一朵大大的玫瑰花刻在玻璃上；子彈從玻璃上清脆的栽種出花兒，再像石頭般把目標擊倒。

把槍技拆件只花了數秒，當我走近門口打算離開天台時，一陣陣的腳步聲突然從門後傳出，我立即躲到身旁的一個大型水箱後。我先細聽這個人的行動，他大力打開門後，步伐一直都十分急速，腳步聲由近到遠，再由遠到近，我慢慢探頭窺探這個人，她身穿深藍色碎花裙，米白色外套，目光流露出懼怕的神情，當時，我腦中只有一個想法。

「她是要來找我的。」

她看來像是要找一個很重要的人，而這裡就只有我一個。此刻我

的腦袋正急速運轉並深呼吸，我告訴自己要比平時更加冷靜，思緒出現了三種情況。第一，雖然不能就此認定她是來找我的，可是若然她看到我的模樣，那後果會很麻煩，要把她殺掉；第二，若果她非善男信女，貿貿然與她硬碰只會惹起槍戰，做殺手最重要是低調，一旦捲入嫌疑就會很容易因此曝光。第三，若然她今天是來尋仇，其實我大可以把她殺掉，只是如果中環在同一日內一次過出現兩具屍體，警察定必更仔細地追查，後果定必更加嚴重。「不如致電給一七八？」我忽然冒起了這個想法。於是我便聯絡她，豈料竟然直接轉到了留言信箱。我又再一次深呼吸，試圖冷靜地思考。

「她要死，但不能現在死，更不能在我不知她的目的前死。」這是我的結論。

我趕緊把大衣內的手槍退匣，並換上麻醉針子彈，趁她不為意便扣下板機，針頭就這樣送到她頸裡。

四、那不是一場意外

熾熱的白光耀眼得把她喚醒，可是她都睜不開眼來，只要夠光，她便看不到我的模樣。

「你是誰。」我不帶半點感情的説。

麻醉藥的功效未完全退散，而大燈太過眩目，半迷半醒的她只在椅上嘗試掙開身上的繩索，卻欲掙又止。

「你是誰。」伴隨著是我解開手槍上的保險鎖聲音。「我是來委託你的……」她虛弱地説。

「你是怎樣找到我的。」我把槍頭用力按著她的太陽穴上，她突然抬起頭看著我說：「好……我就是要狠辣的殺手……給我姐姐報仇……」

「我不認識任何人，更不認識你的姐姐。」雖然我很想立即把她滅口，但我還是很想知道究竟她怎樣找到我。

正當我把手槍上膛時，她那蒼白的嘴唇突然顫抖著說：「一七八……」

「一七八？我的拍檔？她委托過她嗎？她怎知道這只屬於我與她的代號？」我心中想著。「你和一七八有甚麼關係。」我問她。

「她是我姐姐……」她軟弱地嘗試抬起頭。

「為甚麼你不直接委託她？」我冷靜地問她。

「她死了……是她叫我來找你的……」這個女孩低聲說著，然後開始啜泣。

我以半信半疑的態度問她：「怎能證明你就是她妹妹？」

「你們……八月十七日……初次見面……她還告訴我……你第一個任務是在五月四日……這些都是她在醫院告訴我的。」她漸漸恢復清醒。既然她能說出我以五〇四作為代號的原因，便足以證明她所言屬實。

「怎可能突然死了……到底發生了甚麼事？」我一邊焦急地問她，一邊把大燈移開，慢慢鬆開她的繩索，給了她一杯熱茶。「是交通意外……就昨天，你有看新聞嗎？那是她……黑幫的人要報復，那不是一場意外，是報復！」她激動得連手都在震，她續說：「昨天

她在醫院彌留時，她著我來找你的，說下一個目標……很有可能就是我……殺了我……下一個便是你……」

「可是，她為甚麼突然得罪了那些黑幫？為甚麼我也在他們的死亡名單上？」我追問她。她可憐的說：「記得數天前的任務嗎？姐姐說那原來是兩個幫派的恩怨，自己大意沒了解清楚委託人……你當日殺的人……是黑幫頭目的兒子……他們害怕以自己門下的人殺他會招致滅門，因此便借你的手報復……現在整件事都曝光了，姐姐……姐姐也……」我把大衣蓋在她身上。她一手緊握著我的手，一手握著茶杯，眼睛水汪汪的看著我說：「你能替我報仇嗎？」

此時，門口突然響起鐘聲。

五、十二月的晚霞

我把她拉到窗邊，示意她不要作聲。我拿起桌上的手槍，以最小的力氣一步一步走到電腦螢幕前，以監視器偷窺門外的情況，並替手槍裝上消音器；一七八的妹妹則雙手抱膝的蹲在桌子下。

果然，門外的人是來報復的，眼見他們正要把門鎖都撬開，我躲在一角準備「迎接」他們。「噼啪！」他們把門撞開了，然後拿著槍逐步走入客廳方向；他們不時查看四周的環境，可是，我的家中向來不會擺放多餘雜物，好讓我要離開時也能很快收拾好。他倆愈來愈接近一七八的妹妹，我迅速把他們擊倒，免得她被嚇到。他們倒下後，我趕緊把大門關上，然後收拾細軟，我拿起一個啡色的皮篋，放進一些便攜武器，例如數把手槍、小刀、手榴彈等，我探頭出走廊，雖然

外面一個人都沒有，但我仍有一種不祥的預感。我把螢幕畫面轉到後樓梯及地下大堂外，發現原來各處已有十多人部署，等候我的出現，或是我的死訊。我捉著她的手，跟她說：「每個地方都有很多人守著，硬碰是唯一的方法；可是，即使今日我們能殺出去，明天也未必能存活，三合會這些群體，斬掉一個頭，便會生出兩個頭，沒可能鏟除整個群體。能成功殺出去的話，我會離開香港。你有家人嗎？你最好跟你的家人一起離開香港一會兒，以免被一直追殺。」

她楚楚可憐的說：「我只有姐姐這個家人……可以讓我暫時寄托著你嗎？」我問她：「你的名字是甚麼。」她低著頭，害怕地把我的手捉得更緊說：「夏子芊。」

原來一七八姓夏。

「好，我帶你離開這裡。」

就此，我一手把夏子芊藏在我身後，一手拿著手槍，準備狠狠的殺出去。我打開一旁的走火通道門，此時有三人正朝我的方向疾走，我立即開槍擊斃他們；一條條血路正從我們身後無垠的延伸。我倆一直循下面走，不時有腳步聲便停下來，我不斷探頭到底下，不斷開槍射他們，雙方不停駁火。直到子彈用光後，我拔出兩把刀子，一把給夏子芊，我只見她在我身後不斷的顫抖著，額上的瀏海早已被汗水弄亂，珠紅的臉上浮起害怕且膽小的神情；我按著左臂的槍傷，跟她說：

「不用擔心，我們快要逃離了。」

她皺著眉低聲說：

「嗯。」

我突破一個又一個防衛，只要一日未能走出去，我一日都不會垂下手臂。此時我想起了，有一天我和一七八「會面」後，離開寶石戲院時看到一個正在抽煙的女子，與夏子芊有著相同的神情，原來那就是一七八。我帶她走到停車場，隨意盜取了一輛車便駛走這裡。

隔天，新聞報導著：「十二月六日，北角一座唐樓發生槍擊案，現場多人死亡，警方初步懷疑與日前黑幫衝突有關。」

有個故事則在同一日流傳著：一個持刀的男子，握著一個女子從一座唐樓中殺出，赤橙的夕陽灑在他倆蒼白的臉龐。他們駕著那淡藍色的跑車，身影消失在十二月的晚霞中。

抬頭

廖嘉麗 /

　　農村裡的夏天總是惹人煩，悶悶的烈陽把人蒸得喘不過氣，四處只剩下雞糞和某種乾草被翻炒後的氣息。站上牆，小方格以外只是更小的方格，幾株雜草零零散散地生長著，黃土像是禿了頭的大漢——朦朧的光景在眼前浮動。

　　一切都和一年前一樣，只是方紅的眼神變了，像野生動物瀕死前倔強且悲涼的模樣。

　　回想起當初劉大爺死後，劉大娘一家像是沒事人一樣，頭還是抬得跟以往一般高。她們似乎忘了，村裡的人之所以關照她們家，是因為劉大爺本是城裡人，劉大娘不知修了幾輩子的福，才得以「烏雞變鳳凰」。她們也似乎忘了，劉大爺死的那晚提了兩大瓶二鍋頭回家，中途摔壞了一張板凳，踩死了一隻老母雞，後來腦殼也被人敲出了一個大窟窿，鮮紅而濃稠的血漿蔓了開來，像顆軟柿子。

　　此後，一到深夜，方紅、圓紅便會被劉大娘吵醒，帶上小鏟子和一個大筐，以小碎步潛進別人的田裡偷蘿蔔玉米。其實大家都清楚她們偷了自家的農作物，可大家都選擇不拆穿。

一天，劉大娘叫圓紅退學——家裡沒錢了。劉大娘認為圓紅比方紅壯，可以去城裡幹活兒，可圓紅不願意，她哭喪著臉，拉著劉大娘的衣角就是一頓哭：「不要嘛，我明天還要回學校排練舞蹈呢⋯⋯」——這恐怕是她第一次那麼渴望上學。

　　不同於妹妹圓紅的小女孩性格，方紅總像個小男生，天天惹禍。但方紅長得漂亮：雖身子單薄，可臉頰紅潤飽滿，像能溢出一汪水；雖眉峰似銳劍，可眼神裡盡是柔情，像嚴寒後的第一股春風。

　　方紅自小便聽遍城裡大小趣事，她顧不得劉大娘反對，主動請纓替圓紅扛下出城的重責。在圓紅跟方紅的一唱一和下，劉大娘只好讓步。

　　方紅又回到了村裡。

　　她循著記憶回家，卻見劉大娘對自己毫不理會。「我回來了！」屋裡鴉雀無聲。「我！劉方紅！」劉大娘仍忙著剝玉米。方紅嘆了口氣，喃喃道：「不就是新年沒回來嘛！別氣了，車票太貴了。」誰知劉大娘拿起手裡的玉米便往方紅身上砸，方紅沒反應過來，呆呆站在原地。劉大娘乘勝追擊，拿起炕上的簸箕便撲向方紅。

　　「你個小兔崽子！亂搞男女關係！你丟不丟臉⋯⋯」方紅被嚇得拔腿就跑，責罵聲卻緊跟其後。方紅不知道，在她離開村子後，圓紅懷孕了，對方是村長的兒子李國平。人們說圓紅是在學校旁的小巷子裡被強暴的，畢竟李國平那小子上的是城裡的學校，平日裡也總愛捉弄人。從前圓紅不擔心沒人要她，因為就算沒有男人，她還有姐姐和娘。可如今，她再也不是劉圓紅了，沒有男人，她就甚麼都沒

有了……

　　偏偏方紅出城後的第一個新年沒有回家，村裡人都流傳她們一家跟大城市相剋：劉大娘栽在城裡人手上，劉圓紅被城裡人玷污了，如今劉方紅也勢必凶多吉少。

　　劉大娘篤定女兒闖了禍才回家，直到方紅逃得不見蹤影，劉大娘才氣喘吁吁地走回她的小木屋裡，臨走前還不忘大喊：「我真不該把妳生下來！」。

　　方紅無家可歸了。她這一輩子也沒料到，養家的是她，新年只能和老鄉高鳳在異地看雪的也是她。城裡人都誇方紅孝順，偏偏在她母親眼中，她是劉家的恥辱。她腦海中浮現出這一年來吃過的苦——冬天洗碗洗得滿手凍瘡、因為瘦弱連工資也比別人少、男顧客對自己揩油……她站在一面大牆上：接下來要去哪裡呢？她哭了，一汪淚在眼底懸著，她習慣性地抬起頭，白雲總有歸途，可自己，甚麼都沒有。

　　「去找高鳳吧」——她腦海裡萌生出一個想法。

　　高鳳是方紅在城裡唯一的朋友。她們在疙瘩湯店認識，高鳳為人熱心，跟方紅一見如故，加上兩人都是村裡出來，獨自打拼，便成為了彼此在城裡唯一的依靠。

　　她聽高鳳說，在北方，一個月工資頂多三百，但在南方，一個月就能賺七百了。方紅對此毫無興趣，她還在生悶氣，盤算著以後都不給家裡賺錢了。可高鳳不一樣，她最大的夢想就是賺大錢，她想走出小城市，想看看南方不一樣的光景。方紅只剩下高鳳了，既然高鳳要去南方，自己也要去。

她們買了最便宜的硬板座位票，在火車上待了三天三夜，她們終於踏進了南方的土地。她們一輩子都沒走出過北方，一下車，眼前的情境讓她們感到新奇：她們第一次感受到空氣裡的水分子如何滋潤著鼻腔，她們第一次看見像一捆冰棍般的高樓大廈，她們第一次找到一處沒有雞糞味的地方。

　　兩人憑口才在一個俱樂部裡找到了工作，高鳳當服務員，方紅則是因為長得討喜，被選為領舞。

　　俱樂部裡工作的盡是年輕貌美的女孩，她們說話時會夾雜著不同地方的口音，方紅喜歡跟她們打交道，在她們嘴裡，總有聽不完的趣事。

　　最近一個四川來的女員工說，她認識了一個香港男人。要知道香港人都有錢得很，要不有車有房，要不能同時包養好幾個女人。女員工說那人是她的男友，還在羅湖買了一套房給她，說得興起時還不忘把玩她手上那金燦燦的大鐲子。

　　這天方紅下班，只見門口有一男人撐著傘，靜靜站著，彷彿在等人。那人鼻梁高挺、濃眉大眼、身材壯實，手上還戴著一塊金燦燦的手錶。那人也注意到方紅，二人對視數秒，方紅率先開口：「等人嗎？」男人猶豫片刻：「沒有。」「我們打烊了，明天再來吧。」男人視線往下看，纖長的睫毛微微擋住他褐色的瞳孔，甚是好看。方紅不知看了多久，男人突然問道：「我在找可以吃飯的地方，要一起去嗎？」方紅察覺到他的口音不像本地人，追問下才得知眼前的是香港人。

方紅就這樣認識了姚文安。

　　姚文安是個「有錢仔」，家裡開的車仔麵店是當地的「老字號」。文安對方紅很是喜歡，先是給方紅送了一台手機，再來是給方紅送包包。方紅覺得這就是愛了：劉大爺只知道打她，劉大娘功利得很，劉圓紅頂多分過一小塊月餅給自己。

　　文安是個好男人。俱樂部裡的女人像春日裡的驟雨，乍看笑靨如花，實質惹人厭煩。她們時常把方紅跟高鳳當作笑話，僅因為兩人都是土包子。可文安是驟雨後的彩虹，是溫暖的，是光明的，他總會用他擁有的一切包容方紅。

　　「我想要一個家。」姚文安知道，方紅雖然窮，但臉蛋兒長得精緻，而且不怕吃苦，能幫忙處理車仔麵店裡的瑣事。方紅同意了，她決定要陪文安回香港，她也渴望有一個家。

　　其實方紅有家，劉大娘在趕走方紅後曾給她寄過信，也嘗試過聯絡遠房親戚，可沒人知道方紅去了哪裡。再怎麼說方紅也是劉大娘的親生骨肉，劉大娘實在是擔心她。加上最近劉大娘發現自己的腿不好使了，有時候天陰陰的，她的腳就疼，像有上千隻螞蟻往她腿上爬，又像有誰拿著釘耙插進她的骨頭裡。夜裡劉大娘時常疼得嗷嗷叫，嚇得圓紅起來便是給她揉腿，此時她才發現：有女兒真好。直到有一天，家裡來了電話，是方紅打來的：

　　「媽，我要去香港了。」「咋的了你？」「我認識了個男人。」又是男人，劉大娘的怒火一下子燒了起來，可那又怎麼樣呢？如今女兒在，有生活費，就是最好的。「妳懷孕了？」「沒有，就是來告訴您一

聲。」「生活費……」「有，以後會有更多。」

　　方紅隨文安到了香港，她在那裡第一次見識到沒有雪的冬天。文安的母親、父親，還有三個姐姐都來火車站接文安。他的母親一見方紅便拉下了臉，像隻不可一世的北京狗。三個姐姐一聽方紅開口，便相互對視，只提走了文安的行李。唯獨文安的父親待方紅客氣，幫她拿了行李之餘，還叫她一起去茶樓。

　　方紅是個土包子，沒喝過茶，也不太懂粵語。姚老太要她幫大家洗碗筷，她卻險些把碗筷端進廁所洗。有人上點心，她還錯把「大家食飯」說成了「大家死翻」，惹得姚老太直接往她胳膊上掐出一道紅印。

　　可方紅是打不死的「小強」，姚老太愈是不喜歡她，她就愈是要證明自己。

　　她每天都會去店裡幫忙：洗廁所、上菜、下單、送外賣都是方紅的工作。姚老太也經常挑她毛病，要不就是嫌她動作慢，要不就是罵她說不好粵語。

　　姚老太也嘗試過趕走方紅，她給了方紅三十萬，要她滾回去。方紅從沒受過這樣的恥辱，她知道文安離不開自己，便拉著文安一起回深圳。對文安來說，姚老太只有自己一個兒子，無論如何都會順自己的意；他也只有一個方紅，先娶了回來，往後甚麼都好說。他清楚，所謂夫妻之事，跟下棋是一個道理，先示弱者在後場反而有更大的話語權。

　　不出三個月，姚老太投降了，一方面是擔心兒子在外不夠錢花，

另一方面則是發現方紅的確不差。以前文安交的女友都嫌車仔麵店的活兒髒，只有方紅每天拿抹布，把四周打理得整整齊齊。

那是九月份的事，姚老太拉著姚老爺上深圳，好說歹說才把兒子哄好。其後，方紅跟文安定了婚，婚禮當天，劉大娘、高鳳他們也來了，劉大娘是婚宴上笑得最開心的人。方紅覺得這就是愛了：姚家認了自己當媳婦，劉大娘為自己感到驕傲，文安輕輕捧著自己的臉，溫聲道：「我愛你。」

後來，劉大娘帶著圓紅、國平，和她的小孫子住進了姚家在深圳買的一套房裡。從前劉大娘總是犯痛風的毛病，可如今她的腳不再疼了。她這時才發現，窮是冬天落下的痛風，每個雨天，都痛一次。有錢，甚麼都不愁了——女兒真好。

生活一安穩下來，日子就過的飛快。不久後，方紅懷孕了，所有人都替他高興。姚老爺會為方紅煲湯，姚老太也不使喚方紅了，姚家三姐妹更是天天給方紅送補品。方紅看著日漸長大的肚子，心裡覺得踏實。

好景不常，醫院跟姚老太說，肚子裡的是個女嬰。姚老爺看著屏幕裡卷縮成一團的小孫女，樂得合不攏嘴，可其餘人的臉上都鍍上了一層灰。方紅又回到了店裡幫忙，家裡的補品也少了許多，幸好文安跟姚老爺照顧自己，肚子裡的孩子才能健康長大。

方紅的肚子愈來愈鼓，原本寬鬆的衣服，如今小腹處被撐得平整。她整個人像是發酵後的麵團，手臂、小腿、脖子，全都長了一圈鬆馳的肉，以前纖細的手指也成了火腿腸，連彎曲都感到困難。文安

覺得老婆和以前不一樣了：以前的方紅總是幹勁十足，而且骨子裡散發出一股傲氣；如今方紅卻成了個「師奶」，整個人軟趴趴的，臉也不如從前好看了。

命運是個不公平的轉盤遊戲，注定不幸的人，如果幸福得太久，會忘記該如何生存。

文安這次上深圳，一去就是一個月。店裡的人都說文安鐵定是去找樂子了，他們打量著方紅，打趣道：「我要是他，也去找樂子咯！」成年人的崩潰往往發生在一瞬間。方紅甚麼都聽不清了，眼前的畫面忽明忽暗，她的腦袋嗡嗡作響，待她回過神來，手上滾燙的湯麵已全灑在客人的大腿上。

文安回來了。他先是去找姚老太跟姚老爺——那個女人也懷孕了。姚老爺氣得滿臉通紅，他想不明白，兒子從前憨厚老實，如今卻做出如此敗壞家族名聲的事。他拿起藤條準備打文安，姚老太立馬制止：「打不得！打不得！兒子不懂事而已！」她轉頭問兒子：「懷了幾個月了？」文安怯怯道：「快三個月了。」「打得掉嗎？」「不知道。」

姚老太心疼兒子，她不忍心要兒子為這種事煩惱，也不希望方紅批評兒子。姚老爺恰好相反，他知道方紅命苦，如今再要兒媳吃這種苦，他說甚麼都不願意：「我說你們呀，人家也是有娘生的，親家知道了會多心疼啊……文安，你該跟方紅談，人家是你老婆。」

那天正午，文安甚麼都說了，他一廂情願地認為方紅會原諒自己，他清楚方紅離不開自己。「你原諒我吧，對不起，我們的女兒需要我。」方紅臉上的表情凝結了，像是沒有了五官。片刻後，她的眉

頭不禁抽搐，眼白被仇恨染紅，太陽穴上的青筋隱約起伏。她張開了嘴，卻只能發出像嬰兒般的呢喃聲——她說不了話了，她有好多想說的，可她不知道能說些甚麼。文安眨了眨眼睛，掏出了姚老太給他準備的離婚協議書道：「我知道我錯了，真的，我喝多了，是被騙去的。我是這樣想的，我們先假離婚，然後我好去安排那邊的事，我總不能不負責任嘛。」方紅甚麼都沒說，喘著大氣。「我們先假離婚，但法律上我們還是夫妻，我處理好那邊，我們就能回到從前的生活了。」說罷，他牽著方紅的手，要她在文件上簽字，可方紅的手紋絲不動，過了良久，她才從嘴裡吐出了幾個字：「我要真離婚。」

方紅不明白，為甚麼她活得比任何人都認真努力，可她的生活還是一團亂。她哭著打電話給娘，圓紅很快便把方紅接回深圳，在那段日子裡，方紅也忘了自己是如何熬過來的，她只記得一天清晨，她的心依然痛著，但肚子也痛，甚至有些收縮的感覺。

女兒順利生了下來，當天姚家只有老爺來了。姚老爺沒有提及任何關於兒子的事，他心裡清楚，是姚家對不起方紅。為了向方紅賠罪，他每天都守在方紅身邊，方紅想要甚麼，老爺就立即跑下樓買。老爺還特別疼他的小孫女，每次見到小孫女都樂開了花。方紅知道姚老爺心地善良，可她知道自己不是姚家的媳婦了，她不忍心要姚老爺操勞，主動提出會遠離姚家。姚老爺當即跪下，以懇求的語氣道：「方紅呀，阿爸求你了，你回來跟我和大姐住吧。阿爸不強迫你跟文安在一起，可是你女兒要有人照顧啊……」方紅心軟了，劉大娘也因為姚老爺願意把房產轉讓給自己而妥協了。

回到香港，姚老爺家樓下停了輛車，原來是文安聽說方紅要回來，擔心她鬧出甚麼麻煩，特意前來。方紅一見文安，立馬衝上前對峙，剎那間，她看見了車裡有個女人。她認得車窗後的女人——那個俱樂部裡的四川女人。方紅甚麼都不願意再說了。

方紅再次恢復了往日的生活。過去那段不堪回首的日子彷彿是被錯記的歷史，很真實，卻又有些朦朧。她的話愈來愈少了，外人都以為她是個啞巴，只有她自己知道，她無論說甚麼，自己都會成了錯的那方。姚老爺總跟她說，人要向前看，只要人還在，甚麼都會好起來的，可方紅只覺得自己早已被生活壓低了頭，只是頭下還有老爺托著。

命運的轉盤又開始轉動。那天清晨，姚老爺倒下了，醫院報告說是肝癌。姚家的人都來了，姚家女兒相擁而泣，文安和姚老太拉著醫生，祈求他給姚老爺想個法子。方紅不知道肝癌是甚麼，她只聽說過以前農村裡有人患了癌，不久後，那人便死了。

姚老爺日漸消瘦，到後來飯也吃不下了，肚子卻漲得像個小山丘。他整張臉都凹了進去，五官像是沒有東西能夠撐住。他眼白發黃，不，是整個人都發黃，連醫生見了，也不敢直視，只能搖頭嘆息。

姚老爺當然自知命不久矣，他這一生甚麼壞事都沒做過，要數唯一的遺憾，就是方紅了。他總在幻想，如果當初不答應這椿婚事，或許方紅就能有個好歸宿，小孫女也不必在這個畸形的家庭成長。他把他瘦得只剩下骨頭的手搭在方紅手上：「方紅呀，阿爸真的對不住

你，真的⋯⋯告訴小孫女，我愛她，她爸爸也是。」方紅哭得滿臉是淚，她說話了，她想爸爸記得她的聲音：「爸⋯⋯不要這樣⋯⋯」「方紅呀，阿爸以後保護不了你們母女倆了⋯⋯」

姚老爺是個多麼好的人啊，神連吻都捨不得吻他，可死神卻從他身上一點一點地抽走了最後一口氣，織成了一件壽衣。

喪禮那天，文安一家大搖大擺地坐在靈堂的最前方，只有方紅默默坐在最遠處。從前，老爺從不讓那女人踏進姚家半步，可如今，沒人再像從前那般保護方紅了。姚老爺的棺材被抬了出來，所有人都在默默啜泣，只有方紅一人哭得喘不過氣，一邊哭還一邊大喊：「阿爸⋯⋯阿爸⋯⋯」

生活終究沒了信仰。方紅活得比任何人都認真努力，偏偏命運像把鈍刀，凌遲掉她眼中的光。

那是平常的一天，天照樣晴朗，方紅站上陽台，環顧四周，白雲總有歸途，可自己，甚麼都沒有。她看不見未來，看不見自己何去何從，彷彿一躍而下是個很好的結局。

此刻，身後傳來嬰兒的哭鬧聲。方紅俯視足下，眼神逐漸透徹⋯⋯

倒數

張可晴 /

霹靂啪啦……

大雨淅淅瀝瀝地拍打著窗戶，在玻璃窗上悄然滑落，我發呆地靠在窗邊，靜看著它們的流動——大多的規矩地跟隨著之前由其他水滴留下的軌跡，一道道垂直的雨痕愈見清晰，然而我的目光總放在了幾顆倔強的水滴，它們彷彿不服氣地在迷走打轉，執意要劃出迥異不同的痕跡。

看窗外看累了，我逕自躺臥在床上，眼角餘光卻掃到桌上放著的那張紙，我不禁嘆了口氣，再次拖著如灌了鉛般的身軀走到桌前拿起了它。紙張因為多次的緊握而變得皺巴巴的，我定眼地看著它，心裏卻起了一個奇怪的念頭——我把它折成飛機，打開窗戶用力一擲，然後冷眼看著它一開始是如何在灰矇矇的天空下劃出流麗的軌道，又是如何承受不住雨水的猛烈拍打，漸漸墜落。它的殘骸就落在不遠方的草地，雨滴仍不屈不撓地打在它身上，沾濕了的它只能捲曲起來，上面原本就存在的斑駁淚痕就慢慢淹沒在雨水中。

「對啊，無論紙飛機能飛多遠，它終究還只是紙造的啊……」我

不自覺地嘀咕著，縮回手時，發現手背被雨澆透了，就隨便擦在大腿外側，眼光卻從來沒有離開那架紙飛機，甚至生出了幾分稀有的，摻雜著愛恨的心思。

我多麼希望屋外生煙的大雨能夠替我澆滅自己的故作堅強。

「明慧……我可以進來嗎？」一把既焦慮又克制的聲音突然從門外傳來。「是媽媽！」我暗忖著，思前想後，我的喉嚨還是傳出了沙啞的聲音：「進來吧。」

聲剛落下，媽媽便推著門進來了，我知道她就站在我的背後，彼此沉默不語。

「我只是看看你的窗戶有沒有關好。」良久之後，她才開口道。當然她跟我都知道，這個只是一個進來的藉口而已。「一早關了。」我依舊背對著她，用手托著腮，並強行從喉嚨中擠出幾個音，「好……」她小聲道，我沒有回應她，我們都知道，一旦我不說話，就是我在無聲地請她離開。

但這次她沒有像以前馬上走出去，她站在原地躊躇不定，我沒有回頭，但腦海早已在設想她的模樣——緊咬著下唇，無處安放的雙手在來回搓著圍裙的繩子，眼神充滿了擔憂。這時我的上唇突然傳來一陣溫熱，我下意識地低下頭，摸了一下，血打在我的褲子上漸漸泛開，像是兩三朵鮮紅的花蕾砸碎在我的膝頭上。我只能一直閉著嘴，心裡一直祈求著她的離去。

祈禱應驗了，我很快聽到門關上的聲音。

老實說，我並不想疼愛我的父母承受著我一次又一次的冷漠，為

了他們，我可以假裝對「生」殘存著一點盼望，但終究找不到活下來的理由。有人說，生命之所以奇妙，只因它就如一條延展的拋物線，起伏不定，亦無從得知落點在何方，但自從那天，我從醫生的口中聽到「血癌」、「骨髓」的字眼時，生命的落點彷彿早已塵埃落定——而且降落的方式還得差一點。

夜幕正在垂下，我關上燈後躺回床上，讓黑暗任意聚攏，自己就像毛筆的筆毫，浸淫在濃稠的黑夜中，明天到底如何，我並沒有任何的期待，我只知道，黑暗正在 噬著我每一寸肌膚、充斥著每一寸氣息，而我注定無法脫離。

我忘記我是怎樣睡著的。

雨過天晴，外面的陽光漸漸穿過重重的雲層，灑落在窗邊，令屋內像罩上一層柔紗，打開窗後，還嗅到夾雜著青草與泥土的味道，我用力一吸，希望驅走在鼻腔內那些既長存不散又難聞的血腥味。「明慧，該去醫院了。」母親的聲音從客廳傳來，我穿上一套全黑的衣服，離開房間時不經覺瞥了鏡子一眼——雙眼滿佈血絲，稀鬆的眼袋掛在下面，憔悴極了。

我忘記我是怎樣到達醫院的。

坐在車上，車開得一顛一顛的，一排排的高樓大廈在車窗外緩緩倒退，迎面而來的一盞盞高聳的路燈，若然它們都亮了，大概會像柩前的靈燭，引領我到死亡的彼岸，想到這裡，我不禁失笑。

我忘記我是怎樣躺到病床上的。

醫生的叮囑宛如蚊蚋的鳴叫，無論我如何打起精神，我楞是一句也聽不到，唯一還有知覺的瞬間，就只有在針筒插入皮膚時，那些從指尖傳來的，從骨髓傳來的、從心口傳來的痛楚，我噙著淚花，默默忍受這一切，直到躺在病床後，體力已經完全透支了。

　　「哇！」一聲大哮把我從恍惚之間驚醒起來，定睛一看，卻是隻披著白床單的「鬼」，旁邊還蹦出一個與我年紀相若的女孩，她有著一雙水靈靈的雙眸，純樸真徹的目光中正閃爍著狡黠的光芒，蓋上長長、翹起的睫毛，長相十分標緻，她的兩片薄薄又殷紅的嘴唇向上翹起，看起來快樂極了。「這是新來的歡迎儀式！」她微笑道。那隻「鬼」也拿下了床單，是個十五六歲的男孩，原本在頭上長著那把厚厚的黝黑頭髮因為蓋著床單而變得細碎凌亂，濃密的眉毛下有著一雙如鷹隼般銳利的雙眼，但他在大笑時眼睛又會瞇成兩條線，那份犀利的目光減退了一點，反而格外添了一份稚氣。「哈哈！被嚇到了吧！」他笑得合不攏嘴。

　　「嚇死了！你們到底是誰？」我一邊注視他們，一邊問道。「他是浩宇！我是詩韻！」旁邊的女孩馬上跳出來說，用手碰了碰男生，又指了指自己。「喂，你為甚麼搶了我自我介紹的機會！」那個叫浩宇的男孩大嚷了起來，然後竟推了一下女孩身上，「昨天才叫你不要那麼粗暴的！你也太過份了！」說罷兩人開始七嘴八舌地吵起來，直到遠方的護士大聲喝止：「浩宇、詩韻！你們沒看到她很累嗎？趕快讓她休息！」他們才無奈聳了聳肩，慢慢回到自己的位置，詩韻在離開之前還吐了吐舌頭，小聲道：「等等再來找你！」我點了點頭，她才

頭也不回地走回去。

　　夜色漸漸瀰漫，我就這樣躺在床上，眼睜睜地看著窗外景色的流變，「喂！」一隻小手輕輕拍了拍我的肩膀，轉頭一看，正是詩韻與浩宇，詩穎二話不說坐在了我的床邊，頭湊了過來，「只欠你還沒自我介紹了。」她笑著說。「呃……我叫明慧，請多多指教。」我結結巴巴地回應道，在旁邊的浩宇一直沉默不語，不笑的他眼神多了幾分深邃，眼底映出的是一份超乎同齡的成熟，當我的目光與他對上時，眼神又忍不住飄忽，他的目光太銳利了，內心的一切不安彷彿都赤裸裸地攤在他的面前，然而我的努力還是白費了，看著他煞有其事地笑了一下，我知道他眼裡還是捕捉到我眼神那一絲的游離——即使只是一絲。「你在躲甚麼？」他咪著眼睛看著我，似笑非笑地問道，「沒有！沒有！」我連忙揮了揮手，然後慢慢低下頭，喃喃地說：「只是剛剛來到，有點怕生。」詩韻馬上接話：「沒事啦！每個人剛來的時候都是這樣的，很快就會習慣了！」「謝謝你們。」我不禁展露微笑。「對了，你也是因為血癌才到這裡？」浩宇問道。「……對。」我無奈地點點頭。「這裡很多人都是。」詩韻再次拍了拍我的肩膀，浩宇從旁補充了一句：「我們兩個也是。」「所以這裡有很多人陪你哦。」詩韻一邊說著，不忘向我投以一個燦爛的笑。浩宇察覺到我臉上的疲累，於是扯了扯詩韻的衣角後說：「好啦好啦，你沒看到人家已經很累了嗎，就讓她休息吧。」「好吧，你快去休息吧，我們不打擾你了，再見！」詩韻揮了揮她的手。

　　我重新躺回床上，看著窗外的景色，只見今天晚上泛起了漫天

大霧，像繚繞的氤氳，像朦朧的面紗，隨著輕風裊裊地飄向遠方的山巒，從這巨大的罩籠看出去，月光是漸漸蔓延開去的，宛如少女的裙擺般晃動，它慢慢傾瀉在這層薄薄的輕紗，光與霧互相交織，萬家燈光點綴成點點星火，令人彷彿置身於浩瀚飄渺的宇宙中，我滿足地閉上雙眼。

看來在病房的日子會比我想像中有趣。

「喂！陳詩韻！別偷我的東西！」當我發現時，口袋裡的巧克力早已不翼而飛。「啊！這樣也被你發現了。」她不好意思地撓了撓頭，「但我真的很久沒吃了，可以分我一點點嗎？就一點點！」她張大眼睛，雙手合十，嬌聲哆氣地哀求道，「……好吧，只能一點點哦，不能吃太多。」我總是無法抵抗她那雙靈動的眼睛。

經過好幾個月的住院生涯，我們經歷無數次的抽骨髓和化療，一袋又一袋的藥包輸入進我的身體內，疼痛使我的身軀不自覺捲曲起來，豆大的汗珠從我的額頭滑下，推個點滴架來回走動已是日常，一次又一次的治療令我消瘦不少，配合早已剃光的頭，精神看起來更加萎靡。也許是因為同病相憐，我和詩韻變成了好朋友，彼此有了相同的經歷，身上的疼痛也好像可以互相分擔了。我們在狀態不錯的時候，都會聚在病房的窗邊，看看醫院附近公園的景色，就如現在一般。

陽春三月，草長鶯飛，冬日的寒意正漸漸褪去，公園有著一顆顆高大挺拔的木棉樹，一個個如火球般通紅的花蕾正懸掛在光光禿禿的樹枝上，隨著天氣漸變得炎熱，時不時也能看到木棉花「啪」的一

聲從高空掉落，把地面渲染成一片紅海，落紅遍地時，偶然刮來一陣風，白皚皚的棉絮便隨風紛飛起來，血紅的花魂如化作雪花般飄散了。

詩韻與我驚歎於如此絢麗的景色，看得十分入迷，突然她搖了搖頭，歎了口氣，我於是疑惑地問道：「發生甚麼事了？」她喟歎了一句：「很羨慕外面飄來飄去的棉花，感覺它們很自由⋯⋯但我們只能被關在這裡，而且⋯⋯我們能不能走出去還是未知之數呢⋯⋯」「欸，不要說這麼不吉利的話吧！」我連忙反駁道，詩韻沒有回應我，她只是苦笑了一下，就繼續看向窗外飄蕩的棉絮，我凝視著詩韻那雙依然如琉璃般純淨的雙眼，只是如今她的眼裡盡是憂鬱深沉，宛如一層迷濛的霧覆蓋了本該波平如鏡的湖泊，我心疼她的模樣，一切安慰的言語卻是如此蒼白無力，畢竟我們再也不是那個天真爛漫，盲目相信童話故事的小孩了。我們已經目睹太多個鮮活的生命悄然消逝，從活活脫脫到油盡燈枯，只在彈指之間。我曾多次回想他們的模樣，有拿著書本專心致志地閱讀的、有大吵大鬧說想念父母的、有低下頭默然不語的，如今剩下的只是那一張張空蕩蕩的床──那是曾屬於他們的方寸之地。也許，生命就如一縷煙，來時飄渺，在塵世間升騰、繚繞、蔓延，最後消散，一切歸於虛無，當你想捉著他們存在的一絲憑證，早已遍尋不獲。

我再次看向詩韻的雙眼，那層深藏在眼底的陰霾仍然揮之不去，但她的眼神又流露著一絲不甘，我想，看過那麼多生離死別，道理她都懂，但比起成為一陣煙，她還是比較想成為飄蕩在空中的那一抹雪白。

兒科病房裡孩子的內心都同時住著一位小孩跟大人，而他們永遠

在互相拉扯。

正當我正看著詩韻的側臉看得入神，突然感受到背後傳來一道擔憂的目光，我頭也沒回，也知道這道目光的來源——是浩宇。

不知為何，我總是如此在意他的目光。

自從住在病房後，我的大部分時光都在與詩韻和浩宇渡過，在閒暇時我們都會聚在一起，我跟詩韻天南地北地聊個不停，浩宇會靜靜地坐在旁邊，時而沉默不語，偶爾附和一兩句，像是一位不慍不火的旁觀者般，只有在互相捉弄時，他才會露出調皮的神情，在那邊「咯咯」地笑起來。

我想起那個徹夜無眠的晚上，那時我剛接受完化療，身體的痛楚令我輾轉反側，我只得坐了起來，靠在床頭的靠背上，那天夜晚異常靜謐，一彎新月嵌在幽藍的天幕上，還有幾顆稀疏的星星一閃一閃地眨著眼睛，我眼睛餘角瞄了一下對面的浩宇，他跟我一樣，都在仰望那片天空，幾抹柔和明亮的星光綴入他幽深的眼眸，最美的光景都被納入了他瞳孔的方寸之間，倒映出的是那皎潔澄淨的夜，他察覺了我的目光，對著我揚起嘴角，我又忍不住低下頭——正如第一次他看穿我的心思一般。

真的很想知道他在想甚麼。

我終於領悟詩韻眼神中的愁雲慘霧。

那是個黑沉沉的晚上，詩韻的情況突然急轉直下，那天醫生護士在病房來回進進出出給她輸液輸血，我從遠方端詳著她蒼白的臉孔，

她的活力彷彿被抽乾了一樣，以往閃爍的眼睛早已失去往日的光芒，病房瞬間變得鴉雀無聲起來，唯一能聽到的，只有她的發白嘴唇細碎的呢喃，還有心電圖機器「嘟嘟」的心跳鳴聲，然而清晰流淌進我的耳窩的，只是她的一句嘆息：「我⋯⋯累了。」

醫生再次進來看了看她的情況，不禁嘆了口氣，便把她推進了深切治療部，病房裡的其他小孩都眉頭深鎖，緊咬著牙，眼中盡是擔憂，尤其是浩宇，他坐在床邊，目光呆滯，病房肅靜得連空調「呼呼」的聲音也可清楚聽到，吹出來的風在如今也份外寒涼——那是噬骨的冷。

醫生再次走進來的時候，已是深夜，他向我們搖了搖頭，輕聲說了一句「不行了」便轉身離去。我眼前突然一陣眩暈，腦內突然響起一陣巨大的轟鳴，「嗡嗡嗡」的聲音一直在耳邊縈繞不斷。

壓抑的氣氛終於爆發起來，我和浩宇並沒有加入哭泣的行列，他整個晚上都躲在床單裡，不發一語，而我也躺回床上，臉朝向窗外，即使如今是冷冽的夜，從花殼裡脫穎而出的棉絮仍隨著一陣陣風吹而起舞，飄向那無垠的天空，我對著它們喃喃細語：「這一切你早就預料到嗎？」

「天上有很多好吃的巧克力哦。」

「不會再痛了。」

我輕輕地揮了揮手，與她作最後的道別，當我再有知覺時，才發現淚水不經不覺從臉頰緩緩滑落。

我擦了擦臉，然後我默默地走向對面的床位，坐在床邊，一言不發。

我想有人比我更需要協助。

　　浩宇仍舊像一座石像般待在床上，即使看到我坐了過來，他也沒有絲毫的反應。良久之後，他才輕聲說：「讓我一個人就可以了。」「我不會說話的。」我放輕語氣對他說。他沒有再回應我，我們一同望向那片穹蒼，緘默漸漸變成了我們的共同語言。

　　「明慧，你覺得死亡的感覺是怎樣？」他突然打破了沉默，我被問得有點措手不及，但仍小心翼翼地回答：「我覺得……像睡著一樣？或者身體突然會變得輕飄飄的？」「……會痛嗎？」他追問下去，「希望不痛。」我無法知道死亡的感覺，但仍在回答時給了他一點點的希望——同時也是給自己。

　　我再次看向那雙深邃的眼睛，銳利的目光不再，雙眼仍然泛著淚光，在月光的映照下更加閃閃發亮，當中更混雜著一絲迷惘和掙扎——我從未看過這樣的他，直到此刻，我才了解那個晚上，他那憂鬱的眼神從何而來，掰開他溫柔的糖衣，內裡藏了一顆敏銳又害怕受傷的心。

　　「你怕死嗎？」他拭乾了淚，終於問出那個令他惶惑已久的問題，但他沒想過讓我回答就接著說下去了：「在遇到詩韻之前，其實我更怕死的，但她在大病之後仍然活活潑潑的模樣讓我覺得，我可以再多撐一下，撐下去的話，就可以離『死亡』再遠一點了。」他頓了頓，哽咽地說：「在醫院的這段日子，我看過生命的來臨，也看過生命的逝去，而我們就被夾在中間，一直在掙扎，好像被遺忘一樣……我怕死，怕死後世界的未知，怕失去活著的感覺。」我不禁感嘆，醫院是

城市中被強行留白的空間，慘白的外牆築起了這個與皓白無瑕的天國最接近的國度，在這裡的人，無不迎接著新生的喜悅，或是死亡的別離，只有我們在生死的界限間徬徨掙扎。

「我想我是怕死的。」我思索了很久，終於回答了他的問題。「更多時候我在想，生命的開端和終結都是在同一個地方，兜兜轉轉後回到原點豈不是沒有意義，但是，正如你去了一趟旅行，由外地回到家，起點與終點一樣，但沒人會說這趟旅程毫無意義，只因定義它的，應該是當中的過程。」我瞥了一下他的表情，繼續說：「我們之所以怕死，除了疼痛，除了未知，更大原因是貪生，人類以天堂詮釋死後的世界，只是為了減低對死亡的恐懼，而背後原理又是如何運作？大抵就是模擬出一個在生的世界，甚至比這更美好的，在那裡，我們可以延續，甚至放大我們現生的快樂。我們怕死，只因我們怕死亡會終結一切的美好。」浩宇緊鎖的眉頭稍微舒展了一點，他繼續問：「既然我們都怕死，那該怎麼辦？」「害怕不代表要擺脫。」我徐徐地說：「知道恐懼的來源後，我更有理由怕死。正因生命是有限的，我更要用力地感受，用力地活著，然後坦然地死去，那我就不需要一個天堂去彌補我的遺憾。」浩宇凝視著我，但這次我從容地對上了他的目光，他的語氣終於稍微歡快起來：「明慧，你真令我刮目相看。但是，你是怎樣領悟到的？」「從詩韻她不甘的眼神。」我平靜地說。

「她會一直活在我們的心裡。」

我看向聳立在醫院門口的立牌，百感交集。

自從詩韻的離去後，浩宇彷彿攢足了力氣，咬牙切齒地強撐著，不久後找到了合適的骨髓捐贈者，移植後康復進度亦十分良好，不久後便脫離了終日困在病房的日子，可以出去走走了。

　　而我就比較不幸了，本來身體虛弱的我在化療後變得更糟糕了，更是不知為何感染了敗血病，高燒不斷，我的睡眠開始反覆無常，有時睜眼還是白天，有時睜眼卻變成了黑夜，我更曾在恍惚之間失去痛感，所有事物好像變成了一層薄薄的膜，光照、聲音，它們不能帶給我任何感知，只是輕飄飄地蓋在身上，直至意識一下子回來了，我才因自己無法徹底控制自己的身體而陷入恐慌，在不停抖動身體後，才能緩緩張開兩眼，看到浩宇臉上的擔憂，看到父母的淚流滿面。

　　幸好，我還是撐過來了，我拿回了身體的控制權，在不久後也找到了合適的骨髓捐贈者，也緩緩踏上了康復的路途。浩宇在回來複診時，也會順道來探望我，一個眼神、一次擁抱是我們之間心照不宣的默契。

　　如今我和他就站在醫院門口，大有恍如隔世之感，經過一載寒暑，我們從死神的手掌心中逃了出來，迎接我們的彷彿是一片生機盎然。然而，這名為人生的故事仍然曲折蜿蜒，我們在以往的道路留下了太多不可避免的遺憾，如今重新站在起點上，也許惶惑不安，卻始終需要不停劃出新的航道，然後竭力去彌補遺憾——即使有時未必如願。

　　和煦的春風在悠悠地吹著，棉絮又隨著風的律動恣意飛揚，「又一年三個月了」，我想道，然後跟浩宇慢慢走下階梯。

　　生命的絢爛在於浮沉，在於掙扎，而我們甘之如飴。

現代羅曼史

程芷蔚 /

　　盛夏的傍晚，夕陽再次沉沒於地平線裡。

　　夏天是個微妙的季節，像是炎熱、汗水、陽光、海邊、青春、戀愛的代名詞，世上所有美好的故事彷彿都只屬於夏天，連空氣中也似乎摻雜著西瓜的香甜和柑橘的酸爽。白天悶熱得、侷促得讓人快窒息的空氣，高溫蒸發了每寸肌膚上的滴滴汗珠，只給人留下黏膩半濕的難受和煩躁。然而，隨著當空烈日的西下，傍晚的夏風把燒得發燙的路面吹得稍微溫熱了一點，又吹過人們額前的髮梢，吹動綠樹繁蔭下的斑駁，吹散街頭熱氣中的朦朧，本來濕熱的空氣甚至變得有幾分清涼，是夏日專屬的清涼。從大學街遠眺這片熟悉的傍晚的天空，幾片被落霞染得紫爛的悠悠白雲，活潑的晴藍變成了幽靜的紺青與粉橘，紺青由上至下把粉橘渲染，直到粉橘跟隨夕陽的落下慢慢褪色，而紺青亦隨著夜晚的來臨慢慢變深，最後全部變成了神秘的深藍，讓人甘願沉淪於高溫的浪漫仲夏夜之中。再俯視都市的高樓大廈，在餘暉消逝的眨眼瞬間，黃白色的燈光已在無數的窗格悄悄亮起，剛亮起的橙黃色路燈映照著許多牽著手的瘦長的影子，夜燈形成城市獨有的繁

星，也許照亮了香港都市裡黯淡的寂寞。在這樣微妙的夏天裡，人們多多少少對戀愛抱有些期待，或是希望正正經經地交往，或是想身旁有個伴，又或是想找點樂子。

　　阿晴是一名大學四年級生，過去曾經擁有四段感情史，長的有兩年，短的只有三個月，當然，那些沒有投放感情、只是逢場作戲的，並沒有計算在內，否則可能要用上好幾雙手的指頭才能算清了。她說以往的前任都不是甚麼好人，劈腿、冷暴力、情緒勒索、一腳踏兩船，這些可怕的戀愛地雷她通通遇過、碰過、傷過、哭過，現在的她對戀愛毫無興趣，只是偶然寂寞時，還是希望身邊有個伴解解悶。不過這些早已不再是重點了，畢竟過去的事情如今已成定局，況且人們向來不喜歡一些將往事掛在口邊、當成藉口的人，倒不如活得瀟灑自如一點罷。

　　週五的六點半，氣溫約莫攝氏二十九度，是名副其實的熱夜，高溫翻滾了無數人熾熱且躁動的內心。好不容易撐過了今天十點半和五點半的「天地堂」，此時的阿晴正在大學街快步前走，似乎趕著赴甚麼約似的，悶熱的天氣絲毫不減她步伐的速度，大概沒有任何事可以阻擋一個年輕人享受週末的來臨吧。不過是短短幾步路的距離，剔透的汗珠已從她額前兩側點點冒出，又滑落到嫩滑的臉頰旁，她忍不住用紙巾輕輕按擦額角的汗水，免得弄花今天的妝容，連口罩也遮擋不了她白皙肌膚所透出的泛紅似醉，令人分不清到底是胭脂還是夏天的功勞。碰巧夏風漫不經心地吹過她棕啡色的細長髮絲，更添一種自然、凌亂的美感，她不慌不忙地用右手的指尖將頭髮繞在耳後，然後

繼續她急速的步伐。

此時，一些熟悉的聲音突然興奮地喊道：「咦，是阿晴！難得開心星期五，要不要跟我們一起去打邊爐？」「對啊，我們都是剛剛即興約的！」「多人去肯定比較熱鬧啊！」「今天這麼漂亮，難道是佳人有約！」原來是阿晴的舍友們，畢竟學校就這麼大，下課的時間也是固定好的，碰到幾個認識的人也不是甚麼稀奇的事情。如果是平時的日子，阿晴必定二話不說就答應，在以往的週末裡，她通常也是和這班舍友一起度過，大家都玩得很熟絡了，而且在大學遇到合得來又會保持聯絡的人也實屬不易，不過今天確實是比較特別。「我等等有約了，下次吧！待會在群組裡再聊。」阿晴微笑説道，便向她們揮手道過別。

手機叮鈴叮鈴的響起，原本黑色的屏幕瞬間亮了起來：「我到銅鑼灣了，期待與你共進晚餐，你慢慢來。」「跟你説一聲，今晚一起看的電影是十點半的場。」阿晴在收到信息後，臉上沒有流露多少感情，只是默默看了看螢幕上的訊息。他們是在交友程式上認識的，從「劃」到對方的資料至今，已經在手機聊了大概一個月，大家都覺得差不多是時候見個面了。阿晴第一眼望到這個男人的照片，心裡想著，這麼陽光帥氣的一張面孔，哪怕對方只是聊著玩都值得了。現在的科技真是方便，她再看看照片下方明擺著的詳細資料，這個男人的名字是浩然，身高一百八十四厘米，不但英俊，竟然還如此高大，二十二歲，跟自己一樣是個大學生，喜好是音樂和運動，這豈不是自己心目中完美男人的標準？不過，阿晴也不是那種懵懂無知的少女，畢

竟在網路世界裡，人人都可以是無瑕的，況且自己平日在朋友的口中也是位端正的美人，外貌只能作為交友的入場券，並不代表著甚麼。於是阿晴念在這張臉的份上，便開始跟這個男人聊了起來，雖然平時也只是聊一些閒話家常，但又有何不可，何況有個這樣的對象，萬一待孤獨感偶爾降臨之時，有個傾訴對象也不至於太過寂寞。

　　二人約會的餐廳位處銅鑼灣的鬧市之中，亦是香港比較有名的約會餐廳。這裡的格調和裝修即使沒有滿分也有個九十分了，晶瑩的水晶吊燈在昏暗的環境下顯得格外浪漫，微淡的燈光頃刻變得如夢似幻，不需要酒精的催化，已經讓人感覺飄然微醺，忘卻了夏日的酷熱難耐，每張深木色的桌子上都鋪著純白色的絲質桌布，中間放了一個小小的蠟燭，上方的光線灑落在玻璃杯裡，光影反覆折射，讓火光與燈光互相交織輝映。最令人嘆為觀止的莫過於是那塊落地大玻璃，幾乎是二百七十度俯瞰對面整個九龍半島的璀璨夜景，而晚上的維港是靜謐的，城市浮華的火樹銀花，化成了漆黑夜海中模糊不清的五彩燈暈，紅的綠的紫的黃的白的，映出繁華都市中的一點荒涼孤寂。在這樣的氛圍下，不知誕生過多少成雙成對的愛侶。

　　「我也到了。」阿晴緩緩地傳了句訊息給浩然，目光同時也在找尋他的身影，心裡不禁想著，希望這不是那種典型「圖文不符」的騙局，不然就浪費掉這個美好的週末晚上了。此時，一張似曾相識的面孔出現在她的視線範圍之內，同樣是連口罩也遮蓋不住的英氣，濃密整齊的劍眉，深邃有神的雙眼，筆挺英秀的鼻子，阿晴的臉上不禁流露出幾分悅色，幸虧自己多少還是被幸運女神眷顧著，突然就沒有後

悔拒絕舍友們的聚會了。與此同時，浩然的目光也發現了阿晴的身影，便舉了舉手打招呼示意，微笑時變得彎彎的眼睛，滿眼盡是英俊可愛。

「你好，不好意思，讓你久等了。」是阿晴先開口說的話。「不會，外面很熱吧，辛苦你那麼遠趕過來了。」浩然也是相當的細心識趣，還特意起身紳士地為她輕拉餐椅，又提前點了幾道前菜，沙拉作為前菜一向是女士們約會的最愛，不然在大家又熱又餓的狼狽情況下，約會也就很難浪漫地進行下去了。他向她遞過餐牌：「我只點了些前菜，你看看想吃些甚麼，擅自決定怕不合你胃口。」「這裡的鱸魚柳很不錯。」阿晴指一指餐牌上的字，波瀾不驚地說道。浩然望一望她正在看餐牌的雙眸，心裡竟有些不是滋味，竭力鬆開差點藏不住的深鎖眉頭，又馬上收起疑惑的表情，免得嚇到了對方，然後一臉若無其事地試探道：「如此一說，難道你經常來這裡的嗎？」阿晴沒有看他，依然在翻看著手中的餐牌，神態自若地回答：「我前來赴你的約，可不能連一點功課都不做呢。」然後再用清澈雪亮的眼睛慢慢地注視他的雙眼，這樣一來，他的內心果然暗自竊喜，剛才的疑慮一下子就被她楚楚可憐的剪水雙瞳給融化了：「對呢，明明是我約你來這裡的，真是不夠體貼，那麼就按照你的意思點吧。」。

要知道在這個年代，想找個懵懂純情、認真正經、善解人意的對象，雖然未及大海撈針般痴心妄想，但也有登天般的難度了，而且人們永遠無法想像交友程式裡可以遇到的處處「驚喜」，不過每個人都覺得自己是與眾不同的，也許在這個荒誕的世界裡，剛好就是自己，

在這種荒誕的高溫下，能夠找到那個不荒誕的人，成就一段不荒誕的戀愛。阿晴與浩然的外型如此合襯，在兩人脫下口罩的瞬間，都不約而同地驚嘆著對方的容貌，他們起碼過了最難跨越，同時也是最容易遇到的第一個關卡——「照騙」。而且兩人的喜好相似，喜歡運動，身形自然也是健康有型，那便是更為合襯了。除此之外，有話可聊也是重中之重，比起好看的皮囊，有趣的靈魂到了現在依然是萬裡挑一的，即使他們只是在手機上打字交流，但聊了一個月也沒有大多厭倦之感，那麼二人的相遇相識已經算得上是很難得了。直到目前為止，他們對於這次的約會也是相當的滿意，在餐廳浪漫的燈光加持下，這頓晚餐變得更可口了，喝了點二人都不太懂但很有格調並配合氣氛的白酒，桌子旁邊的燭光為世界蓋上朦朧的橘黃薄紗，在酒杯輕輕搖晃的一刹那，旁人的輕聲細語彷彿也變成了夢幻的色士風演奏，為二人的夏夜約會編制著優美動聽的樂章。

「確實很不錯。」浩然一臉陶醉地看著阿晴說，言語之間已經不知是讚嘆餐盤上的鱸魚柳，還是這位坐在面前、迷人優雅的女士，「尖沙咀有家餐廳的牛排也很是出色，下次可以嘗嘗看。」他聽到她說這樣的話，嘴角不禁得意地上揚，獨自揣測著這句話背後的意思為何，是在邀請自己進行下次的約會嗎？還是暗示自己有機會繼續發展呢？抑或只是純粹想向自己推薦好吃的餐廳？不過，這種不熟練的想法，他肯定是不會輕易表露出來的，只是淺淺的笑了一笑。她見他沒有甚麼反應，又說：「還是你有其他想去的餐廳？適合約會的那種。」此時他的心已經快要被她牽走了，雖然自己已經在交友程式上約會無

數，但這次的對象的確是個很高分的完美對象，當然外貌是個很大的加分點，在如此高分的基礎下，其實只要對方表現得正正常常，一切就變得簡單許多了。他又彎起了那迷人的雙眼，搖搖頭道：「不，你說的一定是好的，下次就一起去尖沙咀吧。」

她看了看手錶，現在是晚上的九點半。餐廳裡播放著柔美浪漫的鋼琴演奏曲，而餐盤中的朱古力慕斯也只剩下用來裝修的紅色花瓣和綠色薄荷葉，侍應已經往玻璃杯斟過好幾次酒了。二人的臉上微微泛起一抹紅暈，昏暗的周圍讓人看不清臉頰散發的醉紅，像是一個夏天的美夢。「會太晚嗎？」也許是因為留意到她有些頻繁地看手錶，他小心翼翼地問她。「不會，只是等等還得回去完成一些惱人的課業。」她這樣回答著。眼見約會快要接近尾聲，他心裡有些焦急，好像沒有特別的進展，又好像有了挺大的進展，聊了許久倒是完全摸不透她心裡的想法。很多人說，酒精總是很容易便讓人衝昏頭腦，這時的他也顧不上那麼多了，像是背後有那個誰不斷提醒著自己很中意眼前的女人。在這個講求速食的年代，主動出擊就對了，哪怕只是第一次見面，最壞的情況也不過是「吃檸檬」。「恕我唐突，但我想我真的很中意你。」他醺紅半醉的臉頰和一臉認真的表情顯然有些不太搭，但她也沒有半點吃驚、反感或高興的表情，連少許提示都沒有給他，他心裡只是覺得：「可不能就這樣結束了。」於是又抿了一口酒，便伸手握過她的纖纖玉手，說：「那麼，你是怎麼想的？」她終於輕輕的微笑了，這個笑容彷彿牽動了這個夜晚的節奏，然後說了句：「我說，第一次見面，你可不能喝那麼多啊。」浩然不明白阿晴的意思，以為

她把自己的説話當成了酒後的瘋言瘋語，不禁流露出失落後悔的表情，恐怕對方已經被自己這樣魯莽的奇怪行為嚇到了，忽然便想擁有時光倒流的能力，把這些説話吞回心中，怕只是怕，下次的約會便因此告吹了。

「不過，我也挺中意你的。」她望著他的眼睛，語氣挑逗地説著。此時他的心裡像是坐上了過山車般，原本的低落瞬間就變成樂得開了花，聊了整個夜晚，這是他第一次直接知道她的想法，而且這個想法可是天大的好消息。「下次不要喝酒，我再説給你聽。」他傻傻地笑著説道，他很久沒有試過這樣的感覺了，儘管平時也常有這樣的約會，但卻從未遇過像她那般神祕莫測的女人，可以説是狠狠地被她牽著走了，人總是特別喜歡向難度挑戰。

阿晴再次看看腕上的手錶：「時間差不多了，不然就要通宵趕功課了。」浩然當然捨不得讓她熬夜，連忙舉手比劃了個圓圈示意結帳。他打開錢包準備掏出信用卡，雖然人人都説男女平等，不過約會還是有些不成文的約定，看到她也翻找著手袋，他的心中又為她再加了分，急忙阻止説道：「這次就讓我來吧。」她見他如此風度，也就不好拒絕了。餐廳裡微淡的燈光仍然如夢似幻，隨著二人離開餐廳，這個美妙的晚上也即將迎來結尾。夏日的晚風吹拂著他們的衣角，他看著她，輕輕抬起自己的胳膊，她便順勢挽著他的手臂，在旁人的眼中，兩人簡直就像一對恩愛的戀人。「我送你回去吧。」他説道，可能是不想這個夜晚完得太快，可能是想多看她幾眼，也可能都是。「我很快就到了，回家後跟你説一聲可好。」她婉拒了他的請求，但

他反倒覺得她懂事賢淑，心中的她又加上個幾分，哪有這麼完美的女孩子。「那麼你自己小心點。」他語氣間有些不捨的失落，而她同樣也是沒有流露甚麼感情，淺淺地說「嗯，下次見。」然後揮了揮手，然後她迷人的背影在朦朧的熱氣中漸漸消失於他的視線範圍之內。

阿晴看看腕上的手錶，已經是晚上十點十五分了。手機叮鈴叮鈴的響起，原本黑色的屏幕再次亮了起來：「我已經到電影院了，你來到便說一聲，慢慢。」阿晴在收到短信後，臉上沒有任何表情，只是默默看了看冷冰的螢幕。她和他同樣也是在交友程式認識的，已經在手機聊了大概兩個月了。阿晴第一眼望到這個男人的照片，心裡想著，這麼冷峻成熟的一張面孔，哪怕是聊著打發時間都值得了。現在的科技真是方便，她再看看照片下方明擺著的詳細資料，這個男人的名字是俊軒，身高一百七十八釐米，二十五歲，喜好是畫畫和運動，「我到了。」阿晴傳了句訊息給俊軒……在另一邊廂，浩然躺在沙發上劃動著手機的屏幕，在交友程式的眾多對象之中，找到了阿晴的名字，然後在名字的旁邊加上了備註「可發展對象」，再默默發送了一句：「今天的約會很開心，你到家了嗎？」然後便找出另一個名字──阿欣，按下發送：「聊了那麼久，下星期想出來見個面嗎？」

城市浮華的火樹銀花依舊照亮著香港的熱夜，漆黑的維港倒映著迷濛似霧的五彩燈暈，紅的綠的紫的黃的白的，也許幻化了許多都市人夏天的孤單寥寂。

雪崩時，沒有一片雪花是無辜的

梁慧琳 /

　　舒瑤：「『豬一隻』，你約我上來樓頂幹甚麼？還沒有被我們玩夠嗎？你……」看著舒瑤那副嘴臉，朱逸芝壓抑已久的情緒終於爆發。她突然拿出刀，刺進舒瑤的腹部。舒瑤一臉痛苦，連忙把滲血的傷口摀住：「你瘋了嗎？」朱逸芝：「我受夠了！我想贖罪！『她』每天都在說恨透我！不會原諒我！對！只要替『她』報仇，『她』一定會原諒我！一切的始作俑者是你！你最該死！你該死！」只見朱逸芝一邊流著淚大笑，一邊把鋒利的刀捅進舒瑤的身體，一下，兩下，三下……鮮紅且滾燙的血從舒瑤的身體飛濺迸射，瞬間染紅了二人純白色的校服。見舒瑤的臉色漸漸蒼白，沒了掙扎，朱逸芝的笑聲戛然而止。此刻，樓頂寂靜無比，只有濃郁的血腥味在空氣中飄蕩。朱逸芝望向站在欄杆旁的「她」，幽幽地說：「終於，不！該死的還有一個人……」

　　一個月前，六年甲班迎來了一位插班生。班主任：「你先向同學介紹一下自己。」「大……大家好。我叫朱逸芝。請大家多多指教。」朱逸芝托了托臉上的眼鏡，輕聲說道。班主任：「逸芝，你的座位在那裡。」朱逸芝剛坐下，便有人輕拍她的肩膀，她轉身一望，只見一

個長著瓜子臉，膚色白膩，扎著高馬尾的女同學，正用她那雙圓滾滾的眼睛與自己對視。「你好，我叫喬雪，是這班的班長。」朱逸芝：「你……你好。」喬雪：「不如待會我們一起到食堂吃飯吧，順便帶你熟悉一下學校的環境。」朱逸芝受寵若驚：「啊？好！」

在飯堂裡，朱逸芝捧著飯菜，緩緩走向座位。此時，一群女生打打鬧鬧地迎面而來。其中一個短髮女同學突然轉身，一下子重重地撞向朱逸芝。她手裡的飯菜撒滿一地。舒瑤看著濺上醬汁的校服，喊道：「沒長眼睛嗎？我記得你是我們班的插班生，叫朱逸芝？朱逸芝，朱逸芝，果然是『豬一隻』。」朱逸芝小臉一紅，連忙道歉。喬雪：「舒瑤，你不要太過分！分明是你們撞向逸芝。」朱逸芝趕忙拉了拉喬雪。「都在吵甚麼！」陳主任問道。喬雪指著舒瑤：「她撞跌了逸芝的飯菜卻不道歉，反而怪責起她。」「很小事而已，舒瑤，道歉！不然就通知你家長。」舒瑤神色一慌，一臉不情願地道了歉。舒瑤盯著朱逸芝二人遠去的背影，心中悄悄埋下一顆種子……

朱逸芝在廁所扭開水龍頭洗手，衣領突然被人揪起，她一臉驚恐：「舒瑤，你們想幹甚麼？」舒瑤冷笑：「剛才讓我當著所有人向你道歉，害我丟了面子，你猜我想怎樣？」只見舒瑤她們圍著朱逸芝拳打腳踢……「住手！」喬雪說罷，大步走上前推開幾個女生。無助的朱逸芝看見喬雪，似是抓住了救命稻草，拼命地大喊：「小雪！救我！救我！」舒瑤：「又是多管閒事的班長啊，我不找你，你卻自己找上門。」喬雪與舒瑤那畫了眼線的眼睛對視，握緊拳頭微微顫抖：「你……你有甚麼衝我來，別欺負她。」舒瑤用力把喬雪推向牆邊，

拉斷她的幾條頭髮絲，又賞了她一巴掌。正想繼續，一個女生在門口說：「舒瑤，你怎麼又欠功課了。『巫婆』叫你馬上到教員室找她。」「以後走著瞧！」舒瑤說罷，便走出了廁所。

半晌，喬雪扶著朱逸芝坐在樹下。朱逸芝：「謝謝你，剛才幸好有你。你沒事吧？我們得罪了她們，會不會被報復？」喬雪：「沒事，別怕，告訴老師不就行了。再不濟也有我這個好朋友保護你！」朱逸芝：「好朋友？」喬雪：「我們剛才共患難，現在也算是好朋友了。」朱逸芝臉一紅：「嗯！」喬雪：「給你！好朋友的印證。這是我最喜歡的鳳凰花鑰匙扣。」朱逸芝驚喜地接過鑰匙扣：「謝謝！」微風輕拂，二人靠著大樹嬉笑。一切都很美好，殊不知這卻是她們最後的美好……

第二天下課後，喬雪在教員室外徘徊。「喬雪，你怎麼還不走？」「陳主任，那個，關於舒瑤，她……」陳主任聽罷，說道：「同學之間有小摩擦很正常。何況，舒瑤就是喜歡和同學推推撞撞，玩玩而已。」喬雪無奈：「可是她……」「喂，老王，晚上釣魚？好啊……」只見陳主任接起電話來，匆匆地走出學校。喬雪望著陳主任離開的背影，不禁輕嘆了一聲。「喬雪，好巧！」她回頭一看，一個長著一雙桃花眼的男同學一手拿著籃球，一手大力揮動向她打招呼。喬雪：「盛南？」盛南從書包拿出一瓶可樂：「這個給你！當是上次我向你借書本的謝禮。」喬雪莞爾一笑：「謝謝。」只見盛南臉一紅，支支吾吾地問：「那個，既然那麼巧，不如一起走吧。」喬雪：「不好意思，今天我與朋友約好了一起走。下次吧。」盛南露出燦爛的笑容：「好！約定了！」

此時，樹下閃過一片黑影。某處，那顆名為嫉妒與憎恨的種子正在瘋狂地滋長……

　　回家路上，朱逸芝挽著喬雪的手臂，與她分享課外活動時發生的趣事。二人走到分岔路口，才互相道別。喬雪繼續向前走，腳步卻慢慢停下。只見舒瑤和她的幾個跟班正倚著欄杆盯著她。此刻，恐懼瞬間鑽進喬雪身體的每個角落，腦海中只有一個想法：跑！她越過一個又一個的街口，最後跑進小巷裡躲起。「那賤人呢？」「去那邊看看！」喬雪雙手用力地捂著嘴巴。隨著腳步聲的消失，寧靜的巷子裡只剩下她那劇烈跳動的心跳聲。她緩緩放下手，大口地喘氣。突然，她的頭上籠罩一片黑影。舒瑤露出詭異的笑容：「找，到，你，了。」繼而摑了喬雪四巴掌。火辣辣的刺痛感從喬雪的小臉蔓延，她自覺自己像極了砧板上的魚。舒瑤用力捏著她的臉：「還擊啊，不是很本事嗎？懂得向主任告狀。不過，有用嗎？他只會嘴上說我們幾句。本來你去告狀，只是一件小事。你最不該的是，去勾引盛南！」喬雪搖頭否認：「我沒有！」圍著她的幾個女生見狀，隨即搶走她的書包，把書包裡的東西撒滿一地。舒瑤指著地上的可樂：「那是甚麼？我可沒見過他送東西給女生。他還對你笑了！」喬雪想解釋，肚子卻被重重地打了一拳。「你這個婊子！盛南可是小瑤姐看上的人，看來要給你長長記性。」一個女生扭開那瓶可樂，吐了幾口唾液進去，又輪流讓其他人吐了幾口。喬雪心感不妙：「你……你們想幹甚麼？」只見幾個女生按著喬雪，舒瑤用力捏開喬雪的嘴，迫著她仰頭喝下那瓶混了唾液的可樂。喬雪拼命掙扎：「唔……不要！唔……救命！」看見喬雪

痛苦掙扎卻又無果的樣子，舒瑤心中升起了一陣快感。突然，喬雪被可樂嗆得直咳嗽，把可樂噴到舒瑤的校服上。舒瑤：「可惡！你就是故意的！給我打！」只見喬雪被摁在地上，無數的巴掌、拳頭向她襲去。喬雪心想：「她們就像瘋狗一樣，把自己當作發洩對象。舒瑤發洩的是對自己的妒忌，而其他女生更多的，是發洩對父母、老師的不滿。真是可笑。究竟有誰能管束這群瘋狗？又有誰能救救自己這個被瘋狗們撕咬的可憐蟲？」「咦？巷子裡有人在打架？」「少管別人的事，快走。」舒瑤點起煙，靠在牆邊，看著這場好戲。少頃，舒瑤湊近喬雪，一邊拿著點燃的煙緩慢地從喬雪的眉心往下移，一邊觀賞著她因害怕而顫抖的樣子，最後狠狠地把煙頭摁在她的胸口：「今天先這樣，更好玩的還在後頭呢。」舒瑤走出巷子外，瞄了瞄腳下的鳳凰花鑰匙扣，冷笑了一聲……

　　第二天早上，喬雪如常背著書包走進課室。同學們都望著她竊竊私語，表情各異，有嘲諷的、震驚的、不屑的、疏離的……喬雪不解：「怎麼了？」只見一個女生拿著手機打開學校秘密論壇給喬雪看，喬雪驚見網上竟出現了她與男人的親密照：有擁吻的、摸大腿的、睡覺的。她趕忙搶過手機，往下滑看留言，「不是吧，還以為她是個乖乖女。」「表裡不一的婊子！」「她就是援交女！」「聽說她媽媽是在夜總會工作的。」「真髒！」喬雪激動地大喊：「這不是我！我根本不認識他們！全是假的！」見同學們一臉不信，她眼含淚光，望向朱逸芝：「逸芝，你相信我的吧，快跟他們說！我不是這樣的人！」見朱逸芝低下頭，默不作聲，喬雪的心像灌了鉛一樣，重重地往下墜。她跑出

課室，在走廊碰見了盛南，正想開口，卻見他急急越過自己，走進課室。此刻，她明白：「沒有人相信自己。」

喬雪走入廁所，回想起剛才的事，委屈、憤怒、無助，霎時湧上心頭。壓抑已久的眼淚再也控制不住，像瀑布般從眼眶湧出。聽見腳步聲，她連忙擦了眼淚。抬頭一看，見是舒瑤她們，不禁後退了一步。舒瑤：「原來援交少女躲在這裡。」喬雪：「我不是！」舒瑤：「我當然知道你不是。是我特意找人製造假相片。我要你是，你就是。」喬雪恍然大悟：「是你！為甚麼要這樣？」舒瑤：「這樣，盛南才會遠離你。你看，這個方法不是很成功嗎？」喬雪：「我要把真相告訴大家！」舒瑤一把扯住喬雪的馬尾：「真相？對於大家來說，有圖即有真相，你空口無憑，誰會信。」隨即，幾個女生用力把喬雪推入廁格，從外面把門反鎖。喬雪驚恐：「幹甚麼！放我出去！」突然，一盆水從她頭上澆下。水很冷，冷徹心扉。喬雪不斷拍門：「放我出去！」一群同學聽到叫喊聲，都圍在廁所外看熱鬧。喬雪聽到外面的聲響，心中燃起一絲希望，更加用力地大喊，希望有人放她出去。然而，在舒瑤狠厲的警告下，一陣又一陣的腳步聲漸漸遠去。喬雪緩緩蹲下，環抱雙腿，心中頓感無力和不解：「為甚麼是自己？明明自己沒有做錯甚麼？」此刻，舒瑤在門口碰見朱逸芝一臉擔憂。舒瑤：「很擔心她？那昨天為何躲起來？」朱逸芝一驚：「你在說甚麼？」舒瑤：「你的書包好像少了個鑰匙扣吧。」朱逸芝不禁握緊手中的書本，她知道舒瑤說的沒錯。其實，昨天分別後，朱逸芝突然想起仍未把借來的雨傘還給喬雪，便回頭追上她，卻見舒瑤她們找上喬雪。她躲在巷

口外，目睹她們如何毆打，辱罵喬雪。她很想上前制止，但雙腿像被黏在地上，無法動彈。她很害怕，害怕一旦踏出一步，又會再墜入那絕望的深淵。舒瑤湊近朱逸芝耳邊，警告她：「別以為我不知道你轉校前的事，如果不想再被人當狗玩，就別多管閒事。」少頃，朱逸芝腦海響起一把聲音：「我們是最好的朋友！我會保護你的！」，又有另一把更大的聲音：「如果不想再被人當狗玩，就別多管閒事！」這次，朱逸芝依然作了同樣的抉擇。

接下來的兩個星期，喬雪都受到不同同學的嘲笑和捉弄：在她的書本上塗滿「婊子」、「蕩婦」；把垃圾放進她的抽屜；劃破她的體育服。而更多的同學，與朱逸芝一樣，疏遠她。一次又一次戲弄和嘲諷一步步把喬雪推入絕望的深淵……

這天放學，那根緊繃的弦，終於斷了。「看！有個女生站在樓頂！」只見幾個老師和一群看熱鬧的同學匆匆往教學樓跑去。朱逸芝抬頭一望，也立刻從校門跑向教學樓。陳主任：「哎喲！小祖宗，甚麼事看不開？你慢慢下來和我們說。」喬雪：「跟你們說？你們一味聽信網上的謠言！誰會聽我說？誰會聽我說！」「她真的會跳下去嗎？」「我們只不過罵了她幾句，不至於吧？」喬雪：「那些你們認為微不足道的說話，鬧著玩的小事，也許，過了幾天，你們全都忘掉了。但我永遠不會忘掉，不會忘掉被你們戲弄；不會忘掉被你們誣衊；不會忘掉被你們一口一個叫著臭婊子！你們知道嗎？每一晚，我都無法安穩入睡！每一日，我都在膽戰心驚地提防著你們那一時興起的戲弄和嘲諷！」

突然，喬雪腦海響起聲音，「真髒！」「表裡不一的婊子！」「我早就說過她不是乖乖女！」只見她用力摀緊耳朵，時而大喊：「閉嘴！給我安靜！」時而嘀咕：「我不是。我沒有做過這種事。」鄰班的一個男生低喃：「都怪舒瑤她們，天天帶著班裡的同學一起欺負她，現在把人逼瘋了。」喬雪：「不，可不是只有她們！冷眼旁觀的你們也是！」她冷冷的眼神緩緩掃過在場的每個人，最後落在朱逸芝身上，大聲問：「明明你們都看見了！為甚麼？為甚麼不做點甚麼？」只見同學們面面相覷，不敢作聲。朱逸芝心中更是懊悔不已，不敢直視喬雪。喬雪聲嘶力竭地喊：「我討厭你們！我討厭你們！討厭這個冷冰冰的世界！我死也不會原諒你們！」突然，她轉身一躍而下。那刻，所有人都嚇呆了，僵在原地。只有幾個人和朱逸芝反應過來，衝到欄杆前，試圖去拉喬雪。可惜，已經太遲。朱逸芝往下一看，只見喬雪面帶微笑躺在鮮紅的血泊中……

　　那天後，朱逸芝對喬雪的死深懷內疚。她時常在想，如果老師當初沒有坐視不理，能夠正視欺凌問題；如果自己當初能勇敢地挺身而出；如果大家當初都願意相信喬雪而不是網上的謠言，那麼悲劇會不會發生？可惜——世界沒有如果。至今，喬雪墮樓的畫面不斷在她腦海中浮現，夜不能眠。而以舒瑤為首的欺凌者們行事收斂了不少。然而，過了不久，又開始故態復萌。朱逸芝則成為她們的新玩物……

　　一陣急速的鳴笛聲把朱逸芝拉回了現實。一群警察衝上樓頂，為首的警察喊道：「朱逸芝，你涉嫌謀殺舒瑤。現在你已被警方包圍……」朱逸芝望了望警察，又望了望她旁邊的「喬雪」，眼泛淚

光說道：「小雪，對不起！真的對不起！你原諒我吧。該死的，還有我。」說罷，她用力握緊那鳳凰花鑰匙扣，奮力一跳。這次，她選擇了和喬雪同樣的結局……

凱斯的天空

林伯蒙 /

一

　　隨著飛機降落在了清晨的凱斯機場，陳熠以交換生的身份踏上了這片土地，他貪婪地呼吸著新鮮空氣，這六個小時的機程可把他累壞了。

　　陳熠是個成績優異的學生，本來到澳洲做交換生的名額就必然有他。但申請簽證的時候，父母嫌申請程序過於麻煩，不願意配合，導致陳熠一度想放棄這個機會。好在學校老師堅持要陳熠把握這次機會，不厭其煩地幫他處理父母那邊的事，他才能成功站在這裡。

　　這次交換生為期兩個月，他將會住在寄宿家庭。陳熠事先已經跟寄宿家庭聯絡過了。寄宿「媽媽」叫茱莉，照片裡看上去是一位慈祥的老太太，一頭利落的短髮，紅色的眼鏡，此時正在機場大堂等著陳熠。站在茱莉身邊的，應該就是陳熠將會就讀的學校的老師，手裡舉著的牌子上用英文寫著「凱斯中學的陳熠，歡迎你」，看上去也是個溫柔的人。陳熠拖著他的大包小包的行李走向她們，簡單寒暄確認身

份後，茱莉一把拿過陳熠的行李箱和手提袋，還未等陳熠反應過來，茱莉已經向機場外走去了。負責接待的老師叫克里斯蒂，在前往停車場的途中，她簡單地介紹了自己，並跟陳熠講了一下報到時間和注意事項，順帶介紹了一下她身邊的那位紅髮少女：「她叫由美，未來兩個月的學習生活中，你如果有甚麼不明白的都可以問她。」

陳熠這才注意到老師身邊還跟著一位女生，大概一米六的個子，短髮，正一邊走一邊低頭看著手機。「由美，跟別人打個招呼，不要那麼沒禮貌。」老師拍了拍少女的肩膀。少女抬起頭看了眼陳熠，微笑著揮了揮手，簡單地打了個招呼：「你好，我叫由美。」雖然只是一瞬，陳熠卻像是被甚麼東西擊中了一般，在短短幾秒內便回味了數千遍由美的笑靨——那如碧波般的雙眼，那一抹淺淺的微笑，就如那春時兩岸的垂柳一般，輕輕地，在陳熠的心中點起了一圈圈的漣漪。陳熠連忙舉起手揮了揮：「我叫陳熠，來自香港，我……」「我知道。」由美笑著說，「我昨天看過你的資料了。」陳熠略顯尷尬地放下了手，頓時不知道說甚麼才好。由美見陳熠如此，便繼續低頭玩她的手機。不知道為甚麼，雖然只是清晨，凱斯還正值冬天，陳熠卻覺得此刻比在盛夏的旺角街頭還悶還熱。陳熠把放下的手一會擺在前面，一會放在後面，最後還是放進了褲袋裡，手指不斷搓揉著手心。他跟在老師身邊一直走著，腦海裡不斷想著剛才打招呼的畫面，老師說甚麼他也沒聽進去，直到老師說：「那我們星期一見，祝你有個愉快的週末。」他才回過神來。此時由美早已坐進了老師車裡，茱莉在陳熠身後大喊：「我的車在這裡，你是準備跟著老師回家嗎？」陳熠連忙轉身向

茉莉的車走去，走之前還不忘舉起那僵硬的、早已佈滿手汗的手跟老師道別，當然他是看著車裡的由美道別的。

　　陳熠坐在茉莉的副駕上，呆呆地看著窗外。凱斯的天空很藍，藍到有些「不自然」，這跟他在香港見到的截然不同。就連今早的女生也是。那一頭紅髮若是在香港的校園裡想必早就被記了個小過吧，陳熠心想著；說到由美，為甚麼她會跟老師一起在機場，而且關係好像很親密……陳熠實在是百思不得其解，他便開口問茉莉：「茉莉，請問那個女生為甚麼會跟老師一起來機場？」「那個女生啊，她是老師的女兒，也是凱斯中學的學生。之前我送其他留學生去學校的時候常見到她，不過跟著一起來機場倒是少見，至少這是我第一次見到她一起來機場。」茉莉淡淡然地說。「哦，是這樣啊。」陳熠繼續望著窗外的天空，「她是日本人嗎？因為她說她叫『由美』。」「這我就不清楚了，但她媽媽是地道的澳洲人。」茉莉回應道。陳熠看著天空，而天空中似乎印出了淡淡的「由美」二字，這令他看得更入神了。

二

　　凱斯中學跟香港的大學很像，上課時間表是根據學生自己所選的課決定的，陳熠跟由美雖然在同一班，但由於兩人的興趣不同，選的課大多不一樣，所以除了早會時間會在教室看到彼此，便只有課間休息的時候了。這幾個星期下來，兩人也只是簡單地聊了幾次。

　　有一次，由美問陳熠：「你為甚麼會來凱斯？」陳熠答道：「這不是我選的，是學校決定的。」「那你肯定沒了解過凱斯，這個地方又

小又悶。」説完，由美用雙手托住下巴，眼裡閃過了一絲憂傷。陳熠看著眼前這個女生，問道：「你是澳洲人嗎？」由美轉過頭來，指著自己說：「怎麼，我不像嗎？還是我的名字不像？」「對，你的日文名字。」陳熠説。「名字是我阿姨起的，她很喜歡日本，我也是，我很喜歡那裡的櫻花。」陳熠聽著，感覺自己又了解了由美一點。

陳熠在獨自上其他課的時候認識了一位朋友，他叫傑克，是一位華人。兩人一見如故，短短幾節課的時間便已無話不説。陳熠跟傑克聊起了由美，傑克馬上接過話：「由美很受歡迎，很多男生喜歡她，但是我到現在都沒見過她接受過任何一個。」「為甚麼？」陳熠有點失落，連忙問道。「不知道，反正那些追求她的男生想送些甚麼給她，或是想辦法跟她搭話的時候，都被拒絕了，你不會是喜歡她吧。」傑克拍了一下陳熠的背。「有點吧，可是照你説的情況來看，我應該也沒機會了。」陳熠有點失落。「喜歡就追啊，不試一下怎麼知道，反正我……」此時陳熠心中的由美好像已經開始變得遙不可及，逐漸朦朧……

下課了，陳熠和傑克一起走去操場，準備吃午餐，在途中遇到了由美。她和朋友聊得很開心，時不時會開心地跳起來。傑克推了一把陳熠，説道：「喜歡就約她出去。」然後他大叫了一聲由美就跑開了，離開之前還不忘調侃兩句：「你等下如果還有時間的話來操場找我。」陳熠踢了他一腳。「你的新朋友嗎？」由美走過來問道。「對，上課時認識的。那個…… 你等下放學有空嗎？我們出去轉一下好嗎？」陳熠捏緊了自己的褲子。「嗯，好，那等下放學見。」由美説完便走開了。

陳熠整個下午都在期待著放學，老師說的一字一句好像都變成了「等下放學見」，他的筆記本上密密麻麻的滿是圓圈，陳熠也不知道自己為甚麼要畫圓圈。

到了放學的時候，由美早早地就在克里斯蒂老師的辦公室外等著陳熠，看到陳熠後，說了句：「走吧。」便往學校外走去。學校出門後向左轉，走大概五分鐘左右，便是海濱公園。那裡有一條海濱長廊，有一個免費的公共泳池，還有許多燒烤爐。雖然現在才下午三點，但海濱公園裡早已滿是悠閒的人們。由美和陳熠沿著海濱長廊一直走，也沒說甚麼。海風輕輕地拂過二人，很溫柔。「你在這裡已經幾個星期了，覺得凱斯怎麼樣？」由美打破了沉默。「嗯……我覺得這裡的一切都很美好，人們的生活很悠閒，我也很放鬆。」由美看著身邊這個一本正經回答他問題的男生，這是幾個星期以來，由美第一次仔細端詳這個男孩的樣貌。略黑的皮膚，高挺的鼻子，瘦瘦高高的。她微微地笑了笑，說：「聽你說著，我感覺這裡好像變得有趣了。」陳熠靜靜地看著由美。她的頭髮被海風吹得有些亂，此刻陳熠的心彷彿也被海風吹亂了。不知他哪來的勇氣，伸出手幫由美撥了一下頭髮。撥完後，陳熠才回過神，連忙縮回了自己的手：「對不起，我……」「沒事。」由美指著前面的鬆餅店：「那家店是我最喜歡的鬆餅店，我帶你去試一下。」此時的陳熠大腦一片空白，哪裡還聽得進去由美的話，只是像個木頭人一樣跟著由美走。

到了鬆餅店坐下，由美把餐牌遞給了陳熠，指著上面那個有草莓冰淇淋的說：「我每次都吃這個，你也可以試一下。」陳熠並不喜歡吃

甜品，但他也沒傻到會放棄這個了解由美的機會。「我要芒果的吧。」陳熠說。鬆餅送上來後，陳熠看著眼前的由美一刻不停地吃著，開心地像個六七歲的小女孩一樣，不由得著了迷。「你快吃呀，看著我幹甚麼，難道你想吃我這個嗎，我可不會給你。」由美把盤子往自己那邊拖了拖，陳熠立馬低下了頭。「下星期三晚上學校的舞會你報名了嗎？」陳熠問由美。「沒有，我沒舞伴。」「那，我可以邀請你做我的舞伴嗎？」「好啊。」由美回答道。吃罷，陳熠主動說：「謝謝你推薦這家店給我，這次我請吧。」「為甚麼要你請，我自己有錢。」由美說著便拿出錢放在了桌子上。陳熠這下似乎完全明白了由美為何這麼吸引自己，她有著與陳熠之前遇到過的女生截然不同的性格與氣質。店外，陳熠鼓起勇氣拉起了由美的手，由美沒有拒絕，於是陳熠握得更緊了。一路上，雲很安靜，風很安靜，一切都很安靜。

舞會當晚的由美很美，一襲白色禮服，猶如天女下凡一般，單單是往那一站，就已成為了全場焦點。那晚，陳熠見識到了由美優雅的一面。

三

明天，陳熠就要回香港了，由美當然也知道，所以這幾天課間休息的時候，她都不跟朋友一起了，而是等著陳熠下課。「你會回來嗎？」由美小聲地問陳熠。「會。」「多久？」「兩年吧。」「好久……等下放學還是去海邊吧。」「好。」

放學後，兩人坐在海邊的長凳上，海風依然很溫柔。陳熠正呆呆

地看著天空的時候，由美親了一下他的臉頰，然後看著陳熠説：「以前我總覺得凱斯很悶很無聊，但後來我發現無聊的不是這個地方，而是人。自從你來了之後，我感覺凱斯好像有趣起來了。但是現在你又要走了……」由美愈説愈小聲，忍不住紅了眼眶。陳熠望著由美梨花帶雨的模樣，連忙伸手幫她抹去了眼淚，但一時之間也不知道該説些甚麼才好，畢竟他也只是個學生，決定不了甚麼。於是他拉起了由美的手，又重新抬頭看著天空，並對由美説：「你知道我為甚麼喜歡看著天空嗎？因為我感覺天空很大，好像甚麼都能裝得下去。裝得下你，裝得下我，裝得下世界。以後你想我的時候，也能抬頭看看天空，把你的想念裝進去，也許我就能收到了。」「可是我的想念有很多很多，像這麼多。」由美用手比劃著，「多到宇宙都裝不下。」陳熠被逗笑了，也用手比劃著説：「那我就比你多這麼多。」「那我就多這麼多……」兩人爭論著，笑著，剛才不開心的情緒好像隨著海風飄走了。「你教我中文吧。」由美突然停下來，一臉期待地看著陳熠説。「好。」陳熠回答。

　　由美帶著陳熠走到了沙灘上，陳熠問由美：「你想學甚麼字？」「你的名字，還有我的名字。」由美説。陳熠撿起一根樹枝，在沙灘上迅速寫下了兩人的名字。「太快了，我沒看懂。」由美輕輕地推了陳熠一下，「哪個是你的名字，哪個是我的？」陳熠分別指給她看。由美看完便撿起了一個貝殼，依著陳熠的字「畫」了起來，一個正方形，再加一個「十」便成了「由」。「寫得很好，你很有天賦。」陳熠説道。聽到陳熠這樣讚美，由美自然是很開心，便接著「畫」餘下的

三個字，寫完了還雙手叉腰，仔細地欣賞自己的作品，並把貝殼放在了「由美」和「陳熠」中間。由美的字，若論真心，自然是不好看的，比例不好，結構也不好。但在陳熠心中，他所關注的又何曾是那四個字。他看著由美一筆一劃地努力著，時不時停下來看看他寫的，那認真的模樣，陳熠又怎麼忍心說她寫得難看。此時陳熠注意到了由美左手臂上的傷痕，一道道佈滿了手臂內側，難怪由美走路時左手總是放在胸前。「那些是甚麼？」陳熠指著那些傷疤問。「以前不開心的時候劃的。」由美停了下來，摸了摸手臂說道。陳熠注意到她的眼中劃過了和那天早上一樣的憂傷，但很快就被喜悅替代。「現在不會了，你快繼續教我，我寫完了。」陳熠聽由美這樣說，便沒有多想，畢竟他身邊有些朋友也是這樣的。「那個貝殼是甚麼意思？」陳熠問。「我覺得它的花紋很像一個愛心。」由美笑著說。「是嗎？不像吧。」「不管，你快教我。」由美捏了一下陳熠的手臂。兩人就這樣在沙灘上，一個教，一個寫，不知不覺間，晚霞已漸漸將大海染紅。「真美！」陳熠看了眼身後的大海感歎道。「可是晚霞始終是落日的餘暉，雖然美麗但卻很短暫。」由美看著大海說道，「你等我一下，我很快回來。」由美說著便離開了沙灘，回來時手裡拿著一個信封。她將信封遞給了陳熠，隨即便緊緊地抱著他，夕陽下，兩個人影子被拉得很長。陳熠靜靜地抱著由美，這樣不知過了多久，只聽由美低聲說了句「謝謝」，便放開了手，指著陳熠手裡的信封說道：「你以後才能打開，不然我會生氣。」陳熠問：「以後是甚麼時候？。」「以後就是以後。」由美這個答案令陳熠哭笑不得，但他也只好點了點頭。「謝謝你，我很開

心。」由美又一次説道。

四

今天是陳熠離開凱斯的日子，但由美今天不會來，因為她説她不想看著陳熠離開。茉莉將陳熠送到機場，簡單地擁抱道別後，便目送著陳熠走進機場禁區。

飛機準備起飛了，陳熠發了條信息給由美，由美看了，但是沒有回。想必是不知道該説些甚麼吧，陳熠心想著，便關上了手機，拿出書包裡的信封看了看，又放了回去。

飛機落地時，陳熠又發了一條信息給由美，由美看了，還是沒有回覆。接下來的日子，由美依舊沒有回覆，打電話也不接，和之前不同的是，由美連消息也不看了。這讓陳熠有點失落。此時他似乎是明白了由美那兩句「謝謝」的意思，「那已經是在跟我道別了吧。」陳熠暗道。他從書包裡拿出那個信封，放進了書桌上的盒子裡，心想著，看來我是被分手了，那這封信以後再看吧。

陳熠回到香港後，便重新過回了以前那個有著無盡壓力的日子，但他腦海裡始終忘不了由美，時不時會因此而感到傷感。他曾幾次想將信封裡的東西拿出來看，但他害怕裡面寫著甚麼他接受不了的話語，每每拿起都下不了決心打開。他也不敢瘋狂發信息給由美，因為他知道由美並不喜歡別人這樣。

直到有一天，傑克發來了消息：「由美前幾天去世了，好像是因為抑鬱症。」陳熠不敢相信自己看到的，立馬拿起手機打給由美，接

聽的卻是克裡斯蒂老師⋯⋯陳熠跟老師簡單聊了幾句便默默地掛了電話。此時的他已是傷心欲絕。他看向了電腦桌上的那個盒子，鼓起勇氣打開了由美給他的信封，裡面是一張明信片，明信片上的照片是他們常去的那個海濱長廊。明信片的背後只有簡單的、歪歪斜斜的五個字。陳熠看完卻再也忍不住，一滴滴的淚珠滴落在明信片上，淚水化開了字跡，陳熠注意到了，連忙用手去擦，可是愈擦愈模糊。

五

飛機降落在了凱斯機場，暌違兩年，陳熠又重新站上了這片土地，熟悉的空氣，熟悉的「不自然」的藍天。

這次還是茉莉來接陳熠，但這次就只有茉莉一人。「我可以先去海濱公園嗎？」陳熠問茉莉。「那我把你送過去。記得早點回來，差不多要吃晚飯了。」茉莉說。「我不回去吃了，謝謝你。」陳熠回應著。

陳熠獨自走在海濱長廊上，他先是去了由美喜歡的那間鬆餅店，坐了那天那個位置。店裡的餐牌還是和以前一樣，連價錢都沒有變過。陳熠指著上面有著草莓冰淇淋的那個，對著服務生說：「我要這個，謝謝。」鬆餅送上來後，陳熠默默地吃著，好像一切還是和以前一樣。吃完後，他走到了那片由美學習中文的沙灘。昔日兩人寫下的字已經被時間撫平。陳熠默默地走在沙灘上，海風很冷酷，不停地拍打著陳熠的臉。陳熠呆呆地看著天空，想起了自己之前對由美說的那句話，「天空的確很大，但也許就像你說的，思念更大，大到連宇宙都裝不下。」陳熠苦笑著。隨後，他彎下身撿起了一個地上的貝殼，

把由美寫在明信片背面的五個字寫在了沙灘上，再認真地把貝殼放在了中間。夕陽下，陳熠的影子被拉得很長。而沙灘上的那五個字，也在短短幾分鐘內，被海浪洗刷得只剩下了「由美」二字。

幾天後，陳熠便又要踏上新的旅程。臨別時茱莉對他說：「年輕真好，想去哪裡就去哪裡。現在正是櫻花盛開的季節，日本一定很美。到了那裡記得寄一張明信片給我。」

「嗯，我會記得的，我一直都記得。」

喜歡含羞草的科學怪人

陳可彤 /

　　「各位同學早安！歡迎大家從多姿多彩的暑假回到校園。一如既往，今年學校希望同學能夠兼顧成績的同時，能夠發展自己各方面的才能，達致學校的學習目標──『德智體群美』，讓香島中學繼續在屯門區名列前茅……」校長用拘謹沙啞的嚴肅聲線，依照往例地向操場上的同學道述學校今年度的目標及期許。

　　「由於上年度疫情緣故，我們未能舉辦一年一度的『中六學生在校種樹儀式』。經過老師們努力爭取與商討，我們決定在今年的開學日補辦。現在請上年度畢業生步行到操場旁的『香島花園』，儀式準備開始。」畢業生紛沓而至，在花園的大榕樹下等待校長的指示。「各位中六畢業生請拿出老師先前派發的種子，把它埋在土壤裡……」畢業生不疾不徐地把種子埋在濕潤的土地裡。「恭喜你們順利畢業，祝福你們往後能在社會上長成傲然挺立、枝繁葉茂的大樹，把在香島中學學到的知識種子繼續散播在你生活的各處，祝願你們前程似錦。」操場的同學與老師拍手叫好。儀式結束後，其他同學終可逃離赤日炎炎的操場，皆步履如飛地跑回教室，除了安儀……

安儀兩手按部就班地梳理短髮、戴好全罩式耳機、整理衣領、拉出袖角、扯直恤衫、重摺百褶裙被熨斗壓出的摺痕，整套校服潔白無瑕、皎如日星，在整個操場上鶴立雞群。

她施施而行地從操場步入六甲班的教室。雖然她上年度只是四年級生，但因為成績斐然，被安排今年直接上六年級。許多跳級的學生都害怕要在新年度認識全新的朋友，懼怕自己不能被接納，然而從不關心能否與同學打成一片的安儀，一向都自覺超然不群。

姍姍來遲的她沒有看過新同學一眼，沒有打招呼，在她眼中教室空無一人，所有設備一目了然，於是逕自走到教室的窗邊，坐在貼上硬膠片「安儀專屬」的桌子上，拿出上課用品準備聽課。絕大部分的同學都對她如此無禮的行為冷眼旁觀、竊竊私語，有些甚至惡言相對：「你這科學怪人別在這大搖大擺、打腫臉充胖子，你怎樣都只不過是我們的師妹，只不過是我們昊傑和家駿的手下敗將。」昊傑睥睨一切，左嘴角不自覺收緊戚起，然後揚揚手指示其他同學不用操心在這丫頭身上；坐在安儀後面被同學點名的家駿則抬頭向安儀微笑點頭，隨後便注視回自己的課本。戴著耳機的安儀隱約聽到他們的風言風語，心頭沉一沉但沒有多加理會。

天賦異稟的安儀在科學科目裡擁有卓越成績，學校裡眾人皆知，是全校的一枝獨秀，然而她不善交際與言辭，使她在學校裡經常獨來獨往、孤身一人，有時甚至會做出詭譎怪誕的行為，故同學們都稱她為「科學怪人」。雖然全校都知道這是戲弄安儀的綽號，安儀卻因為一向不理世事，所以對這別名渾然不知，只感覺同學們有時對她刁鑽

刻薄、特意為難，心裡有時也因此悵悵不樂、鬱鬱寡歡。

劉老師走進教室，「全部同學給我坐下來！」呼喊著同學們安靜下來。他是六甲班的班主任和生物老師。「現在我們會進行四十五分鐘的突擊測驗，考考大家是否還記得上年度學過的知識。安靜！現在開始！」剛剛跋扈自恣的老虎瞬間被馴服成弭耳犪伏的小貓，低頭喪氣地準備測驗。

測驗完畢。劉老師在教室前方的螢光幕上公布答案，吩咐同學各自批改答案。安儀獲得全班第一，昊傑與家駿緊追其後。劉老師和顏悅色地道：「現在先小休一會，小休後我有重要的事情宣佈。」昊傑見到這個不順眼的結果，嫉賢傲士，反了一個白眼後，小休時開始在教室裡散播風言醋語，告訴其他人安儀能夠跳級上六年級，全因她是主任的女兒，只是靠關係、虛有其表的卑鄙小人。當然安儀仍然活在自己的世界裡，置身事外。

第一次測驗便先拔頭籌的安儀喜上眉梢，下課後，她戴上耳罩，踏上愉快的小碎步，奔向學校的世外桃源——「香島花園」。那裡是安儀的小天地，雖然在那裡的植物都是歷屆師兄師姐所種植，但它們的資料安儀掌握得駕輕就熟。安儀自言自語地道：「那盆是捕蠅草、那盆是南非天竺葵、那盆是中美洲的玉米屬於馴化植物⋯⋯喔！還是我的大榕樹最好。」説完便輕快地跑向花園的遠處，那裡種植著唯一一棵的大榕樹，她急不及待地向它述説自己在班裡的輝煌史，炫耀了一番後便坐在樹下聽著耳機的旋律、閉上眼睛休息。

「同學！同學！」戴著耳機的安儀並沒有聽到吳老師的呼叫。吳

老師兩手按部就班地梳理短髮、整理衣領、拉出袖角、扯直恤衫、重摺西褲被熨斗壓出的摺痕，整套西裝潔白無瑕、皎如日星。他緩緩地走近安儀，生怕吵醒她。他輕拍一拍安儀的肩膀，安儀立即彈跳起來：「午安，吳老師！我是安儀。」正當吳老師打算開口時，安儀突然拉了拉老師的手臂，引領她到花園的中心處，喋喋不休地說：「那盆是可愛的含羞草，就像我一樣，不喜歡被碰，只要一有身體接觸便會把身體捲縮一起。請吳老師下次不要碰到我，我與你不是很熟。」「安儀你好！因為我呼喚了你幾次，但……」「還有含羞草只會在日光下打開自己；月光下則會封閉自己。含羞草真的很有意思，這個世界的生物也都很奇妙……」安儀一邊說著一邊徐徐離開花園，頭也不回地走回教室準備上課。剩下吳老師一人在花園裡呆站，相比其他老師，他沒有怒斥安儀出言無狀，反而看著她離開的背影會心微笑。

「上課前我有件事情要宣佈。剛才測驗的頭五名同學，安儀、家駿、昊傑、迪軒、家樂將會代表學校出戰國際生物奧林匹克香港區比賽的隊際比賽，請你們多溝通準備，並在比賽好好表現，為校增光，展現學校『德智體群美』的學習目標，校長對你們寄予厚望。好！沒有問題的話，我們繼續上課……」

國際生物奧林匹克香港區比賽是安儀每年都期盼可以參加的比賽，今年同樣如願以償可以參賽令安儀歡欣鼓舞。下課後，她戴著耳機迫不及待地衝出班門，再次跑到小花園。一邊澆花一邊與朋友們聊天分享喜悅，更與大榕樹擁抱。「喂！科學怪人！你在跟誰聊天？不會是那些根本無法給你反應的植物吧？真的難怪別人叫你怪人！」意

氣風發的昊傑踢開小花園的木欄，大步流星、趾高氣揚地邁進小花園。安儀沒有理會，繼續悉心照料眼前的小花。「與你一起出賽真丟我和香島中學的架子，麻煩你比賽時安靜聆聽、安守本分就可以，不要再自言自語說外星話。其餘的你不用多管，放心交給我和家駿就可以。拜託你不要幫倒忙！畢竟你也只不過是虛有其表，沒有父親的幫助，你根本一無是處、一事無成，是個花瓶。」

安儀拉下耳機，不露聲色地說：「你知道含羞草有甚麼作用嗎？」昊傑翻了翻白眼：「讓那些調皮搗蛋的小朋友碰它，然後觀賞它開合的奇怪景象，還用……給你這個『科學怪人』作聊天夥伴。」「別看它比較奇怪，更別以為它只可以讓人觀賞與戲弄，其實它也有藥用用途。含羞草全株都可入藥，有化痰止咳、寧心安神的作用。在其他人眼中我或許比較奇怪，但其實我只不過是單特子立，只要你懂得欣賞，你會發現我也有許多可取之處，就如含羞草一樣。」安儀怒瞪著昊傑，伶牙俐齒地說：「啊！忘了告訴你，別看含羞草含羞答答，其實他也有毒性。別看我好欺負便欺人太甚，你也只不過是我的手下敗將。」「神經病！」昊傑不聲不吭，積羞成怒、怒氣填胸地轉頭就走，路上還被小石頭絆倒，跟跟蹌蹌地逃離安儀。安儀戴回耳機，心境平和地繼續打理盆栽。

在小花園遊蕩的吳老師成了這套吵架戲的觀眾，他走近安儀，輕拍一下她的肩膀。這次安儀沒有彈跳起來，只是歪一歪頭，看見吳老師後便放下耳機，詢問吳老師找她甚麼事。吳老師說：「你有沒有興趣聽一下我以前的小故事。」「我可以一邊照料它們，一邊聆聽你的故

事嗎？」「當然可以……恕我直言，相信你也是自閉症譜系障礙患者吧？」安儀默不作聲，但停下了手，沒有再整理土壤，抬起頭放空地看著前方。「不用擔心，我不是打算來挖苦諷刺你，畢竟我也是同路人、心同感受。而是打算希望作為老師、朋友與你分享我由小到大的點點滴滴與難關，也想藉此機會告訴你，你並不是孤單一人。」安儀沒有多講說話，只是漫步走到大榕樹下坐下，然後低頭凝視著地下。「這個社會熱衷於標籤各種與大眾不同的人，就像你一樣，我小時候在教室裡也有一張專屬於我的桌椅。雖然上面貼著的並不是我的名字，而是『專屬於沒禮貌的學生』，但全班同學都已經默認那張桌椅是我專用，全因我很多時候都懶理各人。在我成長的過程中，我就像生活在一個單向玻璃盒裡，只有我看到出面，沒有人能從外面瞭解到我，同時裡面的我也隔著玻璃，與外界不相往來、互不相干。被人標籤誤會，經常感到孤立無援是我們自閉症患者必須經歷的成長階段。其實你是自閉症患者裡能力獨佔鰲頭的一群，千萬不要看輕自己，更不要被同學的閒言閒語所傷害。靜心等待必會有專屬於你發亮發光的舞台。有需要的時候必須要尋求協助。你也可以找我……」兩人在榕樹下促膝長談，這是安儀第一次遇到有人主動與她聊天，而且願意深入瞭解她，雖然她因為拙劣的社交技巧未能表達出所有心中感動的想法，但得知有人背後會全力支持她，她感到空前未有的身心舒暢。

接著的幾個禮拜，安儀每天都在科學實驗室匆匆忙忙地與隊友們準備比賽，然而不善言辭的安儀常常都讓隊友們扒耳搔腮，甚至會惡意刁難她，使進度未如理想。

昊傑疾言怒色地說：「再這樣下去，我們一定趕不及一起完成和分析所有歷屆的題目，我有一個辦法……」其他隊友的眼睛瞬間變得水汪汪地仰視著昊傑，彷彿在絕望的谷底裡看見一絲希望。「安儀在我們討論題目時閉口無言，做試題時卻滔滔不絕地說著她的外星話。既然她無法跟我們有效地溝通，那麼喜歡活在自己的世界裡，倒不如讓她一人在家準備，我們四個一同準備罷了。你既然能在測驗裡拿到全班第一，你應該有能力自己獨立完成吧？科學怪人？要不然就去找找你的父親，看看他今次又有甚麼招數幫助你吧！」昊傑妒忌的口氣佈滿了整間實驗室。屢次當眾妖言惑眾、屢次當眾排除異己、屢次當眾詆諆諑使安儀終於情緒崩潰、淚流滿面、快步流星地離開實驗室，奔向小花園。

　　「夠了！何昊傑，你不要那麼過分！你已經不是初犯，很後悔之前沒有即時制止你，讓你可以屢次傷害安儀，請你好好反省一下。」平時一言不發的家駿按捺不住，對昊傑破口大罵，隨即緊跟安儀。

　　安儀健步如飛地跑到小花園，推開木欄，用食指輕輕點那盆含羞草的所有葉片，然後屈膝坐在盆栽的另一旁，用兩手交叉抱緊自己，啼天哭地。跟在其後的家駿見到這畫面後不禁鼻子一酸，心頭一緊，雖然他的成績與昊傑不分高下，但他時刻提醒自己必須與他有別，不要只是盲目的追求成績，能懂得運用同理心才是高人一籌的指標。故見到如此景象的他，自責從來沒有幫助過這脆弱的心靈，反而任由惡勢力在教室增長。於是他放輕腳步走到安儀旁邊盤膝坐下，左手不斷輕拍安儀的肩膀，一下又一下地安撫她的心靈，讓她安定下來。「對

不起安儀，我早應金風未動蟬先覺，為你提供幫助⋯⋯」安儀情緒稍微得到改善，心中的委屈一湧而出。

　　比賽這天終於到來，所有隊伍都到達比賽場地。香島中學隊伍由劉老師與吳老師帶隊。安儀隊內的氣氛死氣沉沉，見他們還沒準備好比賽，對手都在隔岸觀火。主持人簡單記述了這場比賽的規則，包括：先搶到的隊伍會擁有優先回答權；擁有回答權的隊伍需要在十秒內給予最終答案；陳述最終答案前需先講出隊伍所屬學校；最終答案一經講出將不能再修改；正確答案獲一分；擁有回答權的隊伍若未能在十秒內給予最終答案便會倒扣兩分。說畢，主持人便帶領各隊伍到所屬的參賽位置就座。安儀、家駿、昊傑坐在第一行，迪軒、家樂坐在第二行。開始前家駿喊了一聲，希望能幫助隊伍重整士氣，然而隊內卻仍然像一群「雜牌軍」。

　　「比賽正式開始⋯⋯第一題：心臟的左心房和右心房有甚麼分別？」昊傑立刻伸出手搶到了發言權，便說：「香島中學！左心房由二尖瓣膜連接至左心室，而右心房則是由三尖瓣膜連接至右心室。」「恭喜香島中學獲得一分！」靠著昊傑飛快的速度，香島中學成功首開紀錄。昊傑也隨之驕傲自滿，瞟著安儀顯擺著自己才能兼備、舉世無雙。然而急性子的他在往後的題目未有與隊友商討便先搶優先回答權，一昧認為可以單憑一己之力便可以完成所有隊際比賽的題目。怎料有幾次搶完回答權後才發覺自己不明瞭問題答案，隊友們對於他突如其來的搶答也尚未準備好，導致在限時內未能給予最終答案，分數一直倒扣至負分。此時，家駿計出無聊地告訴昊傑：「麻煩你在稍後

的比賽時間內安靜聆聽、安守本分就可以，其餘的你不用多管，放心交給我和安儀就可以。拜託你不要幫倒忙！」昊傑晴天霹靂，對這句說話有種似曾相識的感覺。他最恐懼的事情終於發生——安儀取代了他。被家駿告誡完後，昊傑呆若木雞、心不在焉，未能消化剛才家駿對他的批評，比賽也自然而然地無法專心參加。反之，冷靜沉穩的安儀在隊友鼓勵下發揮超常水準，所有有關的知識皆倒背如流，成功幫助香島中學起死回生，讓隊伍獲得全場第二名。

「你好棒啊！我們全靠你啦！」家駿擁抱著安儀說。離開比賽場地後，四人擁作一團，恭喜自己終於完成學校任務外，也感嘆安儀學識淵博。昊傑站到一旁，今天終於見識到安儀的實力，對於之前自己的誣衊引以為恥、羞面見人，他所建立的顏面掃地盡矣。不知怎麼下台的昊傑，只是淡淡的道出一句：「謝謝你安儀。我先回家，再見。」「再見！下一次靠你啦！幫我們爭取冠軍。」家駿話裡帶刺。劉老師與吳老師緩緩走近，向同學們道賀。吳老師更走到安儀旁，輕拍一拍安儀的肩膀，說：「恭喜你！你終於等到屬於你發光發亮的舞台！」安儀轉頭給予吳老師一個溫暖的微笑：「謝謝你！」

「恭喜又一年的畢業生順利完成艱辛但有趣的中學生涯，也感激這屆同學們為學校付出的一切。現在請畢業生步行到『香島花園』，一年一度的種種子儀式準備開始。我們今年為畢業生提供了共四種的種子，包括：捕蠅草、天竺葵、玉米、含羞草。現在先請畢業生挑選自己喜愛的種子。」校長一本正經道。安儀毫不猶豫地挑選了含羞草，緊握在手心中。「現在請畢業生把種子埋在土壤裡，祝福你們往後能

在社會上長成傲然挺立、枝繁葉茂的大樹，把在香島中學學到的知識種子繼續散播在你生活的各處，祝願你們前程似錦，禮成。」安儀不疾不徐地將種子埋在土壤裡，心裡期盼這棵只屬於自己的含羞草可以茁壯成長。含羞草象徵著堅毅不屈的態度，同時擁有自愛、自尊、自重的精神。自閉症患者不一定代表脆弱、奇怪，只不過他們比我們更懂得保護自己、愛護自己而已。安儀跟每棵植物道別後，最後一次碰碰花園裡其他的含羞草再擁抱自己。兩手按部就班地梳理短髮、戴好全罩式耳機、整理衣領、拉出袖角、扯直恤衫、重摺百褶裙被熨斗壓出的摺痕，與站在校門的吳老師揮揮手，昂首闊步步出校門，揭開人生新一頁。

姜公府的太太們

張希蕊 /

一、初進府邸

　　熾熱的太陽使小渝從木車上醒來，她只覺得天昏地暗，明顯剛剛的藥效使她短暫忘卻了在教養院的苦楚，那一鞭一鞭的抽打真叫人看不見日子的盡頭。她努力地睜開眼睛，想要抓住那點不曾久留的韶光，但眼簾下只有剛剛毆打她的幾個人口販子，正在不知道哪個街市中心，大聲地叫囂著一些銀碼。「五十元一次！」「一百元二次！」「一百五十元三次！」「一百五十元叫定！」小渝強撐著虛弱的身子，想要盡力地反抗這樁「買賣」，她又不是貨物，豈由這些人主宰著！她掙扎著，但是被太陽曬得渾身發燙的她再次慢慢地閉上雙眼，暈倒在車上。車輪滑過顛簸不斷的石路。她撫摸著滾燙的臉蛋，像是在憐惜自己；又抱住自己瘦骨嶙峋的身子，挺過了兩天的飢餓，又睡了不知道多少個時辰。苦日子像是個怨靈，誓死要纏繞著小渝……

　　「這孩子終於醒來了。唉，看她骨瘦如柴的樣子，怪可憐的，還不快扶她起來。」說話的是位雍容華貴，穿著華衣美服的中年太太。

她長的不算是個大美人，臉上還可以看隱約到歲月痕跡，但勝在有著一種歲月靜好的氣質。「快起來吧。」一位和藹可祥、白髮斑斑的爺爺扶起了小渝，又餵了點湯藥。「吳總管，你動作可放輕點，別傷著人家姑娘呵。」「是的，夫人。」叫吳總管的爺爺接著橫著眼，打量著小渝，笑問道：「姑娘芳名啊。」小渝小心翼翼地環視四周，這是上至格局下至裝潢佈置都非同凡響的別府，顯然這兒的主人非富則貴。屋裡的洋傢具擺放十分講究，且價值不菲，無疑為小渝內心徒添了一幅壓力牆。她很快便搞懂了狀況，壯著膽子回答：「我叫小渝，至死不渝的渝；年十六。夫人好，感謝夫人的救命之恩，這份恩情小女沒齒不忘。」話畢，立馬下跪，餘光瞧著夫人的反應，只見夫人和吳總管交換了眼神，又飛快地掛上一開始的慈祥笑容。「好，好，好。小渝是個好孩子。我沒有錯救了人。我是姜公府的二太太，正好我缺了個貼身丫鬟。小渝，你意下如何？」「小女自幼無父無母，身無分文，二太太能夠收容我，是我與生修來的福氣。今後我當為太太盡心盡力，赴湯蹈火。」二太太上揚的嘴唇更向上翹，一對遠山眉顯得她更高雅大方。忽然，一些刺耳的高跟鞋聲打斷了這片樂也融融的空氣。迎接而來的是一位明艷動人、有著花容月貌的年輕女子，這位明顯要比二太太至少小十歲；只見她扭動著水蛇腰，一邊有意無意地展示手上碩大的珊瑚戒指，時而拋動著頸上的灰虎紋茸毛肩巾，整個身子坐在二太太對面的沙發，翹起纖白的玉腿，整個人的氣場居然略勝二太太一籌。

　　一山二虎，屋內彌漫著詭譎又緊張的空氣，讓小渝喘不過氣。

「姐姐，這是你買的丫鬟？看著挺聰明，又讀過點書，不如讓給妹妹？」年輕太太裝作無辜地滾起那雙波光粼粼的眼睛，教人生憐。未等二太太反駁，吳總管便答了話：「三太太，你若是缺人，我明天替你再添幾個丫鬟便是了。」只見三太太喊著鳳眼，不屑地道：「哼！奴才當久了長性子了是吧，我又沒問你。」或許是意識到自己失言，三太太又補了句：「姐姐，我這是替你著想，免得一些來歷不明的人混進來嘛。好啦，姐姐的決定肯定是最好的啦，我先去打牌了。」「各位都散去吧。」二太太揮揮手，以女主人的口吻，指揮眾人散去。

二、暗潮洶湧

　　小渝被安排到一個單人住處，又瞭解了一些姜公府的事情。這裡的主人姜新遙是當今國聯黨內外都無人不曉、驍勇善戰的特級上將、第一戰區司令長官，年僅四十多就被提名當行政院院長；他是大清姜夏泠將軍的後人，這樣顯赫的背景更是讓黨上下都要對他忌憚三分。姜將軍分別娶了四位太太：糟糠之妻正室馮葭影、二太太裴決藍、三太太施世好，這三位都是出身名門望族，府中上下無不對他們俯首稱臣。另外還有一位四太太陳子涓，是姜將軍在一個戲班看演出時邂逅，但出身寒微，儘管將軍對她和三太太寵愛有加，府裡的人總是明地暗地裡排擠她。

　　正月十五，屋外的月光融到泉水裡，化作一溪雪，為漆黑的姜公府點綴了一些光景。小渝握著手中紛紛飛來的雪花，覺得無比滿足，畢竟現在衣食無憂，也再沒有人會傷害她。一想到以後的日子每天替

二太太揉揉背，整理一下賬目，晚上閱讀自己喜歡的詩集，也算是活得有尊嚴。正當小渝想著日後的美好時，一個不留神——「啊！」一個身上飄著桂花香的輕盈少女和小渝迎面碰撞，疼得那位少女掩住膝蓋，皺起了眉。細眼看，這少女的五官清麗，長了一副與世無爭的俏容，身穿一縷粉色紗衣，如仙女下凡；尤其那身桂花香，只令小渝想到一句「暗淡輕黃體性柔，情疏跡遠只香留。」小渝彷彿置身在無人之境，她忽然只想永遠地和少女一起，一邊欣賞她膚如凝脂的美顏，一邊觀賞這片充滿詩情畫意的雪境。「你叫什麼名字啊？」少女問道。對了，她是誰呢？看她這身打扮，又不像丫鬟，又不像是傳聞中深居簡出的大太太，而且年齡和小渝相若。「我是小渝，二太太的貼身丫鬟。」「我是四太太，我們年紀應該差不多，你也可以叫我子涓，涓涓細流的涓。」小渝漲紅了臉，略帶嬌羞地說：「四太太，先失陪了。」之後飛奔回屋內，又忍不住回頭看她不吃人間煙火的背影。

　　小渝的心情久久未能平復，為甚麼會有這麼好看得不可方物的女生？她漫不經心地替二太太按摩，腦海裡全是她的身影，揮之不去。「渝，明天替我去買點護膚品；另外，去廚房吩咐一下晚上的菜式，多準備點老爺喜愛的；還有，三太太四太太的方子照舊。」「三四太太的方子？」小渝有點摸不著頭腦。「別問，做就是。替我燒杯安神茶，然後叫吳總管進來。」住進來的幾個月來，小渝總覺得二太太並不像想像中的平易近人，反而心思慎密，而且看似和吳總管總是有些不可告人的秘密。她搖搖頭，也不再多想。

　　門後，是神色凝重的吳總管和二太太。「夫人，看來情況不妙

啊。將軍好像已經擬定了一大部分的房產授權書，我盡力從軍營那邊擷取到一些草稿，寫的都是大太太和三太太的名字。而且，將軍最近愈發謹慎，把身邊很多人都換走了，當中我們的人也調去了其他地方。」二太太迫不及待地搶過稿子，轉過頭怒不可遏，把茶杯往門口一摔——「我就知道！馮葭影那個人老珠黃的東西，天天叫她兩個兒子媚諂老爺，還裝作一副病快快的模樣！然後那個不下蛋的淫婦，就只會在新遙面前搔首弄姿！她們都憑甚麼！」吼著罵著，她又撕心裂肺地哭了起來：「男人都不可信！他前陣子還信誓旦旦說會把淮南區的大宅留給我們母女倆，怎麼現在又給了他兒子啊？我這麼努力管理這個家，防著那個老女人復寵，每天和施世好唇槍舌劍，現在又來了個年輕的新寵。我到底圖個甚麼啊……我又不奢求他像以前一樣愛我……」一旁的吳總管看著哭成淚人的她，有點不知所措，又有點心酸，連忙安慰著：「夫人，你倒也不必太擔心。我看那個四太太表面上柔柔弱弱，但其實有點手段。我們不妨放她和三太太抗衡一下，坐收漁人之利。」「我們一定要趁國共兩黨開打前把東西拿回來！只是可憐我閨女，這麼努力討他歡心，還是比不過馮葭影那兩個兒子，她是我的所有希望啊……」

三、火勢蔓蔓

農曆初一，姜將軍從戰場上凱旋歸來，又適逢新年，姜公府舉辦了睦邁的家宴，府中鬧滿了喜氣洋洋的笑聲，三位太太居然上演著一齣姐妹情深的戲碼，就像前幾天的糾紛不存在似的，四太太坐在姜將

軍身旁，靜靜扒著飯，舉止溫柔。小渝在眾聲喧嘩中，唯獨就只注意到她，一舉一動都叫人著迷。

　　「為國聯黨初勝乾杯！那麼久不見我的幾位妻兒，我知道各位都想念我了，今晚吃飽喝滿，哈哈哈哈！」姜將軍和傳聞一樣形容魁健，即便年近半百依然英姿颯颯，連小渝都不禁為之一嘆，將軍真的老當益壯。「涓涓啊，這是你第一次在這兒過的新年，一家人就別拘謹了，多吃點。話說回來，幾位姐姐有沒有欺負你啊？哈哈哈哈」姜將軍瞇著眼，似笑非笑地問四太太。只見其他三位一下子沉著臉，大太太一如既往捂住嘴，猛烈地咳嗽；二太太原來優雅握筷子的動作靜止住，連含情脈脈看著丈夫的表情都消失了，室內喋喋不休的談笑聲一秒間溶為空氣。正當姜老爺打算以個「新年玩笑」的話術緩解一下尷尬，三太太不知哪來的勇氣，或許是酒精作祟，居然開始大鳴大放：「我跟子涓都情同姐妹！上回老爺拿來的西洋絲綢忘了分發給妹妹，我就分了我的份兒給她，再說了，我跟子涓天天聚在一起，有好吃的糕點都叫她來我的院子裡。反倒某些人，和廚房的人混得熟，大冬天弄些殘羹冷炙給人吃，真是沒心肝。」「老爺，世好姐姐確實很照顧我。」四太太補充到。姜將軍或是終於受不了了，咆哮到：「誰？我問誰！」全場無人吭聲，吳總管像是逮到獵物的獵人，立刻說：「姜將軍，這幾個月府裡的食材和人事，都是姜夫人在管理。二太太的丫鬟小渝只負責和各房太太聯絡。」座間傳出竊竊私語，目光都投在小渝和大太太身上。

　　「好你個吳總管，無事大太太，有事姜夫人。現在生不出孩子都

來怪我了是吧。」大太太雖然有著蠟黃色的倦容，面對眾人的指控，臉上依然雲淡風輕，她從輪椅上站了起來，「我的夫君」又看了看其他三位太太，「要罰我就隨便吧，不過記得連裴泱藍的丫鬟也一併罰。」話畢，又意味深長地看向二太太。姜將軍只打算大事化小，氣沖沖地拋下了一句：「馮葭影禁足三個月，裴泱藍禁足一個月，外加罰俸一個月。幾個月我回來後，不希望見到有下次。」然後又揮袖離去，要四太太服侍他。誰也見不到，在沒人看到的角落裡，子涓悄悄地勾起了一淺志在必得的笑容。

宴會散去，小渝只覺得頭昏腦漲。她依舊記得幾天前，二太太讓她去打點廚房，她還在一個包裹裡找到些奇怪粉狀物，聞著像是零陵香和麝香。她邊走邊整理一切，三太太、四太太……吃了殘羹冷炙……零陵香麝香……生不出孩子……是二太太搞的鬼！想到這，小渝頓時覺得背脊發涼，不寒而慄地抖了起來。大太太是特別「關照」了她們的膳食不假，可是……二太太那些用多了，可是會終身不孕的！小渝心裡慶幸她當天懷疑著，一直跟子涓的貼身丫鬟報備，否則子涓可能已經慢性中毒死去！不知道該如何面對二太太，她覺得好怕，很想離開這裡，但又覺得她離不開這裡的豐衣足食，有那麼一瞬間，她感到很愧疚又窩囊。突然她想到，二太太會不會直接對子涓下手？沒由來的，最近一想到子涓，她就會不自覺的會心微笑，會想和她走過流水小橋，會想不顧一切的保護她……於是，她便前往子涓院子。

此時此刻，姜將軍的房間點起了溫暖的蠟燭，火光明熾，姜將軍

扒在了芙蓉暖帳上，享受著子涓曼妙的舞姿。「我的子涓跳起舞來，真是人間織女。和那個在戲班見到的你一樣，還是一塵不染。」子涓識趣地考到他身旁：「老爺還是待我如初見的好。今天的事爺你就消消氣吧，我看兩位姐姐也是一時犯錯而已。」姜將軍又摟住了子涓，「方才我冷靜了一下，我還真是個差勁的丈夫。我跟葭影和泱藍多年夫妻，我很清楚她倆本性其實不壞的，特別是葭影。當年因為家族門第，我老子又喜歡她的賢慧，按著我娶她，葭影很努力的討好我，反倒是我愛理不理，可能這樣就磨掉了她的好。然後我又和泱藍兩情相悅，不顧馮家的反對，硬是娶她回來，讓她吃了不少苦，但我或許出於愧疚，我並沒有阻止。後來葭影生了一場大病，身體大不如前，我的工作開始繁重，長期出遠門，把家裡的大大小小事情都扔給了泱藍。幾年前又遇到世好，我知道我耽誤了她們的青春，也虧欠了她們很多……」子涓目無表情地看著睡著的他，冰冷鋒芒的眼神像是要把他的心臟刺穿。

四、泡沫幻影

小渝發現子涓不在，正要回去休息，卻看到一個鬼鬼祟祟的男人身影潛進三太太的院子裡。生怕是二太太下手，她便跟了上去。只見那個人大手把門一關，小渝只能在三太太的睡房外守候，準備把犯人束手就擒。等了一會門內卻沒有動靜，於是她探起頭往窗縫裡查看，那不是鎮上享譽許久的婦科勝手葉醫生？只見風情萬種的三太太慢慢褪去了上半身的赤紅色絲質肚兜，又伸手脫掉葉醫生的襯衣。她露出

了半邊雪白的胳膊，勾住了葉醫生的脖子，柔情似水的看著男人，在他耳邊輕輕說：「還是你最好。」小渝雖然不諳男女之事，但看到眼前這般不可描繪的畫面還是明白之後會發生甚麼，她被嚇得抽走了魂魄般，一聲不敢亂吭。這時，三太太和葉醫生正在帳被上大汗淋漓，顛鸞倒鳳，門內夾雜了一清二楚的嬌喘和粗重的呼吸聲。

　　臉色蒼白的小渝已經被嚇得屁滾尿流，她連滾帶爬的逃出了院子，不巧在外面碰到了子涓，小渝像是找到了救星般，撲向了她喊到：「四太太！三太太她……葉醫生……」沒料到子涓卻一副見怪不怪的模樣：「喔？難怪他最近來多了。對了，你要不要來我這裡坐坐？」「小渝不敢。」子涓於是一手牽起了小渝，又把身上的斗篷蓋在她身上，以防她著冷。「她是在照顧我嗎？」小渝不敢妄想，心臟又莫名地顫動。

　　子涓開了一壺熱茶，看著臉頰紅潤的小渝，盤算了一下，侃侃地道：「剛剛宴會的事很抱歉，三太太向來性子直來直往，而且夫人她確實欺人太甚。至於葉醫生，我希望你可以保守秘密，他倆本是青梅竹馬，是世好那個不中用的父親欠了不知多少錢逼她要嫁給姜新遙，也是個可憐人。」小渝了解到三太太的身世，不禁對她有了幾分憐惜。接著子涓又道：「不過，我覺得最可憐的莫過於大太太，她還是對這段婚姻抱有著一些不切實際的幻想。」小渝心裡有些期待，大膽地問道：「那麼……那麼，四太太你對姜將軍有那種夫妻的感覺的？」子涓突然站了起來，從後抱住了小渝，哽咽著：「我都知道的，其實都是你一直在暗中保護我！一個月前在大院子裡我摔破了大太太

的玉壺，差點被她摜破臉，是你，替我做了人證，我才倖免於難；還有，這段日子你都特地聯繫我的丫鬟，偷偷為我準備無毒的熱飯菜，是你……」

小渝看著哭得梨花帶雨的子涓，再也顧不住，吻住了她。兩個或許不知道情為何物的人，就這樣平靜地陪伴著彼此，從子夜到日出，腦海閃過相濡而沫的未來，她們會在無人的草原上長相廝守，直到花髮斑斑，直到化作塵土。

五、黎明時分

「新遙你不要丟下我！我只有你啊……」屋外傳來大太太聲嘶力竭的哭聲。這是一個陰霾天，姜將軍和大太太熟悉的爭執聲再次喚醒了眾人。「你這個心腸歹毒的妒婦！念在我們多年夫妻，我一直容忍你的種種行為。以前你多麼賢惠大度，現在你居然想殺死一個豆蔻丫鬟，她何罪之有？」姜將軍怒目而視著眾目睽睽跪了下來的大太太。大太太再也顧不上眾人的眼光，熱淚控訴著：「當初？何事秋風悲畫扇啊！我是你的妻子啊姜新遙！可這麼多年，你可曾正式把我當作你的妻子？」「馮氏，我要休了你！」說著說著，他突然感到眼前一白，呼吸困難，他艱難地捂著胸口，然後吐出了一口黑紅色的血，最後倒在地上，沒有了呼吸。眾人嚇得雞飛狗走，只有馮氏走近男人的屍體，一動不動，然後欲哭無淚地撞牆自盡。

這時府外傳出震耳欲聾的砲火聲，吳總管心急如焚地大叫著：「是共軍打過來了！大家快跑！」未等其他人反應過來，他已經和二

太太一馬當先拿著大小二包，竄了出去；三太太則是早消失得無影無蹤。小渝環視四周，獨不見子涓，她走進子涓空空如也的院子，只撿到一張紙條：

「吾與姜氏存不共戴天之讎，昔日置吾輩闔家陰陽永隔。幸得蒼天垂憐，得以復其滅門之仇。汝待吾有至死不渝之情，余亦以祖輩之名誓之，他日定當在夕陽下重晤。

涓字」

正午的陽光使小渝汗流浹背，但她沒有停下腳步，一步一步地翻過一座又一座蓊茸萋蕪的山巒；櫛盡的石路沒有讓她透支，她深信子涓正在某個夕陽下的角落等待著她。

無劍

陳昊凡 /

(1)

「生死，天命也。泉魚處於陸，相濡以沫，不如相忘於江湖。」
——《莊子》

(2)

劍光閃耀一瞬，只聽見「啊」一聲，「哐當」人頭滑落於鮮血四濺的粗頸，跌在濺灑滿腥紅的草地。「嗚嗚……啊啊……那小子看似僅僅十四五歲，不料竟有如此勁力；當家的他少說也經歷十場戰役，苦練十多年的劍法……居然輸給個毛頭小子……」

餘音未落，只見匪幫一瘦高粗漢，鬢下兩綹碎髮一蕩，頭蓋骨隨呻吟聲落地，縷縷髮絲緩緩飄蕩空中，僵直了的身體隨後墮倒，撒下一灘泥濘而紋路模糊的塊狀物。眼見大當家、二當家若無縛雞之力之嬰孩被斬殺，三五殘黨們拔腿狂奔，漸漸滅跡在山丘之後。

子綦身後一蒼蒼大榕樹蹦出一人影，躍起舉刀重劈。髮碎吹散，

即覺身後不妙。子綦手中銀光閃爍，手握著一柄長劍。轉身避開黑衣殘黨，其揮動銀劍，呼呼直砍中黑衣漢之肩臂。黑衣漢不甘心，大喝一聲，揮動手中單刀，劈砍刺皆全。只見子綦徒然間扭腰縱臂，回身出劍，直刺其胸膛，厲害無比。見黑衣噴濕，血漿四濺，慘聲叫喊不止，身軀亂滾，扭轉不久，便此不動了。

「怎能在這等區區關頭死，本大爺，可是南郭子綦！」子綦忘形笑到，爭天下無敵之心可見一斑。

道是「以劍起舞，視天地之渺然，守勝若詛盟，殺若秋冬，與萬物之若敵。」皎潔月輪懸掛天邊，照枯枝敗葉，婆娑影下，屍橫光影之中。頭顱爆裂，腦漿溢出⋯⋯半截腦骨，絲絲落髮⋯⋯石嵌頭顱，形體扭曲⋯⋯

(3)

遠離煩囂之郊，一座寺廟傳來齊整之練武聲。松明照亮整座院子，武僧們徹夜練棍，迎接翌日武士之挑戰。當知這正是以神乎其技之寶塔棍法聞名於世的——「寶塔寺」。

「哈！」⋯⋯「啊呀！」

光頭無眉，身形龐大若巨石之僧，一直棍戳飛一武士劍客，剛猛狠急。武士早已預判此招，面臨直戳來之凌厲迅風，整個人似僵住，刺中胸膛心臟，猛退幾步，疾疾後倒飛出，應聲落地。旁觀眾武士冷汗難掩，不禁開口驚叫，狀甚訝異。

巨石僧人沉穩渡步向前，橫握半身長之棍道：「阿厲，這是殺你

者之名字。」被擊飛之武士，口吐鮮血，死不瞑目。旁觀武士眾人，沉默不語，一片死寂。「下一個。」巨僧喝到……

片刻。「赫胥園！是將要殺死你者之名。」濃眉黑長髮武士，著長袍繫雙劍，面帶幾分不以為然，幾分英氣凌然，字字鏗鏘道。阿厲困惑，轉身瞧這依靠在門口的武士浪人。「嘿嘿嘿，說笑罷，你的言詞頗有幾分玩味，便學了一嘴。」赫胥園似笑非笑道。

武僧們氣焰鼎盛，被不知門後哪跑出來的浪人添了幾把油柴，咬牙切齒。接著，螓首窄眉之僧，以棍直指赫胥園，攢眉蹙額地喝斥：「小子，你是不知道寶塔寺之名而胡亂帶人闖入的吧。明知此地乃『槍棍寶塔寺』還如此囂張，想必便是身懷絕技。要不就是在這假扮著從容不迫，等著討打呢吧！看你這龜縮的樣，想必連我一招也吃不下！」窄眉僧眯眼歪笑道。眾僧當堂大笑起哄：「那小子的戲可差……唔哈哈哈哈！哭著求饒才放你回去呢！」赫胥園面不改色道：「說是出家人，看似出家人，出言卻如此不遜。」其雙掌合攏，啪一聲，棍尖已挾在雙掌之間，又驀地劈下，氣勢甚是澎薄。在場眾人定睛。

窄眉僧持長棍往地上一杵，砰的一聲大響，怒然威然。赫胥園目不轉睛，期待著這久違的解悶一戰。亮出鞘中銀光，抽劍出鞘，使人感冷氣森森，劍刃鋒銳之至。精巧棍法面對運劍如飛之勢，抵擋不及。聽罷幾聲喝哈，閃爍劍光幾道。持棍之雙手橫飛，血跡沾劍。沒了手掌，窄眉僧前臂之前，空空如也，長袍之袖頹然垂下。片刻的屏息蹙額，其後是痛苦的嚎叫，苦痛唉吼。赫胥園眉頭微微皺縐著，面

容卻仍是不改，似笑非笑的模樣。邁大步走向被斬下的雙手，抓住雙手緊握的棍之中，杵地一震，手掌隨聲跌落，轉身凝視眾僧：「那麼輪到下一個。」遞窄眉僧之棍予其一武僧。武僧沉默，全場屏息寂靜。「罷，也好。就定一天一個罷，我明天再來領教『槍棍寶塔寺』這大名。看我是先見到南郭子綦先，還是先殺光你們。南郭子綦最好早點來，明天見！」赫胥園微微冷笑道。

(4)

「父親大人……父親大人……媽媽不見了，去了哪裡？」稚嫩童聲問道。一橫眉八字鬍七尺丈夫猛推身高僅及其腰的子綦，拍拍掌隙灰塵道：「娘娘腔的毛頭臭小子，那個女人……不再是你的母親。」往下俯視，狼子般的眼神，凶狠、飽斥仇恨；盯著，若與猛獸對峙。「你！這是甚麼眼神，竟然這樣對你父親！」其父怒斥。

茫茫陽光灑下，子綦緊皺眉頭，咬緊牙關，醒來了。周圍仍是荒蕪了了，戰火波及這片土地，眼見之處皆是死寂頹然。子綦起身，定睛一看，向西之處，若隱若現的柴煙。似有人家，便向西進發了。

前行半晌，果見許許炊煙由幾戶人家升起。再靠近些，發現並非普通村鎮，而是依靠在一頂三座樓房高的寶塔下之寺廟。子綦頓然覺悟心想：「這便是天下間傳聞已久的『槍棍寶塔寺』？看這座塔，不過普普通通，樸素之極，外牆上的紅磚也斑斑駁駁。這也稱得上寶塔？」隨後沉思了片刻：「但或其棍法蓋世，不枉我走了半晌烈陽路，若擊敗了這寺的住持，想必我也離天下第一更近了一步！哈哈哈！」

「老和尚！喂！這便是寶塔寺嗎？」子綦朝一俯首耕田的老伯大叫問道。（「真是個老東西，耳朵可真背」）子綦打算上前一探究竟，不料左腳向其踏前一步，便感到冷銳交鋒。這老和尚殺氣凜然，子綦知其不簡單，心中一寒，不禁退後二步。怎料迅雷不及掩耳之勢，老和尚高舉鋤頭，過肩橫掃直劈中子綦肩頭，這招武技去勢奇特詭異，迅捷異常，子綦怎的也避不開。其嚇得全身冷汗，定神看著肩臂，竟毫髮無傷，卻弔詭的劇痛徹骨。不遠處，老伯揮動鋤頭，鋤向腳下荒地，優哉游哉。緩緩轉頭望向子綦，肅然問道：「喂！年輕小伙子，你好凌厲的殺氣。你打算殺了老衲嗎？」子綦愣住，隨即一臉訝異道：「……對不起。」（「剛剛的確是這老伯……難道是幻覺嗎？」）

「黃毛小子，你叫甚麼名字？」老和尚問道。「南……南郭子綦。」子綦慍怒道。「子綦，你不得瀟灑啊。」

「為甚麼？」子綦張口訝異道。

「只是那種最膚淺的殺戾之氣罷了。」老伯定睛凝神，大喝「咔！」。子綦又一驚。「咳，呸！」才見一口濃痰，從其嘴中吐出。

「這是你剛才的殺氣，懂了嗎？」子綦請教老和尚，其嚴肅而指：「若才我舉鋤頭，好像要攻擊你？這實在是你的殺氣，我與其他人都只是映出殺氣的平鏡而已。明白了嗎？」

「目前為止你殺死了多少人，你一定曾在無數強敵之包圍下浴血求生吧……這些都不過是你的殺氣。你路遇之人皆視之為敵，往後還要屠殺多少人吶？高強的人可不是這樣。太膚淺了。」

子綦憤憤不平，雙目怒瞪，轉身細語：「這老頭到底在說甚麼！」

（太膚淺？不是高強的樣子？我定要斬殺你寺住持，讓你再作判斷！）

「天地混沌之未竅，元氣之未分，萬物兮，渾然濁然。」

(5)

入夜，夏日的蟬仍鳴叫不停，明月懸掛，銀松點綴，寶塔寺一屋中，老和尚與子綦正吃著晚餐。

「你說，『不是高強的模樣』，是怎麼一回事，我不明白！」子綦道。

「也就是你認為自己⋯⋯很高強嗎？」老和尚道。

（「又是這眼神，被老和尚牢牢盯著的目光，在這之下，一切也無從遁形。縱然掩飾，卻好似被一眼看穿。好不可思議的老和尚！」）老和尚端起碗喝湯。

「我其實並不清楚，我向來獨闖於江湖，所以不知道自己到底有多高強！」子綦道。

「生活在狹隘的世界中，你是不會明白的。只有明白強者為何，才是成為強者之時啊！當被一片樹葉遮蔽了雙眼，便看不透自己身處整片森林了。」和尚娓娓道。

「哼！我不強又有何所謂，這代表我可能打敗『比我高強』之人，一步一步登上最強寶殿！只需逐個斬殺便可！」子綦一臉高傲。老和尚泰然進食，隨後道：「你總有一天會領悟到真正的高強。你會活到那一天嗎？」

「正當我以為我的槍刺穿那傢伙 …… 刺穿赫胥園的喉嚨之一瞬間 …… 我的棍 …… 和雙手都拋向了半空 …… 」窄眉和尚睡在一簡室中央，對一圓頭大眼，狀甚靈精之和尚嗚咽説到。「原來是這樣。」圓頭和尚道。「之後我便 …… 甚麼也沒做，完全看不到對方的劍法 …… 阿厲和尚説 …… 一定能幫我打敗這傢伙。」

隨之，阿厲與圓頭和尚往武場練棍。見二人招數繁複，只使尋常細竹棍，然卻招數奇幻，變化無窮。阿厲使棍，勁道十足，棍風來勢洶洶；圓頭和尚靈活若猴，阿厲迅猛橫掃也能提一躍而過，戳砍劈更招招閃避阻擋，唯見其只防禦而無進攻之跡。良久，阿厲便氣喘吁吁，可見圓頭和尚不同凡響。

「赫胥園是京城武士，曾單槍匹馬闖入京林道場，與其二當家的打得不相伯仲，你聽説了吧？倏忽！而今他卻忙著追殺南郭子綦，想必這小子是招惹上了大勢力。」阿厲憤然道。

「京林道場帶過其二當家的來過寶塔寺，在我小的時候。見其傳家拳法，我便第一次知道，除我之外，還有其他的天才！與其打成平手的男人，及被他狙擊的南郭子綦！我激動得等不及了，定要於其一戰！」

天明。

南郭子綦拾起床邊木劍，準備起身練劍。阿厲突感背後一股凶戾之氣（「此乃赫胥園？等等，不是！」是非常原始除暴的，這野獸般的氣息！）「不愧是寶塔寺，此人直覺敏銳，定身懷絕技。」南郭子綦起勢作戰。「喝啊啊！」阿厲抬棍一敲，被子綦木刃擋下，其力度之大，棍落擊起的餘震驚人，四周灰土紛飛。「阿厲，就是要殺死你者之名字！」「在下南郭子綦！」「是嗎……？你就是南郭子綦？」（非常年輕！不怪得之，若初生牛犢，未經磨練才有這般野獸殺機）「寶塔流棍術，就讓你領教看看吧！子綦！」

（你能活到那個時候嗎？真正的高強。）子綦不禁回想起昨日老和尚之話：「放馬過來吧，禿驢！」

阿厲棍法力道之大，乃何等的壓力！子綦阻擋不力，吃下一棍。「像整個人要撞過來似的，想不到除了住持倏忽，寶塔寺還有如此高手！但是，我要贏！不擇手段，我要證明給老和尚看，我會贏！」子綦心想。只見，阿厲迅猛一戳，刺破子綦脖頸之皮肉，子綦抓緊時機，雙手一握，拾住了長棍，聽波的一聲，阿厲面部被猛擊，鼻血直流，急忙退後兩步。恰中棍之距離，子綦高舉過頭，迅力一敲，長棍中頭斷成兩截，阿厲倒地。

「哈哈哈！精彩，精彩絕倫！」叫好聲從不遠處的樹林傳出，見赫胥園依靠榕樹下，起身走向子綦。「南郭子綦！我是來追殺你的！」

「為甚麼？若是關於不久前擊殺幾個攔路小賊，招惹了仇恨的話，我樂意奉陪！」子綦冷笑道。

「果然如傳聞般，和我一樣，只以生死論輸贏。且不論追殺，和

你一較高下，似乎更為有趣。」赫胥園劍眉忽豎，虎虎生威，滿意地笑道。「刷」的一聲，腰間長刃出鞘，一道銀白之光，耀人眼目。

子綦舉棍，有壓到一切的氣勢與魄力，往下狠劈，來勢如洪水猛獸，若猛虎直撲向前。赫胥園當機立斷，舉劍對砍，二人氣焰非法，僵持不下。

圓頭和尚倏忽皆看在眼裡，唯斜視一瞧，兄弟阿厲倒在了地上。奮力疾衝，藉奔跑之衝擊力左戳右頂，擊中二人胸膛。「阿厲！喂！」倏忽叫到！「啊……倏忽……」阿厲發出微弱而乾啞之音。「幸好，還活著。是誰把你傷成這樣的！」

「你倆就是赫胥園和南郭子綦嗎！我是寶塔寺第二代住持，倏忽！來決一勝負吧。」倏忽對子綦怒道。

「有趣，我其實看見了你和阿厲之戰，出拳雜亂無章，十分有趣！若厲鬼野獸一般。」

子綦道：「喔？你就是第二代住持，那麼你和第一代住持心齋同樣高強嗎？」

「也許我還要更強！老和尚年過八十。」倏忽道。

子綦持木劍對對手咆哮。倏忽持棍旋轉，疾如風，迅如雷，一技似能扭轉乾坤。倏忽頃刻之間，刺、打、挑、攔、搠，棍頭若點燃烈焰般，招數靈動，巧妙幻變。此刻子綦卻像變了個人，攻擊拖泥帶水。赫胥園心想：「始終是個野人，是因為害怕而虛張聲勢，失掉了劍的攻勢嗎？」倏忽棍棍擊中，子綦跪倒。卻突然站起，整頓了戰術，以矯健之姿，進凌厲攻勢。倏忽靈動一躍，閃過了一斬。（我是

強大呢？還是弱小？我真的不能成為強者嗎？）子綦道：「我強大嗎？
倏忽！」「嗯，你很強。但雜亂無序之劍，只若瘋狗亂咬，我的才能可
大大高於你！」倏忽喝到。

子綦愈聽愈怒，大叫道：「我要殺了你！」赫胥園對子綦大失所
望，轉身離去。

此刻支撐子綦繼續戰鬥下去的，是憤怒，或者是恐懼。子綦自幼
以天地野獸為劍道之師，恐懼是生存的本能，一旦開始了戰鬥，你死
我亡就是生存唯一原則。名為「恐懼」的惡魔，摧毀千萬男子漢。恐
懼而心生憤怒，予其一時蠻力，終不得逍遙之道。被殺戮、天下第一
之名號昏了眼，也見不到更廣闊的天地了。

子綦以全力擊打閃躲，狼狽與震怒並存。倏忽也意識到，要結束
這場戰鬥，必須要殺死子綦。唯有如子綦般，將生命依附於棍，才能
擊出致命一擊。子綦之憤怒，懷著必死但也必然要與其同歸於盡的決
心與韌性。

倏忽凝神全力往子綦腹部一刺，發出「砰」一聲，擊中了；子綦
卻仍能抓住，躲過其棍往倏忽頭頂一擊隨即見血。不料倏忽仍能靈越
一跳，踢飛子綦四步之遠。兩人皆傷痕累累，到了決定生死的關鍵時
刻。子綦大喊：「殺！」以臨終最後的盛焰劈出一擊。倏忽心道：「我
要冷靜應對，經過這場生死決鬥，我將變得無比強悍。不要急躁，聚
精會神，再擊一次。」

「謝謝你子綦，讓我明白何謂生命。」

一刺。

正中子綦眉心。

(8)

「可惡，倏忽使了這麼多無謂的招數……何須把對手打成這樣。他還是不成熟。」老和尚幫子綦包紮邊說到。「老伯，你其實是？」子綦問。「我是寶塔寺的心齋。」

子綦聽罷流淚：「我實在是太渺小……太渺小了……」（難道我只是一廂情願地以為自己很強嗎，我連死的準備也沒有，一心廝殺，卻不知生死為何物。）「身為倏忽的師傅，我明白。他雖然是個天才，卻缺乏心靈的歷練。」

「只有能夠正視恐懼，面對死亡的，才是真正的強者。倏忽不懂甚麼是恐懼，所以不成熟。」心齋道。

子綦身健力壯，不出數個星期便復元了。

「心齋老師，請賜教！」子綦來到農地上，請教心齋老和尚。「你請教我的目的為何？」老和尚道。

「打敗倏忽！」子綦道。

「你身子恢復健康了嗎，就這麼逞強。如果你還沒認清你輸了的事實，你是不會領悟的。」心齋說罷，一鋤頭擊飛了子綦。

（「可惡，我害怕…我害怕倏忽。豈有此理！那樣我怎能夠打贏。」）子綦心想。

其步行至一高聳瀑布之下，滔滔飛流之水，猛擊，磨平了受擊之石。「不安、軟弱、煩惱、恐懼，為了去除雜念，古人在瀑布下修

行。」心齋道。

子綦承受瀑布猛烈之衝擊，一時過後，心齋拖出暈倒的子綦。拍醒他說：「差點死去呢。我要你留在這裡，山野是你的故鄉，也是你的師傅吧。要如何克服生死恐懼，在這可找到答案。」

山野……子綦回想起了童年，對父親的恐懼。正是出於父親對母親之不屑仇恨，子綦獨自跑進山野求生，以天地之韻律，養其野性；觀豺狼虎豹之行動，練得一身野獸般的功夫劍術。仰望明月，心裡對倏忽之恐懼仇恨仍未消弭。於山野，只能捕野鳥，食野兔之禽獸。觀乎狡兔之動靜，靜待於兔穴，露頭而擊；怎不料其反撲咬住子綦手臂，痛楚難忍，唯只好以一掌掐死，野兔垂死掙扎，咬得更深更用力，直至嚥氣一刻。下望，竟有小兔一群，沒了母親，四處亂散，迷失了方向，楚楚可憐。

子綦頓悟，這便是其對父親乃至倏忽等生命的恐懼，無力感；己之一舉一動皆可被破，就像這野兔，僅靠蠻力，也難逃被掐死之命運。（「你總有一天會領悟到真正的高強。你會活到那一天嗎？」）

我一直被「我」給遮蔽，一心沉醉於「我是最強」之概念……我哪有可能看清楚敵人，哪有可能看清楚自己，第一於我何用。

「天地莫若秋毫之末，與我並生，萬物與我合一。無我無我，天下無劍，天下皆劍也。」

紫丁花開

梁僖雯 /

1

悠揚樂聲響起，八音迭奏，緩緩拉開了管弦音樂會的帷幕。柏尼（Bernie）受朋友邀請，到大學演奏廳欣賞友人演出。交響樂來到中段，隱約能聽見一陣柔和沉穩的樂聲。柏尼朝舞台的左前方望去，一個身穿黑色長裙的長髮女生正坐著，兩腿夾著大提琴，手持長弓，忘我地演奏。會場燈光昏暗，柏尼彷彿看到一個似曾相識的身影，與台上女孩的身影重疊在一起，叫他回想那段懵懂的青蔥歲月。

八年前的初夏，他曾在杏花樹下看見一個拉著大提琴的女孩，扣人心弦的低沉樂聲回旋於耳。使他著迷的，不是那女孩精湛的琴藝，而是她醉心演奏時不自覺流露的那份脫俗優雅，與六月開花的紫丁香如出一轍。他曾以物寄情，心隨她動，但那年那情，已不復如昔。

2

六月入夏，正值大學莘莘學子散席之秋。畢業典禮過後，醫科生

們身披黑色畢業袍，紛紛在中央廣場與親友拍照留念。

雅雪也是應屆畢業醫科生，她朝樓梯下那擠得水泄不通的人群左盼右望，似是在尋找某人的身影。一個不留神，她不小心踩空了。正當她失去平衡向後傾之際，一隻手及時拉住她的手臂，使她不致跌倒。這瞬間，是那麼似曾相識。也許是人們熙來攘往的緣故，回眸間已不見那人蹤影。倏爾，一把清脆的女聲從不遠處傳來：「阿雪，畢業快樂！終於把這六年讀完了！畢業禮後，還記得你答應我的吧？」站在一旁，一位身穿白色襯衣、碎花短裙的女子捧著鮮花和禮物向雅雪祝賀。她是熙彤，雅雪的中學好友，與雅雪升讀同一所大學，兩年前從工商管理學系畢業。

「嗯……謝謝。」雅雪順勢接過禮物盒，她的目光依舊投向遠處的人海，想要找到腦海中的身影。可等了半天，他們終究沒有來。本以為爸媽會前來她的畢業典禮，但她所期許的，只是想像中的美好，始終沒有成真。雅雪凝望著盒中的巧克力，思緒不禁回到那年杏月。

3

二月十四日，恰逢西方情人節，亦是雅雪父母的結婚紀念日。窗外寒風凜冽，升上中五的雅雪披著厚重的校褸回到家裡，桌上跟平日一樣放有一碗冒著白煙的湯。

「外婆，我回來了，今天公佈期中考成績，考了班級第一。」

「我們雅雪一向也是出類拔萃的，快過來喝口熱湯。」

雅雪的外婆坐在沙發上摺疊著衣服，指著湯碗示意，咳嗽了幾

聲。雅雪脫下大褸，沒有理會桌上的熱湯，哼著歌兒一個勁地鑽進廚房，待了半天，才捧著一個翠藍色玻璃盤走出來。這天，她聽說爸媽會回來，特意做了巧克力花，想給爸媽一個驚喜。

雅雪已經半年沒有同時看見爸媽了。她的父親是上市集團財務總監，時常外出公幹。雅雪母親是國際律師樓合夥人，隔三差五到外地與客戶見面，平日也是早出晚歸，雅雪已有些時日沒有見過她。她的童年，是外婆如傘般支撐著。

晚上十時，雅雪吃過晚飯，爸媽還未回來。她回到書房，桌上放著兩盒巧克力。這天，雅雪也收到巧克力，一盒是男朋友沈陽送的，另一盒不知道是誰送的，連一張卡片也沒有。或許是同班同學吧，班會在學期初舉辦「秘密天使」活動，「秘密天使」要在學期內默默守護「被選中的對象」，並在情人節向對方送上小禮物。要不是熙彤放學前特意提醒雅雪，她也把送禮物一事忘了。她抽到的對象是班中另一好友穎蕎。她猜想那巧克力是「秘密天使」送的，沒有把它放在心上。雅雪複習了一整天，有些睏，不自覺地趴在桌上呼呼睡去。

「五十萬？你把錢賭清光，還敢虧空公款？簡直不可理喻……」

「最後一次，你幫幫我吧！公司的錢一定要盡快補上，我實在是沒有辦法……」

午夜十二時，兩人在客廳吵得面紅耳熱，僵持不下的氛圍灼熱得可把桌上的巧克力熔煉化掉。「哐啷」一聲，女方把桌上玻璃盤掃到地上，她的心彷彿在玻璃落地的一剎那已被摔得支離破碎，不存一絲溫度。諾大的客廳陷入一片死寂，低氣壓徘徊在屋子裡。片刻，冷冷

的一聲如針挑破寂靜：

「我不會再給錢了，這屋子我也待不下去，錢的事你自己想辦法吧。」

「砰——」，門鎖了。客廳內遺下男子佇立一旁，還有滿地的啡褐色碎片。

翌日回校，小息鐘聲響起，雅雪呆呆地向窗外望去，從她的座位往外望，正好可看見樓下的籃球場。

「阿雪，你今天怎麼了？身為班長，在語文課時竟然說忘了背誦課文，可不像平日事事『吹毛求疵』的高材生。」熙彤把椅子搬到雅雪座位旁邊，說笑來著。

「沒甚麼……」雅雪淡淡回了一句。

球場外，一牆之隔，是一棵拔地而立的大樹，枝椏間開著潔白的花瓣，帶著淡淡的微紅。對旁人而言，那只是路邊平平無奇的一棵花樹。雅雪卻認得，那是杏花。兒時，母親曾告訴雅雪，杏花是父親和母親的定情之花，他倆是彼此的初戀，一起經歷十年春暖花開，才決定結婚，所以特意把婚期定在杏花花期——二月。一直以來，雅雪眼中的爸媽堪比模範夫妻，不曾吵架，不曾冷眼相對。可現在看來，一切早就變了。

她和沈陽會這樣嗎？面對腦海中突如其來的疑問，雅雪也答不上話來。

昨夜，雅雪剛睡醒，站在房門後，透過門縫目睹了一切。厚重的門板不知何時成了一張吹彈即破的薄紙，兩人的爭吵聲不絕於耳，她

做的巧克力花，碎得滿地。昨夜的兩人，與雅雪記憶中的恩愛夫妻扯不上半點關係，反倒像宿世的仇人。過往一年半年，雅雪不時聽到母親在書房與電話另一端的某人歇斯底里地爭吵，現在回想，那人便是父親。

可能是涼風把沙子吹進眼睛的緣故，雅雪紅了眼眶，淚珠在框裡打轉，不自覺地潸潸而下。她用衣角擦拭眼淚，不想讓旁人看見。坐在她身後的男生主動向她遞上一包紙巾，雅雪沒有轉過身，只以手勢婉拒了。

下午五時半，夕陽西下，一群男生剛完成籃球訓練，坐在長凳歇息閒聊。

「昨天情人節，你說了嗎？」徐卓鋒煞有其事地問。他是籃球隊隊長，和沈陽、雅雪同在一個班別。

「說了。」沈陽淡淡地回應。

「你說了？她怎麼回答？」坐在一旁的莫柏月問，看似有些緊張。

莫柏月是沈陽的兒時好友，亦是班長，模範生中的佼佼者。唯一的弱點便是對牛奶過敏，常被沈陽和卓鋒以此說笑。

「她答應了。」沈陽嘴角微翹，回答說。

「可以啊！不愧是我們籃球隊隊草。」徐卓鋒拿沈陽打趣來著。

「那是自然……」沈陽得意地說。

4

中三那年，雅雪與沈陽，也是始於二月。

課間，穎蕎從雅雪的課本翻出一張紙條，不知是何時夾的，上面寫道：

楊雅雪：

明天放學四時正，校門外榕樹旁等，不見不散。

沈陽

「沈陽？是隔壁班那個打籃球的轉校生嗎？怎麼沒聽說你認識他？他這是在約你見面……是要表白嗎？……」說罷，穎蕎與熙彤看著雅雪，相覷而笑。

雅雪在班級裡是有名的美人胚子，白皙的膚色透著紅潤，一雙烏黑眸子如黑曜石般鑲嵌著，眉目間散發著清雅的氣質。她平日不苟言笑，待人接物較一般女生沉穩，至今還沒有男生敢向她告白。雅雪也不認識沈陽，以為是隔壁班的惡作劇，便隨手把紙條放進抽屜。

下午四時半，雅雪終於把班內的作業清點好，放到教員室外的簿櫃。她踏出校門，瞅見一個男生在榕樹外站著。那個男生穿著潔白校服，顯得他的身材特別挺拔，雅雪從來不知班級裡有這麼一個俊俏的面孔。那男生看了看手表，看樣子是在等某個女孩。

每天放學，雅雪總會在校門外看見一群穿校服的滿心期待地等著朋友或喜歡的人踏出校門，順道回家。她既沒有戀人，好友也早早回家，沒有人在等她。雅雪一如既往地左拐離開，一句呼喊卻令她止住腳步。那男生正是沈陽，在樹下站了半小時，好不容易把她盼來了。

「還記得我嗎？」

「我們認識？」雅雪一臉疑惑地問。

「我們以前在同一所小學，住在你隔壁，後來搬走了，最近才轉到這所中學。」

雅雪記起小時候，鄰居沈阿姨常把曬好的雪梨乾送給外婆。沈陽怕是她家的孩子，他們同是弦樂團，亦是鄰居，但只有在樂團訓練或回家途中才會碰巧遇見，說不上有多親近。

「記起來了，好久不見，沈阿姨還好嗎？」雅雪出於禮貌地問。

「她很好，前陣子碰見你外婆，才知道我倆就讀同一所中學，特意讓我拿剛曬好的雪梨乾給你，她說你外婆最近有幾聲咳嗽，雪梨茶能潤肺止咳。」

「謝謝，這也太客氣了……」雅雪想著，那咳嗽已是外婆近年的小毛病，他們家也太有心了。兩人閒談幾句，順道走到巴士站，便各自回家。

原來是故人重逢，並非穎蕎口中的戀愛告白。

過後半年，沈陽好幾次相約雅雪放學後到圖書館一起溫習，一來二去的，也變得熟絡。有時候還會碰到獨自一人溫習的莫柏月。升上中四，兩人被分到了理科班，雅雪仍是坐在靠近窗戶的位置，與沈陽的座位相隔兩行。

「阿雪，今天我們一起放學嗎？」穎蕎問。

「我們別問了，她今天可能也是另有安排吧。」熙彤裝出一副吃醋的樣子。

「才沒有，今天一起吧。」雅雪靦腆地説。

不知何時開始，每當往窗外望去，雅雪總能看見一個熟悉的身影在籃球場上奔馳，拍著籃球，雙手一沉，繞過兩三人，伺機而動，舉著籃球瞄準籃球架，向上一躍，把球投進籃筐。那人正是沈陽。她不曾想象，那個毫不起眼、兒時胖乎乎的鄰居兒子，竟然會走進她的雙眸。

引她注視的，不是他的球技，而是他那不急不躁的氣魄，與球場上的其他人截然不同。

「叮……噹……叮……噹……」午膳時段鐘聲響起，沈陽與莫栢月正準備到操場用膳。還有半小時，便是弦樂團合奏訓練。雅雪是樂團大提琴手，她小心翼翼地將大提琴從三樓音樂室搬出，打算預先把琴搬到一樓禮堂作預備。學校明文規定，學生沒有老師陪同下不能使用升降機，碰巧音樂老師不在，雅雪只能背著琴，獨個兒沿著樓梯往下走。不料，數個二年級生正在樓梯間你追我逐，一不留神，把雅雪往手扶一撞，害她差點失去平衡，一腳踩空。一隻手及時抓住了她的手臂，從後輕輕一托。

「小心，有沒有受傷？」沈陽略帶擔心地問。

「沒有，謝了。」

「待會樂團練習，你吃飯了嗎？」沈陽接著問。

「還沒。」

「陽，我想起來今天約了人，要不你跟她吃吧。」莫栢月瞧了瞧雅雪，向沈陽説。

「你怎麼剛才不說？」沈陽問。

「忘了……剛剛才想起來。」莫栢月支吾地答。

「那要不一起吃午飯？我先幫你把琴搬進禮堂。」沈陽問。

「好……謝謝。」雅雪一臉不好意思，把背上的琴交給沈陽。

莫栢月向沈陽說了聲「待會見」，便順著樓梯繼續往下走。他走了三四步，又回頭看了一眼，那是一個女孩和男孩相談甚歡的畫面，只是畫面中沒有他的身影。

中四下學期，每逢週三，雅雪早上也有樂團訓練，愛睡回籠覺的她總來不及吃早餐，便匆匆趕往音樂室訓練。後來，不知從何時起，每逢她有訓練的早上，她的座位便放著一份碎蛋三文治和豆漿，還有一張紙條，寫道：記得吃早餐。雅雪猜想著是沈陽買的，每每看見，總是心頭一暖。

有一次，雅雪向沈陽說起早餐的事。

「謝謝你的早餐。」雅雪對沈陽說。

「早餐？今天早上嗎？」沈陽問。

「嗯……原來你知道我對牛奶過敏……」雅雪羞澀地說。

「是……」沈陽還未來得及回答，便被叫去參與籃球隊的課後訓練。可能是忘了吧，兩人之後再沒提起過早餐的事。

升上中五的那年情人節，沈陽向雅雪表白，兩人在一起了。

5

樂聲漸消，演奏也結束了。

「栢尼，謝謝你前來。待會我們樂團有飯聚，要一起嗎？」友人

從後台徐徐而至，感謝他前來捧場，並提出飯聚邀請。

「謝了。我晚上有約，改天吧。」柏尼輕言婉拒了。

他瞄了一下手錶，晚上七時半，恰好能趕上八時正的中學飯聚。過往每年，中學同窗也會安排飯聚聯誼，但他大多以學業或工作繁重為由推卻。今年聽說她會前來，才勉強應約。

柏尼記得，眼中的她才情出眾，拉琴造詣極高；但真正觸動他的，是她的溫婉如水。一次，柏尼因個人失誤連累隊友在區域籃球錦標賽中慘遭淘汰，辜負了夜以繼日艱辛訓練的隊友，令他自責萬分。那是身為優等生的他初嘗挫敗的滋味，亦是他第一次在籃球場蜷縮一角抱頭痛哭。一個女生主動上前，向素未謀面的他遞上一塊手帕，旁邊放著一罐飲料，似是想讓他重新振作起來。柏尼沒有看清她的臉，可她的背影卻令他心頭一暖，感覺在自我掙扎的邊緣又被拉了回來。偶然，他得悉她就是杏花樹下那個氣質不凡的女孩，開始不自覺地留意她。這個女孩逐漸走入他的雙眸，一舉手一投足，令他無不在意。看到她，他忍不住想要對她好；看到她和別的男孩走在一起，總有種難以言喻的失落。他知道，這個女孩眼中藏著一個人，那人卻不是他。

6

升上中六的七月，一眾學子埋首苦讀，為公開考試作最後準備。

雅雪和沈陽曾相互許諾，要考進同一所大學。沈陽好動，欲考進體育系；雅雪好靜，想考入音樂系，成為管弦樂團職業大提琴手。也

許是天意弄人，沈陽的校內成績未如理想，他的父母決意讓他提早到澳洲升學。兩人以為，只要心意相通，分隔兩地並無不可。

可同年九月，雅雪的父母開始辦理離婚手續，雅雪跟隨母親生活。過後兩個月，外婆被診斷肺部纖維化而入院。聖誕前夕，雅雪正和熙彤、穎蕎在尖沙咀海旁看燈飾。手機鈴聲響起，始悉噩耗。雅雪趕往醫院，只見撫養她十餘載的外婆臉色枯黃地躺在病床上，氣若遊絲，口不能言。那夜，醫院外的風格外刺骨，如利刃般一刀一刀削去她的心房，她強忍眼眶淚水，內心悲涼，卻不知向誰傾吐。她感覺被最愛的親人拋棄了，獨留自己在那荒蕪的人世間。

短短半年的頻頻變故，實在讓雅雪無所適從。她想過把所經歷的告訴沈陽，可遠在澳洲的他又能如何？隔著屏幕，送上幾聲安慰與開解？投以深表理解、遺憾的目光？她不需要。她想有人能夠陪伴在側。雅雪想過，倘若告訴沈陽，他或許會拋下國外的學業，回港陪她。但沈陽能無時無刻在她需要的時候陪在身旁嗎？答案早已不言而喻。往後數月，雅雪忙著應付公開考試，兩人視訊通信的次數減少，雅雪的心也漸漸冷了。

六月初夏，雅雪主動向沈陽提出分手，沈陽雖有挽留，但兩人終是有緣無分。雅雪不知道她的選擇是否正確，但她已心力交瘁，不想成為被遺下的那人。八月，雅雪改選入讀醫科。這也許是為了病逝的外婆，也許是不想睹物思人，她也分不清。她只想讓那段往昔，隨風而去。後來，她聽說沈陽舉家移民澳洲，也就徹底放下了。

7

　　畢業禮結束，前來祝賀畢業生的親朋好友也差不多散去。雅雪回到更衣室，脫下畢業袍，露出灰藍色束腰連衣裙，換上米白色外衣，翻了翻衣襟，放下束著的長髮，瞧了瞧牆上掛著的時鐘：晚上六時半。這下沒有理由推卻晚上八時正的飯聚了。雅雪向來不愛出席大型飯聚，醫院爭分奪秒的實習工作已使她疲憊不堪。恰好今年的飯聚定在醫科畢業禮晚上，加上中學好友熙彤多番邀請，搪塞不成，只好硬著頭皮應約。

　　晚上八時正，雅雪、熙彤和穎蕎一行三人準時赴約。多年未見，雅雪對眼前曾經熟悉的面孔忽感陌生。

　　「雅雪，今年終於看見你！不愧是我們班的大忙人。」一位中學友人與雅雪寒暄一番，客套地說。

　　「不是……真的好久不見……今天還有誰會來？」雅雪略帶艦尬，嘗試轉移話題。

　　「人快到齊了。讓我看……還……差莫柏月，他說會晚一點到，讓我們不用等他。你們知道嗎？他還改了一個特別洋氣的英文名，待會他來的時候你們便知道了……」與熙彤一同籌備同學聚會的卓峰說。

　　莫柏月……很熟悉的名字。雅雪這才想起來，那是沈陽的好友，中四至中六三年，他們在同一個班別。他正坐在雅雪後面的座位，要不是有段時間早上要參加樂團訓練，在走廊碰見過他，也不知道他是

班裡最早回校的。想來,確實很久沒有看見他了。

「那我們開席吧。」熙彤向服務員示意。

席間,雅雪說要到洗手間,失陪一下。

8

兩年前,柏尼前往海外就讀碩士課程,在外地逗留大半年,上兩個月才回港。赴約路上,他遠眺維多利亞海港兩旁夜景,依舊是璀璨奪目。沿靠海旁走著,柏尼的思緒回到中四那年。

他記得,那年初夏,他喜歡過一個女孩。每每看見她,總使他怦然心動。當年,他曾為這女孩準備過早餐,偶然知道那女孩和自己一樣對牛奶過敏,特意以豆漿替之,最後亦曾鼓起勇氣在情人節給她送過巧克力。他看過那女孩落淚,見過她莞爾一笑。可他知道,丁香喜陽,他卻不是那抹陽光。他只能做遙望她的那輪皎月。或許每個人心裡,也曾深藏一份如紫丁香般留有遺憾的愛戀,偶爾回想,仍會隱隱作痛。

「莫柏月?」猝不及防的一聲,把他喊停。

不知不覺間,柏尼已到達飯聚的中菜廳。他就是莫柏月,到海外留學時,把原來的英文名改了。可能是相隔多年,關於她的聲音,柏月已記不太清。但那份感覺依舊,是那麼熟悉,那麼青澀。他轉過頭,映入眼簾的正是那個他曾放在心上的女孩。

「嗯。楊雅雪。」

「好久不見。」雅雪向他打招呼。

「嗯……好久不見。」

那天，柏月其實早就看見雅雪。前往大學演奏廳前，他到醫學院中央廣場向同是出席畢業禮的大學友人道賀，在樓梯間扶了雅雪一下，來不及向她説上話，便被友人喊去拍照了。兩人才沒有碰上面。

一幕不期而遇，若提早八年，不知彼此選擇，會否不同。往事如煙，概不可追。世上沒有如果可以，或許眼前的選擇，才更有意義。

禁忌

謝凱澄 /

「映月，你感覺如何？」她翻動著那份印上我名字的文件，試圖從中找回對我的記憶。「挺好的。」我擠出一個禮貌的笑容。「你男朋友今天有沒有陪你來？」這是她每次都會關注的事。由於男生並不能陪診，所以這是她每次都會詢問的問題。「有啊，他在外面等我。」隨口吐出從容不迫的回應大概是我最習以為常的事。「那你們還好嗎？手術後他有沒有陪伴你？」她再問。「有啊，他每天都會陪我。」謊言開始後只可延續下去。「看來不錯啊！此事發生後你們的關係有改變嗎？」「他只要有空閒便會陪我，忙的日子是一頓飯，可以的話便是整天。他怕我胡思亂想，所以會帶我四處逛逛，把我照顧得很好。」說得如此鏗鏘的話卻全是我的妄想。她點點頭再問：「你對你倆的關係有信心嗎？有沒有變得更穩定？」「有的！」道出這般肯定的答案時頓然有點心虛，我吸一口氣再說：「畢竟和他經歷的是人生大事，儘管圓滿結束也不能像粉筆字般抹去。感覺我們有著一種不一樣的連繫，多於情侶關係，他也待我很好，我覺得他很重要。」末句大概是唯一的心底話。「我想他都存有共同想法。」我再補充一句是

我內心多麼渴望的事。「那就好了！看到你們的關係變得更親密我便放心了。」她安慰地說著，再歎息：「不像有些女生出事後卻沒有男朋友陪伴、支持，剩下自己一個面對，真的很悽慘。」一句突如其來而鋒利的話直刺心坎，使我鼻頭一酸，我迅速嚥下唾液再重新掛上笑容回應：「對，我已經很幸福了。」隨後她再詢問我身體狀況、術後康復進度。在最後她再補上一句：「下次你可以直接見醫生，不需再來輔導了，你和你男朋友關係如此良好。」她笑瞇瞇地輕拍我肩膊，就似在攪動刺著傷口的刀，將我心頭肉切成碎片，任由它淌血。一踏出診間，映入眼簾的是一個個少女的男朋友，默默地等待女生出來，彷若在潰爛的傷口上撒鹽，眼框不知不覺間濕潤了。

中五那年，他成為任教我中國文學的老師。開學那天，我還記得他穿著牛仔布質料的馬甲和西裝，高挺的鼻樑上頂著一副金框眼鏡，圓溜溜而水靈的雙眸配上深邃的眼窩和明顯的雙眼皮，眉宇間帶點英氣。「我是你們的代課老師，今堂自修吧。」然後他就坐在教師桌前，靜靜地讀著自己的書本，剛好我的位子就正對教師桌，他一坐下便傳來一陣淡淡的香氣，是種使人心安的感覺，木質味的香水，很搭他的造型。雖然偽裝得像樣，可是其實大家都知道他是中文老師，也有教授高中文學科，所以後排的男同學馬上喊出：「別裝模作樣吧林老師！快點上堂。」讓我們不禁失笑，似乎這種玩兒騙不了高中生。風趣貪玩的性格很輕易便和學生打成一片。就這樣，他當了我們兩年的「代課老師」。

也許是因我坐得接近老師桌，我總是情不自禁地不停觀察他，他

的眼鏡框不只純金色，而是加上造舊的銅色，配上細緻的雕花，手工顯然價值不菲。他似乎每天都認真配搭過服飾，手上戴上兩隻古銅色的雕花戒指、灰銀色的手鐲，皮鞋的啡棕紅色自然地揉合一起，更顯出皮的光澤油潤。「林老師，可不可以看看你的戒指。」他把戒指從食指脫下來。「好精緻……」我將尚有餘溫的戒指套上自己的手上。「當然啦，日本手工藝品，每隻都獨一無二。」他算鮮有如此用心打扮的男老師，或者是有個人品味的。他的一切就是我理想對象的概念，沉穩而溫柔，卻有點琢磨不透。他從來不主動提起私事，即使我們問起也會婉轉避開，這種含蓄反而使我更著迷。

課後我會主動找他問一下課文內容，其實我並不是沒聽懂，只是想爭取時間多看他一眼，他認真的樣子散發著讓人不能抵抗的魅力。或者是我需要一個傾訴的對象，也許不用傾訴，陪伴已經足夠。我們並排坐在圖書館裡，因為不能大聲說話只好靠近對方。似乎很久沒有體驗過這種與人的距離。這些大概他也知道，應該說是無人不曉，臉書上的學校群組充斥一堆匿名的謾罵、人身攻擊……難以想像的惡言，成千上萬地攻擊我。無論我做甚麼，開心不開心，他們依然能夠寫下一些讓我難堪的話。

只要我找他，他都會特意放下手頭的工作為我私人補課。或許我會自己待在圖書館溫習，然後在他離開學校時偶遇他。

「下班了？」「是啊。咦？你這麼晚才離開學校？」「嗯，做功課嘛。」「別裝了，還是在等我？」他水靈的眼睛配上得意的眼神，被揭穿的我只好硬撐：「才沒有人想等你吧！」「去食牛腩河吧！」「好啊。」

我的嘴角不禁上揚。

　　學校附近有家經濟的粉麵店，我每次都只會點牛腩河，不是我最喜歡吃牛腩，而是我只敢吃牛腩。「你有吃過牛雜嗎？」「嗯……沒有，我不喜歡。」「你是不喜歡還是沒吃過？沒吃過又知道自己不喜歡？」隨即他便向老闆喊：「麻煩想要一碗牛雜。」「收到！」他認真地看著我說：「沒嘗試過又如何知道不喜歡？一會兒每款至少吃一塊啊。」就在那夜開始，我喜歡上吃金錢肚。

　　晚飯後，他會伴我走那條幽暗的小徑，平常放學我會自己一個走，因為那是回家最快捷的路線。儘管學校附近有一架能直達他家的巴士，每頓飯後他都會伴我走一趟路，自己再乘地鐵回家。我就在那昏暗的路途訴說著心事，也會互相辯論一翻，亦會談談八卦。跟他一起的時光就是能夠做回自己，不用擔心同儕間的白眼和冷語，也不用好像在家人面前裝堅強、裝開心。這樣的日子持續了好一陣子，他就是我的情緒暫托處，不知不覺也令我依賴。

　　情人節前的放學後，回家換套衣服然後到烘焙店買了巧克力、心形模具和一支威士忌酒辦。雖然我並不擅長烹飪，平日連煮公仔麵也會過熟，但我想巧克力應該難我不到的。我看著網上的食譜按部就班地製作，先將巧克力用熱水座熱融化後，鋪滿模具內層作外殼，然後發現我並未有買淡忌廉。反正後來的步驟是隨心，從冰箱拿出來脫模後都仍是顆巧克力便好了。

　　當天我約他到學校一個懷舊物展覽廳共進午餐，是個平日都不太會用到，就是開放日那天會來參觀一下的地方。不像樣的巧克力似乎

為這頓飯添了笑意，他照樣把那奇異的東西放進口裡，然後摸摸我的頭道謝。我並不知道他對我是師生的情誼還是其他，但我知道我對他不純粹是仰慕而是早生情愫。

到了下學期，高中補課變成恆常日程，每天都至少待至傍晚才放學。夏日的日照較長，放學的時候就剛好到黃昏，學校位於半山，站放開放式的樓梯間能夠眺望下半山的景色，剛好學校旁邊是一個單車公園，從這裡望向外面便是單車走道配上樹木，遠些是開始入夜而亮起的萬家燈火。偶爾我也會從備試的壓抑中偷閒，佇足欣賞這醉人的景色。

天邊的雲霧一抹紫一抹紅，餘霞的輝映氤氳出薄薄金色，照亮了我們的臉龐，肩貼肩，從背後看好像一對佳人。

「我想和你看更多的日落。」

「好啊。」

不知道從何以來的勇氣使我吐出這句說話，可他也竟然答應了。他悄悄地牽起我的手，我緊張得手心都冒汗，不知道手指要握緊還是放鬆，情緒線斷了，懸在半空，眼神都無處安放，唯有靦腆的閉上了眼睛。「傻瓜，怎麼了？」我感覺到他靠近的氣息，我將眼睛闔得更緊，他再說：「你不要把我當成老師好嗎？」我睜開眼，點點頭，看到他啡棕色的瞳孔正聚焦我的眼眸，愈靠愈近，我止著呼吸，再緊緊閉眼。嘴唇感覺到一陣柔軟緊貼著，彷彿將一生的溫柔傾注到我身軀。乾渴缺水時喝的首口水總是甘甜，久違的溫柔每每教人動情。

我們就似一對剛萌芽的小情侶，生怕少許風雨也會壓壞這根小

苗，或許是這般的戀情就不應發生，若然世界知道了，他也會背負不道德的罪名。可惜偏偏開始了。

這夜只剩床頭鵝黃的小夜燈亮著，微弱的光線映照得他的輪廓更深邃，烙印在我的腦海中。深棕的眼眸彷似深不見底的潭水，讓人琢磨不透，更使人著迷。他身上散發著一絲絲雪松香氣，感覺很溫暖，隨之慢慢滲透出一把燒過的乾燥紅茶葉、混雜少許菸草的餘韻，淡淡煙醺而茶香四溢，帶點沉穩，彷彿一種甜而不膩的陪伴，安心得使我依賴、無法自拔。

在我倆緊緊擁著那刻，周遭的一切彷似籠罩著一層迷霧，時間彷彿凝結了，所有都不重要了。閉上眼睛，耳邊只感受到他溫熱而帶點濕潤的鼻息。身體每一寸的感覺都被放大，感受到體內血液的流動，感受到他指尖在我皮膚上遊走。他不需要用酒精便可使我沉醉。

在半夢半醒之間感受到電話的震動，我蹙眉翻身。不久，他拿著手提電話起床走到了浴室，臨行前還回首看一看我，確認我有沒有熟睡。

「喂，子榆為甚麼還未睡啊？」

「爸爸也想念你喔，但是今天有很多工作，我要加班啊。」

「子榆乖，快點睡覺吧！明天早上一睜眼就能見到爸爸了！」

「好的，晚安。」

偶然的一通電話讓事情變得更荒誕。也許他沒想到，這些夜裡沒有他的肩膀我根本睡不著。

我盤腿坐在床上，待他掛掉電話後回來。他走出浴室轉向床邊，

頓時嚇一驚，錯愕地問我。

「你何時醒來？我吵醒你嗎？」

我沒有回應，就定定的看著他。

「你全部都聽到了嗎？」

剛才腦中預演了一次我大聲破鬧，然後奪門而出。但當他看著我時，我心底裡的委屈直迫喉嚨，縱使喉舌間有著千言萬語，卻不敢爽快地吐出，雙眸四周泛起紅暈，整張臉也變得滾燙。

「對不起。」

我似是被禁聲，只能拼命吸著鼻腔裡酸了的水，淚在眼眸裡打轉。然後再也承受不著了，豆大的淚滴落下，劃過臉龐留下一道水痕。他將我擁入懷中，好像抱著一隻流浪小貓，用溫柔的眼波望穿我的心窩，輕輕撫摸著我的頭。然後再肯定地給予我諾言。

「你給我一些時間，我會處理的。」

「待你畢業之時，我們便能光明正大一起。」

其後這句話都不知聽了多少次。但每每躺在他的懷中，即使是數個小時我都想貪多一點。儘管我知道這一切都不屬於我。

電話傳來震動，我接聽了，是他。

「喂？」「喂。」

「回到家了嗎？」「到了。」

「對不起，剛剛要你離開得如此匆促。」「嗯。」

「我都不清楚她為何突然上來。」他說得好像很無辜般。我靜下來了，他再說：「不會再發生的，我們下次去另一個地方。」「下次去

迪士尼好嗎？你之前說想去看煙花。」

「你何時會告訴她？」我忍不住質問了他，然後他又沉默了。

「她是不是還未知道我們的事？」

「快要週年紀念，我不想在這時候……」

「我不是今天才第一次問你。」

「你給我多點時間。」「總之我會處理。」

「如果你一開始便告訴我你已經結婚了還有個女兒，我根本不會
跟你一起。」

「我不是有意騙你的……」

「林老師，你這樣都算無意嗎？」

「別這樣喊我。」他語調帶點厭惡地喝止我。

「你還在那處？」「是。」

「她呢？」「我讓她先回去了。如果你想可以現在再上來。」

「林老師。」

「我說了別這樣喊我。」

「我怕你忘記了自己是誰。」

「你答應了我們一起時不會待我為老師，我們才一起的。」

「可是你一開始也沒有告訴我你結婚了還有孩子！」

「你知道的，我最愛的是你，我跟那女人毫無感情了。」

「我不想成為第三者，我不想再好像剛剛那樣躲，今次成功瞞天
過海但不是每次都這般好運。」

「映月，我對你是認真的，我最愛的是你。」

「那她們怎麼辦？」

「你給我一點時間，我會處理的，到那時便可以。」

「我真的很累，很辛苦⋯⋯你知不知道剛才偷偷摸摸地走出酒店，我有多委屈？」「我的朋友，你的學生，有時候問我週末去了哪兒玩，我都不知道可以如何回應。難道說我和老師去了酒店？她們還問我有沒有談戀愛，我能如何答覆？你教我吧。」

「你沒有說甚麼對吧？」

「⋯⋯」

「沒有對吧？」

「其實你清不清楚問題所在？」

「我只是想正正常常地談戀愛，為甚麼你一開始瞞著我？」

「因為我真的很愛你。」

「但我不想喜歡上一個有家庭的男人。」

「映月，你愛我嗎？」「你忍耐多一會，待我處理好，到時候你又畢業，那就剛好了。」

「你乖吧，我是說真的，我不會騙你的。」

「我真的不想再做第三者。」

「你相信我吧，我不會騙你的，我跟她早就沒感情，你才是我最愛的人，你等我。」我很想相信，但我並不知道到底要等到何年何月⋯⋯

「映月，你愛我嗎？」

「愛⋯⋯」

「那就是吧！沒有事解決不了的。我可以接你過來。」

「不了，我今晚想自己度過。」

「嗯好吧，傻瓜別胡思亂想了。晚安，愛你。」

「晚安，愛你。」說完例牌對白後我便掛了電話。

一個星期後，終於走到了終結。

「你快點去處理吧，我會負責所有費用。」

「你捨得了嗎？我們的……」

「噓！別說，你知道我即使不捨得也得捨得。」

眼窩或許感到有少許乾澀吧，淚水正好滋潤我的眼框。

我撥號致那熟悉的號碼。「你在忙嗎？」「是，學校要開會。」

我獨自到了診間，空氣都是冷冰冰的。我以為我會崩潰大哭，卻沒有。我只是摸著肚子，試圖感受我倆共同一體的最後一刻，也許日後未必再有如斯體會。

我說我要放棄了，放棄這段教人痛心的感情。你安靜了，然後道歉，說你會尊重我的決定。但其實我心中只希望你能夠說幾句話來挽留我，並不在乎內容，就再說一遍你將要離開她吧，再說你最愛的是我吧，只要是你說的我都會相信，多虛偽我都會相信。

嗯，也許我也是捨不得也要捨得。

黃昏，夕霞從如薄紗的雲霧灑下點點碎金，照亮了在空氣翻騰的塵埃，還看日落的只剩下隻影。

教練

吳玥嬈 /

1

又是一個要教排球的早上。

我第三次把鬧鐘關掉，上廁所，刷牙，換衣服，出門。用了不足十五分鐘，我便從床上到了家門外。從我家到體育館的距離，走路要十五分鐘，而乘巴士只需要大約六分鐘，再多走五分鐘。

「嘟」我掃描了安心出行，然後我就徑直地走到場館內距離大門遠一點的二號場地。這時場地剛好響起零零分的音樂「噠啦噠噠啦⋯⋯」呼呼剛好。早到其實跟遲到差不多，分別只在於浪費的是自己還是別人的時間。

我走進場地，場地的工友們正在架起排球網；學校老師范老師正忙著給學生點名；學生們有的已經自己或跟朋友們打球，還有的在跟父母們打球。對，父母們也很投入這門課外活動。有的會不斷拿起手機拍攝孩子打球的英姿；有的會不斷遞水、毛巾給孩子；有的甚至還會在場邊一起指導小朋友該怎麼打。所以說，把孩子送到體育館，然

後在這裡坐三小時已經不算是甚麼特別的行為。有時看到他們比我還投入，真的會感到慚愧。說笑而已，怎會慚愧，我已經做好了自己的本分——我有教他們打球、改正她們的動作、拋一些她們能打的球、打一些她們能接的球。還不夠嗎？

「有誰還沒帶過熱身？」第一助教 Miss Chan 溫柔地問起在我們面前的二十多位小朋友。

一個個子矮小的妹妹緩緩舉起了手。

「我故意不讓她帶的，我只會讓真正乖的小朋友帶熱身。」主教練 Miss Wong 說道。

那位個子矮小的妹妹立刻尷尬地放下了小手，她那一刻的表情真的很複雜，有尷尬、有不快、有疑惑。在這麼多人面前被奚落、被否定，我想，更多的是心碎吧。

「思光！」「Ace！」

另外兩位比較「乖」的小妹妹便開始帶領著其他小朋友一起，兩個兩個地圍著排球場跑圈。

小學生的聲音真的很可愛，我很喜歡她們那種帶點嬰兒聲線的奶音，還有帶點不清晰的咬字。可能是那種天真又未被污染的聲線，令我還不至於討厭這份工作。

在做完某個練習後，Miss Wong 把學生們集合在場中間。她用纖幼的手撥開了額前的瀏海，此時她那雙鳳眼和皺起的眉頭都表露無遺，看來是準備訓話了。

「你們看看自己身上穿的是甚麼？是校隊的衣服。上面所寫著的

『思光』就是你們所代表的學校。如果你們一直都這麼被動，不主動學習和進步，用這樣的態度去比賽，其他人會看得起你們嗎？你們能接受自己比對手的技術差這麼多嗎？」

小朋友們似懂非懂地看著 Miss Wong。

「如果你們不願意與隊友合作，不願意提升自己和配合隊友，不如你們還是打一個人就能打的球，彈一個人就能彈奏的樂器吧。回去打你的網球，回去拉你的小提琴吧。」

我站在旁邊裝著認真地聆聽，也配合處境地擠了擠眉頭，偶爾點點頭，其實心裡想著「真好，不用做就能下班」。對我來說，這不只是一份兼職，還是一份高薪且工作量少的兼職。不用加班，又不用備課，就能獲得二百五十元一小時的薪金。今天練習三小時，即我將會獲得七百五十元。

我是一位排球教練，不過在思光小學排球隊裡只是第二助教，即第三位教練。根據維基百科的說法，教練會協助學習者達成特殊的專業目標，包括指導與培訓選手並維護他們在訓練期間的安全，而這些指導都只是專注於特定的技能上。這點與導師有些分別，因為導師注重的在於全面的發展。在這裡，我就是一個負責指導和培訓小朋友打排球，順便維持秩序和在她們受傷時關心一下的教練。

場地又響起了零零分的音樂「噠啦噠噠啦……」跟老師、教練們說了再見以後，我便到體育館對面乘巴士回家。

2

順著行程一眨眼，就已經來到星期三。

又是一個要教排球的早上。

今天第一次去的這間學校是我朋友 Benny 所教的德高小學，一所傳統名校，所以偏偏要建在山頂的位置，好讓家長們能夠駛著他們的私家車來接送孩子。由於他原來的助教逢星期三沒有空，所以便邀請我當他的助教。

本來我看到 Google Map 說走路上去最多只需要二十分鐘，所以便想一邊走一邊看看有沒有巴士或者小巴能夠到德高小學。不過當我一直走上斜坡，旁邊駛過的只有的士和私家車。眼看只剩五分鐘便可能要遲到，我想也不想便蹦上了一輛的士。

「德高小學，謝謝。」我一邊對著司機說，一邊拿出錢包。

當我拿出錢包時差點嚇壞，裡面只有一張二十元紙幣。幸好，我把背包旁邊暗格裡的硬幣也拿出來，剛好湊夠了車費，然後就下車，進入這所德高小學。

「請問排球隊訓練要到哪裡？」一進校門我便問保安員。

「沿著樓梯一直上到二樓禮堂。」他說。

「謝謝。」我離開校門，一路沿著樓梯上去。

經過一樓，透過右邊的磨砂玻璃就能隱約看到幾條帶有彩色浮波的繩子，還有個穿著白色衣服的人影坐在高台上。如果沒猜錯應該是一個室內游泳池。

再沿著樓梯上去二樓，右邊是個禮堂，兼多用途體育館，也正是我要去的目的地。我嘗試推開第一道門，鎖上了。然後我走到左邊的門，再推，也鎖上了。這樣重重複複推了幾次門，我終於進入了這個禮堂兼體育館。

　　「早晨！」Benny舉起了右手，向著我揮了一揮。

　　「早晨！」我回應。

　　「這裡不難找吧？」Benny用食指指了一指旁邊的椅子，示意我把背包放下。

　　「幸好我一進來就問了保安員，這裡這麼大，如果不問真的不知道要怎麼找。」我一邊放下背包一邊説。

　　「那就好。她們現在應該差不多下課了。由於現在大多學生已接種疫苗才能進行課外活動，這間學校就把課外活動當成最後一節活動課，好讓她們能夠繼續參與。所以這還算是她們的上學時間。」Benny一邊推著裝滿寫著「德高小學2018-2019」排球的車子一邊介紹。

　　「有這樣願意為了讓學生參與課外活動而改變安排的學校真的很難得。」我感嘆。推著另一架裝滿寫著「TKPS」排球的車子。

　　這時有幾把高音得可以説是有點刺耳的聲音傳出來，「李sir！」，伴隨著又大力又急促地踩在地上的腳步聲，真的有點像《屍殺列車》。

　　「午安，你們先去換褲子吧！」Benny的眼睛微笑著地回應那些小朋友。

　　這裡的學生與思光的真的差很遠。她們從熱身到練習，甚至是休

息時間都一直跑跑跳跳，嘴巴亦沒有一刻停止過。

「李 sir，她偷步！」「Missy，她過界！」除了與旁邊的同學聊天外，她們亦很喜歡跟我和 Benny 説話。

「嗶——」Benny 按下了手中的電子哨子。

「坐下。」他説。

一班活躍的女孩子一屁股地坐到我們面前的地板。

「我不希望聽到你們有這麼多投訴。你們經常跟我們説別人犯規，但你們有沒有嘗試過提醒那個犯規的人呢？除非你只是希望我罰她，而不是希望她不再犯規。我希望你們能夠學會自己解決問題，而不是投訴。明白嗎？」

女孩們似懂非懂地看著 Benny 點頭。

「我剛剛説甚麼？」Benny 望著一位跟隔壁同學聊天的女孩。

「你説⋯⋯要我們⋯⋯自己解決問題⋯⋯」她不是太肯定的回答。

「對！我希望你們嘗試解決問題。當你們真的解決不了，才告訴我們吧。好嗎？」Benny 溫柔地問。

女孩們又點點頭。

「我在跟誰説話？是否沒有人回應我？」Benny 笑著問。

「不是！明白！」女孩們紛紛回答。

這一瞬間我好像看到了甚麼奇怪的事情發生，但又説不出哪裡奇怪，因為一切都來的很順利。

3

由於是新學年的開始，所以思光小學要派給學生們每人一個排球，於練習時自己帶。

「唉，要拿排球。」一個綁著兩條辮子的女孩走過來說。她高度只比我腰間高一點。

「怎麼了？你不想要排球嗎？其他同學能夠得到屬於自己的排球都會覺得興奮。」我忍不住摸了一摸她頂著兩條辮子的頭。

「其實我不喜歡打排球，只是我媽媽要我學。我每次打都覺得手很痛呢！」她摸著自己瘦小的手腕。

「哇！你的手臂這麼幼當然會痛！不過多打幾次就會習慣了。」我從心底裡驚嘆她前臂竟然幼得像一把雨傘合起來的模樣，然後漸漸從她身邊離開。

我最喜歡那些二人一組的練習。不像那些要全隊一起做的練習，需要我拋，甚至打給她們，而且還要力度和位置都剛好到她們能夠嘗試移動去接，並成功接到。不能太難，也不能太易。很複雜吧，所以還是她們自己組隊練習更好。

「Missy，你教教她吧，她不會用上手。」孖辮妹妹拖著一位戴著 Hello Kitty 口罩的女孩來到我身邊。她好像因為我有回應過她的內心說話而變得更願意親近我，所以才帶著她的朋友來到我面前。

「你先做一次，讓我看看你哪裡出錯吧。」我把排球拋到卡通口罩女孩的頭上。

她伸出雙手從頭上把排球向下拍。

「不是這樣，你要從下向上打排球的下面才能把球向上推。」我捉住她的手示範了幾次正確動作。如是者我教了她幾次，她還是沒有改善，而我開始沒有耐性了。

「你繼續試試看吧。」然後便離開去旁邊冷靜一下。

「Try to push the ball like an escalator.」我左邊傳來了孖辮妹妹的奶音，正在教卡通口罩女孩如何做上手動作。

思光小學也是一所傳統名校，所以學生們都喜歡用英語聊天。雖然我不明白為甚麼這個動作會像扶手電梯，但孖辮妹妹的話令我的慚愧在不知不覺間滲出來，因為她比我還有耐性嘗試去教她的朋友如何做到上手動作。而我才是那位受薪，該有耐性一直教，直到卡通口罩女孩學會為止的「教練」。

「今天我最喜歡的學生來找我，叫我教她朋友上手改怎麼做。她還十分認真地用不同方法嘗試去解釋如何做到。」我跟我的好朋友阿布說起今天的事。

「她竟然令我覺得自己因沒有耐性教而慚愧。」

「是嗎？她叫甚麼名字？」阿布問。

「呃……不知道，我不是太記得她們的名字，只認得她們是誰和打球打得怎樣。」我低頭吃著面前的海南雞飯。

在疫情之前我也有帶領過思光小學打迷你排球比賽。不過我帶領的是二隊，即實力比一隊弱的那隊。我還記得當天上午要打三場小組比賽，首名出線就能夠晉級到下午的四強比賽，碰巧下午我自己也要

比賽。不過如果這些學生贏了，我便不去比賽。對，如果。

那是最後一場賽事。由於每組只能出一隊，我們先前因為已經輸了兩場而一定不能出線，所以我便想讓每個學生也上場比賽。眼看比分已經拉開了一點，我便換入了數個隊員。但由於我們只是對手失誤而得分，後來對手減少失誤便開始追回分數。最後比賽還是輸了，但至少每個人也試過上場比賽，而且我也難得地聽到某些比較害羞的孩子因為投入比賽而說話。畢竟練習了這麼久，就是為了比賽。後來透過范老師才知道，學生們的家長在某個通訊軟件的群組裡將她們輸掉比賽的責任歸咎於我換人的行為。還推測是因為我下午要比賽，所以故意讓她們輸。

「不要投放過多的感情，因為最後受傷的只會是自己。」

4

今天 Benny 帶著德高小五六那幾個準備比賽的學生練習，而我帶領著一班小二到小四的女孩做模擬比賽的練習。

「你們知道怎麼才算贏一分吧？」我問。

「知道！」女孩們異口同聲地說。

「贏了之後你們要舉高雙手說『Yeah！』。我不管你們是裝的還是真心的，反正我就要聽到你們慶祝。明白就開始吧。」說罷我便把球拋到左邊一位身穿紅色體育服的妹妹的手上。

「Yeah！」右邊的幾位女孩雙手比著 Yeah 手勢高聲地喊著。

「你怎麼不慶祝？你有聽清楚我剛剛說贏了要怎樣嗎？」我指著

一個穿紫色體育服，短褲有點長到膝蓋，戴眼鏡的妹妹。

「你們跟她解釋我的要求吧。」我叫右邊的隊友們幫忙解釋一下。

其他五個隊友就圍著眼鏡妹妹七嘴八舌地解釋著。

「她說不要，怎麼辦？」一個長得比較高的女孩轉頭我。

「她好像哭了！」另一個長得胖一點的女孩驚慌地看著我。

「你們先自己打比賽吧。」我拉著眼鏡妹妹離開了球場。

看她哭得連眼鏡也起霧了，我只好叫她與我一起撿球，順便圍著場邊走走，讓她冷靜一下。跟其他德高學生不一樣，她不太愛說話，無論是跟朋友還是跟我都一樣。說真的，在我教的這幾節課，大部分學生的聲音我都聽過了，因為她們實在太多話。唯獨她的聲音我還沒有聽過。

「你怎麼不願意一起慶祝？」我們平排地站在旁邊，我看著她，她看著外邊打球的女孩。

她哭完了，但呼吸還在抽蓄。

「因為覺得尷尬嗎？」

她點頭。

「別人都慶祝，只有你一個跟別人不一樣，不會更尷尬嗎？」

她沒有回答。

「你平時也不愛說話嗎？」

她點頭。

「上學時或者小息也不會跟朋友說話嗎？」

她點頭。

「不過打排球是團體運動，所以你必須跟其他隊友溝通，不然別人不知道你想怎樣，會很難合作。」

她沒有回答。

「你喜歡打排球嗎？」

她大力一點地點頭。

「看看外面，場裡面有十二個人正在向上看著球，要是你不說話，別人看不見你，便會撞到，會受傷。這麼危險的話，你就只能夠一個人打排球了。」

她的雙眼透過那細小的鏡片看著外面。鏡片外面有很多人在玩耍，而鏡片的這邊只有她一人。

「如果我不要求你慶祝，只需要你在接球時說一句『我的』，能做到嗎？」

她點頭。

「那我們一步一步慢慢來，先說一句話，待你以後習慣了我們才說其他東西好嗎？」

她用力地點頭，再伸出自己右手的尾指。

我也伸出了自己的尾指，跟她的尾指勾了勾，再碰了一下拇指。

雖然我不知道碰拇指的作用是甚麼，但這竟然讓我覺得窩心，讓我嘴角不自覺地上揚。

十年前我就讀思光小學時也是排球隊的，那時候的 Miss Wong 比現在還要惡很多。有一次練習我因為趕不到巴士而遲到，終於到達場地時，我向 Miss Wong 解釋了遲到的理由。她皺著眉頭問：「你幾點

出門口？」我想了很久都答不出來，因為我真的不知道。「跑圈。跑到你記得為止。」她指著外面的排球場說。實際上跑了多久我不記得了，但我記得的是後來她問了我幾次我都是回答不知道。可能她可憐我不會說謊吧，於是在練習完結之前還是讓我練習了一會兒。結果下課時，我一看到媽媽便抱著她大哭了一場。

其實這只是一份兼職，我並沒有必要用這麼多時間和精神去與眼鏡妹妹聊天。

或許我只是不希望她跟我一樣。

不被理解。

6

其實在與眼鏡妹妹聊天的那天還發生了另一件事。

「教練，我不想打了。我可以到旁邊坐坐嗎？」一個長得挺高大，辮子紮得有點不整齊的小二學生走到我旁邊，看著眼鏡妹妹旁邊的位置。

「怎麼了？不舒服嗎？」我拉著這高大的小二生到旁邊坐下。

「因為比賽不公平。對面故意把球拋到我們接不到的位置。」她用手梳理著耳朵旁邊的碎髮。

「排球本來就是競技運動，所以大家都只會想贏，不會有人想輸。如果我們的對手人人都長得很高大，我們總不能叫別人長矮一點吧，對吧？」我看著外面那群準備比賽的學生。

「可能技術好也能贏。」她小聲地說。

「對！如果不能改變那些不公平的事，那就用其他方法贏！」我感到興奮地說。

「我現在想出去打。」她看著我肯定地說。

「那麼試試看用其他方法能不能贏吧！」我對著她單起右眼。

雖然不知道她最後嘗試了甚麼方法，但我隱約聽到了她的聲音：「Yeah！」

我總為自己的身高感到自卑。大部分人知道我打排球後都會說：「不像呢！我還以為打排球的個子都很高。」

還記得我落選了一次挑選香港代表的選拔賽。評審教練把我叫到一邊跟我說：「坦白說，你個子太矮了。」我坐在場外面，看著場內每一個個子比我高的人，強忍著淚水。

「是嗎？我自己也覺得不像呢，哈哈！」我總是這樣回答。

7

「真的發生了很多事情呢！」我巨細無遺地對阿布說起當天的事，恐怕不與別人提起，我就的腦袋就會不記得。

「有沒有想過，你說的那些話，其實也是你對你自己說的？」阿布問。

我們坐在家中的沙發，電視機響起《落花流水》。

「命運敲定了要這麼發生……」

我們沒有說話。

「有沒有想過，你說的那些話，其實也是你對你自己說的？」像回音一般在我腦袋響起。

再次回想起教排球時所經歷的人和事——Miss Wong、Benny、孖辮妹妹、眼鏡妹妹、高大的小二生……是的，我是一位兼職排球教練，在協助學生學會排球之餘，好像也在不知不覺中了解了她們更多。

或者是我了解了自己更多。

所以比起我是她們的教練，她們，或者說是這些經歷，更像是我的導師。

「講真天涯途上誰是客，散席時，怎麼分……」

世界上大多數的人都只是在某個地方和我們相遇，伴我們走一程而已。以前我以為我是那些已失聯的朋友人生中的過客，但也許他們也是我人生中的過客。也許這些學生長大後不會再記得我，也許我以後遇見更多學生也會忘記她們。

到底是誰伴誰，又有誰知道呢？

生而為人

鄧立桁 /

　　那是一個秋風乍起，蒼涼孤冷的晚上。

　　一陣又一陣蕭瑟的涼風嗚咽地吹著，四周樹影婆娑沙沙作響。但風停下時，黑夜立即復歸寂靜，彷彿甚麼事也沒發生過，時間、空間就這麼凝滯著。有好幾個瞬間，我真的以為時空凝結了，意識只會停留在這當下，好比眼睛一直盯著漩渦狀的圖案時大腦陷入墮進深邃的錯覺。直到下一陣秋風刮起輕拂我的臉，意識才流動起來，我的確存在於這個空間之中。

　　「真是平靜。」我邊抽煙邊感慨道。

　　在過往的印象中，即將自殺的人一般都會經歷強烈的內心掙扎：放棄未來有可能發生的美好之事作為告別當下痛苦的代價是值得嗎？一般都會這樣想吧？又或是仍舊依戀這個塵世的某人某物，於是割脈前握有利刀的手會戰慄發抖，跳樓者則在天台邊緣來回踱步，又或是靜靜的盯著萬丈下的地面，美其名是找個沒有路人的絕佳時機，實際上則是內心深處那個求生慾強的自己正在猛烈拉扯著求死的自己。這些掙扎讓自殺看起來是多麼庸俗兒戲，難怪社會大眾一向喜歡對自殺

者冷嘲熱諷。

然而，一心求死的我，此刻異常地平靜。我緩緩用兩指夾起香煙，遞進口中，輕輕呼吸，任由煙霧在我血液內遊蕩，再輕輕的吐出來，整個過程不帶一絲的沉重和壓抑。香煙與秋風混和一起，在靜謐中，跳起歡快的舞步，簡直就像是為我送行，我無奈一笑。

生而為人，我很抱歉。這是太宰治的名言。這夜，很平靜，心如止水，也許是上蒼憐憫，好好安撫我那脆弱的心靈，才讓我去死吧。

諸位，我想在死前好好自白一番，我會盡量安靜地回顧盡是可恥的一生。

我很討厭女人，曾有人問過我，世上有沒有甚麼人消失了會讓你好過些？我不假思索就回答：女人。

我生於一個中產家庭，是家中的么子，從小到大都是萬千疼愛在一身。父母雖然因工作關係經常不在家，也對我千依百順。一回喊想要學鋼琴，就掏錢買了座鋼琴歸來，另一回哭鬧著要學游泳，二話不說就辦了張私人會所泳池的通行證，他們也不像「怪獸家長」逼我上些甚麼興趣班。日常的起居飲食也有幫傭服侍，祖父母閒時也會來看顧一下。所以，說我是「溫室」長大的孩子也不為過。

不過這個「溫室」有個癩痕般的瑕疵，我的兩位姊姊。他們比我年長十年以上，因此當我在垂髫之年時，他們已經準備上大學了。不知是應付公開試的壓力過大，還是天生嘴生得賤，總是喜歡拿我來嘲弄和欺負。例如我七歲那年，我興致勃勃拿了一幅美術課的畫作功

課給我大姊看，她帶著惡趣味的語氣指著我的「自畫像」問：「這個畫得挺不錯的，那是狗屎嗎？」那次，我氣得把那張畫撕碎，並摔壞所有父母買來的貴價畫筆。又有一次，我不小心踩到二姊新買來的新款皮靴，她隨即破口大罵：「滾出去！你這個小雜種！沒做件好事！」我曾試過找媽媽哭訴，可能母親覺得平常父親實在太縱我，想挫一挫我的任性，也可能是兩位姊姊都接近二十，經常與母親分享生活、戀愛、化妝的話題，故三人說起話來同聲同氣，母親總偏袒兩個女兒。尚未懂事的我，有時還可笑的認為我生出來就是要被這三個女人欺壓的。不只在家裡，連學校也如是，小學時我還長得胖，班上的女同學總是左一句「死胖子」右一句「臭胖豬」我只能像個猴子一樣帶著笑臉裝糊塗。

女人真是種蠱惑骯髒的生物！大概那時候起我就萌生了這樣的想法，除了姊姊的卑劣外，可能也受到少年熱血漫畫和電視台那些低俗影集的影響，便覺得女人是邪惡、庸俗、不可信的，好比血紅玫瑰鮮艷亮麗的外表會吸引人去觸碰，但走近了就發現花莖上全是毒刺，教人碰不得。若然你仍要伸手去摘的話，呵呵，君唯有自食苦果吧。

儘管我垂髫之年就已經對女性抱有敵意，但青蔥到底是青蔥，上了中學，也會渴望戀愛的滋味，畢竟少年熱血漫畫和低俗影集也有談戀愛的浪漫情節嘛。

我第一次談戀愛是在十五歲就讀中四那年，女孩是比我小一年的學妹，名叫凱瑩。我們相識的經過可謂充滿年少的羞澀。當日下課鐘聲響起，我如常趕快收拾東西去參加管弦樂團的集訓，就在我步出課

室門口之際，一個素不相識的女孩低著頭，急步迎上來。「請問師兄你是否選修化學？可否待會教一教我？」她依舊微微低著頭，臉上泛著紅暈，急速地說道。「不是，我選修歷史的。」我當下感到錯愕，因為我所在的班是眾所周知的文科班，按道理怎樣也不會問到這邊來。事後我當然知道，那是她笨拙彆扭的搭訕開場白。而且，要是現在有女生這樣問我，我一聽便知此女別有用心，自不然該好好戲弄她一番。所以我倒懷緬當時懵懵懂懂，一念疑惑，有些不知所措，未經過依翠偎紅日子的我。

「這麼巧啊師兄，我現在中三，來年就要選科了，恰巧也對歷史有興趣，可以請你指點下我嗎？」她依然是含羞答答道。

「好啊，明天午膳來這課室找我吧。」

諸位先不要誤會，我厭惡女性的態度從未消失，當我觀看學校街舞社的女同學，穿著緊身低胸衣，賣弄她們仍在發育中的胸脯和臀部時，即使全場男同學都歡呼喝采，我卻是嗤之以鼻。「下三流、污穢、賣弄情色的技藝」。看到有女生雪白的校服裙若隱若現透視出黑色內衣時，我馬上側過臉，心裡暗罵「妓女！」，就算是正正常常的女孩子我也是抱著敬而遠之的態度。

偏偏唯獨是凱瑩，初次見面，她晶瑩水潤的眼睛令我無法抗拒，右眼角下一粒小小的痣不但毫不礙眼，還令她乍看之下更惹人憐愛。她輕輕走過來所散發的陣陣女兒香更令我春心蕩漾。年少青蔥的我，徹底被折服了。

很快我們便墮入愛河，她帶著可愛的笑容，輕輕躍入我心湖，

掀起戀愛的漣漪。初戀無限美，那時我天真地以為會如斯幸福一直走下去。

卻殊不知道，那是我墮落的開始。

我們交往三個月，頂多都是牽牽手，親一親臉頰，未有半分越雷池之舉。有天，放學後，我帶她回我的家，那是我頭一回邀請女孩子回家。當時家中無人，原先我們並肩坐在床上溫習，後來她身子慢慢挨了過來，身上的女兒香愈發沁人，親熱的體溫使我心癢難耐。倏地我感受到下體出現異樣，血脈擴張，心跳加快，我的手慢慢移到她後背摟著她，她亦順勢依偎下來。下一秒，我倆有默契似的對望一下，鼻尖幾乎是貼著的。我嗅著她鼻子呼出的氣息，快要沖昏頭腦，我直直望著她羞得通紅的臉，又望向她水汪汪的雙眼。

我吻下去，是我倆的初吻。

第一次只是生硬的蜻蜓點水，接著我們就模仿庸俗電影內的情侶般，伸出舌頭與對方纏繞一起。那一刻，種子發芽了，一個名為情慾的醜陋之花正在快速生長，結成苞蒂，正待綻放的一刻。

我把她放到床上，拉下她校服裙的拉鍊，又笨拙地解開胸圍扣，我對這個行為感到詫異，雖知當時我還未看過任何成人影片或情慾小說，連自瀆都不會，脫光一個女人彷彿是我與生俱來的犯罪基因賦予，全然不用別人教似的。

她就這樣上身一絲不掛地躺在我面前。凱瑩羞得雙手掩在胸前，我就如好奇的初生嬰兒把她雙手拿開，她輕輕的喘了一聲，把頭一側，不敢直視我臉。這是我自襁褓以來第一次看到女人的全裸，微微

隆起的雙乳，粉嫩的乳頭，雪白的胸脯因緊張而輕輕起伏，濕潤而半開合的嘴唇，右眼下的痣，雀斑、脖子⋯⋯

血液在我全身快速流動，理性已徹底中斷，我如貪婪的嬰孩般吸啜母親的乳頭，情慾之花昂首綻放，散發出斑斕又邪惡的氣息。

諸位看到這裡，請別以為我是寫下流的色情小說。我可是花了很大很大的勇氣去回憶以及把罪惡公開出來。之所以詳細描寫出那種場景，是要說明「情慾」這件事於我而言是有多可怕，也方便諸位了解情慾如何摧毀我以及日後那些愛著我的人。所以先請諸君暫且收起你們的鄙夷，繼續讀下去。

就在緊要關頭，凱瑩用手抵著我，嬌嗲又帶點惶恐的說：「會否有點太過？我們只是交往三個月，我還是未接受得到。」說罷又用雙手環著我頸，楚楚可憐的望著我。

凱瑩到底十分單純，性愛之事她壓根沒想過，也不敢想像。

反觀我，卻是著了魔般，僅餘下對女友的關懷也在沒法抑制正在盛放的情慾之花，它正要爭妍鬥麗。我沒有理會女友的話，任由醜陋的情慾花摧毀嬌嫩的雛菊。

我必須向世人自白，我根本不是甚麼「厭女」，那只是以童年的傷心事粉飾自身下流的卑劣手段而已。不，童年的往事還是有影響的，只不過並非單純地「厭女」，而是我受盡女性屈辱的悲傷轉化成渴望征服女性的好勝心，看見女性軟弱地臣服於我胯下令我有前所未有的光榮。女人就是如此下賤的生物，她們要依賴我才能填補空虛孤獨的心靈，甚至要哀求我以獲取更多。童年我所恐懼的女人現在卻是

一個個等待被我征服。

正是這種可怕的念頭，開啟了潘朵拉的盒子，為我往後充滿可恥的情慾式哈姆雷特復仇劇寫上序章。

我和凱瑩很快就分手了。我很清楚，其實我並不愛她，我只是享受肉體上的歡娛和征服女人的快感。和她分開也算是我最後的仁慈，嬌嫩的雛菊並不適合和帶刺的玫瑰一起成長。

在往後的四年大學生涯，我從未間斷與不同的女孩子發生關係，有些是交友軟件認識的，有些是在酒吧或俱樂部認識的，有些是住在同一棟宿舍的——那更方便，我只需走數層樓梯，完事後就返回自己房間睡覺，不帶半點麻煩。有時，對象是自己的朋友，有剛認識的大學同學，有相識了六、七年的中學同儕——多數是她們在大學或個人發展上失意，主動約我出來喝酒，傾談心事，酒過三巡，我體內的罪惡之花便會甦醒，逼我釋放它出來。若然是雙方默許下發生當然無礙，但可恨的是有些女孩其實是有些許不情願的，征服女人的慾望卻使我「霸王硬上弓」，雖然事後她們說無所謂，不會追究。但就算我在法律上逃避了強姦犯的罪名，我生而為人的基本道德已徹底淪亡。她們在心靈脆弱的時候選擇我作為稍歇的避風港，卻懵然不知自己送羊入虎口！你知嗎？信任被利用、被糟蹋可是比死更難受的。我的內心隱藏一隻虛榮情慾化成的怪物，平常以我那副老實友善的臉孔示人，當有女孩子上鈎時，它便會現身，把她們通通吞噬。

我可以跟諸位說，我這荒誕無道的生活去到後期時，每次做愛都不再感到任何快感和光榮，那早已腐蝕殆盡的道德忽然醒來，每天大

聲朗讀我罄竹難書的罪狀，使我耳目昏亂，頭痛得快要裂開來。

也不瞞你們說，我竟想念起凱瑩，第一個被我傷害的女人，可惜即使我悔疚有多深，大錯已鑄成，我以無法彌補了。我懷念凱瑩，更多的是懷念當初那個純真無邪的我。那個曾經憧憬幸福戀愛的爛漫天真少年，可恨的是，一切都回不去了。

我想談戀愛，是真真正正的戀愛，最純粹的戀愛，我視之為自我救贖的旅程。

可諸君有聽過古希臘神話嗎？情慾之神阿芙蘿迪蒂，怨恨著宙斯。於是對他施下法咒，使其風流成性，在他墮落之時再狠狠給予懲罰。

而接下來發生的事，絕對是情慾之神阿芙蘿迪蒂對我降下懲罰了。

這個女孩叫若琳，是我在一個探戈舞會上認識的。舞會一開始時我就已經留意到她，在眾多穿紅戴綠，花枝招展的女人當中，唯獨她穿著一身黑色絲質的連身裙，黑高跟鞋，沒有佩戴那種庸俗不堪的閃亮戒指和飾物。而樣貌雖稱不上美艷動人，但五官雅緻，沒有化太濃烈的妝反倒令她在一眾庸脂俗粉裡更顯亮眼。她走進會場時，宛如一股清風吹入衣香鬢影的舞會。

我乾掉兩杯紅酒，壯著膽子走去邀請她跳舞，我突然察覺，很久沒有在女人面前如此靦腆彆腳。

我向她投以一個邀請的眼神，阿根廷探戈不同於西式舞會，男方不會開口說話，只會用眼神示意。

我牽著她的手走到會場中間，沒說過一句話。當時播放的是皮亞佐拉的〈遺忘〉，一首幽怨淒涼的舞曲。我右手輕輕從後摟著她的腰，左手則牽著她右手，高舉至耳邊。她身上往我靠近，額頭貼著我的右臉頰，我倆胸脯貼著對方，而盆骨以下則是保持距離。這是典型的阿根廷探戈姿勢。以前的阿根廷布宜諾斯艾利斯有很多鰥夫和寡婦，每逢夜晚，一對對孤獨的靈魂便會相擁，感受對方的溫暖，用一支支探戈來對話，互相慰藉。要是兩個靈魂契合的話，就算本來不識對方，也能心意互通似的完成許多探戈舞步。

　　一般而言，男生不會在同一個舞會內，與同一個女生跳第二次。但我與她跳了一整晚。

　　臨近尾聲，最後一支樂曲是塔里恩佐的〈布宜諾斯艾利斯的情人〉，「對了，我該如何稱呼你？」「我叫若琳」她的聲音悅耳、溫柔，我緊緊摟著她，共度最後一支舞曲的時光。

　　我們相識，然後交往，一切似乎是向著美好進發。幸福甜蜜的日子麻醉了我，並漸漸忘了原來的滿身罪孽，忘了那顆想藉真摯的愛情來救贖自己的心！

　　我背叛了她。

　　在一次派對中，我喝得爛醉，情迷意亂下與一個女子發生了關係。翌日早上，我醒來看到身旁睡著一個陌生的裸女，腦海內，閃過的是若琳明麗的眼眸，白裡透紅的臉頰，帶有少許淺啡的雙瞳，長長的秀髮，溫柔的聲音，每一句說話，一同相處的畫面，她的衣著……

　　我徹底崩潰了，當真是個無藥可救的家伙。

我也是不幸的受害者，但我的不幸源自我的罪惡，是我一手造成的。

　　萬惡的色慾！色慾摧毀了我也罷，把我身邊的人也徹底摧毀，我不用等待死亡，現在也算掉入阿鼻地獄，受盡道德的譴責，千刀剮萬刀割我也絕無半句怨言！

———————————————

　　這是個平靜的夜晚，我想起太宰治的名言——「生而為人，我很抱歉。」

那時候還懂得心動

李泓鋒 /

許多網路上流行的新興詞彙，總令人摸不著頭腦。近日認識了兩個頗有趣的詞語──「愛無能」和「空心病」。前者是指想愛，卻彷彿失去愛人的能力；後者是指孤獨中參雜著一絲疲憊，一種被憂鬱籠罩著的心理狀況。以往看流行用語，少不免似懂非懂，這次卻出奇地心融神會。

鮮眉亮眼，頂著一副粗框眼鏡；若有所思的樣子，為她添上了一層神秘的面紗。初次遇見她，是在中學聯校合唱團小組的練習上。實話實說，我覺得她不過相貌平平，在眾團員之中特別注意到她，大概只因為她那比男生們還要高出半個頭的個子吧。「婥琳，練習後一起吃晚飯好嗎？」另一個女團員問她。她兩眼放光，藏不住微笑，默不作聲，猛然點頭。由心而發的笑容就是有一種說不出的魅力。在一旁聊天的我無意中看到了，也悄然被吸引住了。

隨著校際音樂節的迫近，練習次數的增加，團員之間變得愈來愈熟絡，我亦有了機會跟女孩搭上幾句。「我參加了我學校舉辦的歌唱比賽，你有興趣來看嗎？」我藉機邀約她在練習外見面。「把大家

都叫上吧，有大家的支持我會表現得更好！」我生怕邀約的目的太明顯，故作轉頭詢問其他團員。只見她靦腆地低頭，輕聲回答：「嗯！」

順帶一提，我倆分別是男校和女校的學生，所以除了聯校合唱團小組的練習，基本上很難有見面的機會。幸好現今通訊科技發展純熟，經已打開的話匣子才得以在手機通訊軟件上延續。原來選唱英文歌曲是她們學校歌唱比賽的傳統，原來她除了唱歌還跟我一樣喜歡打籃球，原來那部關於籃球的動畫片她也看過，原來……

「咚咚咚」清脆的敲門聲打破了這一片寧靜。「燈這麼還開著？兩點鐘還不睡？」是媽媽憤怒的聲音。「現在就睡！」我敷衍道。

「媽媽催促我睡了」我從手機發出訊息。

「不要緊，明天起床再繼續聊吧」

「好！」

我關上房燈，暗自笑著進入甜夢鄉。

一切是多麼的如夢似幻。之前和她談論到的籃球動畫片推出了劇場版，她竟主動把電影海報發給我，與我相約在某個週末一同觀看。想不到在歌唱比賽開始前，我倆已有合唱團練習以外的約會。那個週末，我們就這樣度過了開心得不真實，卻又實實在在地甜在心頭的一天。

「早安琳琳！」不經意間，我開始習慣了每天早上向貪睡的她問好。至於晚上，經過一整天繁重的課業，我們都喜歡抽空撥一通電話給對方，聽一下對方的聲音，為勞累的身心充一充電。「峰，你覺得……如果你現在遇到一個你喜歡的女生，你會主動表明心跡嗎？」

在一次通話時她問我。「我猜我會不敢開口吧，感情事上我好像是挺內斂的……」我也不確定我有沒有這個膽量向她表白。「妳呢，妳遇到喜歡的男生會主動出擊嗎？」我急切的想要知道。「嗯……我覺得我會喔。世界之大，要遇到投契的人太不容易了。幸福……還是要自己爭取的吧。」這是在暗示我該積極一點，還是要我等她開口啊？說不定是我自作多情罷了。「有點道理……」我帶點心虛地回覆。

後來在一次合唱團的練習上，一個團內的師兄以及一個來自她們學校，經常玩在一堆的女團員趁休息把我拉到一旁，偷偷問我：「你和婷琳進展如何啊？」「你們不要胡說八道！」我很是驚訝，想不透他們是怎麼發現端倪的。「別裝瘋賣傻了，上星期去看你比賽就發現你們成天眉來眼去了，誰不知道啊？」我自覺瞬間紅了一臉，只好裝作生氣來掩飾我的害臊。我隱約看到婷琳在音樂室的另一角望向我們，掩著嘴笑，又是那叫人沉醉的甜笑。「那個……可以的話……幫我試探一下琳琳，問問她是怎樣看待我的吧……」我摸著滾燙的臉喃喃道。「哇！你叫她琳琳！」這下子不知要被挖苦多久了。

當天晚上，我如常地發訊息給婷琳：「要通電話嗎？」良久沒有回覆。「在嗎？」我開始擔心。「琳琳？」就這樣過了一個又一個小時。「叮」，手機響起通知。

「我在，剛剛哭過。」

「怎麼就哭了？」

「不知道，能陪陪我嗎？」

「當然可以，一直在等妳。對了，能借我一個衣架嗎？」

「嗯？甚麼意思？」

「用來『掛』念妳啊！」

「嘻嘻。」

能讓她破涕為笑，我也心滿意足了。

歷經數個月的刻苦練習，我們合唱團小組終於迎來校際音樂節的大日子。有幸得到評判青睞，我們取得蠻不錯的成績。取得佳績固然高興，我卻並沒有過份興奮激動，或者因為醉翁之意早已不在酒了吧。

音樂節落幕，學期也差不多來到尾聲，合唱團小組的大家決定趁期末考尚未來臨，聚首慶賀一下我們那傲人的成績。「上次拜託你們打聽的事……有答案了嗎？」這次輪到我把那兩個關係要好的團員拖走。「我問過婥琳了，她說你對她而言……就像是好姊妹一樣。」師兄娓娓道來。我極力埋藏著打從心底的失望。女團員拍拍我肩膀，笑著補充道：「女生嘛，總是含蓄一點。正所謂當局者迷啊！在旁人眼中，婥琳對你的偏心……簡直不要太明顯！」「有嗎……」此刻的思緒，猶如打了千萬個繩結般。

「晚安。」通話結束，把她哄入睡了，但我沒有半點睡意。好姊妹是甚麼意思？我是沒有機會了嗎？明明每當我向她撒嬌，她也會嗲回來啊？之後該如何是好？繼續追求嗎？她會喜歡嗎？手裡依然抱著已經掛斷了不知多久的電話，倒臥在睡床上，輾轉了不知多久的時間，睡去了。

期末考試將至，約她到咖啡廳複習似乎是個不錯的約會藉口。

「字是印在我臉上哦？一直看著我幹甚麼？專心溫習啦！」她吐著舌頭，害羞地説。「我好像沒辦法專心呢……」這不是在調情，我的目光是真的被她牽引著。「口甜舌滑，不理你了！」她鼓起腮，立即低頭埋頭苦幹。我捕捉到她斜瞄向我，嘴角上揚的瞬間：「妳不也在看我嗎？」「哪兒有啊壞蛋！」整間咖啡廳的人都聽得出她的緊張。「抱歉！抱歉！」哭笑不得的我連忙向周遭的客人道歉。我感覺到坐在對面座位上的人向我投以凌厲的眼神，莫名窩心。或許我是無法得知這女孩的腦袋在想甚麼了，我也不想考究了，我只想傾盡心力討好她，讓她開心，就足夠了。

考試成績出爐，想當然耳，我沒有考得很好。回想起那些在咖啡廳裡坐了數不清幾個下午，卻只翻了幾頁的書本，我倒沒怎麼後悔。

某日清晨，我揉一揉雙眼，拿起手機，一如既往地給琳琳發了一句「早安。」然後緩緩爬起，拉開窗簾，迎接屬於暑假的一縷陽光。準備升上中五的我被朋友招攬進學生會內閣，暑假應該也不得悠閒。話雖如此，我還是會盡量抽時間邀約琳琳外出的。

「峰峰怎麼那麼早起啊，你不是放假嗎？」

「可能是因為想妳吧。」

「騙人吧你。(黃色愛心)」那是她最喜歡的顏色。

「下個禮拜妳也放假了，要不要一起出去玩？」

「好啊！要去哪兒？」

「不知道呢……不過有妳在去哪兒都一樣，嘻嘻。」

「哎唷～（害羞）總要有個目的地嘛？」

「要不……就隨便找個商場逛逛，吃一下東西？」

「可以（笑）。」

如是者，我們隨性地相約在一所大型商場。

那天在美食廣場吃過午飯後，我們便在商場裡頭四處游走。「剛才的甜品真好吃！」她擺出一副滿足的樣子。「嗯！甜得恰到好處。」我對著她說。走著走著，她忽然停下腳步，指著斜對面的商鋪喊道：「室內遊樂場！很久沒玩過了！」「想玩嗎？」「嗯嗯！」「進去吧！」多麼天真可愛的小女孩啊，我在心裡慨嘆。我們買了會員卡，充了值，不約而同來到了籃球機前。「你怎麼知道我想玩籃球機？」「妳的心思不難猜啊！」其實只是我剛好也想玩籃球機罷了。「要讓妳幾球嗎？」「敢小看我？」簡單的娛樂，我們卻不亦樂乎。「差兩分而已！別太囂張！」我「不小心」輸了。「哈哈，下次我們再去其他分店玩，讓你有機會報仇，好不好？」「一定要！」一定要把握再約她的機會。我們約定今後一同走訪室內遊樂場的各間分店，誓要贏取很多很多的彩票，換取很了不起的獎品。這下可好，連約會節目都不用想了。

一個暑假有差不多一個多月的時間，而我們相約見面的日子，大概佔了其中的二十來天吧。我們之間，亦似乎萌生多了一點情愫。有一次我下意識的拉著她的手腕，跑過閃爍著綠燈的馬路，她含蓄地說：「你這樣拉著我的手，好像人家情侶的互動……」措手不及的我根本不知道該如何反應，只是繼續拖著她的手腕幾秒，與她對視了幾秒。還有一次吃完飯跟她拍照，我不知不覺的就把頭依偎在她肩膀上了，她也順應著把頭靠向我。

在我有空約她的時候，甜絲絲的互動不計其數，但在我沒法子約她的時候，不時就會出現一些狀況。她會因為一些小事哭成淚人，又會突如其來地食慾不振。我偶爾也因此感到徬徨無力，只能盡我所能地多哄她幾句。

我真正意識到情況不妥，是在暑假中段的某一天，那天我正在為學生會的籌備工作疲於奔命。「叮」的一聲手機通知，我立即放下手邊的工作查看手機。

「峰……」

「琳琳，怎麼悶悶不樂的啊？」

「不知道……」

「妳最近很常感到低落呢，會不會是情緒方面出了甚麼狀況？」

「不知道……」

「不如妳找個時間，去見一下心理醫生？」

「嗯……」

「不用擔心，當作檢查一下而已。」

說不定我比她更擔心。

果不其然，她被診斷為抑鬱症。「不用怕喔，我身邊不少朋友也都患有抑鬱症，沒甚麼大不了的。」通話中的我盡可能不讓她洞悉我的不安。「關於抑鬱症的這件事……暫時只有你和我父母知道，別說出去，好嗎？」她仍有些沒精打彩。「好，我答應妳。妳也沒必要覺得自己跟別人不一樣喔，抑鬱很普遍。而且妳也不是一個人面對，我會陪妳的」我拼命安撫著。「知道啦，嘻嘻」難得聽到她真摯的笑。

抑鬱的降臨的確是個晴天霹靂的小插曲，但它看似也無阻我們之間的發展，甚至成為了感情催化劑，讓我們對對方都產生了更多依賴。至少我當時是這樣認為的。

能夠幾乎形影不離地相互邀約，只因為暑假還沒結束。愈發親近的我們彷彿經已忘記作為學生的壓力，留戀著假期的輕鬆寫意。對於兼顧學校事務和感情生活，我起初是胸有成竹的，我偏不信我有心的話會約不到婥琳。

事實證明，我錯了。學生會要處理的事情超乎想像的多，加上開學以後得老師欣賞，被挑選作新一年度聯校合唱團小組的團長，要面對新的團員，培養與新團員的默契，忙裡恐怕亦難以偷閒了。我升上了中五，她也升上了中五，她也有被委以重任，同樣也有更繁重的事要處理。相約一事，自然遙遙無期。

往後的日子，天公似乎仍不打算造美。難得找到了大家都空閒的日子，總會有意外阻止我們見面。以我為例，我不知從何染上了水痘，又因為打球不慎崴了腳腕，而這些意外，分別都發生在與婥琳有約的幾天前。少了見面，共同話題也跟著減少。從日以繼夜的閒聊，變成雪中才送炭的問候，不過短短數月的時間。很心酸，也很真實。

幸而，每當有大事發生，對方仍然是一個可以放心傾訴的對象。至少我當時是這樣認為的。

偶然聽說，她有新的發展對象了。好像也不意外吧，因為我也有了。「我交男友了」某天下午手機響起通知，訊息來自一個再熟悉不過的人。

「恭喜呀，最近過得挺不錯嘛。」

「是的哈哈。你呢，感情路上有進展嗎？」

「算⋯⋯有吧，不過還在醞釀呢，是妳們學校的師妹喔。」

「略有聽聞。」

「祝妳們能長久囉。」

「我也希望你找到適合你的另一半。」

我們的對話，就這麼尷尬而不失禮貌地結束了。難以想像，這個人竟是幾個月前與我形影相隨的人。心裡的某個位置彷彿忽而缺失了，卻又完好無損。雖說沒能和婥琳湊成一對，但她在我心中還是佔著一個很重要的席位。

一年一度的校內歌唱比賽又到了，熱愛唱歌的我當然首當其衝報名參加了。一仍舊貫，我打算叫上幾個朋友到場支持，請他們來見證我在台上片刻的風光。這天剛好要到婥琳的學校練習，又剛好在走廊上碰到婥琳，我便興致勃勃地問道：「我今年又參加了我們學校的歌唱比賽喔！妳還來看嗎？」「不去了。」婥琳滿臉厭惡，留下驚愕的我。「可是是我⋯⋯」「我說了不去，別再問了。」如此斬釘截鐵。我裝了一肚子的委屈，回說：「哦⋯⋯」看著她轉身離去。

晚上回到家，我呆望著天花板，百思不得其解。今晚⋯⋯注定是個失眠夜。

我和婥琳的對話不知沉寂了多久，再次聯絡上她，是因為我帶領的合唱團小組和她所在的小組起了一些紛爭。

「謝謝妳，琳。」在說開了誤會以後，我向她道謝。

「不用謝。」

「給妳們添煩了真的不好意思。」

「別這麼說，我們也處理得不好。」

「嗯。」

一方面，我很慶幸在我擔起團長這個重任的時候遇到困難，有婷琳為我排憂解難。另一方面，我怎麼就覺得這麼彆扭，這麼揪心？

一個夜闌人靜的晚上，我打開通訊軟件，打開和婷琳的對話紀錄。有好多想說的話，然而又不知道該說甚麼，算了吧。嗯？我注意到她在軟件上的頭像不一樣了。灰色的頭像……我被封鎖了嗎？我被封鎖了吧？我被封鎖了。「你好」我試探性的發過去。一個灰色，冷冰冰的勾勾，安躺在屏幕上。她再也不會被我的訊息打擾，我也不會再收到那些裝出來的關心。

話說，跟小師妹的感情，最後因為對方要出國讀書無疾而終了。歌唱比賽拿了第一名，但我沒有很驚喜，畢竟我做足了準備，對自己也頗有信心。學生會忙得不可開支，正好麻醉一下我枯燥乏味的生活。新的合唱小組還算爭氣，成功躋身三甲，為我難熬的學年帶來一絲慰寂。

想不到，渾渾噩噩的，又到了暑假。我明明記得天氣預報說這幾天會放晴的啊，怎麼我仰望天空，卻總是一片灰暗？

這個商場，這個美食廣場，這個位置……有天我與朋友相約，因為他忽然感到不適，遺下我一個人在遊蕩。這個位置，正是我和婷琳共用叉子，共享甜品的位置。不知哪來的勇氣，我打開另一個熱門的

社交媒體，找到了婥琳，拍下座位的照片，發了給她。良久以後，她回覆了，接著是一陣尷尬的寒暄。我在想，若她真的那麼討厭我，我日後也無謂如此自討沒趣了吧。

為了不放任自己頹廢，我特意參加了坊間的暑期日營，認識了一些新朋友，豐富一下悠長的暑假。活動過後，我們相約再聚，經過了一所室內遊樂場。我想起那張躲藏在錢包裡，快要過期的會員卡。「若大家沒有想到甚麼飯後活動，不如就進場玩吧！」我提議。「好！」大家異口同聲地附和。一片歡聲語笑中，我擠出笑容，陪玩了一天。原來，即使一同前來的人更多，快樂也會減半；贏得的票數更多，快樂也會減半。臨走前，手執彩票的我站在碎票機前，猶疑不決。彩票該當場碎掉，還是留待與她兌換？花去彩票，又應否徵得她的同意？究竟我倆還有沒有機會相伴而來？我注視著手中的一疊彩票，發現它有如菲林般，記錄著我們的過往。人或者經已錯過了，但回憶可以永遠長存。我默默地把往時的點滴存放到內心深處，再將儲滿不捨的會員卡，一洗而空。

升上中六的我要備戰中學文憑試，我嘗試著放下兒女私情，全力以赴。本以為與婥琳的故事要寫上句號了，但現實就是這麼出乎意料。

考完文憑試的某個晚上，我在社交媒體上看到婥琳發起了「你必須回答我三個問題」的網絡挑戰。反正我不認為婥琳會理會我，我按下同意應該也不要緊吧？「叮」是那令我悸動的通知聲。

「你希望考上哪一所大學？你有討厭過我嗎？你……有想我嗎？」

不敢相信她居然發來了。

「港大。討厭倒沒有，只有傷心。有的⋯⋯」我如實相告。

「對不起。」

「沒怪妳呢。」

久別的我們聊得起勁，說起以往的事，還是忍不住笑出來。我才知道，原來是情緒病在作祟，我真是無辜的；原來她早就想找我了，卻不知道怎麼開口；原來看過商場的照片後表現得那麼冷漠，是因為男友在身旁，不方便回覆；原來我喜歡她的時候，她也喜歡我。

宛如回到剛剛相識的日子，我們沒日沒夜的，事無大小都聊一頓。只是⋯⋯身分不一樣了，她有男友了。

「婥琳⋯⋯妳會不會覺得⋯⋯我們聊得太頻繁了呀？」

「嗯⋯⋯」

「我不是嫌棄妳⋯⋯我只是覺得這樣不太妥當。」

「可是我們很難得才⋯⋯」

「我也不捨得，但我怕我陷進去。」

我們都靜默了片刻。

「下個月是我最後一次參加學校歌唱比賽了，我很希望有妳見證我中學階段的最終章，妳這次願意來嗎？」

「好，我一定來。」

一個月後，我最後一次站上了學校歌唱比賽的舞台，捧走了最後的冠軍獎杯。和朋友們慶功後回到家，我看到來自婥琳的道別：

「謝謝你給了我這麼美好，卻又那麼忐忑的一夜。請允許我霸佔

你今晚的最後幾分鐘，因為今後我們可能不再是彼此的誰了。對不起，是我沒有好好珍惜你。我怕我配不上那個位置，所以一直沒敢告訴你。謝謝你陪我走過的這段青春，我很感恩有你相伴。希望你會記得我們之間的點滴，希望你會記得我。再見了，峰，珍重。」

「保重，我會想妳的。」

視線不自覺地模糊了。

多少年過去了，我再也沒找到過那一份心動的感覺。我有努力的去享受生活，去學會變得精緻，但我開始找不到這一切的目的了。我想擺脫這種寂寞和無力感，想知道自己發生了甚麼事。有天上網時偶然發現，原來這就叫「愛無能」和「空心病」。

本創文學 89

2023香港小說學會文集

編　　者：林　馥
出版機構：香港小說學會
責任編輯：黎漢傑
編輯助理：阮曉瀅、黃晚鳳、聶兆聰
設計排版：陳先英
法律顧問：陳煦堂 律師

出　　版：初文出版社有限公司
　　　　　電郵：manuscriptpublish@gmail.com

印　　刷：陽光印刷製本廠

發　　行：香港聯合書刊物流有限公司
　　　　　香港新界荃灣德士古道220-248號
　　　　　荃灣工業中心16樓
　　　　　電話：(852) 2150-2100　傳真：(852) 2407-3062

海外總經銷：貿騰發賣股份有限公司
　　　　　電話：886-2-82275988　傳真：886-2-82275989
　　　　　網址：www.namode.com

版　　次：2023年10月初版
國際書號：978-988-70075-9-3
定　　價：港幣168元　新臺幣640元

Published and printed
in Hong Kong

香港印刷及出版
版權所有，翻版必究

香港藝術發展局
Hong Kong Arts Development Council 資助

香港藝術發展局全力支持藝術表達自由，
本計劃內容並不反映本局意見。